21 世纪都市文化跨学科研究书系

◇ 2021 年广东省社会科学研究基地东莞理工学院城市文化研究中心扶持项目
◇ 2020 年中南大学文学与新闻传播学院国家社会科学基金孵化项目

文学之光：多维视野下的精神命途

聂 茂 袁 帅 ◎ 著

中南大学出版社
www.csupress.com.cn

·长 沙·

总序　跨学科研究打开都市文化的新天地

欧阳友权

一

当下的中国，是一个快速发展的中国，是日新月异的中国。农耕时代的小桥流水，原始乡村的诗情画意，"日出而作，日落而息"的田园牧歌，"醉后不知天在水，满船清梦压星河"的宁静悠远，正日益成为来去匆匆的都市人残留在记忆深处的一抹乡愁。

与此同时，四通八达的高速公路，森林般扩展的居民小区，随处可见的脚手架，川流不息的车辆与人群，以及霓虹灯、酒吧、立交桥、环形剧场等极具现代性和都市气息的生活场景，不仅浓缩了现代城市的发展变化，也充分彰显了高科技和物质文明的高度融合给整个社会带来的深刻影响。而以"北漂""沪漂""深漂"为代表的城市奋斗者则正在不同的城市以辛勤的努力为自己的幸福拼搏，在梦想的道路上奔跑。这些潮水般涌入的异乡者以最快的速度和最小的代价，想方设法找到属于自己的精神栖息地，让喧哗与骚动、痛苦与欢乐、诗意与汗水尽情地释放，他们不仅源源不断地为都市文明增加新的元素，输入新的血液，也理所当然地获得了与乡村生活不一样的感受，与城市原居民不一样的境遇。他们"漂"来"漂"去，真实地呈现出受时代大潮裹挟所带来的个人命运的种种变化。这些充满油烟味、泥土味、汗臭味和人情味的大大小小的变化，都凝结成转型时期都市生活韧性十足且多姿多彩之审美经验的一部分。无论你喜欢与否，也无论你接受与否，你都身处其间，无可逃离，也不想逃离。

随之而来的是都市文化的更新、再造与嬗变，文学叙事的革命，文化生态的重建，城市空间的延伸，时间观念的裂变，网络文艺的转向，地域文学的分流，大众心理的迷茫与踟蹰，阶级固化的打碎与重构，文化征候的忽左或忽右，等等，这些问题也越来越集中地浮现出来。如何面对这些问题，如何透过现象看清本质，如何把握社会脉动，深刻诠释中国经验，是当下人文社会科学和广大学人面临的重大机遇与挑战。中国社会发展的大潮一泻千里，汹涌澎湃，各种新生事物层出不穷，改革阵痛在所难免，新的审美对象、审美范式、审美形态矗立在现实面前，我们的学科发展和学术追求是融入其中，创新担当，以鲜活的思想讲述改革开放所带来的新事物、新现象、新场景，还是固守原本自成体系的学术范式，守正出新，在圆润完备的体系里做精做深，已越来越成为中国学人的道路选择和学术分野。

二

很长一段时间以来，学科的范畴和学术的"楚汉之界"泾渭分明，壁垒森严，彼此不得越雷池半步，每每强调"隔行如隔山"，自设禁区，画地为界，精耕细作，带来的结果必然是，细分的门类越来越多，研究的范围越来越狭窄，解决问题的能力也越来越弱。不可否认，这种精细分工和"守土有责"在特定的时代和文化背景下发挥了积极作用，也产生了一大批优秀的学术成果，成为"术业有专攻"的典范，但这种传统的学术方式在多元文化、多重场景、多维主体的挑战下也越来越暴露出自己的短板、不适、苍白和无力。因此，在新的历史时期，一切有追求、有抱负、有责任的学人，更应该在纷繁芜杂的现象、纷至沓来的问题、此起彼伏的时代大潮中，勇敢地走出书斋，拥抱沸腾的现实生活，大胆设想，小心求证，以跨学科的研究、大学术的视野、与时俱进的姿态，全身心投入到学科建设和学术创新的实践中。

聂茂是一个出道较早、著作颇丰的作家，也是一个感觉敏锐、非常勤奋的学者，他生于湖南，长于湖南，工作在湖南，湖湘文化中"经世致用"的精髓对他产生了深刻影响。同时，他有着丰富的媒体从业经验和出国留学的经历，思想活跃，视野开阔，学术领域宽广，在新闻传播、文学评论、文化产业、网络文艺等领域都有建树，这为他这些年来跨学科研究的大学术追求提供了坚实基础。

某种意义上，跨学科研究如同多兵种联合作战的现代化军队，能够以强大的战斗力重塑文化研究的新格局。特别是在大文科建设的时代背景下，从理论和实践层面推动跨学科融合，充分运用各学科之间的特色和优势，关注中国现实，回应大众关切，用新的角度，从新的切口，进入研究对象，这样的跨学科研究必将为当前的学术研究带来新的变化，获得新的收获。文化研究的价值体系一方面以审美的方式发现和阐释世界，一方面又以意识形态的角度评析和研判世界，两者都面临着深刻转型，而转型中的巨大困惑和危机也越来越多地激发学人的思考，一系列现象与本质问题亟须从理论上做出清理与反思。

聂茂跨学科研究不是一时的心血来潮，更不是赶时髦、趋时尚、追热点，而是从进入学术生涯的那一天起，就自觉沉潜其中，一以贯之地坚持着自己的学术理想，守护着自己的学术良知。早在 2005 年，聂茂进入到中南大学任教不到一年，当年 9 月 8 日《文艺报》双周刊的头版头条《学科带头人特别报道》栏目里，就醒目地记录了他所追求的"跑马人生"。他清醒地意识到，学术研究要有独特的方法和视角，强调"不拘一格，立异标新，要有拓荒者的勇气和高屋建瓴的气魄"。他呼唤一种"大学术"，追求开放性、包容性和新锐性，认为学术应当走出"象牙之塔"，"学术成果应当转化为生产力，及时为社会、为国家建设服务"。

三

"21 世纪都市文化跨学科研究书系"就是聂茂带领自己的弟子(其中 4 名博士、1 名硕士)历经数年，默默耕耘，呕心沥血，努力践行"跨学科研究"和"大学术"追求的集中奉献。该书系包括 5 本著作、170 余万字，聚焦都市文化的方方面面，致力于各学科之间的融合贯通，将个性空间与社会场景、大众思潮与小众肌理、抽象理念与具象审美有机结合起来，透过纷繁复杂的表象，深入到事物的本质，让学术绽放力量，让审美重拾尊严，让文化回归现实。这种跨学科研究不仅面对过去、现在，更面向未来。聂茂希冀在更多的融合中，真正打破学科界线，去除学科藩篱，用哪怕是尚未成熟的冒险精神，充分展示学术的内在力量和直面当下的责任与担当，以"自反而缩，虽千万人吾往矣"的勇气，确立跨学科研究的立场、观点、方法和范式。

正是基于以上考虑，摆在面前的这摞沉甸甸的书系便有了叙写一般城市文化研究读物"不一样的风景"：《时间之恋：都市文化的审美传播》一书以高速公路和高速铁路作为切入点，见证了"高速时代"社会心理、大众生活和时间观念的深刻变化，并对中国的现代性、文化身份的认同与反省、媒介意义的生成与阐释，以及都市与乡村的流动空间做出了全面而深刻的分析。《空间之美：转型社会的文化镜像》紧紧抓住"空间"二字，细致剖析了速度、空间等变化对人们的思想、心理和精神产生的震撼，兼具思想性、哲理性和文学性，颇像一本韵味十足的文化散文。《文学之光：多维视野下的精神命途》运用优秀文化传统和中华美学精神，对21世纪中国文学的发展状态、内在结构、作家心态、书写特点和价值重构等做出深入细致的解读和阐释。《虚拟之虹：网络文艺的符号世界》结合互联网的时代语境，与传统文艺符号进行比较，阐明了网络文艺符号的本质特征和网络文艺符号的生产机理，在网络文艺学理层面上具有一定的开拓性。《地域之魅：新世纪常德文学发展研究》聚焦湖南常德市改革开放以来在书写中国经验和社会转型方面的文学实绩，努力彰显新时期常德文学的精神命途、责任担当、道路选择与家国情怀等，为文学湘军的发展提供了可资借鉴的地域资源与文化自信，为气象万千的中国其他地方文学的发展提供了实证研究和新的学术范式。

毫无疑问，"21世纪都市文化跨学科研究书系"打开了都市文化研究的新天地，为日后学术同行的相关研究提供了重要的学术资源。整个书系至少在以下三个方面体现了作者的积极探索和不懈努力：

其一，夯实了都市文化研究的学理基础，彰显了跨学科研究融合创新的时代意义。该书系涵盖了文学、艺术、哲学、美学、社会学、传播学、心理学、空间设计、道路、桥梁、工程等跨学科知识，真实反映了21世纪新科技所带来的社会变革的强大力量。随着社会心理的深层变革，人工智能的快速迭代，科技革命朝着纵深发展，社会问题日益综合化、复杂化、模糊化，应对这种现实变化亟须学科专业的整合应用，推动跨学科融合发展是新文科建设的必然选择。同时，该书系中的每一部著作都是团队合作的结果，各书之间既有较强的系统性，又有各自的独立性，努力打破学科专业的壁垒，积极尝试跨专业之间深度融通、文科与理工农医交叉融合，充分融入现代信息技术赋能文科教育，从时间到空间，从城市到乡村，从传统到现代，对接社会和各个行业，革故鼎新，而这，也正是新文科建设和跨学科研究的题中之义和价值所在。

其二，新文科建设和跨学科研究的前提和归宿是重新认识和发掘中国文化与都市文明的丰富资源，以实际行动进入学术现场，兼容并蓄，有容乃大。该书系强调拓展研究对象，打通学科分野，直面社会当下的学术主旨。作者的研究对象非常广泛，包括广告牌、服务区、高架桥、报警亭，话题包括视频、综艺、旅程等等，整个书系以审美文化、文艺评论、大众传播相结合的方式，重新检视人们司空见惯的事物，找到那些因为习以为常而失去了审美直觉的存在，以陌生化的体验重建学术研究的观念、范畴和谱系，反思传统学科思维在当代语境中的问题，探讨审美实践、文艺评论和大众传播实践在城市变革中面对高科技力量所带来的种种变化和发展，分析当下社会的审美焦点、文学实绩，以及网络符号生产的状况、传播和变迁。作者还试图挑战横亘于学科与学科之间、理论与实践之间、网络与现实之间的二元对立，从审美和批判的角度直面城市新变，重构城市形象。

其三，作者用纵横交织、自上而下、由里而外的方式，生动阐释城市文化与乡村文化共生共融的关系，充分展示了21世纪跨学科研究对于继往开来、积极拓展新文科建设的重大价值。从这个意义上说，本书系的出现可谓恰逢其时。聂茂和他的弟子们带给我们的启发是，学术研究不可耽于眼前的自足，而忘却未来的挑战。真正的大学术既要有"究天人之际，通古今之变，成一家之言"的抱负，又要有"为天地立心，为生民立命，为往圣继绝学，为万世开太平"的雄心，更要走出"象牙之塔"，将学术之根深深扎进脚下的这片土地，尽情书写充满泥味、汗味和烟火味的时代华章。

1837 年，爱默生在哈佛大学举办的"美国大学优等生联谊会"年会上发表了一个著名的演讲，他郑重其事地提醒台下的美国青年，希望他们日后不要成为"在美国"的德国学者、英国学者或法国学者，而要成为立足于美国生活的"美国学者"。爱默生语重心长地说："我们依赖的日子，我们向外国学习的漫长学徒期，就要结束。我们周遭那千百万冲向生活的人不可能总是靠外国果实的干枯残核来喂养。"他认为美国人倾听欧洲的时间已经太久了，以致美国人已经被人看成是"缺乏自信心的，只会模仿的，俯首帖耳的"。爱默生的这个演讲，对今天的中国人，特别是中国学者来说，不仅是一个警醒，更是一种启示、一种鞭策。相信聂茂及其弟子们的这套书系，能够成为都市文化研究新的学术亮点，积极推动新文科建设和跨学科研究的创新发展；也衷心祝愿聂茂和他的弟子们为发展既有世界视野又有中国风骨、中国精神、中国气派的学术研究继续新的探索，做出新的贡献。

是为书系总序。

（作者系中南大学原文学院院长、二级教授、博士生导师，国家教学名师，国家社科基金学科评审组专家，享受国务院政府特殊津贴，中国作家协会网络文学研究基地首席专家，澳门文化产业研究所所长，茅盾文学奖评委，鲁迅文学奖获得者。）

目　录

绪论　新时期文学的构制方式与精神命途

　　习近平总书记说，文艺创作是观念和手段相结合、内容和形式相融合的深度创新，是各种艺术要素和技术要素的集成，是胸怀和创意的对接。中国作家，尤其是优秀的作家，在艺术创新之路上从未止息，从现代文学巨擘的鲁迅，到苦苦摸索的当下作家，莫不是如此。他们或者通过创制特定的文本情绪，实现改造国民劣根性的精神哲学；或者通过循环往复的闭环系统，述说带有民间色彩的故事。不同的作家根据自己的创作风格、叙述方式、抒情特点，选择不同的切入点和逻辑脉络，以不同的路径和方式，表现这个日新月异的时代。他们以深刻的现实洞察力和宽广的历史感，突破经典范式、摆脱陈规旧俗，打碎一切束缚创新的必然性，描绘出崭新的文学风貌。他们或者在时代洪流里展示独立姿态，通过街道小孔透视底层世界，显现出了足够的实验性和探索性。就文学技术因素而言，他们在原型塑造、语境设定、隐喻张力、故事迷宫、复调结构等诸多方面展现出了丰富的创新力，其表现方法、叙述手段和切入视角都开辟了新的维度，这种创新不是工于技巧的技术卖弄，而是严肃的艺术思考，更是作家艺术家思想和艺术的对接。

　　如果把这个时代放置在整个历史坐标中，它不过是一个小点，它能否发出耀眼的光芒，取决于是否突破既定的框架和固化的经典。纵向来讲，文学艺术的长河之所以能够奔腾向前，创新是动力之源。在当前的语境中，书写崭新的时代，最多是时代的镜子，也就是说，时代的更新与艺术的更新并不一定构成正向比例关系。在市场经济时代，作家生存在一个以趋利性为主导的价值体系中，如何既融入这种社会氛围，又保持独立的思考品质，是作家的新挑战和老命题。在此情势下，文学艺术容易陷入跟风趋同的恶性循环中，以低质量的模仿他人和高效率的自我复制，实现文学作品的快速繁衍。

这个时代留下了大量的文学作品或者产品，其中不乏优秀之作，尽管与经典相比仍有不足，但在某一个侧面展现出了弥足珍贵的创新气质。他们构成了这个时代的文学骄傲，但是这些作家远非单纯地复制了波澜壮阔的时代画面，或者描绘了细腻的美学景观，而是以作品的形式阐释了美学新规律、人性新特点、地域新风情。他们最为可贵的品质是具有高度的敏锐性，预见性地洞察到了人性的新触角和前所未有的历史动向，古今中外的文学巨匠皆是如此。

如何处理与西方文学的关系，始终是中国文学面临的深刻命题。20 世纪以来的中国，各种流派和思潮鱼贯而入，中国作家成功地借鉴其艺术表现形式，与中国经验有机结合，写出了别开生面的文学作品。鲁迅创造了充溢着文本情绪与精神哲学的语境，王安忆设定了特定精神时空与生存向度的隐喻，汪曾祺在循环往复的闭环系统讲述寓言故事，格非建造了元叙事与叙事空缺的迷宫，等等。不可否认的是，这些作品给中国文学带来了别样气息。但是中国作品必须是建构在中国经验之上的东方气象。亦步亦趋地模仿西方文学只能是成为他们的影子，既不可能超越他们，也不可能扎根中国大地。借鉴是为了超越，中国作家做出了有益尝试。

贾平凹在谈到马尔克斯和川端康成的文学创作时说："他们成功，直指大境界，追逐全世界的先进的趋向而浪花飞扬，河床却坚实地建凿在本民族的土地上。"①事实上，世界上很多的作家都是在自己的土地上，根据文化传统进行艺术创新之后，达到了艺术的崭新高度。无论是找寻少数民族历史的文化密码、在瓷器肌理中谱写民族史诗、擦亮文化母土的精神亮度，还是重建传统文化的道德理性、发掘另类英雄的另类叙事，都显示出作家们在不同向度上突破的信心。

如果说，时间的算法和叙事的重构是"无我"的写作的话，"地域的聚变"

---

① 贾平凹：《贾平凹散文》，人民文学出版社，2014 年版，第 112 页。

就是"有我"的创作，需要作家充分调动全部的生活经历和生命感悟。陈忠实说，"整个心理感觉已经进入到我的父辈爷辈老老爷辈生活过的这座古塬的沉重的历史烟云之中了。"作家将自己与地域风情、文化风貌充分结合，才有了当代经典《白鹿原》。迟子建写作《额尔古纳河右岸》，将自己与这个民族深度融合。同样，作家们在乡土里抒发家国情怀、在异域的雪国里铭刻文化乡愁，他们重塑高原之魂，提炼湖湘文化的精神气质，聚焦地域，将文学理想根植在深厚的文化土壤之中。

文学的本质是虚构，但是它通过自身特有的方式，按照文学的规律，通过叙述和想象揭示真相。与自然科学和其他人文科学相比，作家的虚构更接近真相和真理。但是作家抵达灵魂的方式却千差万别，青春文学以赤子之心追寻心灵的家园；有的作家隐行遁世，以参悟佛性的方式回到内心；有的秉持为民代言的立场，映照担当和良知；有的作家向死而生，在死亡的边界体验苦难的力量；有的作家带着一颗漂泊的灵魂，走上无轨的旅程。不同的视野背后是不同的关于命运的信仰。

习近平总书记提出"创新是文艺的生命"，创新首先是标示性，没有标示性的作家，必将失去艺术的光芒，泯然众人。最优秀的模仿者也不过是人云亦云的跟风，无论是跟在时代后面，还是跟在别人后面。跟在时代后面的作家，大多是名家巨匠在创作后期吃老本；跟在别人后面的作家，成为被时代风沙掩盖的瓦砾。令人欣慰是，很多作家开始自觉地树立创新意识，勇敢走出前辈的影子，越过经典的藩篱，冲破自我的牢笼，将自己的思考与时势、时间、时代相结合，留下了自己的文学烙印。

文学是对中国经验、民族情感和时代情绪的形象化表达，通过人物塑造、意象凝练等方式，发现、总结和提炼属于这个时代的特质，因此一个时代有一个时代的文学、一个时代有一个时代的情绪、一个时代有一个时代的气象，缺乏创新精神的文学时代必将在历史长河中湮灭，缺乏创新精神的作家必将被时间的风沙掩埋。

当代中国正经历前所未有之大变局，国家以自我革新的勇气、奋斗不止的姿态不断刷新世界的认知，也在刷新自己的认知，与此同时，社会阶层也在深刻调整之中，因利益重置导致的灵魂颤动乃至骤停屡见不鲜，各种新生事物层出不穷，生产生活方式快速迭代。经历这个时代，是每一个作家的人生之幸、写作之福。从这个意义上讲，作家如果没有足够的信心、勇气和智慧应对这些变化，就会被时代抛弃，被各种创新的艺术锋芒掩盖，因此缺乏创新精神的作家很难融入这个时代。但文学的创新不是天马行空、无所依傍，而是站立在传统的大厦之上，虔诚地与先秦诸子、唐诗宋词、明清小说对话，深刻领悟其中的艺术规律。先秦诸子等是中国当代作家宝贵的艺术遗产，但不是阻挡作家超越古人的障碍，当代作家应该站在他们思考的道路上继续前行。

文学的命运是世道人心。从历史上看，文学样貌的形成从来都是政治、经济、文化、地理，以及作家个体风格、个人际遇综合作用的结果。国家经济发展日新月异，生活方式快速改变，各种介质不断迭代，在这个波澜壮阔的时代里，任何人都是其中的一分子，作家的思考方式、文化环境都发生了根本性的变化，是蝶变、升腾，还是迷茫、沉沦，每一个作家都在遽然而至的十字路口做出艰难的抉择。不是每一个作家有幸亲历这样一个伟大的时代，将这种大气候的天时，与作家本人的人和结合在一起，文学创作的千层画卷将绽放出无比璀璨的星光。

第一章　时间的算法

在传统社会，时间周而复始，日复一日，年复一年，四季更迭，万物更新。佛教的轮回观念、中国的阴阳学说都是时间轮回的系统性思想。他们认为，时间像一个周而复始的圆圈，在一个周期结束后重新进入原来的状态，毕达哥拉斯就认为："凡是存在的事物，都要在某种循环里再生，没有什么东西是绝对新的。"[①]《百年孤独》《红楼梦》等小说都投射出较为明显的轮回时间观念。而在现代社会，进化论让时间成为线性的单维度前进，时间不再是闭环结构，而是面对未来无限延展的未知空间。在这样的时间观面前，人们对社会有了更多的希冀和向往，光明和无限可能在前方召唤，人类的创造性空间解放，想象力达到了前所未有的高度，因此在现代性的时间里，过去、现在和未来具有了特定的心理寄托和文化内涵。进入新时期以后，国家综合实力增强，民众获得感提高，生活质量提升，问题也随之而来，既然未来有那么多的美好在召唤，而人生只有一次，对青春就有更深的感伤、对物质有了更多的眷恋、对欲望有了更多的不舍，在这样的变化面前，文学呈现出迥然不同的形态。社会转型使这种观念日渐凸显，对文学创作产生了深远影响。

时间的流动不再是单向度的滚滚向前，而是将过去、现在、未来混融在一起，相互交叉，消解了时间对生命和生活的强势控制，重塑了理性的文化

---

① 罗素：《西方哲学史（上）》，商务印书馆，1963 年版，第 69 页。

内涵，扭转了时间的方向，消弭了时间的界限，使当下的中国文学呈现出鲜明的时间意识。面对着丰厚的历史和浩瀚的时间，唐浩明以极致、精细的工匠精神和考古学家般的严谨，数十年如一日，辛劳地耕耘其中，发现，打磨，萃取，并自得其乐。在新时期文学的历史大潮中，他秉持难能可贵的文化自警和个性觉醒，以雄心勃勃的小说艺术形式将历史和历史人物从堆满灰垢的故纸书中推到大众面前。与其说他是在创作小说，毋宁说是在修复历史、复兴文化。奔流的诗歌魅力往往是与时间和青春连在一起，风华正茂的年龄，放飞想象的岁月，更适合于写诗，被诗歌打湿的记忆更加清晰，更加持久，更加饱满与充实。唐朝晖的《百炼成钢》通过非虚构的实录手法，真实还原了钢铁产业工人的历史环境、生存状态和人物命运，写出了钢铁产业工人群体的前世今生。作为曾经的时代英雄，他们在产业升级、行业进化和技术进步面前，退居幕后，坦然面对，完成了在行业升级换代背景下历史演进中的自我扬弃，在表述自己与自己表述中释放文化自信、在历史规律与民族进步中佐证制度自信，折射出与时代交相辉映的新时代的文学景观。新西兰华裔诗人芳竹以"三月"为诗歌时间，书写了时间抒情的新维度。三月是抒情的高度，因为海子在三月燃尽了生命。对于诗人来说，"三月"意味着信仰和万物，与日月同辉、岁月不朽。"三月"的意义是多维的，雨水正浓，生机盎然，象征着生命的重新绽放，同时是海子死亡的时间，这样诗歌中的"三月"就有了重生与死亡的双重含义。起点与终点、生命与死亡、存在与湮灭，在"三月"这个时间节点里寓含了多重的意义空间。

　　时间的文学价值呈现出多元化、交叉化、互动化的趋势。它制约着作品价值观的设定、情节的走向、人物的塑造等。作家的时间体验具有了强烈的主体性，部分作品的时间观念与生物意义上的进化论时间不相吻合，他们或者对历史做出现代性的解释，以新历史主义的视角还原历史人物，在历史的幕布上烙上时代精神，或者对青春的美好投上无限的关注，或以非虚构的视角，以当事人的口吻回忆尘封的激情年代，让市场的大潮与红色的荣光形成鲜明的对比，或对已经走入圣殿的诗人进行精神的朝拜，与作为"太阳之子"的海子隔空对话。对于当下作家而言，时间的意义超过了之前任何时期。

算法：历史小说的时间幕布与现代精神

唐浩明是一个有着自警意识和历史担当的作家。从《曾国藩》《张之洞》到《杨度》，他以强烈的心灵冲动试图恢复历史人物的复杂面目，以文化先锋的胆识和魄力积极承担历史的责任，体现了高度的文化自觉和文化反省精神。唐浩明的历史小说兼顾历史性与艺术性、严谨性与可读性，他敬畏历史，对书中的历史人物充满温情和人文关怀，他的辛勤努力不仅给湖湘文化及其湖湘精神注入了新的血液，也使得他的创作在对中国传统价值的回归和民族文化的自觉等方面都超出了一般学者书写和小说创作的价值。

一、修复历史与重塑文化

唐浩明是一个具有文化骑士精神的作家，由古籍为主的出版社的资深编辑跨界成为卓有成效的历史小说作家，他的身上有一种"湖南蛮人"的文化担当，敢于承担历史可怕的责任。如果说，《曾国藩》还让人们狭隘地以为他是作为一个湖南人在为曾国藩"平反昭雪"的话，那么，之后的《张之洞》则让人们看到他的思想的宏大与精神的高贵。当然，也有人说他写的是历史学意义的官场小说，但是《杨度》的横空出世异常鲜明地告诉我们，历史的反省和文化传承才是作者的根本意图所在。即便是小说《曾国藩》，只要我们细细品读之后也会发现，他书写的绝非仅仅是官场，而是家与国、族与民，以及文人和文化。曾国藩、张之洞和杨度是他聚焦和书写的主体，也是他的思想媒介和精神坐标。

侵略、战争、"文革"、天灾、人祸，整个20世纪前四分之三几乎就是中国社会的变革史和政治生活的动荡史，更是中国传统文化的灾难史和苦难史。刀锋割断了古老的文化脐带，文化母体破碎一地，后人则选择盲视或遗忘。而唐浩明则以学者的良知和作家的勇气，用小说创作的个性化语言，复活和再创造湮没于历史灰尘中的"灰色"人物，更复活了这些人物所信奉与践行的作为中国几千年历史文化核心的士人精神。他让我们走进这些历史人物的生命和生活，呼吸历史的空气，触摸文明的肌理，感受思想的激荡。他试图寻找民族失落的精神家园，拾起湖湘文化的碎片，勾连我们生生不息的中华血脉。他的作品洋溢着思想之美，高蹈着精神情怀，包容着天人合一的价值伦理，揭示出日常生活和现实历史的种种奇迹。他的创作在几十年间持续不断地影响着读者，也影响了大批的作家和学者，他的先知先觉正慢慢形成共识。

从艺术审美上，他重塑了历史和文化，也重塑了历史小说。小说从来没有像在他那里一样温文尔雅、器宇不凡和波澜壮阔，历史也从来没有像在他那里一样栩栩如生、惟妙惟肖和熠熠生辉。他的努力和诉求正成为主流文学不可忽视和不可或缺的正义力量。在追求湖湘文化的灵魂时，他发现了传统道德与文明之间的价值冲突并将这种冲突真实地呈现在当代人面前，其作品的震撼力、思想性、普遍意义和语言的丰富机智都达到了令人惊叹的高度。他重新定义了历史小说，赋予了历史小说新的场域、纹理、血脉、精神、气质和生命，而从他的作品的传播度和影响力来讲，他对传统价值的回归和民族文化的自觉等方面都超出了一般学者书写和小说创作的价值。

二、从"遇见"到"发现"

"故纸堆中三十年，拉近古人与今人。"这是人们对唐浩明辛勤耕耘的由衷赞美。人生有多少三十年？要在故纸堆中忍受寂寞孤苦，抖落历史的尘埃，还原一个人的真容，谈何容易！但生命的意义与人生的价值也许正在于孤独中守望着一柱烛光，潜入历史深处，与心仪的过往者"对话"，并与之成为穿越时空的知己。而这样的例子，在漫长的文学史中其实是有不少的，比如布罗茨基对于俄罗斯白银时代的诸君的深情回望。1919 年，茨维塔耶娃写下了"一百年以后，亲爱的，您是否还能认出我，在旧世纪的群星中，总也不肯坠落的那一颗，那时候，您是否还能分辨出我的光泽，然后呼唤我越过银河系，飞临您的星座"。当布罗茨基站在诺贝尔文学奖的领奖台上深情地追溯俄罗斯的诸君时，那些过往者应该会感到欣慰。这是血脉的传承、文化的传承、历史的传承，也是写作者责任的传承。

曾文正公并非纯粹的文学家，他的声望和影响更多来自他的政治生命和军事才能。但是，在我看来，唐浩明之于曾文正公与布罗茨基之于俄罗斯的诸君来说本质应该是一样的。与其说唐浩明"碰到"曾国藩是他的幸运，不如说曾国藩"遇见"唐浩明是他的幸运。通过持续不断的开掘、整理和"发现"，唐浩明用如椽之笔塑造了一个活灵活现的不同于教科书里记录的曾国藩，从历史遮蔽处还原了一个有血有肉、有着深刻自身矛盾斗争的多重性格的人物形象：为母亲千里奔丧，痛哭流涕，守护灵前，让人动容，这是"大孝"的曾国藩；国家危难，毅然奔赴前线，在困难重重之下，将脑袋拴在裤腰带上，组织湘军，迎难而进，这是"大忠"的曾国藩；对康福乐善好施，仗义相助，对荆七伯乐识马，知人善用，这是"礼智信"的曾国藩；在"长矛"手下倍感羞辱，"宁死不屈"也要保留气节，这是"侠义"的曾国藩；治军严谨，按时作息，讲究规则，时刻反省，这是"自警"的曾国藩……可以说，唐浩明笔下的曾国藩是中国传统文化的集大成者。

　　与此同时，我们也可以从唐浩明的小说文本中获得另一种意义的解读：守丧期间，曾国藩用"孝"的借口与皇帝"讨价还价"，他用"忠"的盾牌保全自己；当被"长矛"捕获觉得失了面子时，演苦肉戏想去"撞柱"却没真撞，用自己的生命底线去试探对方的仁慈底线，从而见出其"虚伪"和"狡诈"的一面；知人善用的背后却有很高超的御人之术，湘军崛起之路上，他彰显的大智慧实际上也是权术的胜利，湘军崛起的过程既有时代大潮的客观背景，也有他志登青云、名垂青史之内在欲望的主观努力；剿灭太平天国之后，他解散湘军体现出淡泊名利、不做非分之想的同时，也是因为担心自己权倾朝野遭人嫉恨，怕一不小心落得个兔死狗烹而进行的自警与自保……总之，一千个读者可能会有一千个曾国藩。

　　值得注意的是，布罗茨基年轻的时候就开始跟随阿赫玛托娃和茨维塔耶娃等，他见证过那一代人的生命历程与苦难际遇，聆听过他们的声音，触摸过他们的精神，所以有了后来的故事。但是，唐浩明和曾国藩素未谋面，前者仅仅因为整理后者的资料、阅读后者的文字，感觉到这个人被严重误读了，从而产生了强烈的心灵冲动。唐浩明要为曾国藩讨个公道，或者还历史以真相，也许这就是唐浩明创作长篇历史小说《曾国藩》的原动力吧。

　　从1986年到1992年，在长达六年的时间里，唐浩明"白天编《全集》，晚上写小说，工作时间做曾氏文字的责任编辑，业余时间做曾氏文学形象的创造者。就这样，120 万字的《曾国藩》写了出来"。整整六年间，唐浩明平均每天差不多要编辑文字 7 千字、创作 6 百字，日复一日地用脑，这种令人难以置信的工作强度是一般人难以承受得了的。尤其难以承受的是，唐浩明在创作的时候还有许多不确定因素，例如，如何评价曾国藩的问题等。据说毛泽东和蒋介石都很佩服曾国藩。毛泽东曾说：愚于近人，独服曾文正。而蒋介石更是以曾国藩自命，用以说明自己的正统，而把共产党及其领导的红军视为太平军一流。也正因为此，为了反对蒋介石，从延安时期有人写了《汉奸刽子手曾国藩的一生》之类的文章开始，便有人试图全盘否定曾国藩。中华人民共和国成立后，崇洪（秀全）贬曾（国藩）的状况一直未变。

1980 年后，尽管学界有人主张以实事求是的态度，重评曾国藩和太平天国，但一直未为主流话语所接受。换句话说，在 20 个世纪 80 年代的特殊语境中，曾国藩还是一个比较负面的历史人物，聚焦这样的一个人物，对他进行"拨乱反正"，是有较大风险的。在此背景下，唐浩明称自己的写作是"戴着镣铐在跳舞"，既要服从"镣铐"式的条条框框，又要争取"跳舞"式的书写自由，这样的创作状况带来的心灵上的折磨和精神上的"疲惫"比体力和智力上的付出所带来的无形压力更大，更遑论创作的激情和愉悦了。特别是唐浩明有着清醒的意识，认为那些公认的非常规范的、正统的、纯粹又纯粹的历史小说是没有人去读的，因此，唐浩明必须突破，从表现手法到人物评价都要有自己的独到之处。唐浩明敬畏历史，希望自己的创作站在文化和人文的立场上，给历史人物以温情，恢复历史的本来面目。唐浩明十分推崇姚雪垠先生，坦承《李自成》对自己的创作有着深刻的影响，认为这些历史小说大师十分尊重历史的本真状态，既有史家的品德与胆识，又有艺术家的眼光与良知。可是，姚雪垠先生写好《李自成》第二卷两年后也没法出版，后来还是请毛主席出面批示才得以出版。

幸运的是，《曾国藩》这部皇皇巨著分为三册，以《血祭》《野焚》《黑雨》为名，于 1990 年、1991 年、1992 年相继推出。唐浩明以自己的学识和勇气，承担了历史可怕的责任，第一个以正面文学形象表现了复杂多变的曾国藩，使冷清蒙尘、严人律己的曾国藩一下子成了家喻户晓的历史人物。有学者甚至认为《曾国藩》很可能与《三国演义》一样，成为千百年间广大中国人了解有关历史和人物的重要读本。

三、断裂的传统与西化的先锋

20世纪八九十年代，历史解冻，大地回春，改革开放的中国让国人重新放眼世界，重新审视自我。伴随着政治风潮的起起伏伏，各种文艺思潮兴起，思想启蒙浪潮席卷文化领域，特别是在文学领域。"伤痕文学""寻根文学""先锋文学"等等，你方唱罢我登场，好不热闹，这种激荡的文学思潮一直延续到并影响了整个20世纪90年代的文学，形成了中国当代文学独特的精神品质。

今天，回首那个时代，当时的许多作家都不约而同地将目光投射到人的主体性上来，文学创作开始关注人的存在和生存本身，人的自由与个性解放，对文化的反思和探索成为一些作家的审美诉求。尽管每个创作者的经历不一样，所走的道路也许不同，关注的主体对象也不一样，但是，其中很大一部分作品都把目光锁定在"历史"，这里的"历史"是广义的"历史"，即过往的一切。纵观中国文学和世界文学，大部分的作品都是表达作者的真实体验和感受，或者是对过往历史进行追溯和重构。作品中的人物名称可能是杜撰，地点可能是杜撰，故事可能也有杜撰，但是，其整体结构、逻辑性、合理性必然会符合历史背景决定的事实，这样的文本才能"成立"和"合法"，才能具有梁启超所说的"诗歌的正义"，它要求创作者"对笔下那段历史时空的方方面面都要有实实在在的了解"。《百年孤独》《喧哗与骚动》是这样的，《尤利西斯》《追忆逝水年华》是这样的，《红高粱》《废都》《芙蓉镇》也是这样的。它们都是作者基于所处时代的现代性而对历史进行的发掘与再造。

显然，《曾国藩》也在上述经典之列。无论从思想性，还是从创作风格和写作手法上，唐浩明所进行的文学创作，都具有文化先锋（更多的是思想或精神上而不仅仅是艺术手法上）的意味，是现代性的史诗书写。唐浩明以一种独特的身份和视角参与到那一场轰轰烈烈的文化复兴和思想解放的浪潮中，与新时期文学的创作主体一起，引领了九十年代的历史小说创作潮流。"文革十年"在文化领域制造了两个断裂：一个是中国与世界的断裂，一个是现代与传统的断裂。前者关乎中国与世界的对接，断裂了，影响中国走向世界的进程；后者关乎中国文化的传承，断裂了，影响中国自身的传统血脉和精神气质，这两者对中国社会的发展都十分重要。

新时期以来，中国文学一直在呼唤和寻找通往现代化的道路，现代性也成为文学最重要的价值追求之一，创作主体通过世界性和现代性的语境方向来探寻和审视本民族生生不息的优秀基因。从曾国藩到张之洞，再到杨度，唐浩明一直致力于从现代性的角度连接起文化母体的脐带，宣扬传统文化之美。首先，在内容上唐浩明写的是历史故事和历史人物，他用的方式是类似传统的"章回体"模式——至少目录的编排形式是这样的，他的语言也带有深厚的古文风韵，文白相杂，据说是为了与所写时代的语境相吻合。其次，在思想上，唐浩明毫不掩饰对曾国藩的喜爱与敬仰，认为这是中国近代最后一个集传统文化于一身的典型人物，无论从哪个角度来看，他都有值得后人学习和借鉴之处。唐浩明特别推崇曾国藩的自律，即克己，也就是修身。曾国藩对自己的一言一行、一举一动十分在意，他立下日课，严守主敬、静坐、早起、读书、读史、写日记、记茶余偶谈、日作诗文数首、谨言、保身、早起临摹字帖、夜不出门等"自律十二条"，他还作《立志箴》《居敬箴》《主敬箴》《谨言箴》《有恒箴》各一首，高悬于书房内，这种严于律己的品质委实值得今人学习。当下社会灯红酒绿，人心浮躁，物质越丰富，精神越贫瘠，权力越大，诱惑越多。很少有人能做到曾子所言的"吾日三省吾身"，更不用说曾国藩的自省、自警和自律意识了。这种状况其实就是一种短视，是文化断裂所造成的一种价值错乱。

作为曾国藩的"发现者"（至少是"发掘者"）和历史人物的塑造者，近朱者赤，唐浩明身体力行，有意无意成了曾氏的"转世者"，即唐浩明写曾国藩，也争做当代的"曾国藩"。唐浩明儒雅、内敛、从容、大气。生活中，唐浩明是十分节俭的人，他坚持用传统修身，以诗书养性，具有很高的品格和情操。所有这一切，都是唐浩明为人处世的修为所致，这种修为，既有经年累月写作《曾国藩》所自发形成的一些因素，更是传统优秀文化长期的浸淫和润化的结果。

四、探寻中国发展的精神脉络

今天的中国，是求新求变的中国，社会转型期，中国的发展之路需要所有中国人来思考与参与，这其中知识分子尤其担负着重要的责任和使命。同时，全球化语境下，世界的竞争和发展越来越表现为文明的冲突与世界秩序的重建，文化的责任比以前任何时候都更加重要。我们可以看到，唐浩明对此有着深刻的认识，在写作过程中十分重视探索与表现知识分子、文化精英在变革之中的挣扎、追求与作为，在彷徨与迷茫之中试图指出未来发展之路的精神脉络。

唐浩明自己曾说："我曾经在十五六年的时间里沉浸在历史时空中，既是在创作历史小说，更是在了解研究中国传统知识分子，希望能走进他们的心灵。"又说："晚清的士人与他们的先辈相比，经历了更多的冲突与苦难，也有着更多的迷茫与探求，一批具有现代意识的士人即将从他们中间诞生。从整体来说，他们肩负着承前启后的时代责任。我认为写好他们的命运，对于今天的知识分子，应有一定的昭示意义。"这是唐浩明的作品对当今社会最大的贡献。曾国藩是一位家国责任高度担当的儒圣，严格恪守传统文化的真义，说到底就是"修身齐家治国平天下"。杨度则是一位名士，世间曾国藩不常有，杨度却有很多。可以说，杨度是中国知识分子在社会变革进程中的一个代表，真诚、纯洁、勇敢，才华横溢，敢于求新，了解世间疾苦，立志求变，一生坎坷，命运不济，为了国家和民族、也为了自己的前途，他做了一些后人认为是蠢事但在当时被他认为是"正义"之大事。杨度的悲剧，可以视为中国近代艰难崛起之路的一个缩影。张之洞则是介于曾国藩与杨度之间的名臣，有才气，有勇气，有霸气，更有能力，他提倡"中体西学"，对上，他是国家的栋梁，要向天子和国家尽忠；对下，他是一方"诸侯"，他要向地方和百姓负责。唐浩明曾多次指出，他写的不仅是名臣，更是士人。

应该说，曾国藩、张之洞和杨度几乎囊括了传统概念上知识分子精英的精神谱系，形成了知识分子的完整形象，勾勒了中国知识分子的统一世界。唐浩明书写历史小说的另一个重要意义，可以表述为对传统人文理想的重构或再造，以及中国人精神特质的诠释。唐浩明的历史小说，用宏大的笔触和精细的雕琢，通过对主要人物的描写和刻画，勾勒出一幅中国传统社会的浮世绘。曾国藩、张之洞和杨度串联起的是从皇帝、太后、大臣，到地方官吏、百姓、士兵等在内的传统中国架构和几千年不变的农耕文化所制造的中国人特质。

这里体现的不仅仅是传统文化的精髓，也挖出了封建文化的劣根性，比如上层统治阶级的昏庸无能、故步自封、利欲熏心；比如人治思想的种种弊端，官本位思想对社会的影响，等等。书中涉及的关于中国人的思维模式的书写，比如太平天国攻打长沙之时，守城将领居然搬出城隍庙的菩萨，以及洪秀全言必称天父庇佑等，这是农耕社会遗传下来的愚昧和未开化；比如封建体制内的农民运动，太平天国并没有摆脱皇权这个核心，这是他们集体的历史局限性，起义胜利后，他们成了另一个"皇权集团"。这一点，唐浩明在小说中有过充分的阐释，如"忽然，一道严厉冷酷的命令传过来：'全体原地跪下，不得走动，低头看地，不准仰视，违者斩首！'十万百姓颤颤抖抖地遵命跪下来，两眼直勾勾地看着膝前的那块小黑土。年长体弱的后悔不该来，但已迟了，来了就不能走，'违者斩首'。"这是皇权意识对普通百姓强暴的典型。

唐浩明强化了湘军或者湘勇精神世界的描写，深刻地抓住了中国农民的精神特质："钱"和"活命"，湘勇愿意卖命打仗正是因为有钱发，这些钱比他们种地要来得快、来得多，这样他们的妻儿老小就可以更好地活着，为此，他们真的可以连命都不要，这极其深刻地描绘出中国农民的精神性格。联想到改革开放后中国社会的农民工，无数的农民背井离乡，一年甚至几年都见不到家人一面，他们无怨无悔，因为，这比他们在地里劳作可以赚到更多的钱，家人也就可以生活得更好一点。

可以说，唐浩明成功地雕刻了各个阶层中国人的精神群像以及中国社会的性格肌理，与高扬和承续优秀传统文化的创作诉求相比，这样的精神群像更是其认真书写的价值所在。换句话说，唐浩明在创作这些历史小说的时候，他已经有过这一方面的深邃思考，即努力把个人的书写从历史小说的创作带入更深层次的剖析和更广阔的视域中，从而实现历史意义的现场生成，大大拓展了小说本身的文本空间和社会学价值。

五、小说的逻辑与作者的观念

熟读历史文献，充分占有资料，认真把握历史的来龙去脉，甚至人物的思想、微笑的细节，通过对文献资料的引用、加工、打磨，再佐以唐浩明擅长的艺术手法和叙事传统，布置故事的架构、脉络和发展，从而再现历史的真实和小说繁复的世界。这是唐浩明对长篇历史小说创作提供的一种有效的方法，这种方法既有高度的严谨性和严肃性，又有很强的艺术性和可读性。比如有些故事背景是对史料的简要整理，如"长沙激战，城隍菩萨守南门"的开始一段，整体介绍了太平天国运动的来龙去脉；有些是对历史文献的合理引用，特别是一些公文和告示；更多的则是将史料事件和时代背景融合进入故事中，进行合理的加工，结合人物基本性格，通过语言、行为和思想等细节性和具体化的创作，历史人物及其相关事件就跃然纸上。例如，唐浩明对曾国藩在岳阳楼上的心情进行了细致的描写："散馆进京的二十九岁翰林曾国藩，反复吟诵着'先天之忧而忧，后天下之乐而乐'的警句，豪情满怀，壮志凌云：此生定要以范文正公为榜样，干一番轰轰烈烈、名垂青史的大事业！而眼下的岳阳楼油漆剥落、檐角生草，暗淡无光，人客稀少，全没有昔日那种繁华兴旺的景象。"短短的一段文字，刻画出主人公的内心痛苦：热血犹在，物是人非，英雄报国，无路无门，这种苍凉和悲壮令人震撼。

又如将湖南人吃辣椒的习惯用在曾国藩的身上："小家伙出去后不久，便端来两碗饭，又从口袋里掏出十几只青辣椒，说：'老先生，饭我弄来两碗，菜却实在找不到。听说湖南人爱吃辣椒，我特地从菜园子里摘了这些，给你们下饭。'曾国藩看着这些连把都未去掉的青辣椒，哭笑不得。"通过幽默的方式，体现了湖南人的特质，而生活化的语言也让曾国藩更加真实。再如对洪秀全称王之后的描写："自进入天王宫后，东王、北王又相继送来十二名美女，全是江南娇娃。天王大喜，都封为王娘。自此天天锦衣玉食，夜夜洞房花烛，耳中笙歌如天上仙乐，眼前姬舞似杨柳曳枝。天王对这种生活已十分满足了，他脚步再也不迈出天王宫一步，怕刺客暗杀；昔日铁马金戈的岁月，已成为十分遥远的记忆了。"这样的描写，是暗喻，更是彰显，让人看到太平天国运动必然失败的可悲命运。

虽然曾国藩、张之洞和杨度本身都有各自的不足，但是，他们在整体上都体现出湖湘文化的精髓，形成了湖湘文化近现代人物的脊梁，实现了湖湘文化的复兴和传承。写作的过程中，唐浩明通过曾国藩、张之洞和杨度这三条主线，用故事串起有名或者无名的近现代湖南人的集体群像，包括左宗棠等名臣，齐白石等文化大师，还有更多的像康福、唐鉴等名气较小或者历史上根本没有留名的人物，塑造了一幅"惟楚有才，文人雅士，名流清仕，卓尔不群，于斯为盛"的宏伟画卷。由于历史的特殊原因，湖湘文化曾有一段时间是相当沉寂的，而随着唐浩明的小说的广为传播，湖湘文化再次获得社会的广泛关注，并形成热潮，可以说湖湘文化能再领风骚，唐浩明功不可没。

小说的瑕疵在于，部分人物或者情节的设置似乎不是十分必要，没有形成应有的逻辑性和贯穿性，使叙事显得突兀、臃肿，一定程度上影响了叙事的整体性和流畅性。比如，《曾国藩》第一章第四节"康家围棋子的不凡来历"，完全没有必要把康家在前朝的故事搬到小说中来，因为，如果要突出"围棋子"的不同凡响，像一个命运隐喻的话，那么，这"围棋子"的意象就应该贯穿于故事中，成为一种神秘的象征。但实际上，唐浩明用考古般的努力发现的只是康家的身世显赫，这个细节没有从文化上形成张力，反而使叙事显得拖沓、生硬。也许，唐浩明想把众多湖湘名士的"光荣史"一一道尽，即便是一枚有点沧桑的"围棋子"也不放过，从而塑造出"湖湘风流、遍地英雄"的景象。与此相对应，非湖湘人士，往往充当了"陪衬角色"，比如太平天国，比如李鸿章，比如慈禧等，阅读之后，给人的感觉就是：作者要为传统正名，为湖湘文化正名！

任何一种创作，如果存在诠释理念嫌疑（或所谓主题先行）的话，那么，这种创作就容易在艺术品质上大打折扣或落下败笔。更何况，湖湘文化也有许多不尽人意的地方。龚曙光就认为，湖湘文化是一个反技术文化，是一个乱世文化，不是一个治世文化。他一针见血地指出，湖湘文化教人不讲规矩，而是破坏规矩；湖湘文化教人不去遵从技术，而是怎么用政治去替代技术。

六、艺术的立场与书写的正义

唐浩明对小说主人公的塑造竭尽全力，浓墨重彩，还原了历史的真实，甚至在情感上尽可能"保护"人物的高大完整，不去苛求历史人物的种种缺陷。作者曾在很多场合说过，曾国藩是传统文化的最后一个圣人，唐浩明很少去批评他，即便有人批评，他也会自觉进行辩护。比如，曾国藩回家奔丧，在母亲棺材前，有这样的描写：今天，儿子特意回来看母亲了，母亲却已不能睁开双眼，看一看作了大官的儿子。老天爷啊！你怎么这么狠心，竟不能让老母再延长三四个月的寿命?！一刹那间，曾国藩似乎觉得位列卿贰的尊贵、京城九室的繁华，都如尘土灰烟一般，一钱不值，人生天地间，唯有这骨肉之间的至亲至爱，才真正永远值得珍惜。显然，唐浩明直接参与进去，似乎他也在哭，由此可以看出他对曾国藩的情感。但是，作者对其他人物，比如太平天国主要人物、李鸿章等就失去了这种情感色彩，因而，作者对历史人物的书写有着价值预判或者情感投射的不对等性。

换句话说，唐浩明带着对书中人物强烈的感情色彩写作，有失偏颇，甚至会伤害到作品的生命。不妨以洪秀全为例，在阅读过程中，唐浩明笔触的锋芒似乎对准了洪秀全，要对历史上的洪秀全发难。首先，唐浩明在能力上、领导才能上否定了洪秀全，如"杨秀清和洪秀全不同。他的心灵深处，从来就没有天父天兄的位置。他不相信真的有什么天父天兄，也不相信洪秀全是天父天兄的次子、自己是天父的四子这一类无稽之谈。他参加拜上帝会，信仰天父上帝，只不过是利用他们而已……他也知道，诸王中，除冯云山以外，萧朝贵、韦昌辉、石达开也和自己差不多，都明白神道设教的作用。不过，他也从不点破。杨秀清表面上显得比天王的信仰还要虔诚，以至于天父对他的宠爱，似乎超过了天王。他几次装扮成天父下凡的附身，居然使天王完全相信。想到这里，他不禁冷笑起来。"又比如，"洪秀全心里不大高兴，慢慢地说：'北征已经决定由林凤祥、李开芳带一万人马，阵营已不弱了。当年我们在金田起义时，才不过几千人。有天父天兄的庇佑，不用我亲自出马也会胜利的。'"唐浩明甚至对杨秀清等人都有一定的"赞颂情怀"，赞颂他们的反思能力和顾全大局的能力，而洪秀全则是一个盲从于上帝说的迷信的庸才。其次，唐浩明在人格上也否定了洪秀全，书中特地写到洪秀全科举上的失败所带来的愤怒：一提起考试，天王就有一股冲天怨气，有时这种怒气发作起来，他恨不得杀尽天下考官。偶尔夜半静思，他想起自己为何扯旗造反，走上与大清王朝作对这条路，说到底就是因为考场上屡屡受挫的缘故吧！又说：倘若那时府试、乡试、会试节节顺利，可能就没有今天的天王了。即使做了万民之主的天王，洪秀全一旦想起那些伤心失意的往事，心里仍然会浮起一种因为被人瞧不起而产生的悲哀。"还有："'今日成功了，六人共坐江山的誓言可以不必兑现，但开科取士，则非实行不可！'天王在心里狠狠地说。"上述描述的潜台词是：太平天国运动仅仅是因为洪秀全没有在那个"传统体制"内平步青云，为了一己私利而报复他所在的那个社会的"闹剧"或者"悲剧"。这样一个昏庸无能的农民运动的领导者与饱读诗书、满腹经纶的曾国藩对阵，其失败的结局几乎是命中注定的。

洪秀全作为一场农民起义的最高领导者、拜上帝教的发起者、杨秀清等人的"绝对核心"，肯定有其独特才能和人格魅力，否则，他也降服不了野心勃勃的杨秀清等一干强人。同时，洪秀全对上帝的理解绝非仅仅是"迷信"，他发动农民运动的初衷也绝非仅仅是对科考的不满，其深层原因无须我们来讨论。诚然，太平天国后期内部是有斗争，洪秀全还杀掉了杨秀清，因此，唐浩明通过洪秀全第一人称的心理描写，将太平天国设定为一个在传统体制内没能发达的"愤青"对传统体制进行报复的一场行动，这样的观点，作为个人的一种认识，无可厚非。但是，唐浩明把他放到对整个历史事件的解读当中，这样做是否妥当？书中的这类描写，将唐浩明的倾向进一步表达为：作者不仅完全否定洪秀全，更完全否定太平天国运动。而站在历史的角度看，太平天国有其时代的局限性，洪秀全也有其自身的局限性，甚至其才能也并不高、能力也并不强，性格上有种种缺陷等，但太平天国失败的根源毕竟不在于"上帝"的有无，洪秀全的悲剧也毕竟不是一个"愤青"所能概括得了的。小说中，洪秀全是曾国藩的对立面，唐浩明要树立曾国藩的高大形象，其实也无须"矮化"甚至是"丑化"洪秀全。相反，如果洪秀全越是老奸巨猾越是精于算计、难以对付，岂不越能衬托出曾国藩的足智多谋、越能映衬出他的勇于担当和舍我其谁吗？

有评论家指出：唐浩明书写了一个真实的曾国藩，他是传统文化下的一个圣人，又是封建思想下的杀人恶徒。但是，曾国藩的一切都具有"合法性"；而太平天国运动完全失去正义性。在此，唐浩明似乎缺失了当代的视角，或者说现代性的视角。虽然作者的书写具有相对的客观性，但切入角度似乎还不够现代，当下的书写应该以现代来解读传统，在方法上可能没必要一定追求现代性，但在历史观上应该具有现代性视野。如果仅仅以"传统体制"的目光来解读历史，就有可能会伤害到对历史人物的价值判断和作品应有的现代性。

比如，曾国藩对着太平天国告示"……衣食者，上帝之衣食，非胡虏之衣食也；子女民人者，上帝之子女民人，非胡虏之子女民人也……"大骂"胡说八道"；对着"予兴义兵，上为上帝报瞒天之仇，下为中国解下首之苦，务期肃清胡氛，同享太平之乐"，也大骂"这些天诛地灭的贼长矛！"再比如，"罗大纲拍着桌子喝道：'你的老娘死了，你笑得悲痛。你知不知道，天下多少人的父母妻儿，死在你们这班贪官污吏之手？！''本部堂为官十余年，未曾害死过别人的父母妻儿'曾国藩分辨。""'曾妖头，'罗大纲继续他的审问，'不管你本人害未害人，我来问你，全国每年成千上万的人死于饥饿灾荒，不由你们这班人负责，老百姓找谁去！'曾国藩不敢再称'本部堂'，也便不再分辨了。他心里自我安慰：不回话是对的，一个堂堂二品大员，岂能跟造反逆贼对答！"

从这些描写可以看出，唐浩明是以曾国藩的视角进行写作的，这正是传统体制的视角，是官本位的思维，是权术和手段的正统表达，甚至曾国藩后来纵容曾国荃杀降、屠城在这种传统体制内也有其合理性。相反，在这种传统体制内，太平天国运动完全丧失了其"合法性"。

如果以同一种现代性视角对待太平天国的书写，就应该对其来龙去脉有一个客观的描述，即便没有客观的描述，也不应该让太平天国的"合法性"/"正义性"淹没在传统体制的思维中，这种单向度的传播容易造成读者的误读。而以曾国藩的视角进行书写原本无可厚非，但是，唐浩明由于太过偏爱曾国藩而没有警惕到对该人物保持应有的"冷"的距离，抽离出个人情感，使之更加客观真实。比如"他（曾国藩）和南五舅谈年景，知道荷叶塘种田人这些年来日子过得艰难，田里出产不多……南五舅还偷偷告诉国藩，荷叶塘还有人希望长矛成事，好改朝换代，新天子大赦天下，过几天好日子。这些都使国藩大为吃惊。"这里虽然是南五舅"说"的内容，却是作者以第三人称的视角出发称呼"太平天国"为"长矛"，出现作者和曾国藩的价值判断重叠，导致现代与传统的冲突，容易引导读者产生认识上的误读，以及价值判断的偏离。

七、警醒意识与知识分子的内心冲动

在当代文学作品中，《李自成》是对唐浩明的创作启迪最大的一部书，这种启迪首先表现在作者对历史小说写作的严肃态度和自我担当的社会责任。其次表现在小说的语言上。唐浩明说他读《李自成》，感觉一切都顺理成章，真实可信，明知有不少虚构，但觉察不出来，"在没有任何障碍的状态中，被不知不觉地引入作者所创造的文学世界"。为了达到这种效果，唐浩明认为"历史小说的语言应该文白相杂、雅俗兼备，才较为得体。写上层，写士人，宜用较为文雅的语言。这符合作品中人物的身份，也可以营造出很好的历史氛围"。显然，唐浩明的晚清三部曲就是用这种文白相杂的语言写的，也的确"营造了很好的历史氛围"。

但另一方面，这种历史氛围由于小说中的人物在不同场合出现、人物与人物之间称呼的转变或作者对人物称谓的变化而使得小说产生一种突然而来的陌生感或阅读上的不适感，使原本"不知不觉地引入作者所创造的文学世界"的情感立刻游离出来，甚至产生某种程度上的"惊悚"或不真实感。由于生活习惯和文化差异的原因，外国作品中的主人公一般都直呼其名，比如"安娜"，比如"保尔"，读者对此不会产生任何的陌生感或不适感。但是，与安娜·卡列尼娜、保尔·柯察金等外国作品中出现的主人公不同，中国传统文化对先辈/长辈（特别是大人物）的称谓很少直呼其名，中国作家在其作品的叙事中也很少对所塑造的主人公直呼其名。除非故事中的人物相互之间十分熟悉，是朋友或者家人等才会舍去姓氏，直呼其名。也就是说，这种称谓既有前提条件，又有情感归属。不同的场合，不同的称谓，不仅见出人物之间的性格特点，也彰显作者对人物的好恶倾向。唐浩明的小说，大部分的时

候都用的是人物全名，是客观的、冷静的，但是，也有一些地方只称呼名，而不带姓氏，比如"国荃""国葆""国蕙"，甚至还有"达开"，更甚至还有"秀全"出现的，等等，这究竟代表了作者怎样的情感表达？每一处称谓的不同是否有其特殊用意还是任意为之？这种带有倾向性的情感投射是否暗示了作者自觉地参与了对历史的追溯？抑或这只是作者行文时的一种习惯，甚至是说没有在意前后文的统一而形成的某种疏忽？不知别人在阅读时有没有这种感受？

关于《曾国藩》的畅销，唐浩明坦承要归功于中国官场文化的实用性，曾国藩作为中国官场中一个较为"完美"的成功者，具有很强的示范性。不少人买这本书，是试图从中学到一些如何做官的技巧。但饶有意味的是，唐浩明在很多次采访中强调，他要写的是士，而非官；对于有评论家把唐浩明的创作归于官场文学，他也颇不以为然。于是，我们可以看到，在唐浩明的创作意图和读者感受（包括评论家的判断）之间出现了错位。

为什么会有这种错位？文学最重要的功能，可能未必是赞扬，而更应该是批判；可能未必是让读者学习到了什么，而更应该是引起了读者什么样的思考。对于历史人物和传统文化，作者要赞扬什么，必有所指；但对于要批判的东西，却感觉有些模糊。这可能与作者创作时的政治气候或时代背景有关。深层次的问题，可能还在于不少国人对于士和官的概念混淆。传统中，我们讲的是士官文化，这是科举制度和儒家文化留下的"产物"："学而优则仕"。这里的"仕"与"士"不是同一：士未必是官，但官一定是士，且士一定想做官（为"仕"），即"出人头地""升官发财""蒙宠皇恩"。

小说显示了浓重的"安身立命""平步青云"思想，例如："当年郭子仪降生那天，他的祖父也是梦见了一条大蟒蛇金门，日后郭子仪果然成了大富大贵的将帅。今夜蟒蛇精进了我们曾家的门，伢崽子又恰好此时生下。我们曾氏门第或许从此儿身上要发达了。你们一定要好生抚养他。"又比如："到了外婆家，母亲将这段险情一说，大家都说母亲讲得有道理，并恭贺她今后一定会得到皇上的封诰"等等，小说中还有许多言必称"天下"的地方，传统知识分子的"安身立命"是值得人们学习的，但是，传统的"天下观"则是值得商榷的。

知识分子意味着什么？在托尔斯泰看来，知识分子意味着自由、独立、人格的完整，这是知识分子最大的精神属性。所以，很多西方知识分子认为，知识分子的精神应该与政治保持一定的距离，即便是从事政治哲学研究，如卢梭、伏尔泰等人，也不会直接参与政治，甚至马克思也没有直接参与政治。在文学领域同样如此，一旦参与政治，知识分子的自由精神必然受到政治属性的约束。

透过《曾国藩》等作品，我们应当反省的是：中国知识分子的精神属性是什么？"官"的精神属性又是什么？当代知识分子阅读唐浩明的小说，大多都是在学习——学习官场文化的钩心斗角，而非思考——思考传统文化的糟粕与精华，更遑论批判——批判中国的"官本位"文化对人性的扼杀，当读者们津津乐道于曾国藩的"狡诈"与"狠毒"而漠视于曾国藩的"隐忍"与"自律"时，这种"尴尬"难道不悖于作者的创作初衷吗？唐浩明虽然无法控制读者"有选择性"汲取作品的"养分"，但作为一个有良知的作家，他是否可以对这样的读者给予一种警示，至少是某种忠告呢？

青春：诗歌的答案与青春的轮回

诗人大多是守旧的，感慨青春的深沉意志和恢宏想象，留恋故乡的母亲、风物和一切的过往，时间在诗人的过去和现在之间穿行，不断沉淀、夯实，凝成了情感密度厚重的诗歌。诗人的情感温度可以维持一生，之后将这种温度传递给他的每一个读者。奔流就是一个这样的诗人。奔流的诗词，既有古典传统的含蓄内敛，有现实境界的温暖真实，又有浪漫主义的自由奔放，给我们一种温度，一种真情，一种美好和力量。其中，对青春的追忆、对乡土的沉吟、对生命本体的回归与重构，这三者构成了奔流诗歌的核心主题。

一、经历夯实的情感密度

奔流的诗歌创作总给人惊喜。他曾经在一个晚上给我打电话，那个略带嘶哑的声音穿过夜空敲打我的耳膜："是聂茂吧？我是奔流。"接着，这个声音告诉我，他要出一本集子，主要是诗歌方面的东西，因为年代有点久了，再不出，如果再搬家，可能找不全剪贴本了，那当年的一腔诗情也就彻底消失在时间的黑洞里了。"在整理这个剪贴本时，我看到了1991年第2期我们兄弟同时刊登在《人民文学》杂志上的文章。你是散文成名作《九重水稻》；我的是诗歌《乳名》。现在想想，那真是一个令人怀念的年代啊。"电话最后，奔流以不容商量的口吻说："你给我写几句话，权当纪念那个激情燃烧的岁月吧。"我无法拒绝奔流的请求。

经历对诗歌的情感密实度和艺术穿透力具有决定性意义，奔流的经历为他的诗歌奠定了坚实的生活基础。遥想当年，我们都在媒体工作，都是农家子弟，都是单身汉，也都爱好文学、追求正义，我们常常一起采访，一起喝酒，一起唱歌，一起写诗，一起在长沙的大街上漫无目的地游荡。那是时间和精力都过剩的年代，是吃什么都香、喝什么都甜、写什么都是文学的年代。我们在同一条战线上大约工作了四五年，直到我1999年出国，我与奔流失去了联系。听说此间的奔流，成了时代的弄潮儿，冲在媒体改革的前沿上，从长沙到福州，再到武汉，最后定居北京，无论跌宕起伏，都没有离开媒体。而我2003年学成归国，2004年来到中南大学任教，我与奔流均无联系。但在2007年的某天，奔流带着一个团队，突然出现在我面前。我们彼此看着，笑着，聊着，他还是那样的富态，不停地抽着烟，说话摇头晃脑，甚至手舞足蹈，十分本色。随后，我们再次失去联系。直到这一次，他重新出现，我才恍然忆想，在那个文学的黄金年代，我们是多么热爱文学，热爱诗歌，热爱写作啊。老实说，奔流的电话，让我有一种错愕感：在文学早已边缘化的今天，奔流的诗人情结还紧紧地打在他灵魂的脐带上。我在想，时间都过去了吗？时间都去了哪里？难道那些被诗歌镀亮的记忆也随着时代过去了吗？

二、青春掘出的生命深泉

翌日，面对奔流发过来的书稿，我想起了阿根廷作家博尔赫斯曾说过这样的一段话："圣奥古斯丁说过：'时间是什么呢？通常我是知道答案的。可是突然有人问起，这时候我就不知道了。'而我对诗也有同样的感觉。"的确如此，奔流的书稿勾起了我对诗歌的理解：诗歌的魅力往往是与时间连在一起的，更确切地说，是与青春连在一起的，年轻人，风华正茂的年纪，放飞想象的岁月，更适合于写诗。被诗歌打湿的记忆更加清晰，更加持久，更加饱满与充实。与此同时，写什么，如何写，似乎也并不那么重要，重要的是你在写，并且真正写下了一行行文字，如果别人问你，你在写诗吗？你可能也不确定。因为诗歌的审美性正是由于其具有多重意蕴与不确定的价值内涵，加之诗歌创作的跳跃、留白和含蓄等艺术表现的要求，本身就很难用限定性的一两个词语精确地表达出来，而这也是诗歌常常以"朦胧"的面目出现的原因之一。因为美的诗歌，都是诗人生命体验与真实情感的自然流露，总是能带给读者感动人心的艺术力量。在诗歌的世界中，一山一水，一花一木，万事万物，都有一片美好而洁净的魂灵。无论是记忆中愈发清晰的乡土轮廓，还是苍茫大地上往来更替的普通个体，在诗人的笔下，往往幻化出朦胧多彩却具有穿透性的艺术境界，不仅呈现出生活的面影，更能演化为诗人的心境，让诗人能在风景中看清自己。

在诗人塞缪尔·厄尔曼的心中："青春不是年华，而是心境；青春不是桃面、丹唇、柔膝，而是深沉的意志，恢宏的想象，炙热的恋情；青春是生命的深泉在涌流。"事实上，如同塞缪尔所理解的，"青春"一词真正的内涵从来不是人们想象中的那般狭隘。"青春"不单单意味着稚嫩、天真的行为，也不仅仅局限于青涩、秀美的容颜，"青春"更多则是代表着热情、坚毅的品格，象征着无限的勇气与希望。我们每个人都有过青春，有过属于自己的唯一的青春。奔流承袭了塞缪尔对于"青春"一词真实意蕴的阐释，在他的笔下，"青春"就如同泉水一样不断奔流着向前，默默见证着每个生命的成长。在这个过程中，或许有落花坠地般的疼痛："你是我今生独钟的花朵/从清代至今/你在我的雨季/凄美的坠落"（《想起黛玉》）；或许有烟雨迷蒙的荒芜："因为三毛/我们拥抱了/结梦的橄榄树/开始在没有三毛的日子里/莫名伤感/泪如雨下"（《清明雨无边无际》）；或许还有自我流放的孤独："你仿佛原上倔强的野草/生命在自我流放中/默默成长"（《被自己流放的青春》），如此等等。在诗人的记忆中，这些青春的经历更像是一处流放地，那里荒凉、悲伤，让年少的诗人沉默、却又继续勇敢地生长。于他而言，这种忧郁而孤寂的"心境"也在无形中释放了他的困惑，赋予了他不断前进的激情，并逐渐丰盈了他的理想和人格。他开始学会在沉默中坚守一个名字；学会独自一人在风雪中承受着思念的煎熬；也学会默默在语言的积淀中形成丰厚的思想。"雪花""雨巷""荒原""青草""阳光"等意象先后浮现，不仅预示了诗人从青春年少走向成熟坚毅的成长变迁，同时也暗含着诗人审美境界的不断提升。

三、故乡吸附的时间碎片

海德格尔曾在《荷尔德林诗的阐释》中指出："诗人的天职是返乡，唯通过返乡，故乡才作为达乎本源的切近国度而得到准备。守护那达乎极乐的有所隐匿的切近之神秘，并且在守护之际把这个神秘展开出来，这乃是返乡的忧心。"[①]海德格尔指出，只有故乡才是最接近本源而获得存在的地方。所谓"故乡"，不仅是指人类生存的物质家园，还包括人类赖以"诗意栖居"的精神"原乡"。从这个层面进行分析，他所提出的"返乡"绝不是简单意义上的"因思念家乡而归来"的举动，"返乡"的真正意义则指向一种精神性的回归，诗人"返乡"所寻找的乃是整个民族、甚至整个世界的根基所在。作为诗人，许奔流的责任就是"返乡"，就是试图在沉静的思考中低吟着、探索着人类生存的根基。

作为新乡土诗早期代表性诗人之一，奔流的新乡土诗创作比同时期的诗人们表现出更加清醒的文化自觉。他的笔触伸入大地的腹部，借助于日常生活的细节，把个人与土地的关系融入国家与民族的思考中。即便是一个"乳名"，他首先捕捉到的是乡村俚语里表层意义上的低贱普通的"乳名"，再以此深入到乡情的内部：即这样的"乳名"虽然好似随风飘逝的苇草，看似弱小却始终无法被镰刀割断、被烈火烧尽，因为"在母亲的心里/乳名是长不大的孩子/那很难更改的呼唤/是母亲不老的爱心"（《乳名》），一声声轻柔的呼唤，不仅象征着母亲对于孩子生生不息的爱，更象征着人类精神深处的独特烙印，代表着每个生命个体特殊的身份与地位。与此同时，诗人又将寻觅目光洒向身边的亲人：在诗人的笔下，父亲、母亲、妻子的形象都和生长在农田中的作物紧密相连：水稻被水浸湿的"伤口"就像"父亲他那泪湿苍茫的眼

---

① 海德格尔：《荷尔德林诗的阐释》，商务印书馆，孙周兴译，2000年版，第126页。

睛"、而"娘的容颜舒展如黄菜花"、就连"妻已长成庄稼的模样"。在这片土地上，水稻、黑菜籽、黄菜花更多则带有了人类的品格与精神，它们连同生活在乡土上的人们一样默默地在田间扎根，坚韧而挺拔。诗人充满感激地写道："读一株水稻/就是读一个农人的一生/在这些默默无闻的田间/生长着水稻和父亲/也生长着我和我的诗歌"（《水稻·父亲》）由此我们不难看出，回归乡土记忆，既是许奔流"返乡"方式的继续深入，也是其在当下这个时代重建民族生存根基以及对"文化寻根"所做出的努力与尝试。除此之外，诗人还执着于从乡土的风俗以及其他人物的活动中进一步观照人类的精神状态：在诗人的笔下，"春节"被赋予了更加具体而积极的内涵：春节"在农人的心里有如歌谣/在农人的眼里生长如女子"（《春节》），从而为农人带来了温暖与慰安。在诗的最后，农人将"春节"作为种子种在"向阳的坡地上"，鲜明地展现出诗人对于农业文明未来发展前景的期盼与向往；而在《戴麦帽的村姑》一诗中，诗人通过村姑与娘在阳光下相反的行为表现显示出其对于当下社会文明的反思与忧虑："娘戴着大麦帽劳作/在烈日下的原野/她戴着小麦帽/常去阳光晒不到的地方"强烈的对比中暗含了诗人对于新一代人慵懒、享受思想的不满与担忧。

在生活中，真正感人的诗歌从来不是所谓的"时代传声筒"，诗歌独特的艺术魅力总是来自个体生命持久的淬炼与打磨。从这个意义上来说，好的诗歌总是有温度、有哲思，并回归于生命本体的。奔流正是这样一位有追求、有坚守的诗人，《面湖而居》一诗便具有鲜明的抒情特质。在这首诗中，诗人将自身面湖而居的经历转化为具有象征性内涵的思想时空。诗人仿佛面对着意念中的风景，不知不觉中习惯了抬头仰望，在岁月的沉淀中静静学会沉思与包容。又如《船》一诗，全篇并未提到"船"的字眼，而是借"一只鞋"将其与"水乡人"的行径联系在一起，从而让"鞋"承担着"船"的功用与价值。诗人所致力描述的既是"水乡人"奋斗的途程与心理感受，同时也是农耕文明走向现代文明的喻象。生活艰辛而漫长，但是在"水乡人"的心中却存在着一种纯粹的清凉与安静。实际上，许奔流的创作无一不是从其自身的生命体验中汲取养分，再将这些体验营造为隐喻性的客体对象，因此总是能带给读者深刻的精神价值。

总之，奔流的诗歌，因其辽阔悠远的胸怀而让人坚守信仰，因其面对乡土的温情与真诚而令人热泪盈眶。或许，他的灵魂虽然被流放在了那一处可以托付青春情感的荒原上，但是他的诗歌仍旧继续行走在人生的道路上。那些青涩的记忆，湿润的记忆，成长的记忆，向往读书和写作的记忆，都在被流放的青春中重新生长，重新被诗歌所镀亮。这属于奔流，更属于这个时代。

世纪：制度自信的佐证与文化自信的诠释

中国文学创作正在走出西方中心主义的定势，写出中国人民朴素的感情、伟大的牺牲、真实的纠结，展现时代的风度、气度和厚度。唐朝晖的《百炼成钢》展示了中国语境和文化逻辑的力量，扩宽了马克思主义在中国发展的新维度。工人群体通过发出自己的声音，艺术性地回答了我是谁、为了谁、谁在说的历史问题。

对于很多作家来说，如果写作对象和场景里没有自己，看不到自己的影子，就会索然寡味，没有创作冲动。唐朝晖则不然。在他的作品里，不但描写的人物要说话，还让叙述者自身也说话，唯独作者唐朝晖不说，似乎他要刻意隐匿自己的存在。换言之，唐朝晖的文学景观里都是世界原态的样子。在他看来，写作只是从真实生活中搬了一块到纸上。唐朝晖早期创作以散文、诗歌和散文诗为主，他的散文创作有着浓重的纪实特征，基本可以归入非虚构写作的范畴。唐朝晖有在底层生活、特别是在家乡的石灰窑工作多年的经历，又有扎实的文字训练、文学熏染和近二十年的编辑生涯，这些生活和经历使他的作品更具现实意味和文本的油烟味，他总是试图在时代的大潮静息之后，走到曾经汹涌澎湃的海滩，望着退潮的海面，数着无尽的贝壳，回味尚未完全褪尽的海水腥味。所以，钢铁厂、石灰窑等这些曾经为共和国大厦奠基挥洒汗水的场所，成为他关注和书写的重点。《石灰窑 DV 人物》《两个人的工厂》《菜市场》《通灵者》《梦语者》《勾引与抗拒》《心灵物语》《镜像的衍生》《你的神迹》等作品，不断标示出他写作的新境界和新高度。可以说，唐朝晖所取得的实绩，使之当之无愧地成为中国非虚构写作的重要作家。他的笔下充溢着有关工厂的记忆和对于劳动的书写，封闭、潮湿、汗臭味、喘息声和尖锐的撞击声合在一起，充溢着强烈的现实主义和人文情怀。

唐朝晖新推出的非虚构作品《百炼成钢》彰显了一个优秀作家勇于探索的创新精神和家国情怀的使命责任，该书聚焦八个地方的传统国有钢铁企业工人在不同时期、不同阶段、不同境遇的人生样态，以人物为中心，以时间为支点，以空间为轴线，文本跨度从北京石景山、河北迁安，到山西长治和贵州六盘水，涉及首钢、长钢等钢铁企业，刻录了一个渐行渐远的传统钢铁产业工人的群体背影，展现了传统钢铁产业工人"活化石"般的生存状态，成为中华人民共和国波澜壮阔的工业发展史上独具特色的一个缩影。

一、在行业升级换代的历史演进中自我扬弃

《百炼成钢》没有传统意义上的章节题目，而是由石景山、曹妃甸、迁安、滨河村、秦皇岛等地理名字进行结构连线。这些地方都曾经是国家的老工业基地，集中了历史文化、交通区位和地理资源等特点，一度是中国最先进生产力的必选项。这是孕育屠学信、高望飞等一代钢铁工人的绝佳土壤，在这里，他们穿着制服，唱着红歌，在高炉旁度过了自己的青春年华，在中国大开放、大变革、大发展、大转型的年代里，呈现出不同的生存状态、生活方式和命运轨迹。首钢的屠学信曾经和国家领导人合过影，当过国家劳模，是特定时代"工人老大哥"的光辉榜样。而长钢的高望飞虽然只是一个普普通通的钢铁工人，但他也有自己的生活、自己的悲欢、自己的命运。或者说，无论是屠学信还是高望飞，无论是英雄模范还是普通工人，他们都有着自己的故事、性格和命运。由于国家产业政策的调整和升级转型的需要，他们离开了自己的岗位，经历了从辉煌到失落的心路历程。在这种人生起伏中，他们从纠结、焦虑和彷徨中走出，慢慢变得从容、自信和淡定，从这个意义上说，他们永远都是时代的英雄。每一个时代落幕后，那些曾经在时代浪潮里起舞的人，都会带着些许的落寞述说过去的时光，似一壶老酒，浓香醇美，余味悠长，《百炼成钢》即是如此。

《百炼成钢》的可贵，不仅仅在于它刻录了一个渐行渐远的传统钢铁产业工人的群体背影，展现了传统钢铁产业工人"活化石"般的生存状态，还在于

它用"发展着"的眼光审视当下，敏锐地从特殊性中发现普遍性。作品的八卷内容既独立成章，又一气相连，八座城市的人物故事，就是整个钢铁工人的故事；八个地方人物的命运，就是这个"老大哥"群体的命运。这八个不同的侧面，组合在一本书里，便是极富代表性的社会历史生活长卷，唯其如此，《百炼成钢》才有如此的吸引力，才能令人感动并产生共鸣。在经济发展方式转型升级不断凸显的发展格局下，高质量发展是大势所趋，钢铁行业工人同样不能故步自封，面临内忧外患的种种压力，他们不得不思考这样的问题：一是如何在技术进步中自持，在行业技术进步的同时获得发展，不被技术发展的潮流吞噬，过上更加美好的生活；二是如何在钢铁行业大发展中守住产业工人的初心。市场经济条件下，劳动力作为资源配置的方式，实现了经常性流动，大幅提升了人才的使用效率。在计划经济时代，工人在一个单位工作一辈子，是特定行业、特定职业的象征，也成了计划经济时代的代名词。

在《百炼成钢》里，无论哪个部分，无论口述者是谁，他们都表现出坚定从容的平静，不喜不悲。钢铁企业是稳定性最好的行业之一，但这种稳定性一旦需要重置，不得不在跨度巨大的技术、体制间艰难转型，阵痛在所难免。作为首都的特大型钢企，首钢按照疏散非首都功能这一统一部署，从北京的石景山搬迁至河北省的曹妃甸。正如屠学信在《曹妃甸》中所说："我们一边炼钢一边清炉，炼着钢还喷着火花，这很危险。谁也不敢去清，就我敢。我清之前，看准炉口的钢花，它跳跃的密度，还有色彩、高度也是可以看出来的，我会听炉子的声音，它每次发出的声音是不一样的，根据钢花、声音，知道炉子什么时候会喷火，什么时候不能在下面清了，这需要精准的判断，每炉钢有六七分钟的时间不会喷，我就可以去清，我就找到这几分钟，赶紧在炉下干活，如果喷出来，人就有危险。"这里呈现了作家无法用自我书写能够传达的时代讯息。当时的工业生产其实是大规模手工业生产的升级版，主要靠工人经验和感觉，标准化水平和质量控制能力较差，工人的安全保障度不够，这是工业发展水平的时代局限。今天的人们无法想象当时的环境，也无法理解工人们之间战友般的生死情谊。对待工厂和生产线，他们是有感情的，就像一个驾驭烈马的骑手，惊险而充满挑战。当时出不出得好钢，就是看火焰的功夫，"火眼金睛"的功夫是练出来的。在三炼钢厂，有位工人判断有误，炉子喷了，钢水把他当场烫死。高炉的性情其实是稳定的，只要你不是一个躁动的人，"高炉就是一只兽，你温柔地抚摸，兽是温顺的"。面对生死，他们没有显示出畏惧和怯懦，而是把高炉看作一只兽，认为"你温柔地抚摸，兽是温顺的"。在他们看来，令人生畏的高温炉子也是有生命的。钢铁工人曾经在这六七分钟的间断时间里，因为看火焰失误，被钢水当场烫死。但是驯兽哪有不流血？温柔的小猫从来都不是英雄的用武之地。与那些慷慨激昂的口号不同的是，他们从来不把自己当作英雄，在他们的意识里，这不是战天斗地，也不是丰功伟绩，就是平凡的日常生活，每日如此，他们紧张而充实，并享受着这样的生活。

炼钢不仅是职业，更是生命的符号和血液的基因。作为时代的英雄，他们冲锋陷阵，无私奉献；落幕之后，他们对人生、对世界有了更深、更透彻的理解和感悟，并表达自己的冲动。他们曾经是时代的英雄，但在产业升级、行业进化和技术进步面前，他们退居幕后，坦然面对，不哭不闹，不卑不亢，因为他们是这个国家的主人，曾经是，以后还是。江山代有才人出，这是任何人都无法抗拒的规律，也是时间给予我们的恩赐，它让我们这个民族可以永立潮头。中国工人认同这样的行业发展规律和历史演进必然性，看清了，理解了，也就释然了。在这样的历史视域中，他们登上时代中心和退出历史舞台一样，既为了国家，为了集体，也是为了自己。

马克思主义与生俱来地具有批判性和革命性的优秀品质。作为国家发展的中间力量，中国工人无论在计划经济阶段，还是市场经济时期，都以刀刃向内的勇气和自我革命的精神，自我扬弃，永远成为社会发展的动力。在行业升级换代的大背景下，他们立足当下，着眼于国家发展和技术进步的必然趋势，以自我革命的勇气重新定位自己，突破了身份束缚，舍弃了思想的禁锢，因此自我扬弃也是中国工人的鲜明标志和基因。应该看到，中华人民共和国成立以来，工人阶级正是通过自我扬弃，一次次甘当时代的先锋和国家的铺路石，表现出了可贵的牺牲精神，从思想到信仰，都无愧于工人阶级"老大哥"这一行业定位。我们还应该看到，勇于自我革命，是中国工人从历史走来、贯彻始终的鲜明品格，是中国能够战胜困难、取得成就的动力之源、精神之基。习近平总书记指出，"做到不忘初心、牢记使命，并不是一件容易的事情，必须有强烈的自我革命精神。党的自我革命任重而道远，决不能有停一停、歇一歇的想法。"①

在行业升级换代的历史演进中自我扬弃，来源于工人阶级实现中华民族伟大复兴的坚定追求。自我扬弃，就是要以发展标准、国家利益去自我检视。他们从不空喊纯粹的口号，是因为他们践行了习近平总书记所说的："除了国家、民族、人民的利益，没有任何自己的特殊利益。"牢记为民族复兴、国家富强的使命，不求任何自己的特殊利益，就无惧于最严格的历史检验！

二、在表述自己与自己表述中释放文化自信

2001 年，诺贝尔文学奖颁给了英国作家维·苏·奈保尔，称"其著作将极具洞察力的叙述与不为世俗左右的探索融为一体，是驱策我们从扭曲的历史中探寻真实的动力"。② 这种带有明显倾向性的态度说明，真正的文学应该成为历史的见证者和时代断面的活化石，它也昭示着一个崭新文学时代的来临，维·苏·奈保尔把整个新时代称之为"写实的世纪"。

《百炼成钢》可归入非虚构写作的范畴，作品没有丝毫的斧凿痕迹和刻意的艺术精细，文字很干净，鲜有微言大义，它的独创性并不在于艺术形式上的探索，而是时代的隐喻。"经典的陌生性并不依赖大胆创新带来的冲击而存在，但是，任何一部要与传统做必胜的竞赛并加入经典的作品首先应该具有原创魅力。"③《百炼成钢》寓含了唐朝晖的文学价值观和文学理想，折射出与时代交相辉映的崭新文学景观。作品让写作从书斋走向日常，从作家的个体性想象走向群体性的原生态显露，从宏大叙述走向具体的历史纵深。它不像传统散文和小说那样，从小处写，以小见大；也不是直接的宏观表达，而是以行业、工种为视点，展现钢铁企业的历史变迁，这就为读者提供了新的视野和新的可能性。

---

① 习近平：《习近平在中央政治局第十五次集体学习时的讲话》，人民日报，2019-06-25。

② 奈保尔：《抵达之谜》，南海出版公司，2016 年版，第 1 页。

③ 哈罗德·布鲁姆：《西方正典》，江康宁译，译林出版社，2011 年版，第 5 页。

当下各种文学样式都打着创新的旗号颠覆文体的边界，崇高被消解，情感被矫饰，只要有创新，一切皆有可能！喧嚣之后，人们突然发现，纯文学自娱自乐，俗文学自我复制，他们一起把读者驱离阅读的现场。另一方面，随着互联网的普及，作家们的经验正从地域、家族等范畴里脱离出来，同质化正在成为填埋作家创作的一锹又一锹土，当他们在互联网的狂欢下怅惘时，早已黄土及腰，无法动弹。在此情势之下，职业作家很难以此为业，他们的写作也需要回归生活的本相，而作家又很难在短时间内刷新个体经验，注入新的感知。基于此，更本真、更原味、更鲜活的写作方式在时代的呼唤下登上了文坛和历史舞台。

唐朝晖通过非虚构的实录手法，真实还原了钢铁产业工人的历史环境、生存状态和人物的命运。20 世纪 90 年代之前，中国作家常以全知全能的视角观照生活，高高在上，或者以悲悯的态度看待芸芸众生，或者以批判的视角审视世界，但他们很少是生活的主体和参与者。20 世纪 90 年代以后，随着市场经济的基本确立，文学的存在环境也发生了巨变，作家们开始从启蒙姿态转入亲历体验，但这种亲历式的体验常常沉溺于私人经验的琐细叙事，缺乏对生命和生活的深度开掘。在文学经历了无数次的进化升级之后，作家们已经很难以独特的题材、思想和体验打动读者。作家代表人类和公众的时代正在悄然离去，读者需要感同身受般的阅读体验，而作家的生活轨迹是一个封闭的曲线，不可能成为覆盖多侧面、多维度、多阶层群体的代言者。从被表述到能够表述自己，这是时代的变化，也是人类进化的必然。讲故事曾经是作家最为有效的利器，他们向读者讲述自己的情怀、思想和梦境，但是很多作家很难把握虚构与现实的尺度，在虚构的外表之下失去了真实的内核，虚构被虚幻取代，思想被胡想置换，读者无法在虚构中感知现实的力量。他们厌倦了无根的、胡编乱造的"臆想文学"，希望能看到深入某个行业、职业、群体和地域的作品。"一部文学作品能够赢得经典地位的原创性标志是某种陌生性，这种特性要么不可能被我们完全同化，要么有可能成为一种既定的习性而使我们熟视无睹。"①《百炼成钢》带着可感可触的陌生化感觉，带

---

① 哈罗德·布鲁姆：《西方正典》，江康宁译，译林出版社，2011 年版，第 4 页。

着钢铁工人的质朴和时代的沧桑走到了读者面前。

现实可能比虚构更有力量。有的非虚构写作在不自觉中并入了自然主义的轨道，仅仅做到了"非虚构"，而抛掷了非虚构的精髓，采用实录的手法，把生活中的五彩斑斓整体搬入作品。非虚构写作无须强调真实性，他们的叙述本身就是陈述一段尚未尘封的历史，《百炼成钢》就是他们自己的故事。由于作品直接使用了第一人称，唐朝晖这个叙事人似乎隐形了，"在第一人称回顾往事的叙述中，可以有两种不同的眼光。一为叙述者'我'目前追忆往事的眼光，另一为被追忆的'我'过去正在经历事件时的眼光"。[①] "讲故事"是中国文学的优良传统，对他们来说，这些往事是他们一生的缩影，过滤掉了琐碎的生活碎片，他们甚至无须使用圆润的语言，或者仅仅靠所谓的理性和理念来支撑作品。置身于行业历史的富矿中，加以淡定的语调、娓娓道来的述说，将历史与现实对接，让行业特色、生活方式与新的时代、新的价值观念碰撞，形成了置身其中的艺术效果和带有浓厚历史气息的"讲故事"的方式。

《百炼成钢》中的八卷故事既有独特陌生和古朴粗粝的一面；又有翔实丰满、好读耐读的特色。作品在强调时间、人物和事件的真实的同时，更折射出主观感情和精神的真实，那种带有个人经验印记、从工人视角出发写出来的真实。八个地点中的每个故事都不长，大多只有几千字，但这短小的篇幅却是他们一生的经验整合，浓缩了他们的温润情感、精神烛照和审美方式。

中国工人的集体主义观念、共同富裕目标、甘于奉献精神与中国文化的天下为公、经世济民、和谐共生遥相辉映。文化本身并不是独立的存在，也不是自身推理演绎的结果，而是国家发展、民族进步、思想观念，乃至行业更替、技术换代的集中反映，同时对上述方面具有反作用，构成了能动因素。在当今世界，西方文化囿于根深蒂固的个人中心主义思想，衍生出了资本优先和个人利益至上原则，已使其陷入了深重危机。与之相对应的是，中国工人与中国文化的共生，使社会主义和市场经济在中国实现了高度融合，焕发出了前所有为的生机和活力，建构出了举世瞩目的社会主义市场经济，在世

---

① 申丹：《叙述学与小说文体学研究》，北京大学出版社，1998 年版，第 223 页。

界文明史上写下了璀璨篇章。正是由于这种融合，市场经济作为一种资源配置手段，使社会发展的效率更高，同时规避了弊端和恶果。因此在高度集中的计划经济和社会主义市场经济的切换中，工人们能够坦然面对，释放出了足够的文化自信和阶级定力。

工人在历史过程中展现出来的文化自信，已经对中国现代化进程产生了巨大的引领作用和强大推动力。作为中国的领导阶级和发展的中间力量，工人在计划经济时期是铁饭碗的象征，意味着身份、地位和尊严，但在国有企业改革之后，他们接受了新技术的挑战和时代的再选择，以豁达的心态和淡定的行为诠释了文化自信的强大力量。因此，这种经过时代淘洗和时间检验的文化自信具有鲜明的实践性。中国工业发展从一穷二白，转变成为世界产业链最完整的国家之一，怎么不应该自信？中国制造从靠经验为主，如屠学信在《曹妃甸》中所说，全靠主观听声音，凭着感觉炼钢，一不小心就有生命危险，转变为自动化、智能化的先进生产线，怎么不应该自信？中国工人从小学和初中文化为主，转变为高等教育为主，怎么应该不自信？那些曾经是目不识丁的工人，在社会教育和企业发展的大熔炉中不断成长，学技术、学文化，在属于他们的历史时期创造了世人瞩目的成就，怎么应该不自信？所以，强调文化自信、坚定文化自信，根本不在于就文化自身做演绎推理，而在于深刻理解自信之源；在于发现总结这种文化自信的特点，并用这种经过历史检验的价值观引领社会；在于用这种文化自信破解新的发展难题，形成中国经济发展的新风景、新道路和新模式。这样的文化自信更能够引起共鸣，激发出时代的回响。

三、在历史规律与民族进步中佐证制度自信

《百炼成钢》留存了计划经济条件下传统国企渐行渐远的背影，他们曾经是国之重器，万众瞩目，我们不能用历史担当和文化情怀这些字眼去衡量他们的人生与功绩。作品的各个口述作者都是钢铁工人，他们经历了企业不同历史时期的时代变迁和酸甜苦辣。在这里，他们不再是被表达的对象，无须被采访，也不可能用被赋予怜悯、悲怆，抑或伟大、崇高等鲜明色彩的词汇去描述。

　　钢铁产业工人是一个有创造性和荣誉感的群体。在计划经济时代，他们是国家的中流砥柱和万众瞩目的中心，他们就是理想生活的象征，是国家强大的象征，而在市场经济时期，他们的身份和角色发生了根本性的变化，从传统经验型生产过渡到现代智能型生产，从人生的黄金时间走向暮年，从繁杂的物象走向冷静的灵魂。这种变化伴随着阵痛和焦虑，但同时也有新的收获、新的启示。他们的思绪是复杂的，一方面为产业不断升级而感到骄傲，同时也在往昔荣光的流逝中怅惘。这为散文注入了一些独特的异质元素。钢铁企业多是特大型企业集团，他们有着可观的人员规模，体系庞大，自成生态，与社会的融合度相对较低。工人这个"老大哥"身份一度带给他们足够的尊严感，在卷第六《长治》里，高望飞自豪地说道："我父亲在潞安矿务局当煤矿工人，回村里，大队支书见了，说，老大哥来了。非常的尊重。父亲穿的衣服上印着'潞矿五阳矿'的字，穿着工服，走到村里，'老高回来了，工人回来了。'工人是响当当的。"他们中的有些人甚至与国家领导人合过影，让国家领导人在请柬上签过字，"1998 年发大水，我代表首钢捐了 300 万，同时还有一批明星，赵忠祥、杭天琪等人，都在后台坐着，就我一个工人。"这是历史的化石，也是时代的剪影。曾经的辉煌落幕之后，有鲜花，没有眼泪；有掌声，没有怨愤。他们已经把自己融进了宏大的历史，在时代的潮起潮落中看惯了起起伏伏，不再大喜大悲。

　　作品的扉页引用卡尔·马克思《路易·波拿巴的雾月十八日》中的话说，"他们无法表述自己；他们必须被别人表述。"[1]因为被表述，他们无法发出自己的声音，只能任由描述，所以在一定程度上，他们的形象是被想象和虚构的。在马克思看来，工人只能被表述，因为他们无法表述自己。但是一个多世纪以后，工人的文化面貌已经发生了根本性的转变，他们可以表达自己。马克思的概括是准确而精当的，他发现了工人无法表述自己这个现象的同时，也揭示了资本主义制度的工具性和虚伪性。彼时，工人只是利润的工具和流水线上的环节，他们在异化劳动中丧失自我，失去了表达自己的能力和可能性。

---

① 　马克思：《路易·波拿巴的雾月十八日》，江苏人民出版社，2011 年版，第 31 页。

时代变迁，马克思主义语境下的工人也发生了巨大变化，这是中国文化、中国制度带给世界，带给马克思主义的新维度，也是中国对马克思主义予以丰富和发展的新佐证。唐朝晖的意义在于，在经典马克思时代，工人们只能被表述，但是《百炼成钢》用事实证明，他们可以自己表述自己，这正是中国语境和文化逻辑的力量。在社会主义社会，他们当过主人，现在和以后还是主人；在这样的机制和体制里，他们文化层次提升，灵魂归属明晰，从大工业生产机器上的螺丝钉，转变为活生生的人，所以他们一直可以表述自己，并且在退出了一线工作后，有了空间和时间的可能。

四、基于词频分析透视文化自信与制度自信

唐朝晖以非虚构写作的方式，最大限度地回到曾经的现场，从八个传统钢铁工业区的十几个工人的视角出发，结成了《百炼成钢》。这些工人在计划经济和市场经济时期，表现出了辉煌过后的平静、笑看风云的淡定和国家主人的自豪。从宏观看，这种行业升级换代的技术演进是历史发展的必然，但无论产业技术和管理机制怎样变迁，他们都是一如既往地支持国家的发展，正心态，知进退，也与国家一同成长，这是社会主义制度自信和文化自信的力量。

在此，论者试图以词频为切入点，以 WORD 版本为基础，通过 WORD 中的"查找"功能，统计出指定词语的频次，部分选取了能够反映两个时期工人的价值取向、身份认同、文化心理的词语，按照代词、形容词、名词、动词的分类方式，各取一组，在人工统计与软件统计的基础上建构了寓意框架，旨在对作品中八个地方、两个时期工人的变化进行分析。为最大限度地体现数据的真实性和全面性，词语选取采用了同义词合并统计的方式，如将形容词中的"光荣""伟大"合并统计，"平凡""普通"合并统计，还将动词中的"改变""变化"合并统计，"稳定""固定"合并统计。

同时，论者考虑到两个时期的不同特点，文本选取了具有对照意义的词语，以体现数据比较的代表性和鲜明性。通过词频统计，意在构建出工人在不同历史时期的心理图谱和价值倾向。

表1 《百炼成钢》的部分词频统计

序号	词语	次数	合计
	代词		
A	我们	782	
B	我	1576	
	形容词		
A1	光荣	4	A1+A2=6
A2	伟大	2	
B1	平凡	4	B1+B2=15
B2	普通	11	
	动词		
A1	稳定	9	A1+A2+A3=29
A2	固定	17	
A3	平稳	3	
B1	改变	22	B1+B2+B3=110
B2	变化	57	
B3	发展	31	
	名词		
A1	劳模	8	A1+A2=12
A2	模范	4	
B1	市场	4	B1+B2=56
B2	技术	52	

由表1可知，在代词分类中，"我们"出现了782次，"我"出现了1576次，需要说明的是，在"我"的词频统计中，去除了它在"我们"中的频次，使其成为不同意义区间的词语。

在动词分类中，"稳定"和"固定"分别出现了9次和17次，作为一个意义区间，本文将其进行了合并，其他此类的合并均基于此种原因。为了说明问题的方便，每种词性的词语均分成了A、B两类，意在涵盖计划经济和市场经济时代的特征。

表2 "精神"在《百炼成钢》中的词频统计

特定意义	政治意义	中性意义
1. 我们现在要的是一种精神，而不是具体的过去的那些事。 2. 现在人都在讲工匠精神。 3. 我在传承老首钢精神。 4. 我会选择一些有创新精神的工作。 5. 老爷子在水里面办公，那精神。 6. 敢创世界第一的精神，到改革的时候，钢厂还继承了。 7. 韩国工人的精神面貌，给人感觉特别拼。 8. 我没有一点怨言，现在上班，精神十足。 9. 那一代人坚持的首钢精神，是周冠五年代提出来的。 10. 他就是企业家，这就是企业家精神。 11. 我讲的还是老黄牛精神。	1. 有一次，乡里组织全国人大代表，传达全国人大精神。	1. 现实中的自己与精神中的自己。 2. 他精神状态好，永远认为自己行，年轻没问题。 3. 我觉得他有种精神寄托，要等孙子回来。 4. 跑步把人的精神状态面貌改变了。 5. 矿里有四个精神病人。 6. 西方人注重契约精神。 7. 从国家政治、经济，以及精神的角度，来安排布局的。

从表2中对"精神"的统计中，能够发现一些很有意思的事情：在《现代汉语词典》里，"精神"有多重含义，但从语境的角度出发，大致可以分为三个层面：特定意义、政治意义和中性意义，如"首钢精神""老黄牛精神"。"文件精神""通知精神""上级精神"，这些在日常生活和政治话语总使用频次较高的语境，在作品中只出现了一次，从侧面印证了钢铁工人情感的真挚和真实。具有政治意义的"精神"只出现了一次，说明在社会主义制度下，工

人们不是只能被表达的对象，在不同的体制背景下，他们可以将自身与社会
积极融合，而不是简单依赖政治。在马克思主义产生的时代，工人是异化的
螺丝钉，他们尚未觉醒，所以与时代之间的关系紧张，唯有通过革命的手段，
才能摆脱被奴役的命运。但在中国的社会主义环境中，他们是社会的主人，
从高度集中的计划经济时期过渡到市场经济时期，他们通过自我革新，转变
心态，优化技能，依然是推动社会发展的主体力量。

　　社会主义市场经济之所以能够在中国获得成功，与中国文化自身的特质
密不可分。中国文化讲求中庸致和、和合为美，包容性强，迥异于西方文化
中的科学理性、个人本位。中西方工人在不同文化语境当中呈现出不同的特
征，尤其是中国从高度集中的计划经济转向市场经济之后，工人阶级在短期
的阵痛之后，调整自身姿态，提升技术能力，在市场经济的大潮中站稳脚跟。
与西方文化的彼岸性不同，中国文化更强调此岸和现世，喜欢用平和的态度
和变化的视角处理周遭的一切，在不断调试中找到新位置、新方式和新通
道。中国文化的重要源头之一是《易经》，它强调"变则通，通则久"，核心思
想是"变"；西方文化的重要源头是《圣经》，强调理性、个体和冒险。在高度
集中的计划经济显示出落后和僵硬之后，单一的计划经济被社会主义市场经
济体制取代。在这样的变化面前，工人们没有产生时代抛弃感，也没有出现
西方社会中仇视机器和新技术的现象，其中文化价值观起到了重要的作用。

　　与西方文化相比，中国工人更强调集体主义和共性利益，而不是个人主
义和个别利益。中国文化以儒家思想为主体，在长期发展过程中形成了道佛
互渗的文化体系，以及天人合一、和谐共生的人文特征。在这样的氛围中，
群体利益和家国意识成为支配中国工人思想和行为的重要因素，乃至言行标
准和是非依据。市场经济没有阶级属性，它仅仅是一种资源配置手段，资本
主义可以用，社会主义也可以用。但是在此之前，人类历史上市场经济从未
在社会主义国家获得成功，中国开创的先例，也为社会主义发展开辟了新方
向、新形式。在改革开放的先行先试取得成功之后，事实证明社会主义市场
经济比计划经济的效率更好，更有利于国家发展和民族强大，工人就把自己
积极融入时代的发展大潮中。

　　唐朝晖《百炼成钢》的大胆尝试是对中国文学现实精神的回归，这种既非

到虚无的历史里寻根，也非向西方朝圣的探索精神，是对中国文学，乃至中国文化的深度纠偏。一段时期以来，中国文学创作全面学习西方，兴起了以欧美为主导的西方中心主义思潮，理论、词汇、标准统统西化，导致中国文学创作虽热闹，却实质上处于失语或半失语状态。去除西方中心主义，更加关注脚下的土地、过往的历史、人性的律动，增强文化自信，让文学扎根中国的土地，创作出具有民族气质、时代气象、中国气派的文学作品，中国作家的探索值得尊敬！

三月：以信仰之光照亮诗人的前世今生

三月是抒情的高度，因为海子在三月燃尽了生命，三月里抒情的高度是空前的，他已经达到了太阳的高度，对于诗人来说是信仰、是万物，高到无以复加，和太阳并列一样耀眼和不朽。三月雨水正浓，而又是初春，生意盎然的月份。一方面，三月引发了无限的悲痛、愁绪、怀念（对象可能是诗人海子），另一方面，三月又意味着新生、重生，在诗人构造的特殊语境下，三月既是死亡，又是新生。死亡在一定程度上又意味着重生，就像太阳在地平线落下而又在另一面升起，海子的死亡于他来说或许是解脱，寄寓着诗人对海子的怜爱和祝福。

一、时间的抒情高度

芳竹姓孟，是新西兰华裔诗人，17岁开始发表诗作，作品散见于大陆、中国台湾、中国香港、新西兰、澳洲、美国、新加坡、荷兰、越南等地的媒体上，出版过诗集《玫瑰冷饮》、《美丽是缘》（合集）和《把相思打开》等。她的诗有着古典诗歌的含蓄美，婉转、优雅，又有着西方诗歌密集的意象和清新的意境，她的文字可以反复品读。

《三月，有着抒情的高度》有一个副标题《给HZ》。乍看之下，以为该诗是献给一个初恋的对象或者有着类似情感的特殊者，即诗人的一位友人或者所爱之人。然而，这是一首爱情诗吗？品味其中的字句，出现"另一个世界"，这是揭开"HZ"的身份的关键字句，"另一个世界"所指称的意义表明所给的那个人已经去世了，而诗歌中还有"桃花""诗人的一生""三月""HZ"这样的字眼，而最为直接和鲜明的"证据"是"三月二十六日"，诗人海子的忌日正是三月二十六日。一旦我们将 HZ 解读为海子的简称，那么现在这首诗歌的一切都似乎得到了解答，并且每一句都将饱含情感的力量。这首诗歌和海子联系在一起，最终定位到海子身上，这是一个多么令人疼痛和流泪的灵魂啊。顺着这条线索，就很容易把该诗理解成为一首向一个晶莹透亮灵魂敬献的"安魂曲"。

标题"三月"有着抒情的高度，三月是这首诗歌的关键意象，从表面上来看，诗人写作的时间应当在多雨的三月，"三月"意味着是春季，一个多雨的季节，又代表着新生，而"抒情的高度"则暗示着：一则，三月对于诗人来说引发了充溢的情感，是个抒发情感的季节，"三月"与"情感"有关；二则，意味着三月是有高度，它具有重大的意义。而副标题"给 HZ"我们这里解释为致海子，用一个三月来怀念那个早已不在世界的诗人海子，这里诗人使用了简称，其原因是诗人并不想别人猜到其特指，她有含蓄隐秘的情思和秘密；同时应当注意到"HZ"泛指还有多种意义，代称的人不一定是定指，我们这里认为"HZ"应当是诗人海子。首句"三月 我这儿雨水正浓"其中的"雨水"既是实指三月的雨水，又是指的上天的"泪水"和世人的"泪水"，都在为海子的逝去而哀伤；同时结合海子有名的那首诗《活在这珍贵的人间》中有一句："爱情和雨水一样幸福"，其实也暗含着将这幸福都赠予离开人世的海子。着一"浓"字将"我"的抽象情感具象化，其实是"我"的情感正浓：现在正是三月，雨水不断地下，雨水那么多是否是上天的泪水？为你而哭泣，那么雨水代表世人的泪水，为你而哭泣而怀念，整个三月的雨都为你而下为你而哀鸣和悲伤。我的悲伤、思念、感慨那么浓郁；而海子你喜欢雨水吧，那用雨水祭奠你，希望你幸福。

二、宿命的人生悲剧

"宿命的节气闪着灰 我不断回头"，"宿命"二字最为道出了诗人海子的人生悲剧，海子的命运，又蕴含着诗人的宿命、赤子的宿命，宿命是无法改变的，而对于天才般的海子来说是注定的人生悲剧，海子于 1989 年 3 月 26

日在山海关卧轨自杀，时年 25 岁，这是中国 20 世纪 80 年代中全力冲击文学与生命极限的一位诗人，他也成了 20 世纪末中国诗坛为精神而献身的象征。正如朱大可先生所讲，海子的自杀"意味着海子从诗歌艺术向行动艺术的急速飞跃。经过精心的天才策划，他在自杀中完成了其最纯粹的生命言说和最后的伟大诗篇，或者说，完成了他的死亡歌谣和死亡绝唱"。只要想到海子的死，眼中就会盈满泪水，他有一颗赤子之心，世人纵有千千万，未有人明白他，平生落寞孤独的海子，来自太阳的诗人，最终燃烧尽了，这是天才的宿命走向强烈的死亡，一颗彗星注定是要陨落的。这句诗中还有一个颜色词"灰"，它表达着灰暗、悲伤：被掩埋，一方面是诗人灰暗的情绪，惋惜于一个极致天才的陨灭；另一方面是逐渐被人们遗忘的诗人海子，也预示着高贵心灵的光芒如今也被沾上了灰尘。

　　诗人"不断回头"的姿态则是怀念、苦苦寻觅的姿态，试图去抓住悲痛。"想看有多少日子已被低垂的草收藏"是一句过渡，表达了对过往的珍惜和宝贵，引出后面的"河流啊总是可以看清未来 喧嚣与不语"这句有着人生的哲理感，"河流"表面上是指雨水汇成河流，思念与悲伤汇聚；深层上也象征着不断向前流去的时间和人生，由此"看清未来 喧嚣与不语"寓意着河流就像人生哗啦啦地喧嚣地向前流去，却不会告诉你是一个怎样的终点在等着我们，这一句与前句中的宿命感相联系，也可能有诗人对自身命运的追问。接下来"都带有神秘和另一个世界的氤氲缭绕"写的是诗人想象中海子自杀后所到达的另一个世界，"神秘"说的是河流所代表的命运是神秘莫测的，无常的；也可能指代海子自杀的神秘，而"另一个世界"具有空间感和哲理性，这是死亡的世界、过去的世界，也就是诗人想象中海子自杀后去到的那个世界，这个世界是"氤氲缭绕"的，它有美感有如仙境，令人感到幸福，诗人其实在祝福海子逃离这个孤独的世界后，他去到的那个世界是幸福美满的，表达了诗人对海子的怜爱，同时，诗人的心灵也得到了安慰和舒展。情感到这里正从悲伤回归平和与安详，这时诗歌中的情感又出现了一个起伏："正像这来路不明的雨暗藏着信仰与万物"，所谓"来路不明的雨"其实是直觉性的情感涌现，突如其来的情绪和悲伤；而"暗藏"和"信仰与万物"将全诗拉到了一个情感高潮，海子作为"太阳之子"的崇高与热烈喷薄而出，海子喜欢太阳，他有诗剧《太阳》，他信仰太阳、火光和崇高，他说："我借此火得度一生的茫茫黑夜"，他说："我的事业就是要成为太阳的一生"，他又说："和所有以梦为马的诗人一样，最后我被黄昏的众神抬入不朽的太阳"，他还说："太阳是我的名字，太阳是我的一生"。海子欣赏精神的伟大与耀眼，他崇敬和无比热爱着俄狄浦斯、荷马、老子、阿炳、韩德尔、巴赫、密尔敦、波尔赫斯这样一些精神的巨人；他的诗歌包藏万物，"太阳强烈，水波温柔"，从太阳到泥土，从村庄到谷物。"三月 你那儿桃花四溢 流淌心碎的暗香"这句有着一种矛盾感，诗人既为海子感到解脱和幸福，同时又感到心疼和心碎，"心碎"是痛苦，诗人为海子壮烈的死亡感到心碎，而"桃花四溢"则使人联想起海子"面朝大海、春暖花开"的著名诗句，海子的一生虽然落寞孤独、痛苦冷寂，但他的诗歌却有温柔和爱，村庄的纯美和热烈，他终其一生都不曾得到温柔，相信他在另一个世界里终于有了面朝大海，春暖花开的生活。所以，诗人非常痛苦，但这种痛苦却具有美感，是有香气的。诗人又接着写道："所有的美好都水袖盈盈 我知道"，这里"我"与海子构成了跨时空的理解和共鸣，"我"知道你（指海子），"我"相信你（指海子），海子你终于去到了一个所有的美好都会复活的地方，你不再孤单，你充盈而幸福。而情感刚刚归于平静，又突然转笔了："那桃花里的血曾漫过一个诗人的一生"，"血"意味着残酷、心痛、壮烈，实际暗指着海子卧轨自杀，而"诗人的一生"就是指海子只有25年的一生，海子一生都在用饱含汁液和水分的声音吟诵生命和太阳，闪耀着人类高贵心灵的光芒。然而诗人现实中却无比孤独，他说"我有三次受难/流浪、爱情、生存"，他感受到的孤独与残酷已经到无法排解的地步，不得不走向血与死亡。

虚构的岁月轮回

"三月，我收藏风雨里的抒情 爱着自己的情怀 写着怀念而又寂寥的诗句"，意味着诗人把这一切情感都珍藏起来，所谓"情怀"是诗人所有的文人情怀的人，海子是诗人，这是与"我"的共同性，我们共同有着诗歌信仰，而我和海子一样是"寂寥的"，诗人自己的落寞和海子的落寞都在三月的雨里浮现，"我"与海子共同喜欢的诗歌"那诗意曾将一个灵魂照耀过 又熄灭了"，这里诗人将现在与过去的时空并行了，同样的诗意照耀着现在的"我"又照耀着过去的海子，这一句就暗示着海子的一生，他曾被艺术、被诗歌照耀过，就像一颗燃烧的彗星，在一个短暂的过程里，显示生命的全部辉煌，燃烧成一道发光的弧线，然后熄灭。

"三月二十六日是我的生日"，这其中的"我"到底是谁呢？三月二十六日是海子自杀和离开世界的日子，这个日子是悲伤的，世界失去了一位天才的诗人，然而这个意义重大的日子也是"我"的生日，虚构的"我"可能是一个新生儿，又或者是一次轮回，代表新生和希望，代表精神的希望，赤子之心的永不落下。"从前和过往都会合在这里"，在三月二十六日这一天，过去的事情都会在三月浮现，"从前"可能是指的海子的一生，"过往"是"我"或者说诗人的过往。"会合"一词则体现了情感的集中迸发，对"三月，有着抒情的高度"的暗合。"我将用一整天的雨水和一生的不解与你交谈"，其中的"你"（HZ）可能是海子，"一整天的雨水"其中的"一整天"强调了感情之强烈，要用所有的雨水和悲伤来祭奠一个高尚的灵魂。而诗人为何要说"一生的不解"呢？其实，诗人可能一生都无法真正地了解海子，了解一个复杂、痛苦的灵魂，也可能是对海子选择自杀的不解，表达了对一位天才逝去的悲痛和遗憾。这里的"交谈"是诗人与海子朋友般的交流，深入地交流灵魂，双方都需要寻求知音和慰藉孤独的心灵。

作者是新西兰华裔诗人——芳竹，她是诗人、画家、媒体人、主持人，其实有着艺术家的身份，由此她对追求着纯粹艺术的诗人海子的怀念与崇敬其实很符合她个人的审美倾向；而且芳竹被认为是"新归来诗人"群中的一员，在这类诗人中"他们带着极大的热情和对诗歌的挚爱回归诗坛，他们在诗中自觉宣扬生命、自由、美和爱的理念，对诗歌有着近乎朝圣般的精神信仰，对生活与历史有着自觉的介入，全力揭示诗歌无法遮蔽的历史意义和精神价值"，正是这种朝圣般的信仰触发了诗人对有着赤子诗人——海子的崇敬，海子就是一个诗歌圣殿的殉道者。同时由于身处新西兰，芳竹又是中国诗歌的不在场者，她作为一个从20世纪90年代走出来的诗人、保存着那个时代的特殊情怀，正如诗中写的——"爱着自己的情怀"，海子是90年代的精神代表，甚至一度引发了文人诗人自杀的连锁反应，可以说是90年代的诗人们的共同的"痛"。

诗人在三月里既感到宿命感的悲痛和不解，又为海子感到"重生"的幸福，就像太阳一样的高高地、成了不朽。

附录：

三月，有着抒情的高度
——给 HZ
芳竹

三月　我这儿雨水正浓
宿命的节气闪着灰 我不断回头
想看有多少日子已被低垂的草收藏
河流啊总是可以看清未来 喧嚣与不语
都带有神秘和另一个世界的氤氲缭绕
正像这来路不明的雨暗藏着信仰与万物

三月 你那儿桃花四溢 流淌心碎的暗香
所有的美好都水袖盈盈 我知道
那桃花里的血曾漫过一个诗人的一生

三月，我收藏风雨里的抒情
爱着自己的情怀 写着怀念而又寂寥的诗句
那诗意曾将一个灵魂照耀过 又熄灭了

三月二十六日是我的生日
从前和过往都会合在这里
我将用一整天的雨水和一生的不解与你交谈

第二章　叙事的重构

　　中国文学的叙事形态在西方思潮、读者审美、媒介变迁等多重因素的驱动下发生了一系列显著的蜕变。在叙述视角上，传统的全知全能叙事逐渐被限知限能的叙事取代，隐喻性、复调性突出的作品成了文学探索的先锋队，作家们以隐喻性显豁的原型、象征性突出的故事和情绪性明显的语境，重塑了中国文学的格局。在叙事节奏、叙事视角和审美趣味等方面转型明显，情节的故事性逐渐减弱，叙事的视角发生偏移，作家们更重视作品的文学性，也就是审美趣味本身。凡此种种，都构成了对中国文学传统叙事美学的强悍冲击。本章从文学的叙事问题出发，以经典作家和作品为对象，分析中国文学作品的审美特点，回溯审美源流，并希图经由这部分作品的叙事问题，进一步认知中国文学的审美症候和精神流变轨迹。

　　这里将轻故事、重审美，轻独语、重复调，轻完整、重空白的写作取向，统称为审美叙事，以区别于传统文学中高度重视情节的故事性、传奇性和完整性的审美取向。鲁迅以《野草》《彷徨》为例，以最富鲁迅气质的文本情绪，在颓败冷漠的荒凉感与孤苦无依的漂泊状态里，显现出鲁迅独有的生命哲学。汪曾祺的《复仇》以有形的剑为明线，以无形的时空为暗线，让两者相互交汇，形成了循环往复的闭环系统。苏童的《黄雀记》在浓重的文本象征和叙事功能的实验性中重塑了"塔"的原型。格非的《望春风》呈现出先锋与传统相融合的风格，叙事手法复杂多样。小说文本运用了元叙事、叙事空缺、魔幻等先锋特征，运用历时性与共时性的统一构建《望春风》的时间迷宫。审美叙事作为现当代文学主导性的美学潮流，其影响力已经由个别作家推及大部分作家，并在文学大奖的加持下，重塑了当代文学的叙事版图。审美叙事的发展和崛起轨迹，成为记录我国当代文学叙事变革历程的镜像。审美叙事的多样化发展，既是叙事学理论的延续，也是新时期文学变化最为显著的文化症候之一。新时期以来，随着市场经济的深入，文学的政治附属性减弱，独立审美性增强，不再作为政治的传声筒、主义的留声机，文学作品的实验性、探索性愈加显豁。

不可否认的是，审美叙事在提升文学品格的同时，也在降低思想的分量，进入了为机巧而技巧、为叙事而叙事、为审美而审美的失重化道路，呈现出艺术新机巧密集、思想性密度稀疏的特点。小说最初是俗文学，随着读者审美能力的提升、社会分工的日益精细，作家的叙事机巧不断深化。这些在一定程度上迎合了精英读者群体的审美趣味，多变的叙事视角、多样的切入方式、多种的感官类型，推动了中国文学的审美航向渐趋改道，共同构成了叙事审美化现象。但是终究这种源自作家不断自我革新的叙事动力与读者阅读方式逐渐平面化之间的矛盾，存在着难以化解的问题。中国文学的叙事方式在审美化的过程中，主要是引进了国外早已发展成熟的技巧单元，逐渐摈弃了传统文学的类型化叙事的精髓和典型化的塑造套路。

作为叙事探索的先行者，苏童、格非和王安忆在叙事实验的道路上走得比较远。他们在反传统类型化和典型化的过程中汲取了马尔克斯、博尔赫斯等西方作家的叙事手法，并对凝结了中国经验的意象和情感进行了艺术加工，形成了一套兼具中国民族气度和西方叙事风格的叙事方式。苏童以"水""塔"意象打造了一个富于苏童风格的艺术世界。"水""塔"都是中国文学的传统意象，苏童却将两者结合在一起，塑造了"水塔"这样的复合意象，既保留了"水"和"塔"的原型，又形成了崭新的意蕴。相较于《受戒》《大淖记事》等作品的明净淳朴的风格，以及情感含蓄、娓娓道来的叙事节奏，《复仇》则选取了更为独特的叙事视角，作品与博尔赫斯《交叉小径的花园》相似，都构建出了一个循环往复的结构，形成了故事的迷宫。中国的审美叙事仍然与西方文学在底色上有着本质的不同，存在较为明显的间隙，前者更加符合读者一直以来对叙事的接受习惯。西方文学喜欢将上帝、宇宙、现象、人性等抽象的东西融进故事里，或者直接让人物讨论形而上的范畴，却像讲述天气一样稀松平常，像聊家长里短一样的游刃有余，就仿佛已经把上帝和宇宙放进了自己的口袋里。与这些烧脑的形而上相比，中国的审美叙事容易被情感的洪水淹没，或者被宏大叙事的背景稀释。

本章选取鲁迅、汪曾祺两位现代文学作家，苏童、王安忆、格非等当代作家，旨在以其作品阐释语境、原型、隐喻等艺术手法，通过这些现代文学巨匠和当代文学名家剖析叙事艺术的形成机理。他们的思考已经成了经典，但比了解经典更为重要的是，他们因何成为经典，希望通过解剖麻雀的思路，辅之以横向序列的对比，让我们清晰地看到中国文学的行进轨迹。

语境：文本情绪与精神哲学

小说集《彷徨》与散文诗集《野草》是鲁迅同一时期创作的作品集，二者具有不同的艺术形式，却有着相同的创作语境与精神状况，向读者传达出鲁迅内在的精神状态和人生哲学。本篇采用比较研究的方法，选取散文诗集《野草》中的《过客》与小说集《彷徨》中的《在酒楼上》进行对比，从文本语境、文本意象与文本思想三个层面进行论述，旨在厘定两者在气质上的相通之处。

《在酒楼上》写于1924年2月16日，叙事主人公"我"从家乡归来，为逃避客中的无聊，前往一家小酒楼喝酒，无意间遇见了以前的旧同窗、旧同事吕纬甫，故事便在二人的对话中层层展开。《在酒楼上》被周作人称为"最富鲁迅气氛"的小说，也深刻地体现出鲁迅"路漫漫其修远兮，吾将上下而求索"的精神状态。《过客》写于1925年3月2日，最初发表于1925年3月9日的《语丝》周刊第十七期。这篇文本与《野草》中其他散文诗的形式有所不同：有时间、场景、人物以及人物之间的对话，创作形式上更像是一篇短小的戏剧。《过客》一文主要通过老翁、过客与小女孩三者之间的对话向读者展示了鲁迅的生命哲学以及对待人生之路的看法。

从创作时间来看，《过客》比《在酒楼上》晚一年；从文本内容上来看，二者具有相似的文本环境与文学意象；从思想意蕴上来看，《过客》所揭示的生命哲学与《在酒楼上》也有相似之处，而且展示出更加强大的抗争力量。

一、相似的文本语境——颓败冷漠的荒凉感与孤苦无依的漂泊状态

颓败冷漠的荒凉感：《在酒楼上》开篇用了较长的篇幅详细交代了故事发生的背景："我从北地向东南旅行，绕道访了我的家乡，就到 S 城。这城离我的故乡不过三十里，坐了小船，小半天可到，我曾在这里的学校当过一年的教员。深冬雪后，风景凄清，懒散和怀旧的心绪连接起来，我竟暂寓在 S 城的洛思旅馆里了。"①"深冬雪后，风景凄清"，仅通过这简单的两个词就浓缩了"我"当时的生存背景所展现出的一种寒冷、荒凉的状态，为整部作品奠定了一种低沉冷清的基调。鲁迅用一种迂缓的语调将"我"周围的环境徐徐道来："渍痕斑驳的墙壁""枯死的莓苔""铅色的天""白皑皑的绝无精彩""如嚼泥土的饭菜""不知散到何处的旧同事""飞舞起来的微雪"……通过这些具有低沉与阴暗性质的修饰语，结合"我"对过去情景的回忆，更加使读者直观领略到一种冷清与毫无生气的气氛，隐约从鲁迅不紧不慢的叙述中体会到他内心的寂寞与失望之情。这种略带忧郁与哀愁的冷色调为吕纬甫的出场做了一个抒情的铺垫。

与之类似的，《过客》一开场也向我们展示了一幅荒凉阴暗的场景：在几株杂树和瓦砾、荒凉破败的丛葬掩映下，隐约浮现一条似路非路的痕迹，此外还有一间向这痕迹开着一扇门的小土屋。黄昏时分，一个约十岁的小女孩正要将坐在门侧枯树根上的老翁搀起，突然看见远方有一个人（过客）走来，这就是整部文本一个大致的生存背景了：没有明确的地点，没有明确的时间，入眼所能看见的只有随意堆砌的瓦砾与杂树，弥漫着腐败气息的丛林。一间小小的简陋土屋，仿佛是这空旷的荒原上唯一具有生命气息之物，以自身微弱的力量同整个宏大的环境产生了强烈的对比，愈发冷清与荒凉。而这种荒凉在小女孩与老翁的对话中显得尤为明显："孩——我，——看一看。""翁——唉，你这孩子！天天看见天，看见土，看见风，还不够好看吗？什么也不比这些好看。你偏是要看谁。太阳下去时候出现的东西，不会给你什么

---

① 鲁迅:《彷徨》，人民文学出版社，1973 年版，第 21 页。

好处的。……还是进去吧。"①

从二人的对话中，不难发现老翁对一切事物都显得冷漠与毫不关心。与其说这是一种对既定的寂寞生活的习惯，不如说是对这种荒凉冷漠的环境的妥协。一句"太阳下去的时候出现的东西，不会给你什么好处的。"背后蕴含的是老翁对于他本人过去人生经历的独特体验，暗含着他在人生道路上前行所遇到的各种阴暗与苦痛，从中也不免窥见老翁颓唐、受伤的精神状态。

孤独无依的漂泊状态：《在酒楼上》的叙事主人公"我"与《过客》中的过客在荒凉萧瑟的文本情境中都有一种孤独无依的漂泊感，这不仅在他们外部的生存环境中有所体现，而且也反映在他们内部的精神气质当中。

《在酒楼上》中的叙事主人公"我"是一位从外地回乡的客子，暂时居住在过去不存在的旅馆中，也没有寻访到本以为可以会见的旧同事，就连先前就职的学校也改换了名称和模样。可以说"我"原先所熟悉的一切如今已不复存在，一切事物于我而言都是全新的体验，总体感觉都是陌生与凄清的。也难怪"我"在酒楼上感叹道："觉得北方固不是我的旧乡，但南来又只能算一个客子，无论那边的干雪怎样纷飞，这里的柔雪又怎样的依恋，于我都没有什么关系了。"②这一句充满诗意的话语实际上却表达了"我"精神上的一种颓败与彷徨感，一种不知自己身处何处的无力与漂泊感。正如鲁迅在《自选集·自序》里谈到《彷徨》的创作时对自己当时心境的概括："……只因成了游勇，布不成阵了，所以技术虽然比先前好一些，而战斗的意气却冷得不少。新的战友在哪里呢？我想，这是很不好的。于是集印了这时期的十一篇作品，谓之《彷徨》，愿以后不再这模样"。因此，此处这句话也是鲁迅借"我"的直白来表达他本人内在的一种彷徨无措的精神状态。

《过客》中的过客同样是这样一位孤独前行的旅人，他不知道自己本来叫什么，不知道自己从哪里来，亦不知道自己要到哪里去。他唯一记得的就是要一直不停地向着前方走去，即使带着满身的灰尘与伤痛，他也不愿意回到那些"有驱逐和牢笼"，"有名目与地主"的地方去。可以说他清醒地意识到

---

① 鲁迅：《野草》，北京联合出版公司，2014 年版，第 35 页。
② 鲁迅：《彷徨》，人民文学出版社，1973 年版，第 22 页。

了过去生存环境的腐败与黑暗。他是一位具有觉醒意识的独立个体，这决定了他只能跟随催促他的声音不停地前行，因此他始终孤独地悬浮于人世间，不能回到家乡也不会随意停留在任何一处苟且安身，这就造成了其孤独无依的漂泊感；但是与《在酒楼上》"我"的彷徨与徘徊有所不同，过客在精神层面有着明确的目标与寄托：那就是"我只得走"这样一种绝不妥协的毅然与顽强。过客身上更多展现的是一种坚定、昂扬向上的精神状态，也是鲁迅本人所具有的精神特质。正如鲁迅于 1925 年写完《过客》仅仅两个月后所说那样："我自己，是什么也不怕的，生命是我自己的东西，所以我不妨大步走去，向着我自以为可以走去的路；即使前面是深渊，荆棘，峡谷，火坑，都由我自己负责。"①从这段话中我们也可以发现，虽然距离鲁迅创作完成《在酒楼上》仅过去一年的时间，鲁迅此时的思想境界与当时相比有了一种极大的飞跃：此时的鲁迅已不再是彼时作为一个觉醒者寻求理想不得所感到的彷徨与痛苦，而是以一种坚定与顽强的抗争意识面对未知的一切。从这个层面来看，过客与"我"的形象相比，显得更加饱满与坚定。

二、相通的文学意象——浓烈的色彩感与意味深长的象征意象

浓烈的色彩感：阅读鲁迅的作品，我们不难发现作品中处处都有不同色彩的运用，而这也构成了鲁迅创作艺术的一个重要特色。《在酒楼上》与《过客》两篇文本也使用了鲜明的色彩来对主人公、生存环境等其他事物进行叙述。不仅具有一定的象征意义，同时也暗含着鲁迅内在的情感状态。这两篇文本主要以"黑色"和"红色"两种色彩的使用为主，且在某种程度上产生了相似的审美效果。

鲁迅在《过客》与《在酒楼上》这两篇文章中主要使用"黑色"来刻画文本主人公的外貌特点。且看《在酒楼上》对吕纬甫出场时的外貌描写："细看他相貌，也还是乱蓬蓬的须发；苍白的长方脸，然而衰瘦了。精神很沉静，或者却是颓唐；又浓又黑的眉毛底下的眼睛也失了神采……"②吕纬甫一出场

---

① 鲁迅：《华盖集·北京通信》，人民文学出版社，1973 年版，第 125 页。
② 鲁迅：《彷徨》，人民文学出版社，1973 年版，第 23 页。

就带给我们一种浓重的衰颓与消沉的感觉，整个人仿佛笼罩在一层黑色的阴影之下，仿佛一个受伤的肉体失去了灵魂般无神与衰弱。都说从一个人的眼睛可以窥见其精神状态的好坏，可是吕纬甫那失去了神采的眼睛向我们展示的则是他的虚弱受伤的精神气质；再看"过客"的形象："约三四十岁，状态困顿顽强，眼光阴沉，黑须，乱发，黑色短衣皆破碎，赤足着破鞋，鞋下挂一个口袋，支着等身的竹杖。"①与吕纬甫相类似的，过客带给读者的直观感受也是一种疲惫与虚弱的困顿状态，略有不同的是过客的眼神并不似吕纬甫那般无神而是阴沉，从这一点不难判断出过客的精神状态与吕纬甫相比更具有一种坚定与顽强的特质。据许广平的回忆，鲁迅自己的形象给人们的最初印象就是"一团的黑"，因而鲁迅也常常将笔下具有自己个性的人物形象涂以深深的"黑色"。② 一般而言，偏于冷色调的黑色往往会给人以寒冷、低沉的感觉，而鲁迅笔下的这些具有"黑色"特质的人物身上也往往体现着一种困顿与衰颓的气息。

其次是红色的运用。《在酒楼上》一文中主要有两处写到了红色，一处是对酒楼下废园的描写："几株老梅开着满树的繁花""山茶树从暗绿的密叶里显出十几条红花来""赫赫的在雪中明得如火""乌油油的肥叶和血红的花"……这一景物描写与整篇文章所展现的凄冷、荒凉的感情基调相比，却蕴涵了一种热烈张扬与明亮鲜艳的状态，仿佛将文本之前所营造的一种颓败之感冲淡了大半，令人感受到了一丝希望与光明。就连失了精彩的吕纬甫环顾四周时，也对废园闪出"我在学校时代常常看见的射人的光来"。可以说这处红色的描写在笼罩着颓唐衰败的氛围里展现了一种昂扬向上的状态，充斥着鲁迅内心的火热与不屈的抗争之情。另一处对于红色的描写是吕纬甫为顺姑所买的剪绒花的颜色："我也不知道她喜欢深色还是浅色，就买了一朵大红的，一朵粉红的，都带到这里来。"③此处的"红色"象征着吕纬甫内心深处对于顺姑的好感，这是一种纯洁的发自内心的关爱，正如他曾经为了不使顺姑失望

---

① 鲁迅：《野草》，北京联合出版公司，2014 年版，第 34 页。

② 鲁迅：《鲁迅和青年们》，《许广平忆鲁迅》，人民文学出版社，2005 年版，第 223 页。

③ 鲁迅：《彷徨》，人民文学出版社，1973 年版，第 30 页。

而硬吞下一整碗的荞麦粉一样，尽管痛苦万分，也还是真诚地"祝福她一生幸福，愿世界为她变好"。这一点也可以理解为是革命先行者对于群众无私的奉献与发自肺腑的关爱。综上所述，红色的运用在这篇文章中总体象征着一种不屈的抗争精神与温暖的关爱之情。

在《过客》一文中，红色主要是指出现在过客身上的伤痛与血花："可恨的是我的脚早已经走破了，有许多伤，流了许多血。"①流血意味着过客前行途中所遭遇的伤害与痛苦，可见过客行走的旅途并不是一帆风顺的，而是布满了荆棘与磨难，因而更加凸显了过客顽强不屈的意志与坚定刚强的斗争精神。过客也象征着革命先驱者随时准备流血、牺牲的无畏精神。正如鲁迅在《娜拉走后怎样》一文中所说的那样："可惜中国太难改变了，即使搬动一张桌子，改装一个火炉，几乎也要血；而且即使有了血，也未必一定能搬动，能改装。不是很大的鞭子打在背上，中国自己是不肯动弹的。"②因此过客的流血正是革命先行者为了改变中国社会而付出的牺牲，这既是他们无畏前行的勇气，也是他们前仆后继追求美好未来的热情的象征。

在《过客》和《在酒楼上》两篇文章中，具有表意功能的典型物象寄托了鲁迅的哲学思考与人格情趣。这里主要选取了这两篇文本中都提及的一个意象，即象征着绝望与死亡意味的"坟"这个意象进行分析。在《过客》一文中，面对过客"前面是怎么一种处所"的疑问，老翁、过客和小女孩均有着不同的理解：老翁明确地指出："前面，是坟。"小女孩则反驳道："不，不，不的。那里有许多野百合，野蔷薇，我常常去玩，去看他们的。"过客接着说道："不错，那些地方有许多野百合，野蔷薇，我也常常去玩过，去看过的。但是，那是坟。"通过这三种不同的回答，我们不难看出：饱经沧桑，经历过人世风雨的老翁对前方的终点有着深刻的理解。他具有丰富的人生阅历，是一位经历过旧有的社会并且试图摆脱这种黑色时代的人。他经历过伤痛与折磨，却始终看不到希望和光亮，于是他向现实妥协了。这既是老翁真实的生命体验，也是鲁迅等一批知识分子面对革命阵营的变化与反动势力的卷土重来，而感

---

① 鲁迅：《野草》，北京联合出版公司，2014年版，第38页。

② 鲁迅：《娜拉走后怎样》《鲁迅全集》（第一卷），人民文学出版社，2005年版，第16页。

到孤独与沉沦的心态，因此鲁迅借老翁之口说"前面是坟"。这里的"坟"隐含着一股浓郁的死亡与虚无之感，是一种绝望的象征。小女孩并没有经历老翁所面对的黑暗现实，也没有见证过牺牲与死亡，因此在她的观念中前面是一处美好的、温暖的处所。"小女孩的回答，充满了稚气和纯真，也象征了那些被鲁迅称为'做着好梦的青年'们的天真而弱于对黑暗与死亡等真实存在的理解。"①过客也曾从青年时代走过，经历过革命运动的高潮，深切地感受到觉醒的喜悦，也曾对未来充满信心和希望。正因为他切身投入到革命的斗争中，见证过革命阵营内部的分裂与外部的痛苦斗争，他清醒地认识到人生的终点是"坟"。然而他一直遵循内心声音的召唤，永不停息地向前走去，那是一种明知前方是死亡仍旧坚定执着地走到终点的坚定意志。正如鲁迅在给一位青年的书信中所说的那样："《过客》的意思……即是虽然明知前路是坟而偏要走，就是反抗绝望，因为我以为绝望而反抗者难，比因希望而战斗者更勇猛，更悲壮。"②这里"坟"意象的使用并没有使我们感到一种恐怖、绝望的气氛，更多的是一种反抗绝望的战斗热情。

与之相反，《在酒楼上》也提及了"坟"这个意象，可是展现给读者的却是绝望与空虚的情绪。在吕纬甫讲述的第一个故事中，他趁年假的闲空赶回家乡为死掉多年的小兄弟迁坟，"我当时忽而很高兴，愿意掘一回坟，愿意见一见我那曾经和我很亲睦的小兄弟的骨殖"③，可是当他掘开坟时却发现除了腐烂的棺材什么都没有。这种虚无的状态无疑象征着一种美好的希望完全落空的悲剧心理。可是为了使老母亲安心，他采取了鲁迅先生所说的中国国民最常见的"瞒"和"骗"的方式，"我仍然铺好被褥，用棉花裹了些他先前身体所在的地方的泥土，包起来，装在新棺材里，运到我父亲埋着的坟地上，在他坟旁埋掉了。"④此处所埋葬的不只是已逝小兄弟先前身体所在地方的泥土，更多的是吕韦甫过去对待革命的激情与冲动，是他已经丧失的斗争热情

① 孙玉石：《〈野草〉二十四讲》，中信出版社，2014年版，第135页。
② 鲁迅：《书信.250411.致赵其文》，《鲁迅全集》11卷，第442页
③ 鲁迅：《彷徨》，人民文学出版社，1973年版，第26页。
④ 鲁迅：《彷徨》，人民文学出版社，1973年版，第27页。

和昂扬前进的精神。他之所以认为掘开小兄弟的坟是他一生中最伟大的决定，正是他对自己已逝去的积极向上的精神状态的一种追踪，即使发现"踪影全无"，仍要用"骗"的方式去再次埋葬。正如鲁迅在《写在坟的后面》所说的一段话："这不过是我生命中的一点陈迹……我的生命的一部分，就这样地用去了……总之：逝去，逝去，一切一切，和光阴一同早逝去，在逝去，要逝去了……"因此，此处"坟"的意象更具有一种消沉与沦落的意味，展现了五四运动之后，接受了新思潮影响的知识分子寻找不到出路而丧失了斗志的绝望情绪。

三、二元对立的文本思想：人物设置与思想内涵的二元对立

人物设置上的二元对立。通过对两篇文本进行对比分析，《过客》中的"过客"形象与《在酒楼上》的叙事主人公"我"的形象同老翁与吕纬甫的形象之间存在内在的对立性。

老翁与吕纬甫身上相似的特质在于二者都曾经为了追寻自己心目中的理想而战斗过，却因环境与其他外力的压迫而选择了放弃。《在酒楼上》的吕纬甫年轻的时候和同学们一起到城隍庙去拔掉神像的胡子，也曾连日议论改革中国的方法以至于争吵起来，但是最终受到生活环境的压迫与排挤、折磨与伤痛而伤痕累累。这不仅使其外形上显得颓唐与衰老，而且造成了其思想气质的空虚与彷徨，最后只好妥协。"但我现在就是这样了，敷敷衍衍，模模糊糊。我有时自己也想到，倘若先前的朋友看见我，怕会不认我做朋友了——然而我现在就是这样。"①《过客》中的老翁也是如此，面对呼唤他前行的声音，老翁选择了忽视，停下了自己探寻前方的脚步，甘心居住在死气沉沉的荒原上、浑浑噩噩地度过余生，甚至一直劝说过客停下脚步休息。这二者的身上展现了浓重的阴暗和衰败的气质。

与上述二人所呈现的阴暗与衰败的气质相对立的则是过客和"我"，二者所展现的反抗绝望与坚定前行的精神状态。在过客的身上，他执着于前行的态度比"我"更加果断与坚决，虽然在他的回答中有过"沉思""默想""迟疑"

---

① 鲁迅：《彷徨》，人民文学出版社，1973 年版，第 27 页。

的举动，但是不多时他立刻惊起，一次次地准备直起身来，"昂起头，奋然向西前行"。面对小女孩送给她解渴的水和包扎伤口的布片，过客一方面表示感激，认为"这真是极少有的好意"，但是从他的话语中又体现其不愿意接受小女孩的"布施"的矛盾心态。他渴望得到人民群众的同情与支持，但是他仍然坚持自己的"战士"姿态，不能过分沉浸在这种人性的温情之中。这也从侧面体现了过客义无反顾与勇往直前的果决态度。《在酒楼上》对于叙事主人公"我"的描写段落并不多，主要是通过"我"与吕纬甫的对话，在一层层地剖析吕纬甫的消沉与堕落时逐渐衬托出"我"对其不满与否定的态度。尤其是文本末尾，"我"最终选择同吕纬甫向相反的方向行走，面对寒风和扑在脸上的雪片而觉得爽快的态度体现了"我"坚决同过去彷徨与哀愁的心态的一种彻底决裂。

思想内涵上的二元对立。鲁迅面对自己笔下的人物，往往有着"哀其不幸，怒其不争"的矛盾思想，一方面他对于人物的所遭受的苦难与不公感到同情，另一方面却对人物的走向妥协或无所作为的举动而感到心痛。

《在酒楼上》一文，鲁迅一方面赋予了吕纬甫人性向上的冲动：他眷恋亲情，为使老母亲安心，不顾旅途奔波与劳累，赶回家乡为已逝的小兄弟迁坟；同时还心存善良，为了不打击顺姑的自信而硬吞下整碗的荞麦粉；一直惦记着顺姑年少时渴求的红绒花，不仅精心挑选而且特意送到她家中的举动使读者感受到吕纬甫内心深处的温情。但是另一方面，鲁迅又着重渲染了他的颓唐与不振，并借叙事主人公"我"最后毅然选择同吕纬甫向不同的方向前行的举动表达出对他的浑浑噩噩与妥协的不满。"以后？——我不知道。你看我们那时预想的事可有一件如意？我现在什么也不知道，连明天怎样也不知道，连后一分……"①这是吕纬甫留给我们的最后一段话，字里行间充斥着浓郁的衰败与荒凉之感，也愈发使读者感到鲁迅本人对于吕纬甫之类的青年的叹息与心痛之情。

《野草》中的过客身上也展现出鲁迅这种矛盾的心态。这主要体现在过客不愿意接受小女孩"布施"的矛盾行为上："是的。但是我不能。我怕我会

① 鲁迅：《彷徨》，人民文学出版社，1973年版，第32页。

这样：倘使我得到了谁的布施，我就要像兀鹰看见死尸一样，在四近徘徊，祝愿她的灭亡，给我亲自看见；或者诅咒她意外的一切全都灭亡，连我自己，因为我就应该得到诅咒。"①这段话展示出过客内心深处对小女孩的行为感到欣慰与温暖，但是更深层的却是"不愿看见小女孩被黑暗的社会现实所吞噬，也不愿她尝到那种唤醒了别人而让他们更清醒地感受到受难或死亡的痛苦"。② 这实则体现出鲁迅不愿看到自己的对手品尝自己同关爱自己的人所受到的痛苦，展现出他对于青年的关爱之情，愿意为了年轻一代而牺牲自我的斗士精神。他虽然没有对老翁的安于现状做出直接的批评，老翁一次次让其停下来，过客并不认同，隐含着鲁迅执着昂扬的姿态与坚决同绝望做斗争的追求。

希望与绝望的对立：在《过客》一文中，过客和老翁都清楚地认识到路的尽头是"坟"，是生命的终点与绝望的体现，可是过客依然坚定不移地向前行走，因为始终有一个声音叫他前行。这种呼唤意味着什么，孙玉石先生认为"这声音，主要是指鲁迅对光明未来的美好希望，他所追求的是实现这一希望的进步理想"。③ 正如鲁迅曾在北京女子师范大学的一次演说中提出的自己对于希望的看法："我们所可以自慰的，想来想去，也还是所谓对于将来的希望。希望是附丽于存在的，有存在，便有希望，有希望，便是光明。"④明知前方是死亡的结局，过客却始终孤身一人同这种无可挽回与极端痛苦的绝望进行悲壮的斗争，以自己不断流逝的生命力量承担起为下一代人开辟更加光明的进步理想的责任。过客出于对自我本质的深刻认识而走出自身，以追寻社会和青年群体的理想世界而进行绝望的反抗。文本通过希望与绝望的极端对立，更加凸显了过客所代表的革命先驱者直面虚无的勇气和反抗绝望的精神。

《在酒楼上》一文中也有这种对立思想的体现：一方面体现在吕纬甫内心

① 鲁迅：《野草》，北京联合出版公司，2014年版，第40页。
② 孙玉石：《〈野草〉二十四讲》，中信出版社，2014年版，第140页。
③ 孙玉石：《〈野草〉研究》，北京大学出版社，2007年版，第27页。
④ 鲁迅：《华盖集续编·记谈话》，人民文学出版社，1973年版，第54页。

深处想要看看自己小兄弟骸骨，下达了挖掘坟墓的命令，但是却发现里面空空如也；另一方面则体现在他仔细为顺姑挑选红绒花，希望了却顺姑年少时的心愿，可是归来却得知顺姑已经病逝。两个故事都体现出吕纬甫希望落空的绝望意识。与过客不同的是，吕纬甫在希望同绝望的对立下没有走出自身，超越绝望，而是逐渐在这种绝望中沉沦，停留于现状，认为当下所做的一切事情皆是无聊与模糊，以至于教授些"子曰诗云"之类的维持生计。"我在少年时，看见蜂子或蝇子停在一个地方，被来的什么一吓，即刻飞去了，但是飞了一个小圈子，便又回来停在原地点，便以为这实在可笑，也可怜。可不料现在我自己也飞回来了，不过绕了一点小圈子。"①这种徒劳无力的状态，是吕纬甫内在精神状态的封闭与完全陷入绝望之境的直接体现。"飞了一个小圈子"的行为展现出吕纬甫与世界孤立、沉浸于自身现状的状态，因为无法打破自身思想的固有模式，最终导致希望在现实的打击下一次次破灭，最终走向了精神痛苦。

四、结语

《野草》与《彷徨》具有相似的创作语境与相同的创作原点，二者在艺术感知与思想传达方式上存在着内在的融会与贯通之处。通过对《过客》与《在酒楼上》两篇文本从文本语境、文学意象与思想蕴藉三个层面的对比研究，更能从整体上把握《野草》与《彷徨》的发展脉络，从而更深刻地感受到鲁迅的思想变化与其独特的精神气质。

故事：循环往复的闭环系统

汪曾祺小说《复仇》是其早期创作的代表作，首次创作于 1941 年，1944 年重新创作。前后的故事情节并无太大改动，写作手法和话语模式却都有较大变化，背后的生命体验和内涵哲思也更深一层。1944 年的《复仇》无论艺术成熟度，还是思想深刻性都远超 1941 年的文本，整体文风也更加自然和谐。

---

① 鲁迅：《彷徨》，人民文学出版社，1973 年版，第 24 页。

一、明线：有形的剑

两版文本中都有一个贯穿始终的器物：主人公的剑。1944 版《复仇》开篇题记引用了《庄子·外篇·达生》中的"复仇者不折镆干"，"镆干"是良剑镆铘、干将的并称。这里的"镆干"是作为输出伤害方的器物，而题旨自然立足于其对立"不"上。题记中只出现了一次剑，但这句话的潜台词是藏有两把剑的。剑在文中作为器物存在，不仅是在文本中被主人公时刻带在身边，渴饮仇人鲜血的剑，它还包括了故事叙述中读者视线之外的、杀死主人公父亲的仇人所持之剑。作为器物的名词性的剑，不论是被复仇者所持还是被（仇人）杀人者所持，它都是输出伤害，伤害别人的物体，其具有悲哀的身不由己的物性。剑在《康熙字典》中还被解释为"操刃杀人亦曰剑"，即以剑杀人的动作。而《复仇》中这个行为的具体执行者是仇人也是主人公旅行人"他"，已发生的和即将发生的形成一个封闭的时间系统。最后，最早出自《列士传》和《孝子传》的干将镆铘就是复仇的典故。不管流变过程中故事主旨思想如何倾斜，其初衷都是报杀父之仇，可以说核心就是寓于剑中的仇恨。然而剑本身是无害的，所以庄子才由此推及人的无心。但是为什么文本中的剑却以加害者的形象出现，实际上，为其赋予意义抹上感情色彩的，是一直以来我们习以为常而无法察觉的社会伦理机制——复仇。古代复仇已经被默认为是一种伦理制度，在历史演进过程中被以一种固定的心理模式接受并承载下来，甚至也在法律中被固化且明确下来。芝加哥大学教授、法律史家迈克尔·达尔比在《传统中国的复仇与法律》中指出，中国的复仇观为报复而复仇可以唤起人们的普遍理解，而不是偶然的怜悯……他们在法律中十分精确地阐释了复仇的社会过程，并且一直在处心积虑地认真履行这项法律。

《复仇》中仇人和主人公都是一把被利用的剑，作为复仇的工具而存在的剑，人被异化为器物。他们承担了来自外界社会伦理强加的责任，以仇恨仇人来确定自己的存在，否则他们将无法对象化自己。此时的主体处于一种自欺状态，他以"事实性"来看待自己，不容思想中的"我"。就像萨特说某些反犹太主义者，将自己和犹太人都化为物，以仇恨犹太人而确定自己是个高尚的存在。这种意识背后就是弗洛伊德和尼采的观点：意识并非一开始就存在，而是经由内面化的派生物。主体作为内部投射的力比多在外界受伤内化时的内面存在，很显然此处作为物质依据的力比多是仇恨。汪曾祺在这篇文章中为我们一步步解构了这个仇恨构成的主体，且尝试指明一条新的道路，尽管这条道路并不明晰，但是我们还是可以看出他试图摆脱某种传统道德的努力以及他对复仇成功后是否意味着新的道德伦理体系建立，是否又会重新陷入某种"神圣"建构的怀疑。[②]就同时代无限放大社会、民族和阶级的现实而言，他秉承的"人应该为了一个崇高的目的去走他自己的路，而不应该让一种杀人复仇思想去充斥一生"[③]的思想还体现对既成的权力叙事和主题话语的某种叛逆性。

器物的剑、杀人行为的剑、仇恨象征的抽象之剑，在这三重视域下，整个故事形成了一个以复仇为核心的仇人-复仇者两极对立的封闭循环系统，在这个系统中时间和空间几乎是亘古不变的或者说也是循环往复的。然而这三重视域下的剑却是流动互渗的，以至于构成了一个浑然一体的时空系统。

剑是一条主体构建过程的明线，主人公的主体性体现在人与剑的分离程度。人和剑地位的变化，以及人和剑的融合程度都展示了这种分离。剑第一次出现，在主人公"他"的臆想里，在一场他者和自我的分辨中，他选择用剑来代表自己，说明其自我意识里他与他人的区分在于那把剑，剑是其立身根据，在这里他展现了其思想中自己与剑的代表象征性关系。我们可以推测，此时在他心中，他是等于剑的。因为此时他作为主体是一种"为他的存在"，他对自己的描述完全是借仇恨构建的，仇人的存在和杀死仇人的信念是他立身的根据，一旦他杀了仇人难道他对自己的描述就完成了吗？由文中拔出剑，一切就有了交代的想法，以及杀了那个人他干什么的疑惑，我们可以看出他意识到他的描述会立刻终止，主体世界会崩塌殆尽。所以"有时候他更愿意自己被那个仇人杀了"，放弃在此种机制内无意义的挣扎。当他被和尚问到是否疲倦，从而怀疑自我时，他下意识触剑的动作反映了他心中这把剑的可靠，他的力量来源于此，但这份力量是矛盾的，"一半骄傲，一半反抗"[④]，剑是其存在的使命，荣誉乃至意义，但同时也是压力、负担乃至枷锁，将其意识困在躯壳里，与剑一样作为一个盛满仇恨的器具。但是他无法离开这把剑，"这口剑他整天握着时总觉得有一分生疏"，他握剑时觉得是他者，主体对于命运有着微弱的反抗意识，"而到他像是忘了它，才知道是如何之亲切"，仇恨的异化力量给他安全感。这把剑是他的爱恨、兴奋、快乐、愤怒等各种情绪的载体，是另一个他，"他舞他的剑，他是舞他自己"，他在舞剑中觉得自己和剑融为一体。

这是一种斯德哥尔摩式的角色认同防卫机制，他作为被剑捆绑的受害者，却默认自己与剑同一的身份。他的这种默认其实是一种对于主体的退让，他让剑即仇恨占据优越地位，掌握了话语权力。"剑呀，不是你属于我，我其实是属于你的。"他察觉到自己的可悲："我活了一身就落得这一句话，多可怜的一句话"，但此时他没有主体构建的其他方法，于是只能和剑形成一种从属关系，他建立自己与剑的联系以维持内心秩序的平衡，任由剑支配自己而活。他要走遍所有路的豪言壮志，却非理想而仅仅是为了复仇到处找。所以，一旦和尚表现出对此话的讥讽，他会杀死他，即使之前非常喜爱。这是对他立身根据的挑战，他需要自证其存在的合法性，不允许老和尚挑战剑的权威。从这里可以看出，他的主体意识未占上风。显然，将弃仇全归功于主体意识的觉醒显然有失偏颇。

二、暗线：无形的时空

时空系统是笼罩全文的暗线，复仇者和仇人形成对立的两端，在这个封闭的循环结构中，和解是对其一体性的突破。在此系统中，最初时间对主人公是失去意义的，"即使我这一生找不到你，我这一生是找你的了"。④当人生没有选择的可能，没有试错的机会，漫长的时间和寿命便也失去了意义。他背负着复仇的嘱托和愿望走过一山又一山，"山把变化都留在身上，于是显得是亘古不变的"，这种不变，使得时间的流逝对于主人公来说和空间一样几乎也是循环往复的。所以他盘算自己的一生感到迷茫："一生该是多少呀，我这是一生了么?"直到坐在寺庙榻子上看见的半罐野蜂蜜，他的时间才开始流动，"山间的夜来得快!"感到时间易逝说明他开始了对人生意义的追问。首先，虽然并未尝到这蜂蜜，但是他"充满感觉，浓，稠"，他由蜂蜜联想到蜜蜂，"听见"了蜜蜂叫，叫得"足以浮起一个人"，在蜜蜂的叫声里"他忽然觉得这是秋天"，于是在普天下的秋天里他"看见"了一大片山花。五感随思维流动，井井有条地逐一开启，像是被触发了什么机关，突然一齐迸开，"猛一下子他非常喜欢那和尚"。蜂蜜和尚，和尚摘花，和尚稽首，随便而有情，这是一个自在生命唤起的另一个自在生命的觉醒，同时汪曾祺本人也确认过老和尚所代表的佛教教义思想。③《庄子·应帝王》中混沌开七窍而死，主人公也似乎开了七窍，于是接下来负载仇恨前行的"他"逐渐死去，而一个新的主体诞生。区别在于庄子开了七窍使其与生命本体分离而死，他开七窍却是真正拥抱了生命本体。然而"此刻他心里画不出一个和尚"，这是因为他眼中虽看见了其理想主体的模样，直觉欢喜，但对于缺失内面的他来说，他没有能力想象并描绘一个完整的主体形象。更不用说随即他的构建止步于仇恨——他由白发的和尚想起他白发的母亲。这里叙事空间自然衔接，将"母亲"拉入叙事。

　　母亲在本文中是一种"异己力量"，是她解出被杀的父亲手里的剑，交到他手里，将仇恨和复仇的责任一并交给了他。"就这朵不戴的花决定他一个命运"，与其说不戴花的"她"是一个鲜活的母亲形象，不如说是一个冰冷的社会伦理符号。她手握着代代相传的仇恨，并驱动复仇机制运行，决定了主人公复仇的命运。所以，她的时间是停滞的，多少年来他看不见她的老。作为一个符号的母亲显然不会给予他家的温暖，一个正常人的生活，他幻想拥有一个妹妹的温馨家庭生活。但幻想被现实无情击碎，"可是他没有妹妹，他没有！"他觉得自己在两幅相似的风景里作了不同的人物，这片"风景"可以用柄谷行人"风景的发现"来理解。曾经不存在的并不天生属于他的，却被不证自明仿佛从前就有的仇恨，在心理时空侵入现实时，被他察觉到了某种颠倒，开始反省自己这种被先天植入仇恨的人生，"他改变了风景多少？"他意识到自己所处时空的重复性，感到山在进行加速度，越来越快，而自己一直是匀速，这种感觉是因为在这种没有前路、没有目标的人生路上，惘然而延宕，他察觉到自己在被命运拖着走。他的眼中"这是一条线的最后一点，这些山作成一个尽头"，他的人生就是无数个这样的点、这样的场景构成的，也就是说他的人生就是直线上重复的点。在外部环境中他无法准备定位自己，在内心世界里他也无法描述自己，其主体何其模糊，"现在他连自己的样子都不大清楚"。

　　此时他对自己的命运乃至所处的世界产生了怀疑，他的时空开始波动，"他包在无边的夜的中心"。"梦见他在哪里"，这个"哪里"，是一个不知之处，与下文他"都等到有一天再说吧"中"有一天"这种不知何时的计时方式，共同构成了其浑浑噩噩的时空观。他梦见自己在这片黑暗中变细变长、不停旋转，像一根长线落在地上。这个梦境其实是对其生存状态的描述，在这种具体的空间体验感中，其生存困境可见一斑。他就像这片黑暗空间中一个点的存在，时间与空间是人类和事物存在的基本形式，他却失去了空间感和时间感。"他找不到自己"这句话明确显现其丧失自我、无主体的状态。而此时他的救赎隐隐出现，"丁——"仇人凿绝壁的声音已然入梦来，这暗示了接下来主体将开始重新获得构建。出现的无数碎片化的无序时空场景，是对复仇的既定秩序的假想反抗。他的脑海中和尚劝他将所有一一忘却，他突然暴喝："我知道我并不想在这里出家！"他为自己的声音吓了一跳。上一个为自己的声音吓了一跳的，是鲁迅先生《秋夜》中的"夜半吃吃笑的我"。无论他承认与否，都能看出其内心是想出家的，或者对和尚所描述的生活形式有所向往的，或者说与此时他所走的完全不同的一条道路的心动。

三、交汇：主体的构建

　　明线和暗线最终交汇，合力完成了主体的构建。老和尚告诉他："有人还要从没有路的地方走过去。"与此同时，他听见仇人凿绝壁的丁丁声，这是复仇者和仇人时空的第一次重叠。但是前面已经有了两次时空的交错作为铺垫，第一次，是他在梦中黑暗中周游而无从突围时，也听见了这"丁"的火花般的声音。第二次，是他居住在仇人的屋子里，虽然他不知实情但感到不舒服。这里给予了他可以走的一条全新道路，虽然还没有路，但是凿出路本身就是一条路。所以最后，他来到仇人所在的山洞，山洞这个空间隐喻了他最终会遇到的终极的困境。"剑在他背上，很重"，此时的他感到背负之重，显然这是与剑主客二分的征兆，"他听见自己跫跫足音"，说明自我几乎已经存在了。"旅行人向后退一步。和尚把头回过来一下。"这时二人的时空完成了重合，他终于发现了仇人也是曾经的复仇者，二人的人生也形成了一种高度的重合。"他简直忘记自己背上的剑了。"④此刻的剑拥有了完全成为客体的可能，仇恨被转移投射为可以被忘记的实体。但同时，"或者是他自己整个消失得就剩这口剑了"，因为他遇到了存在的悖论：自己的父亲也是别人的仇人，他复仇便失去了道德伦常的支撑，不再是对某种"正义"的追求，陷入冤冤相报的循环。如果同样是复仇者，仇人在某种意义上等于自己，他杀死复仇者就相当于杀死了自己。仇人杀死了自己的父亲，他完成了复仇，他就是复完仇后的自己。但这个发现也给他新生的契机：仇人也正是发现报完仇之后无路可走，于是留在这里凿绝壁要从没有路的地方走过去。他缩小至没有后，又回来了，此时此刻"他自己充满于躯体"。需要特别关注的是这里的他自己，说明驱使他的不再是仇恨，不再是社会伦理道德对他复仇的要求，而是自己的主体意识。这里主人公真正完成了涅槃重生，一个全新的主体被建构起来。"剑！他拔剑在手。"这里剑和人的权力关系颠倒了，人的主体对物实行了完全掌控，拥有了主体的人占据了统治地位。同时，"忽然他相信他的母亲一定已经死了"，说明他也摆脱了母亲意志，即社会道德意志。"他的剑落回鞘里"，生出的"第一朵锈"是复仇机制的裂口象征，暗示了颠覆其的关键所在。最后，和尚为他挪开空间，他与和尚一同凿壁，二人的时空与命运彻底合为一体，这里可以上升到所有的复仇者。

　　这里有一个无法忽视的漏洞，即"他相信他的母亲已经死了"。"他相信"是一个主体的自欺，他在这种不确定上建立自我，新的主体摇摇欲坠。实际上他的母亲可能并未死去，甚至没有死去，即这个伦理机制依然存在且运行。因为对于何时凿开绝壁，作者给的答案是"有一天"，前文已经提到这是一种不知何时的计时方式，虽然情感表达上有差别，这里表达的是一种希望，但是最终凝聚的意义实体并无区别，这个"有一天"的期望实际上代表着现实的未完成。这也是汪曾祺预感到内战在即的社会现实的一种指涉。汪曾祺早期 20 世纪(40 年代)的文章均为沈从文先生课上的习作，在学生创办的刊物《文聚》上发表。汪曾祺 20 世纪 90 年代回忆显示，这份刊物的名字很可能是他取的。虽然据李光荣《西南联大其文学社团研究》记载文聚社成员辛代回忆，"文聚"的名字是沈从文所取。但潜意识中汪曾祺本人应该也想干这件事，并不仅仅是创办报刊聚集同学写写文章这么简单。作家本人当时渴望自我定位，他意识到社会时局呈现的颠倒之势，试图努力发声。于是才出现了 1944 年《复仇》的改写。

隐喻：精神时空与生存向度

在长达三十年的小说创作历程中，王安忆始终保持着鲜明的探索姿态，勤奋多产、风格多变是她的标签。在《匿名》中，王安忆借助了大量的时空隐喻，展现匿名者从被绑架、被弃置荒蛮世界，到回归文明；从脱离现代生活轨迹，再到重新发现自我的过程。在作家不同以往的叙事风格中，主人公穿越时空，揭开原始蛮荒和现代文明之间不可解的聚散；借助一系列的被现代文明边缘化的"漂泊者"形象和文明碎片找寻迷失的自我和人类世界。一起不了了之的绑架案背后隐藏着丰富的主题意义，整部小说想要探讨的核心正是人类与文明的关系，阐释作家对人类精神世界和生存向度的关怀和探索。

作为当今海派文学的领军人物，王安忆在三十多年的小说创作中始终保持着上下求索的鲜明姿态，勤奋多产、风格多变和相对平稳的高质量为其奠定了在当代文学史上创作大家的地位。她擅长以写实主义风格再现市井百态与日常生活，注重发掘普罗大众的个体命运与心灵世界，同时又积极吸纳非虚构、意识流、空间叙事、身体哲学等现代创作观念，尝试一次次的先锋叙事实验和小说美学革新。[1]《长恨歌》的华丽巅峰后，王安忆进入创作的超稳态期。王氏文学风格被读者广泛接受和认可，引起无数人的共识和热爱。王安忆有自己的野心，她没有盲目地复制被读者喜欢的审美趣味、拘囿于同一种特定的风格，而是以一种冷静的姿态，从文学本体去探索自己的诗学路径。

新作《匿名》的问世让不少评论者重提"先锋"一词。小说《匿名》中，"王安忆式"的故事与讲故事的风格全然不同：琐碎的生活细节、细致的场景描绘、殷切的现实关切、唯美的抒情格调，被流变的联想想象、幽晦的表述手法、繁复的穿插议论、抽象的时空隐喻所取代。从整体结构上看，《匿名》的上半部采取双线叙事交替进行的方式，颇似电影中的平行蒙太奇，一面是男

---

[1] 邹赞：《叙事迷局、隐喻星丛与象征秩序——解读〈匿名〉》，《艺术评论》，2016 年第 6 期。

主人公由都市到荒野山林的"历险记"，一面是妻子杨莹瑛穿行在大街小巷的"寻人记"，不管详略安排是否妥帖，这两条叙事线索在上半部的所有章节中都平行展开，一直持续到上半部的尾声，"杨莹瑛决定，年后就向警署申报失踪人无下落，注销户籍，通告社保机构，冻结停发养老金。"①绑架案不了了之可以说是作者为小说下半部聚焦于失踪者的"二次进化"做准备，将大篇幅用于阐释抽象的哲学命题。整部小说叙事，完全不着意于故事的叙述，而在大量的梦境、联想甚至臆想中，通过"畸零"之人的非常态视角，渲染与倾泻着王安忆的主观理念，着意探讨着时间与空间、历史与现实、实有与虚无、文明与蛮荒、语言与文字、意义与解码、实写与隐喻等种种形而上的命题，人物、情节成为观念的载体，时空、结构被有意地忽略与打破。

"文学必须以语言符号呈现人类在现代性变革之中的时空体验……其中时间不是线性的绵延，空间也不是方位的拓展，而是一种与人的生命状态、精神体验、文化历史甚至宗教观念紧密相关的复杂织体。"毫无疑问的，王安忆在小说《匿名》中，实践了这种经验，她将时空的固有形态打破，把主人公在空间中的体验时间拉长，并通过绵密细腻的叙述，用空间来记录时间的流逝。因此，小说《匿名》中的空间成了"柔软的、具有弹性、记忆着个别的具体的经验、壅塞着任何事的细节"、"关系着生活"、记录着时间变化的空间实体。在这样的空间实体中，时间在个体的经验、感受与行动中静静流逝，现代人的内心逐渐回归本源，接近原始状态的天真。

一、缓慢流逝的时间

在传统的叙事文本中，"时间"一词往往是基于小说的"叙事时间"而存在。"叙事时间"指向故事内容在文本中呈现的时间状态，引导整个事件的发展过程。小说《匿名》中，王安忆似乎有意地将故事的情节淡化甚至瓦解，甚至可以说议论故事多于叙述故事，时间在其中也被放慢、拉长，作者通过节奏极其缓慢的文字，不厌其烦地进行大量的细节描写和冗长的议论，使得故

---

① 刘杨：《空间结构中文明与生命的可能——读王安忆新作〈匿名〉》，《中国文学批评》，2016 年第 3 期。

事的推进十分缓慢。

《匿名》讲的是大故事，是关于人类文明史的故事。"时间"的意识是人类文明的衍生物，那么，从原始蛮荒到现代文明，时间经历了什么样的变化呢？在现代文明社会中，随着科学的飞速发展，人类这种时间性的动物像一个得了多动症的幼童一般，将肢体付诸不断的行动之中，时间体验在飞快地加速，人类似乎变成了时间线上一个个密密麻麻的点，就像生产线上流水作业的产品，同质化越来越严重，人无法思考"自我"，只能归纳和总结。王安忆将这个大故事的主体寄予在一个"匿名者"身上，而所谓匿名，匿去的正是万物之名、世界之名、造化之名。

王安忆笔下的这个主人公，年过花甲，受雇于人，生活中严谨务实、循规蹈矩，如果不出意外，他的生命也将沿着庸常的轨道，平平凡凡地走到终点。这个主人公，有一个被多次提及的特点"喜欢收拾东西"，对事物的归纳与总结的能力特别强，时间观念也很强。归纳，在这里意味着社会的秩序，这是一个被现代都市文明完全规训了的人，有着对现实时间和社会秩序的精准触觉。正是这样的一个个体，因一起绑架案，被迫离开了高度发达的现代都市，被抛入荒蛮的深山之中，常规生存环境的破坏与既有生活经验的失效，加之记忆的混乱与身份的丧失，使得他不得不重新"进化"。在这一过程中，小说中主人公的体验时间被逐渐拉长、现世的时间被放慢，他的时间意识也不断模糊，从时间的数字化指示"退化"为具象的指示，这些具象包括太阳、星辰、燕子、雪等等自然物。①

随着时间的拉长，与之前的精细化归纳、数字化时间意识显豁的主人公相比，被迫流放山林的主人公逐步回归人类原始的天真状态。最终，他"二次"回归社会，随着他对社会时间点的明确化和重拾语言能力而实现。由于"文明"一词难以直接地呈现其自身动态的发展过程，因此，王安忆借助"时间"的流动性，作为见证个人历史，甚至是整个人类文明发展史的力证。②

---

① 王炳钧：《空间、现代性与文化记忆》，《外国文学》，2006年第4期。

② 钟媛：《时间在空间里流淌——论王安忆小说〈匿名〉中的时空隐喻》，《扬子江评论》，2016年第6期。

二、不断转换的空间

如果说时间是王安忆讲述这一人类文明史大故事的重要手段，那么不同空间的屡次转换则使得这一故事更具丰富性。在这部小说中，每个空间的叙述与描写都是别有意味的。

与车水马龙的都市相比，藤垄根是逝去了的乡村时代，在那个时代里有背树的阿公，给他做饭的老婆婆；沉在水底的青莲同样也饱含着麻和尚童年的记忆，那里有在现代化工业制造时代里被吞噬的手工制瓷与木刻年画；鹏飞故里"白窟"在记忆中的枸杞红了又远去；敦睦出生的山里，把眼泪都染蓝了的靛青也已不复存在，所有的这些消逝的记忆都意味着这些人的"根"，也是他们灵魂栖居的地方，然而所有的这些人的精神原乡都已在现代化的浪潮中消失殆尽。① 浮萍般漂泊的他们转移到第二层次的空间，即如"九丈""监狱""新苑福利院"这样的地方，这些地方其实更像是现代社会的一个边缘空间。既保存有原生态的习惯与方式，又显示着被文明浸染的气息，乡野的质朴与都市的浮华在这些地方交错存在。

在文明的进化中，小说中的人物都挥别了故乡，成为无根的一代。他们或是向经济发达的新兴城镇移民，或是成为四处漂泊的游子，他们的乡愁成为建立在废墟上的空虚记忆，没有心灵的实在归属感。虽然王安忆说"这个故事很容易让人以为我要对现代文明进行什么批判，其实我没有能力去批判它"。但是，《匿名》还是留下了她朝这个方向有意或无意努力的痕迹，一种现代文明的原乡情结笼罩全篇。

三、时空之外

抛开小说中无所不在的时空隐喻，回到《匿名》本身。所谓匿名，指的是小说的主人公，他自始至终都没有真正属于他的社会意义上的名字；也指小说中描摹的那群畸零人，他们或多或少都有着缺陷：哑子不能言，二点是一

---

① 潘丹丹：《个体的找寻文明的试炼——论小说〈匿名〉的叙事策略》，《哈尔滨师范大学社会科学学报》，2016 年第 2 期。

个智障，小先心患有先天性心脏病，鹏飞则是弱视和白化病患者。他们都是被现代文明的车轮推着前进的人，正是这些粗粝的、被边缘化的小人物，构架起大山深处丰满厚润的世情。作者用静穆庄重的语言展现他们之间相濡以沫、不离不弃的温暖力量。在他们的指引下，匿名者渐渐拾起遗落的文明碎片，向着正常的社会秩序靠近。小说自觉远离了那些"主流人物"，诚如王安忆所言，"这个世界是为所有人创造的，所谓残缺、边缘，是一种偏见。即便在闭塞深崖中，陌生人间也不乏流淌的诗意"。哑子、二点、麻和尚、鹏飞等神秘人物，名字只是他们的一个代号，作为正常社会体系之外的"除不尽的余数"，他们无一不处在"匿名"的状态，被放逐于文明世界的边缘，变成人类繁衍进化和退化的象征。这是对小说题目的哲学定义，也是对人类发展的巨大嘲讽和警示。

小说最后，匿名者的身份得以确认，在他即将和家人团聚时一脚踏空落水而亡。这个结局令人唏嘘不已，却也是一种必然。从文明到蛮荒，再从蛮荒回归文明，匿名者走出了一个循环的圆圈。小说的核心是为了求证人物能否在二次进化的历程中生存下来，是对"我们是否认识自己""我们来自何处去向何方"的一种哲学思辨。从这个意义上来说，匿名者能否上岸已经没有任何意义。

中国当下的小说创作，创新性不断受到质疑，经验复制是其中最为显在的问题。在小说繁盛的光晕下，我们看到的更多的却是千"文"一面，为数不少的作家要么在复制他人，要么在复制自己。于此意义而言，《匿名》对小说叙事可能性的探索，显示了其自身独特的价值。

但此种探索未免会遭遇先锋和实验面临的多种挑战与难题。王安忆试图在一部作品中，探讨多个深奥的问题，这种主观写作意图和实际文本效果能否完全匹配，观念和故事能否紧密融合，便是摆在作家面前的巨大考验。从文本实际效果来看，因为观念太多，野心太大，人物言行无法有力支撑观念，因而造成了小说要素一定程度上的相互剥离。小说是叙事的艺术，有其自身的文类边界，因此叙事的探索也应该有着一定的限度；同时，小说的艺术魅力在于通过叙事深入读者的审美领地，从而引发感动、共鸣与思悟。而《匿名》的小说叙事中，旁逸出的庞杂议论，联想间的琐屑哲思，近乎呓语的梦境、意识流、通感……似乎在很多章节间失去了节制，在很大程度上消弭了小说的文体特征，削弱了其应有的独特艺术感染力。

王安忆自称这是她写得最艰难的一部长篇，不仅因为耗时长，更因为对这种写法没有把握。这种先锋探索，对于作者来说，是极有难度的冒险。作家自己也意识到此小说的创作"试图阐释语言、教育、文明、时间这些抽象概念"，是一种"复杂思辨的书写"，但"必须找到具象载体"——而如何将二者完美融合，直接关涉小说的审美特质，因为无论作家如何刻意而为，于读者而言，阅读期待的受挫，审美过程的阻滞，带来的既有新鲜体验，更有间隔与疏离感，着实有些用力过猛。

迷宫：元叙事与叙事空缺

《望春风》是格非获得茅盾文学奖后的第一部长篇小说，也是继江南三部曲之后的又一力作。格非的语言风格精致典雅、沉稳从容，相较于"江南三部曲"而言，《望春风》对江南故乡最为专注、集中和彻底。作品语言沉稳、温情，可见格非对这部十年之作的重视和珍重。作品描写了 1958 年至 2007 年间虚构村庄儒里赵村发生的巨大变化。整整五十年，这个江南普通小村庄沧桑巨变之后，面对市场经济全面推进，在拆迁大潮下面目全非，曾经生活过的村庄沦为一片废墟。

一、复杂的叙事手法

主人公"我"从小父母离异，跟着父亲靠走差在民风淳朴的儒里赵村生活。父亲在一个冬天莫名其妙地自尽，"我"被父亲的好友赵德正收养。对于自己的母亲，村里人都是支支吾吾，说不清楚。直到有一天在城市里当了官太太的母亲派人来接我，村里人都以为我要去城里享福，结果却是去刊桥砖瓦厂上班。当初为了财富和我结婚的春兰早已离我而去，而我也一直在外漂泊，被迫在一家采石场传达室上班。此时的我人到中年，却一无所获。反倒是和我同龄的儿时玩伴都有了归宿。儒里赵村在市场经济的影响下大规模拆迁，从前传统村落早已跟随"我"的回忆变成一片废墟。"我"在外漂泊后，又重新回到儒里赵村。春琴的儿子在父亲死后吸毒被抓，她自己也受到儿媳的冷暴力对待。最后"我"和春琴这两个老人在满目沧桑的便通庵里安居，竟然相爱了。"我"闲暇时光将这段故事写下来，并且还受到春琴的指点，并对小说进行了大量干涉。

格非并非单薄地按照线性逻辑"讲故事"，他在讲述儒里赵村和"我"的故事的同时，也写出了儒里赵村由从前的简朴内敛变成现在拆迁大潮下的废墟，折射出江南乡村半个多世纪的历史运动和世事变迁，寄托了作者对乡村消亡的独特思考。同时《望春风》的叙事中共时性与历史性达到统一。小说的故事以"我"为中心，在50年间不断向前发展，这是历时性的一面；而在小说后两章，格非罕见地为儒里赵村的主要人物"立传"，章珠、雪兰、朱虎平、梅芳到与"我"结婚的春琴，一共17位人物。这些人都曾出现在前两章"我"的生活里，而"我"和父亲等人也出现在这些人的"传记"中，相互印证和补充，组成了儒里赵村这个大家庭。

据此，格非时隔十年的首部作品，依然有着先锋文学的身影。在当下重回叙事的文学时代，格非的小说既有传统小说的优点，又有先锋小说的技巧，"其间既弥散着诸如散点透视、草蛇灰线等中国古典话本、章回小说叙事的漫漶色彩，又彰显着轮回、魔幻等西方现代派、后现代派小说手法的先锋性表征，它成功地打破了传统与精英二元对立的叙事思维。"[1]格非在这部小说里融传统与先锋于一炉，运用了大量别样的叙事技巧。我们从小说里寻找先锋小说里惯用的技巧，浅析当下"格非式"的叙事风格。

二、元叙事技巧

元叙事是对"叙事"的叙事，"是指作者在小说里直接表现并揭露小说虚构性，或者作者及其朋友直接以自己的本名进入到小说里，是一种暴露自己创作过程的叙事行为"。[2] 这是先锋小说中比较常见的一种叙事方式，在这样的叙事话语中，使读者和作者的界限不断模糊，故事的真实性也淡化了。

---

① 姬志海.《格非长篇小说〈望春风〉的叙事手法探析》，《中南大学学报》，2017年第2期。

② 王娟：《先锋与传统的融合——论格非的〈望春风〉的叙事策略》，《安徽文学》，2017年2期。

马原在《虚构》开头写道："我就是那个叫马原的汉人，我写小说……我现在就要告诉你我写了什么了，原因是我深信你没有读过这些东西。"在《望春风》中，格非也运用了这种方式。

在小说的第四章11节："各位尊敬的读者，亲爱的朋友们，随着新春的钟声在2007年除夕之夜敲响，我的故事也到了该结束的时候了。"①这说明儒里赵村半塘的"我"作为作者写下了这个故事并投稿。但是这其中发生了"我"意想不到的故事，那就是春琴的干预。"她对我的故事疑虑重重，甚至横加指责。后来竟然多次强令我做出修改，似乎她本人才是这些故事的真正作者……，故事中的马老大刚出场时，为了交代她的生平，我讲述了她与摸骨师吴其麓之间的一段交往。"春琴听了之后，觉得暴露已死的马老大的龌龊事，不讲良心，要求我删除。果然在文本《望春风》中并没有马老大的风流韵事。至于更生、沈祖英、高定国等人的"传记"里的部分，也按照春琴的要求更改。作者"我"的坦白都是格非对"元叙事"的变换运用。"元叙事"让整个故事更加模糊，难以查证。但是这个虚构的儒里赵村和半塘故乡却是整个江南故乡的缩影和代表。

三、叙事空缺

叙事空缺是先锋作家常用的手法，格非作为"先锋文学五虎将"，他的很多作品中都可以看见这种手法造成的扑朔迷离的效果。比如格非在《迷舟》的关键性位置留下"空缺"，在《青黄》《褐色鸟群》中也有体现。

在《望春风》碎片化的叙事中，"我"的记忆断断续续，似乎为叙事的空缺和中断提供了天然的理由。《望春风》中留下了很多的"空缺"。如第一章父亲的死因，是不是因为母亲的检举信？文本没有清楚交代。而"我"再找寻答案的过程中，村里的人都对此讳莫如深。比如"那个从泰州过来的妇人"到底是谁？父亲死前的五天时间里去了哪里？他为什么选择在便通庵里上吊自尽？春琴是不是自己父亲的孩子？读者在阅读过程中，诸如此类的"空缺"带给他们无尽的疑问。这样的疑问在文本中无法找寻答案，只能将疑问带至文

---

① 格非：《望春风》，译林出版社，2016年版，第381页。

本外联想猜测，使现实和故事之间的界限更加模糊，更加扑朔迷离。这样的"叙事空缺"刚好达到神秘主义的艺术效果。此外，"母亲"作为最大的叙事空缺，在文本中占用了大量的篇幅，我们可以想见，"我"寻找母亲或许和格非寻找故乡有着某种相似性，毕竟都有着相同的结果。

四、中国传统的神秘色彩和魔幻现实主义的技巧

中国传统乡村生活的作品大多涉及灵异鬼神以及佛道等超自然内容。而除了本土鬼神文化之外，拉美魔幻现实主义在中国的影响也很深刻，受到很多作家的推崇。诺贝尔文学奖获得者莫言将这种外来理论和中国民间传说、历史故事等与当代背景融为一体，为本土的魔幻和神秘文化创造了新的表达途径。

"叙事空缺"将《望春风》塑造得扑朔迷离，其中融入了很多灵异的事件和怪诞的想象，为"我"和整个儒里赵村蒙上了一层怪异的灰色面纱。"我"的父亲以走差算命为业，他走差时告诉"我"，人一来到半塘寺的迦南殿便会做梦，可以梦到自己的前世今生、吉凶祸福，父亲算命时的奇怪行为和极高的准确度；"我"和同彬捉迷藏时看见的画像和梦到的鬼魂，这些都带有传统的神秘色彩。

拉美魔幻现实主义对中国作家影响深远，中国作家从中吸收了大量的技巧。这些技巧在《望春风》里依然可见。例如"在往后的岁月中，仿佛就像是梦中注定了似的，我和雪兰将再次回忆起这个七月的夜晚，搜寻黑暗中的吉光片羽"[1]，"很多年后的一个初秋，同彬来南京出差……同彬仍为那晚的事感到愤愤不平"。[2] 这两处正是模仿了马尔克斯的《百年孤独》经典的开头"许多年以后，面对行刑队的时候，奥雷良多·布恩迪亚上校一定会想起父亲带他去看冰块的那个遥远的下午"[3]这样回溯性的语言将未来、过去和现在三个时间层面联系起来，帮助格非运用碎片化的叙事构建他的时间迷宫。

---

[1]　格非:《望春风》，译林出版社，2016 年版，第 13 页。

[2]　格非:《望春风》，译林出版社，2016 年版，第 131 页。

[3]　马尔克斯:《百年孤独》，南海出版社，2011 年版，第 1 页。

五、历时性与共时性统一的叙事结构

与传统线性的叙事结构不同，《望春风》的叙事较为复杂，采用历时性与共时性并存的叙事模式。小说共四章，前两章以"我"为中心，总体上采用线性叙事，从"我"陪父亲走差，到父亲自尽，"我"跟着叔叔赵德正生活，再到母亲派人来找，"我"跟着进城工作。这两章虽然是碎片化叙事，但是还按照时间的顺序记述1958年至2007年的生活。但是后两章却完全打破了时间逻辑，将前两章出现的人物一一"列传"。并且前两章的故事发展空缺和设下的悬念，也在后两章得到回答和补充，前后两部分相互印证，以碎片化记忆构成了格非对江南印象的时空迷宫。《望春风》在结构上达到了历时性与共时性的统一。

文本中"我"的最大疑问——母亲身世，前两章对"我"母亲的描述只存在于邻居的只言片语中，"我"对母亲的身世问题一直得不到答案。在"我"的寻找过程中，发生了很多离奇的故事，这些故事更增加了"我"的疑问。而第三章《章珠》这一节用大量笔墨描写"我"的母亲，前半个文本中的很多疑问也在此得到解答。又比如第二章《猪倌》里写到"我"和同彬等人在电闪雷鸣的下午去唐文宽旧居捉迷藏，"我"在模模糊糊中看见了两个人，发生了一件事。但对于这件事，并没有任何叙述。直到第三章《梅芳》这一节，才借梅芳之口，讲述了"这件事"，这两者相互对照，构成了"捉迷藏"的始末。可见格非在这里玩了一个"捉迷藏"的游戏。《望春风》关于时间迷宫的"游戏"，使历时性与共时性统一的叙事结构得以构建。

六、结语

《望春风》是格非获得茅盾文学奖之后的首部长篇小说。在小说中，格非的叙事艺术，既有早期先锋小说的手法，又有传统小说的技巧，呈现出先锋与传统相融合的风格，因此叙事手法复杂多样。小说文本运用了元叙事、叙事空缺、魔幻等先锋特征，并且整体叙事结构上，运用历时性与共时性的统一构建《望春风》的时间迷宫。

原型：叙事功能与文本象征

一、水塔意象的原型

原型在千百年日常生活情境和经验的基础上逐渐形成，"无穷无尽的重复已经将这些经验铭刻在我们的心理构造中了"，表现着一种感知和行动的确定类型的可能性。① 原型通常表现为构思、意象或形象，它能引起人们心理机制的共鸣，并揭露出包含这原型背后的所有情感和思想。我这里将水塔的原型拆解为水、塔和水塔本身三个部分，以更细致地了解水塔这一丰富意象。

塔源于巴利语，是塔婆的简称，音译为窣堵波、塔婆等，在梵文中，其本义为坟冢，因印度佛教供奉佛陀舍利而产生，传说印度八大国王佛祖释迦牟尼涅槃后所得舍利放于其诞生、初转法轮、涅槃等八处供养，成为最早形成的具有极大纪念意义的佛塔。舍利是构建佛塔的前提和核心，也是佛塔意义之所在。② 舍利分为身骨舍利和法身舍利，前者指佛陀的遗骨，后者指教法，也称佛经。不管怎样，"佛塔＝生身佛"的观念使佛塔作为信仰的神圣结晶接受信众顶礼膜拜。

佛塔信仰由僧团和商人这两个群体共同组建而成。前者常常受着种种戒律的束缚，处于被动，如不可积蓄私财、观看歌舞声乐；后者虽然身为信众，却可以通过一些商业操作推波助澜，而成为佛塔的先存在者。商人之所以对佛塔关系重大，显而易见在于佛塔的构建与维护需要金钱支持。这并不是令僧人感到羞耻的问题，即使在印度早期佛教，也存在商人对佛塔的影响，商人们拥有大量财富，因为"他们的信仰态度与对佛塔的支持程度"③而对佛塔信仰形态施加影响，因而佛塔信仰在开始不久，就有从对佛陀的单纯怀念转

① C. G. 荣格. 王艾译：《原型和集体无意识》，《荣格选集：第 9 卷》，1986 年版，第 42 页。

② 索南才让：《佛塔的起源及其演变》，《西藏艺术研究》，2005 年第 1 期。

③ 谌如、丁薇：《印度早期佛教的佛塔信仰形态》，《世界宗教研究》，2003 年第 4 期。

向世俗化诉求，产生不同程度的信仰变异，商人希冀事业顺遂、身体健康、获得巨额财产，便与希望洗脱罪孽、到达彼岸世界、免受轮回之苦的精神追求并行不悖。

除了塔的世俗化趋势之外，自佛教传入中国，便开始了与中国文化结合的过程，对民众生活产生了较大影响。中国塔建筑在佛教传入后才出现，期初是一种佛教建筑，后来与社会阶层相对应，塔也逐渐出现了分层，即可以分为宗教供养性和民间世俗性。

宗教性质的塔为佛塔，具有神圣性和权威性。但随着佛塔由寺院中心向边缘地带转移以及佛学教义的变化，佛塔的重要性有所降低。从世俗角度看，佛塔重要性降低使人们不再忌惮塔的圣洁性，让塔有可能只是作为建筑的一种形式。

无论世俗性或宗教性，塔这一建筑依然与精神信仰紧密相连。塔的功能在人们的生活中极大扩展。梁思成在《中国的佛教建筑》中着重强调，佛教建筑是一项珍贵的文化遗产，认为佛教建筑（寺庙、塔等）"在很大程度上改变了当时的城市面貌，丰富了当时人民的生活"[1]，塔虽被梁思成先生界定为古代建筑，但在现代生活中，塔以其古典美、高耸入云的庄严和谐感，成为很多自然风景区、名山大川的重要建筑成分。

除作为建筑艺术品的观赏性功能和佛教的信仰符号外，在民间，塔还频繁作为民间信仰的符号而进入视野，如雷峰塔，传说白蛇水漫金山寺，遂压其于雷峰塔下，这里的塔便具有了驱邪镇魔的功能。与此相应，由于对"邪""魔"定义和态度的不同，塔又有了一些反叛的意义存在，甚至成了一部分人们倾泻同情与表达爱情的对象，雷峰塔镇白蛇，但"白蛇自迷许仙，许仙自要妖怪，和别人又有什么相干呢？"[2]塔成了无情绝情的物事，寺庙佛塔等佛教建筑中描写爱情以反抗这种无情，便成了很多文人墨客欢喜表现的题材和母题；李怀荪所著《湘西秘史》中道台大人于球岔在河岸建造了一座七层宝塔，

---

① 梁思成：《中国的佛教建筑》，《清华大学学报》，1961 年第 2 期。
② 鲁迅：《鲁迅自编文集：第五卷》，北京联合出版公司，2014 年版，第 221 页。

使宝塔成为"稳固的栓排桩"①以阻止浦阳的衰落。这座七层宝塔俨然成了一座风水塔。

撇开塔的精神外衣，塔建筑本身是一个封闭性的空间：虽有小窗，但又不太明亮。略显阴暗的封闭式空间使塔具有一种神秘感，一定程度上成了阴谋者最佳的活动场所。塔俨然不同于信众神往之地，反而成了犯罪场所，从而具有物理功能和精神功能的对立性。塔结构稳固，可屹立百年，其旺盛的生命力与人世的千变万化形成对比，在文本中形成一种新的审视角度。比如，时间上的永恒与空间上的对立，从而使塔形成奇特张力。它如佛，慈悲为怀，千百年屹立不倒，静看人世变换，衬托人生虚幻；它也可以如魔，笑嘻嘻地接受着各种肮脏龌龊，仔细帮忙掩藏踪迹，使小人爱，君子恨。

从塔的起源和内在发展机制来看，塔与人们的精神信仰息息相关，它包含着人们的某种寄托。塔信仰形态的变异，很大程度上与塔建筑的民间化有关。而民间化和世俗化的趋势，必将塔置于尴尬境地：人人皆可参拜的佛教建筑，却为少数人所占有；功能泛滥化，崇拜与反叛，超脱与禁锢，洁净与肮脏。

二、水的意象

自古，有水的地方才有生命，衍生人类文明，塑造一脉文化。尼罗河孕育了灿烂辉煌的古埃及文明，地中海的自然环境为自由繁荣的古希腊文明保驾护航，中国的黄河和长江分别产生了厚重沉蕴的中原文化和华彩斑斓的楚文化。

沈从文先生在《我的写作与水的关系》中说："在我一个自传里，我曾经提到过水给我种种的印象。檐溜，小小的河流，汪洋万顷的大海，莫不对我有过极大的帮助。我学会用小小脑子去思索一切，全亏得是水。我对于宇宙认识得深一点，也亏得是水。"②在中华传统文化里，水有利害之分。治理好、利用好，水就会给人们生活带来巨大好处；水过量或者利用不恰当，则会给

---

① 李怀苏：《湘西秘史》，作家出版社，2011年版，第179页。
② 葛红兵：《中国文学中的水文化蕴涵》，《中国三峡》，2010年第2期。

人们带来巨大灾难。洪水神话，传说上天发洪水，唯有伏羲与女娲藏于葫芦中幸存，以此提醒着水过量的可怕；后羿射日，天空出现十个太阳，日夜不息，百姓深以为苦，后羿以箭射落九日，虽是一则赞美英雄的故事，但依然暗示了水太少以致天地大旱的场面；牛郎织女，王母用簪子划出一条大河阻断了两位有情人的相聚，则从爱情这一角度说明水形成的地理障碍对人精神的巨大影响。

古时有尊重和侍奉水神的习俗，沉牺牲玉帛于水中，甚者每年为水神娶妻；由水之害，则有种种降伏或镇压水神的做法，如古时流行五行八卦，土克水，牛属土，便建造了大量的铁牛、犀牛等镇压水神。以"水神"指代水是因古人认为万物皆有灵，水如此变化多端正因为水拥有如人一样的人性，即喜怒哀乐，但又不是真正的人，反而具有一些神通，于是也具有神性。因此，在古人眼中，水由水神控制管理，水神喜怒不定，但依然有着高人一等和看清人世的神性。

在中国文学世界里，水作为文学意象，既与中国传统认识息息相关，又因近现代以来中国文学与世界文学的汇流，而被赋予了更加丰富复杂的意蕴。一是哲学意蕴。"上善若水。水善利万物而不争，处众人之所恶，故几于道。"老子将水上升到哲学高度，认为水至刚至柔至谦，人如若像水一样，"居善地；心善渊；与善仁；言善信；政善治；事善能；动善时"①，便可"无尤"，老子以水既表达了处无为之地而占有为之势的哲学道理，也用水表达了一种"上善若水"的人格理想。二是实用意蕴。大禹治水，以述兴修水利之事赞颂古代英雄帝王，足见水的地位和价值。善利水，让水顺从地流向千家万户、万顷良田，滋润一切生灵，百姓安居乐业，国不可不安，其实用价值和意蕴遂见一斑。

水还具有丰富的文学意蕴。文学意蕴是指由于文学采用了其特有的手法，如比喻和象征，使水超越其本身的意义，获得更加丰满的意蕴。母亲形象：以水比喻母亲自古就有，如喻黄河为母亲河。水养育人们正如母亲般无私奉献和温柔，与母亲形象相似，也有将水比作家乡或祖国的。楚国灭亡

---

① 《老子·第八章》，冯达甫译注，上海古籍出版社，2007年版，第41页。

后，屈原投汨罗江自沉，便有投己于祖国怀抱之意；闻一多将近代中国比作一潭死水，虽对当时中国现状有诸多不满，依然可以感受到对祖国的拳拳之心；张炜念念不忘芦清河，那是他梦开始的地方，童年玩耍的地方，是值得一生感念的家乡。美女形象。《红楼梦》中以水比喻女子，表现女子的柔情和身段，同时引申出男女之事，巫山云雨，带有欲望色彩。由此引申，水与人类的性欲具有相通之处。香椿树街的小河上常年漂浮着用过的避孕套，《舒家兄弟》中舒工在水池边头一次发现涵丽的美，并强迫涵丽清洗他沾有白色污渍的内裤，从此，丝丝缕缕的男女欲望便拉开了帷幕。自然形象：水是自然的晴雨表，自然环境的优劣直接或间接反映在水中，因此，以水象征自然便是必然。另，自然的变化与人类关系颇深，因此在对待自然变化与人类的关系上，便出现诸多主题：由于人类社会的大肆开发与利用，使自然越来越脆弱，以水资源恶化谴责人类过度的征服欲，这类主题多出现于报告文学中；社会批判，前者是从自然角度的谴责，社会批判是从社会角度分析自然（水资源）对人类社会的影响，以及社会与自然的对立如何形成，又该怎样消解；人性批判，这类主题显得更有深度，文学是人学，任何现象都是为了研究人类的心灵与精神的，这一主题通常将自然环境与人性对应起来，在描述自然环境或美好宁静或肮脏丑恶的形态同时，也在展示人性，并在暗暗地剖析人性，孙犁描绘的芦花荡、汪曾祺描绘的大淖、沈从文描绘的湘西世界，无不与水有关，将大量笔墨花费在描写自然环境上，衬托出生长于这一环境中的人的和谐美好和自然。人生与时间的形象：人生如水，一去不再复返。人生不可重复，世事无常，水总是一成不变地流淌，具有时间的永恒性，以水的永恒反衬人生，人生变得更加短暂和瞬息万变。

　　总之，水在中国传统文化中已被灵性和人格化，加之与社会、人生的密切关系，使水意象呈现出丰富的意蕴。虽然现当代作家受后现代欧美文学影响很深，但是作家们并未脱离传统文学对水意象阐述的轨道，一定程度上消解了传统温柔敦厚的诗学观念，产生了诡异或神秘的水意象。

三、水塔的意象

　　在中国，水塔在近现代开始出现，充当蓄水和补水装置。中华人民共和国成立以前还属于稀有物品，有的水塔曾一度充当标志性建筑，可谓享尽荣华。比如汉口水塔，建于1908年，是当时汉口最显眼的建筑之一。新中国成立以后，水塔开始普及，几乎每一座城市都有几十座甚至上百座水塔，基本进入了寻常百姓家，开始与人们的生活息息相关。改革开放之后，随着自来水的普及，水塔的蓄水功能废止，渐受冷漠，或被摧毁，成了不受重视的边缘建筑。

水塔具有的文化意义至少包括两个方面，一是标志性意义，二是功能性意义。就标志性意义来说，水塔最初在建筑上的标志性意义与塔、水分别在精神层面和物质层面充当的意义相似，水塔形体如一座真正的"塔"，它高耸，甚至"睥睨众生"，供世人仰视。而随着摩天大楼的相继涌起，现代化生活扑面而来，水塔逐渐被掩盖，成为被忽视的一部分。就功能性意义来说，水塔充当蓄水和配水的功能，与水井有些相似，为人们提供生活所必需，同时在一定程度上，也因为水塔的标志性意义而划定人们的生活疆域。功能性意义在一定程度上对人们的精神生活会产生很大影响，首先水塔是人们逃不过的生活道具，必定在人们的精神生活中占据重要位置，有时甚至可以等同于水扮演的"母亲"形象；其次，水塔可能禁锢着人们的精神空间，当人们几乎所有的生活都围绕水塔时，水塔可能就会在人们心中形成另一座狭窄而封闭的精神水塔。

水塔具有多重意义上的典型性。因此，作家们似乎更愿意分别为水和塔做传，没有将两者合并在一起的打算。苏童《黄雀记》发现了生活中即将消逝的建筑，尝试构建属于水塔的文学意象，显出了苏童视角的独特性。细读文本，作家并不止于构建水塔这一整体意象，在文本的叙述程式里，努力将作为实用类意象的水塔与更加具有深厚意蕴的"塔""水"相承接，与更加源远流长的传统文化连接起来，使水塔在不同的历史阶段与水、塔一一对应，从而获得更加深远的意蕴。正是基于此，苏童《黄雀记》中的水塔意象才不应仅仅停留在水塔本身，而要延伸到水和塔意蕴和原型的探索。

四、苏童小说的水塔意象

苏童小说经常出现水塔或类似于水塔的意象。除《黄雀记》中大面积出现的水塔叙事之外，《米》《妻妾成群》《被玷污的草》《死无葬身之地》等作品均闪烁着的水塔意象。《被玷污的草》中水塔已经被废弃，与《黄雀记》类似的是，依然有个年长的老人做伴，但不是为了等候，而是为了谋生，水塔周围造成了一片菜地，老人正靠这菜地为生，老人不久也离去了。《死无葬身之地》中的红色水塔，水塔里有个男人吊死、有个妈妈吊死、有件白衬衫悬挂、有个独腿少年注视着白衬衣空守直至死去。可以说，红色水塔与《黄雀记》中的水塔意象有诸多相似之处。(1)落伍。《死无葬身之地》中的水塔抽不出水了，无处安身，大多被人为摧毁，或者变成了如红色水塔一样空荡荡的，几乎无人理睬更无人照看。第一个吊死在水塔里的男人正是因为水塔抽不出水，停止了使用，作为维修水塔的工人遂失去了谋生的来源，只得悲愤而死。(2)神秘。《黄雀记》中水塔里有幽灵的声音，明明没有水却有水滴答的声音，《死无葬身之地》中水塔更是神秘，"毁塔原因千奇百怪"，毁塔者在毁掉塔后更是相继自杀，并且"新水塔的外观和内部结构目前也是个谜"。①(3)相似的搭配意象。《黄雀记》中白兔与水塔，《死无葬身之地》则是白衬衣与水塔；两部作品都提到了水塔里的绳子；《黄雀记》中水塔与祖父，《死无葬身之地》中则有水塔与百岁老人。(4)圈套式命运的象征。《死无葬身之地》中独腿少年将悬挂在红色水塔顶部的白衬衫视为美好，终于爬上塔顶后竟被多年前第一个吊死在水塔里的男人扣响扳机射出的子弹射中，多年前未完成的事件在独腿少年那里终于得到了结束，命运终于画上了完整的圆圈。

两部作品中水塔意象也有不同之处。《死无葬身之地》中的水塔意象强调死亡，由于落伍、衰老、无用而死亡；《黄雀记》撇开死亡，反而使本该死亡的没死，如祖父、仙女，祖父年岁日高，除了精神不清楚，身体状况却越来越好，仙女本死了心打算投河自尽，水竟托着她的身体保护着她和她的孩子。

《死无葬身之地》中的水塔具有明晰的颜色倾向——红色，红色是一种与血、死亡、热情相关联，有时带有政治意义的隐喻。文中的红色首先是表征死亡；其次是热情与失落，独腿少年追求白衬衫，百岁老人追求落凤岗上的

---

① 苏童:《死无葬身之地》,《苏童文集·末代爱情》,江苏文艺出版社,1994年版,第191页。

鸟，却无一例外走向了死亡；最后，红色暗示着往昔的辉煌和荣光，毕竟水塔曾经是人们维持生命的基本来源。但《黄雀记》中的水塔的颜色是灰暗的，文中几乎将尘土的颜色与水塔颜色等同，它躲在城市灰色地带精神病院井亭医院的边缘，被社会一埋再埋，荣光荡然无存。

苏童作品的水塔意象与欲望有关，同时也暗示着命运。《罂粟之家》中的衰草亭子和《一九三四年的逃亡》中的黑砖楼，两者都是强盛的男性欲望的象征，分属于强大和富裕的主人，即衰草亭子属于刘老侠，黑砖楼属于陈文治，同时也是繁殖能力极度衰竭的象征。刘老侠在衰草亭子风流一生，却没有能力诞下一子，只能忍受小妾与人苟且，谎称所生之子是自己的儿；陈文治不知在黑砖楼里糟蹋了多少年轻貌美的女子，却无一不被折腾而死，孩子也没有健康正常的，最后只能寄希望于"我"的祖母。并且黑砖楼和衰草亭子也是罪恶的终结之地，衰草亭子成了刘氏家族和刘老侠、黑砖楼成了陈文治虽生犹死的墓碑，一切罪恶和欲望皆在此而起，那么也将在此地而结束。从而完成命运圈套式的循环。

如果说衰草亭子、黑砖楼倾向于表述人的生存状态的话，那么水塔更注重于时代背景下人们的精神状态，所以水塔阐述的欲望其实比衰草亭子和黑砖楼注重的单纯的性的本能欲望和生殖欲望要更丰富些，人人都想得利，躲在别人的后面出其不意地攫夺利益，这就是一种更为广泛并与普通人更相通的欲望。因此，虽然三个意象都接触了欲望、命运，也稍微接触到了死亡，但水塔与衰草亭子、黑砖楼等意象相比还是有不同的，它直击当代人们的精神生存，揭露转型社会里的精神失落现象，暗示着命运神秘的启示和某些信仰、精神的不朽，因此更具有一些积极意义，对审视当代社会也更有作用。

五、《黄雀记》中水塔意象的叙事功能

苏童的《黄雀记》于2013年在《收获》上推出，引起广泛争议。如吴京一《慌乱的野心——评苏童的长篇新作〈黄雀记〉》①指出，《黄雀记》在题材、风

---

① 吴京一：《慌乱的野心——评苏童的长篇新作〈黄雀记〉》，《中国现代文学研究丛刊》，2014年第6期。

格还是结构上，虽然体现出了作家改变的宏大野心，但该小说依然暴露出主体沉沦、叙述破裂和意蕴纷扰等种种弊病，从而使整个文本陷入一片慌乱。也有赞扬，比如，王干《一种空间，几度回首——评〈黄雀记〉》[①]认为《黄雀记》在平淡中显示了作家对生活更为真切的了解，并且以转换人物的视角结构文本，更加贴近人物，使小说显得更完整、更成熟；王宏图《转型后的回归》[②]则将《黄雀记》称为转型后的回归之作，赞赏作家坚持自我的可贵。葛红兵认为，"苏童的小说，使用的是一种意象性的语言。"[③]可以说，《黄雀记》，从小说题目到主题意蕴，几乎都由丰富甚至神秘的意象组成。因此，众多对该文本的评论文章中，论者多从意象入手进行文本阐释，如黄雀、魂、绳索、井亭医院、水塔、马等。

　　作为独立的审美空间，对水塔的解读还可以从以下几方面来看：首先，语义上，水塔本身的功能和形态具有一定的意义空间，它与水有关，这就与苏童其他作品中的水性意象有共通之处，又是塔，具有封闭性，一方面与传统取得了一定联系，另一方面也并未失去现代性（建造原理和功能都是现代的）；其次，将水塔放在一定时代向度里，水塔在不同的时间阶段具有不同的功能和作用，相应地，就会有多样的意义上的延伸，论者虽有提及，但并未贴近当时处境讨论；再次，水塔与文本中的其他意象有着紧密联系，比如小拉、兔笼、绳索，将水塔与这些意象组合起来会有不一样的效果，譬如水塔与兔笼，兔笼与水塔在文中总是前后紧密出现，这既有一些宿命的色彩，同时也象征着柳生、保润、仙女三人形成的封闭的生存空间，互相捆绑却互不信赖；最后，在苏童其他的文本中也出现过水塔，可以进行不同文本中"水塔"意象的比照，而使"水塔"意象更加丰满。另外，亦可以从原型角度来探索"水塔"意象，"塔"的意象在一定程度上反映了人们的潜层心理，作为世外之所，既可以是宁静、脱俗的所在，也可以阴暗、血腥、欲望的集中展示地。集神圣与堕落为一体的水塔，运用原型批评，应该会有很大收获。

---

① 王干：《一种空间，几度回首——评〈黄雀记〉》，《湖南文学》，2015 年第 1 期。

② 王宏图：《转型后的回归——从〈黄雀记〉想起的》，《南方文坛》，2013 年第 6 期。

③ 葛红兵：《苏童的意象主义写作》，《社会科学》，2003 年第 2 期。

　　探索"水塔"作为原型所具有的丰富意义和传统精神文化积淀，具体来说，将分别从"水"与"塔"两部分进行论述，并尝试论述这两个意象合并为一个意象之后产生的意义新质；"水塔"在《黄雀记》中扮演的角色，将分别从结构、情节、意义等方面分别论述；"水塔"的原型意义对《黄雀记》意义结构的影响，将重点论述"水塔"构成的原型意义即文化积淀是否对《黄雀记》的意义进行了丰富或说修改；《黄雀记》中对"水塔"意象新质意义的赋予，《黄雀记》作为具有作家独特个性的文学文本，应该会有对"水塔"意象的重新命名或意义的重新赋予，这种重新赋予对探索作家的艺术独创性也有作用；探索在苏童其他文本中是否有较多地对"水塔"意象的描述，以及这些描述是否能对《黄雀记》中的"水塔"意象做出进一步的丰富和补充。苏童的作品往往呈现一系列的形态，对其他文本中的"水塔"意象的探索和分析无疑将有益于对《黄雀记》中"水塔"意象的细致分析。

六、《黄雀记》中水塔意象的文本象征

　　水塔落后于时代，一直被时代裹胁，但依然坚守着自己的姿态，与时代保持着清晰的距离，因此与祖父一道守护着时代的底线，安慰着像怒婴一样的属于时代的愤怒和躁动。

　　水塔封存着柳生、保润、仙女三人青春期最隐秘，也是印象最深刻的回忆。三人皆因为水塔事件中断了青春期的成长，不得不直接跳级成为背负罪恶和惩罚的成年人。水塔可谓完全中断了保润的成长。出狱以来，保润无论是思想观念还是生活习惯都与出狱之前没有两样，他一直想要将这份青春成长到底，因此才会选择看似原谅柳生和仙女的方式，企图延长青春的期限。可是，青春不是凭个人意愿停留的，柳生另娶他人便是跳出青春圈的企图。这在保润看来成了一次完完全全的背叛，因此才会不顾一切地杀死了柳生。水塔里保润留下的衣物和绳子依然如青春期男生一般的杂乱和阴鸷，残留着最后一丝的青春气息。

　　水塔与欲望。青春总与欲望相关，那滴滴答答的水、地上的烟头和草席都带着欲望绝对的诱惑。水塔与欲望相关，因为它是欲望发生之地，但水塔不等于欲望，水塔的幽灵、乌鸦以及对人们精神上的拷问，都是对欲望的消

解，直至最后荡然无存。

水塔与精神困境。现实中呈封闭结构的水塔，很容易限制身处其中的人的精神空间，形成人们的精神牢笼，逃脱无能。无论是仙女、柳生还是保润，水塔都是一块禁忌之地，让这些时代的弄潮儿进退不得。比如，仙女是最不想去水塔的人，强奸与做假证让她内心充满前所未有的耻辱，而不得不敬而远之；然而保润的圆梦，柳生的死亡，以及怒婴的出世，这一件件与水塔藕断丝连的事件，都不得不使仙女困在属于水塔的世界里，难以找到出口。

水塔与命运。水塔与命运相关，可以说，它就是命运的一部分，既改变着别人的命运，任由别人更改自己的命运，同时也书写着自己的命运。看似杂乱，其实并行不悖。无论是水塔里发生的强奸事件、小拉事件还是香火庙造成的风波，水塔无疑改变着人们的命运和思想状态；同时，水塔一次次地被更换功能，人去楼空，不长时间的寂静之后，立刻就会有人在这里敲敲打打、逃命蛰居、烧香拜佛或者安居，水塔的命运可谓跌宕起伏；再有，水塔的幽灵和乌鸦，不变的姿态，都使水塔有可能将命运把握在自己手里，书写属于自己的命运；最后，水塔可能就是命运，一番热闹，最后总归寂静，这份寂静可能就是生命的本真状态吧，可是人们总是想要折腾，围绕欲望、利益和权力，可是到最后变成了无，成了什么都没有的人更想去折腾了，于是又开始捣饬、折腾，最后有归为无。

这就是命运的圈套了。作家似乎在文本中想要借助宗教逃离欲望导致的命运的圈套，即让庞太太对庞先生、柳生、白小姐等人进行呵斥。收效是有，但是微乎其微，白小姐有所醒悟，想要重新开始，但柳生竟然连庞太太这个残疾之人都欺负，让其摔倒在地，即使白小姐等人有所觉悟，但社会上柳生之类的人可以说比白小姐等人更多，他们的力量绝对不是庞太太这个衰落的机体散发的衰落的精神可以对抗的。因此，作家尝试着以庞太太阻挡柳生等人所代表的时代潮流，但可能连作家本人也觉得这无异于与时代、历史对抗，终无济于事，反而讨得一顿好打。因此，庞太太的哭喊与斥责虽然有所道理，但到底与时代相差太远，充其量只是前人的回音，拍在棉花上，柳生、白小姐等人只轻轻抖一抖，便又安然地游走在时代的浪潮之中了。

水塔意象集逝去的传统精神与罪恶渊薮为一体，表现了新旧交替、规则失序的时代人们的精神困惑：即将逝去的永远在人们的脑海里、生活中长生，成了魔；行将走来的却是新鲜杂乱无章，虚无缥缈，成了恨。水塔在长年累月中逐渐形成了柳生、保润、仙女三人的精神壁垒。水塔是隔阂、限制，却也是最被依赖和信任的地方。围绕着水塔的破坏、改头换面，都是三人的精神重组，然而，精神可能已经在以利益为中心冷热交替的时代里被掏空，敌视、怀疑与恨意成了他们面向世界的首要姿态。而这样的姿态，何尝不是时代所有人的姿态？也许，像仙女一样，放下仇恨，走出水塔，平静地面对这个世界，是目前看待世界最好的方式。对时代精神的探索，并不能阻挡作家对人性和人生的不懈解读。通过水塔，苏童再一次向我们展示了神秘莫测的命运圈套，人性本身带有的肮脏和脆弱，以及无法洗涤的原罪。

诗性：世故的目光与纯洁的世界

苏童的《玛多娜生意》以极为世故的视角叙述了诗意而审美的生活追求，在非虚构的视点和诗性追求的矛盾中铸造了小说的文本张力。本节对《玛多娜生意》做详细的文本分析，同时考量了作家本人的创作谈，分析具体的非虚构视点主要体现在"我"和"我的朋友们"的世故、漠然与老练等方面，叙述人是"我"，由此导致了全篇小说"中年人气息"的弥漫，而"我"对桃子的欣赏实则体现了非虚构创作之下的性别压抑，非虚构的视点也构成了对诗性追求的讽刺，最主要体现在诗性面对现实的无力感；探讨小说男主人公的热忱与个性飞飚和女主人公的傲慢与颓废美，表现世纪末的纯真，即颓废的诗意。小说文本内在的诗意追求消解了世故与庸俗。世故与纯洁构成了中心话语和边缘话语的相互解构和嘲讽，苏童既承认世故的存在和强大，但又解构了世俗的爱情、生活与梦想，作者追求的是艺术化的诗意人生，具有颓废情调的纯真。

一、非虚构视点下的诗性追求——"用最世故的目光去寻找最纯洁的世界"

《玛多娜生意》显示出苏童在短篇小说思想的高蹈与真诚，作品从"我"的视角展开，从"我们"和庞德新公司的一笔玛多娜生意开始，讲述了庞德、简玛丽、桃子、"我"和"我们"的命运生活，近一万字的叙述横跨几类人一生最重要的黄金年代，构成了都市人生的缩影写照。作品涉及同性恋、摇滚、后摇、好莱坞等大胆的元素，女主人公——简玛丽身上逐步炼出的展示末世女人暗黑的魔鬼气质，是苏童一贯的"南方奢华糜烂、腐朽堕落，一股末世的颓败之气。"①小说以老成而稳重的中年人眼光作为视点，让放纵不羁的激情和"愤世嫉俗"的浪漫在世俗的不理解中悄然起舞，苏童以纯真嘲讽世俗，以末世的颓败反叛性地抗击虚伪和实利。

作品运用了一种介于反讽和部分认同之间的叙述视角和立场，表达意蕴多义而丰富，甚至相互撕裂和冲突。小说叙述者是"我"，虽然"我"没有直接的身份描写，然而"我"的行为举止、想法观念无不显示着"我"作为中年人的老成、世故，同时也更为周全，而"我"有着显性的立场，评判着庞德、简玛丽、桃子的生活，"我"的价值观是"正确"而周到的，引领着都市人中的"我们"过着平庸却不受伤害的生活。"一个中年人的声音"弥漫在整篇小说中，"人们把握现实的无力感"②，就像苏童自己所说："我以为自己很商业了……"③《玛多娜生意》灌注了烟火味和都市感，玛多娜生意在"我"和"我们"眼中是一场以利益为标准的商业；"我"在面对出格的、不靠谱的庞德的种种浪漫而不切实际、不顾实际的行为时，显示出普通人的抱怨和谴责。正是由于这种叙述声音的纵贯，使人在浅表阅读中意识到浪漫理想生活的无稽、荒诞和不可行。庞德的形象显示出一个艺术家的轻浮、不负责任和空想；而简玛丽在我们眼中则是个异类，"我"和"我们的朋友"只是把简玛丽当作一个奇怪的热闹来看；而符合于世俗气质、男性期许的桃子，以邓丽君的温柔姿态俘获了"我们"的心。

苏童通过"我"向庞德和简玛丽这类自私自利、不顾及他人的浪人和浪女，给予了受限于正统价值观的"我们"必要的怀疑和轻视，这种叙述声音代

① 程桂婷：《苏童研究综述》，《扬子江评论》，2008 年第 6 期。

② 洪治纲：《内心的张力与魅力——2017 年短篇小说创作述评》，《小说评论》，2018 年第 1 期。

③ 张学昕、苏童：《感受自己在小说世界里的目光——关于短篇小说的对话》，《当代作家评论》，2008 年第 5 期。

表大众的普遍视角，然而作家并非模仿生活和追求平庸，而是这种"中年人的声音"自身构成了反讽表达。"我们"所谓的善良道德在庞德的一声"狗屁"中撕开了伪善的面孔，我们的不理解和同情在庞德酒庄的轻笑中显示出愚钝，我们的轻浮和肤浅在简玛丽的莞尔一笑中显得摇摇欲坠。

在更深的层面下，《玛多娜生意》有着来之不易的纯真和浪漫，苏童刻意将这种浪漫隐藏在中年人的怪罪和轻视中，从而增强艺术的张力。正如学者张学昕评价他的："这些作家的作品，在面对生活并进行艺术处理时，并没有像很多'现实主义作家'那样'贴着现实、贴着地面行走'，没有被实实在在的现实所窒息，而是更多理想性、幻想性、浪漫性的因素。……尤其短篇小说，就在于对现实的'重构'。而且这种'重构'不断地超越有关道德、伦理、种种意识形态功利性的边界，使自己的叙述更为宽阔和自由。"①在一个中年人的窒息中，展现的却是理想性和幻想性、浪漫性的生活，对艺术不顾一切的追求，跨越性别的爱情，跨越婚姻的生育等等。

在这个中年人眼中，世俗功利虚伪的世界需要重构，庞德和简玛丽倾覆了道德、伦理种种关于社会中的人的功利性边界，出轨和背叛，爱情中的自私，不切实际和空想，蠢蠢欲动的热情，世俗与偏见。作品重构的世界在中年人的眼光下，自由和袒露的真诚在起舞，不切实际的成年人的幻梦成为中年人功利枯燥的生活的留白。

二、非虚构视点及对诗性的嘲讽

非虚构视点——"中年人的身影"。苏童在谈创作时说："近期的小说里有一个中年人的身影，中年人直面人生的态度是世故的，却比年轻人经得起推敲。当然，世故不是我的追求，所有的写作，最终都一样，必须用最世故的目光去寻找最纯洁的世界。"②《玛多娜生意》采用"我"的非虚构性视点，"非虚构"的含义比较广："在广义上，'非虚构'应该涵括一切符合其哲学精

① 张学昕、苏童：《感受自己在小说世界里的目光——关于短篇小说的对话》，《当代作家评论》，2008 年第 6 期。
② 许旸：《什么样的故事是好看的文学的》，《文汇报》，2017-08-10(009)。

神的艺术形式。"即是："只要既在形式上包含着对'真实'的不懈追求和严格考证，又包含着作者独立审美的'创作'，就都应该属非虚构的范围。"①这里所说的非虚构性视点，是从"非虚构"的内涵衍生，是一个无限贴近于生活本身的视角。叙述人往往琐碎而现实，这种视点所构筑的文本呈现出鲜明的生活感和世俗感。在《玛多娜生意》中，这种非虚构性视点表现为叙述人"我"是一个现实的充满世故感的人，所有的叙事均在这种视角中展开。作家直面都市生活的金钱、权力、艰难、非浪漫，将麻木中庸、追求稳妥的普通人形象通过侧面暗示刻画得入木三分，芸芸众生妥协于世故的不自知性，现世生活对幻想和热情的摧折等等，小说呈现出非虚构写作的倾向，将人们实际生活的复杂性搬入文学的舞台，构成世相的浮世绘图景，并对非虚构生活之上的诗性给予了无情的嘲讽。

作者深谙当下的现实。苏童曾在一次谈话中说道："我现在认真做的是所谓直面现实的功课，用我自己的方式直面现实。"②《玛多娜生意》通过一个老练的中年人的眼光勾勒世事万象，"《玛多娜生意》对准世俗万象，广告公司、深圳、简玛丽与庞德，都是生活中的场景与芸芸众生"，小说在非虚构的整体框架下生发出一个个无稽的"悲剧"或"黑色喜剧"：鸢尾花广告公司在失败的玛多娜生意闹剧中沦为了短命的"鸢尾花"；一场以命相抵的婚姻却敌不过生活的压力被亲手葬送；艺术浪子与美女的爱情却被"道德"与"善良"摧毁……世故在非虚构书写中确证了自身的强大和难以抵抗，小说以一个"我"的言行举止映射着都市人的"利益"立场，折射着都市人生的平庸与悲凉。

"我"和"我的朋友们"是典型的"现代版正人君子"，拥有属于成年人的老练与成熟，同时又占据着道德和善良的制高点，以利益和价值而非感情与真心判断事物。这样的叙述视点具有现实的可信度，"我"的眼光比起庞德这样浮夸的艺术家更经得起推敲，所以"我"预测到了"玛多娜生意后来不了了之"；在"我"和"我们"的视角中更看重的是价值与利害关系，小说中这样写

① 邓晓雨：《当代中国"非虚构"写作研究》，《吉林大学学报》，2017年第4期。
② 王尧、林建法：《苏童王宏图对话录》，苏州大学出版社，2003年版，第156页。

道"我们"劝服庞德与简玛丽撇清关系："与庞德残存的友谊，迫使很多朋友
向他晓以利害，告诉他简玛丽今天对桃子多么冷酷，未来对你就有多么冷
酷。"这是非虚构叙述中的爱情观展现，一种明智的爱情观——爱情与"利
害"密不可分，理性而克制的中年人用利害权衡爱情，劝说生性浪漫的男主
人公放弃不切实际的爱情。

桃子是现代都市女性的普遍缩影。在"我"这样的中国传统男人的眼光
里，桃子是"圈内公认的淑女，容貌酷肖邓丽君"，又被夸赞为"一个知书达
理楚楚动人的淑女形象"，这正是苏童为中国现代男性所塑造出的温婉脆弱
的女性形象，"我"和"我的圈子"代表着现实的权威话语体系。桃子很驯良
地符合于中国语境下的淑女形象，中国男性的敏感点在于桃子的柔弱与脆
弱，相对于离经叛道的简玛丽的强势与"狠毒"，桃子是令人怜悯的，桃子极
度脆弱，她的全部依靠是爱情和男人。由于庞德突然出走，桃子猝然失去依
赖，导致她完全崩溃，俨然成了一位怨妇；当桃子与简玛丽在少年宫的塔楼
上对峙时，她并非孤军奋战，而是受到了孩子们和书法老师的帮助，但简玛
丽则是绝对孤独的，她的背后没有依靠着任何人，带着决绝的神情站在塔楼
上。示弱的女性桃子得到了权威话语的支持与怜悯，而拥有末世纪气息般的
魔鬼女人在一股狠劲中将自己逼到了孤绝的境地，显然作者通过简玛丽书写
了自己的孤独与弃绝的经验，然而小说同样设置了非虚构的中年人视角，其
所代表的权威话语肯定了桃子示弱的形象，而边缘化了"出格"的简玛丽，从
而披露了世俗权威对于女性的禁锢。这一传统的淑女形象在小说叙述中途发
生了反转，桃子在结婚后因经济条件出轨富商，正是反映了《玛多娜生意》创
作的非虚构倾向，现实的残酷性和实际生活中的功利性必然导致脆弱的桃子
无法与"浮夸"的庞德共同维持世俗的婚姻，桃子的倒戈是作者对实利生活经
验的描摹，更凸显了金钱的诱惑与世俗的无力感。桃子面对残酷的现实经济
条件，"她露出一丝哀婉的微笑，还去香港呢，机票都买不起了。现在都是我
在挣钱养家。她突然拨响了琵琶，拨出一声刺耳的杂音，我现在，上门给学
生做家教啊！"桃子为了生活已然背叛了爱情，《玛多娜生意》中的爱情与婚
姻都向世俗妥协，正是现代人生存困境的真实写照。苏童所表现的就是被现
实生活所压抑的无力感，他谈到短篇小说所追求的思想高度时说道："孤独

的不可摆脱和心灵的自救是人们必须面对的现实，我们和文学大师们关注这样的现实。"①他认为："最优秀的作家无须回避什么，因为他从不宣扬什么，他所关心的仍然只是人的困境，种种的孤独和种种艰难却又无效的自救方法，也是人类生活中最重要的细节。"②苏童没有回避当下生活的种种艰难和不堪，反而将这种诗性与世俗的人类困境通过世俗的眼睛以非虚构的姿态表现出来。

（1）对诗性的嘲讽——"艺术的无用"。小说以中年人的叙述声音和他们成熟话语的权威性嘲弄了浪漫与艺术，"我"作为鸢尾花公司的股东之一，面对新公司濒临破产的情况愤怒地"奚落了庞德的无能，也顺带抨击了他所热爱的一切事物，诗歌的酸腐、音乐的无用，甚至诋毁了庞德最崇拜的大师毕加索，说他不过是个色情狂"。小说自开头便奠定了非虚构的嘲讽基调，庞德的艺术才华在面对市场经济的复杂性和政治场域的话语时凸显出了荒唐，几乎是"不堪一击"，艺术在庞德的代言下就像被堵得说不出话的涨红脸的男人，沦为喧哗和空想。庞德面对鸢尾花公司的破产和聋哑人辩论赛的失败等，显得尴尬而窘迫。他的才华遭遇切实的现实，徒留诗意追求的脆弱和幼稚。在非虚构视点下，原本崇高的艺术跌落神坛构成了对诗性与自由的嘲弄，展现了深刻的无力感。

这种嘲讽又表现为"传奇人物"沦为"被看者"。小说中的庞德和简玛丽是追求诗性、自由甚至是颓废之美的人物象征，而"我们"对于这类人的审视中充满了不理解和优越感，同时"我们"还用暮气沉沉的世俗态度去劝诫这些出格者，就像我们根本不相信玛多娜这笔生意一样；"我"在初次见到简玛丽时对她心存戒备，正如"我"和"我的朋友们"对自由而放肆的生活的戒备，追求安稳地生活在自己的圈子里，"不越雷池半步"；"我们"对待庞德和简玛丽等就像对待"出格"的艺术品欣赏有之，但更倾向于对诗性生活持隔岸观火的保全态度，显示出叶公好龙般的滑稽，也透出悲凉与悲哀；然而"我"和"我的朋友们"窥伺和好奇的心态却在不断地出卖着"我们"，"我们"窥伺着自己

① 苏童：《短篇小说，一些元素》，《当代作家评论》，2005年第1期。

② 苏童：《短篇小说，一些元素》，《当代作家评论》，2005年第1期。

没有胆量过的生活，把传奇人物当作稳定生活的兴味和谈资。文中描述简玛丽最后回国时："坦率地说，大家都想看看这个传奇的简玛丽，现在是怎样的一位母亲，朋友们都一口应允"，中年人淡漠而欣欣然的看客心态暴露无遗，而诗性的追求者便在"被看"的态势中被一定程度抹杀了尊严。

散发着诗意与浪漫的庞德也曾背弃自我，他放弃了自己对简玛丽的感情，被善良与道德所温柔绑架："庞德留在了我们的身边。可以说，是在多种逼迫之下做出的选择，也许算是悬崖勒马，也许是出于对桃子剩余的爱，也许，仅仅是某种畏惧，他害怕桃子的以死相胁。"他扛不住种种现实的逼迫，无奈地妥协了自己的婚姻，当他遭遇桃子的背叛后，他也深知艺术的无用，他便嘲笑、奚落了自己钟爱的艺术："他咒骂道，诗歌，是狗屁。音乐，也是狗屁。顿了一下，打了个嗝，他哑着嗓子说，毕加索算老几？他不过是艺术的男妓。"他对于自己的妥协和对自己的背叛深深地痛悔："他捏着拳头捶了下大腿，我错过了她……抱住头说，我错过了她，也错过了我自己的幸福。我不怪你们，怪我自己被绑架了。"如此意气风发而浪漫的男主人公也被迫背弃了自己的真心，被生活所痛击，所谓的诗性追求面对生活的背叛和彷徨的痛苦自身构成了解构。

三、颓废的诗意及对世故的讽刺

颓废的诗意——"世纪末的纯真"。《玛多娜生意》透过女主人公简玛丽——一个具有魔鬼气质的猩红色的"骷髅玫瑰"，传达出作者苏童一贯的末世纪气质和颓废美。张莹在探讨苏童新历史小说的诗性特质时解释颓废主义为"带有强烈的反叛色彩，并且对现存资本主义有反抗意味。在艺术创作中，颓废主义崇尚主观唯心主义，摒弃理性，张扬个性，追求自由，注重感官本能的放纵，并且在虚无中透露出一种颓废的文化心理和独特的神秘主义情趣。这一思潮于'五四'之后传入我国，并且对我国的一些作家产生了重要的影响"。① 简玛丽对玛多娜的疯狂迷恋和模仿是因为她迷恋好莱坞明星所表现出的迷狂、颓废、放肆的情调。简玛丽和庞德两人都个性飞扬，他们把世

---

① 张莹：《颓废的诗意》，河北师范大学学位论文，2013。

俗对男人和女人的禁锢都踏在脚下：简玛丽独自生养两个孩子，庞德最终选择男人作为终身伴侣，现存的爱情与婚姻的价值都被反叛和消解，简玛丽与庞德从不像"我们"一样做成熟而贴近理性的思考，他们无所顾忌跟随着自由，随自由的本性散发出传奇色彩。

正是因为非虚构书写下中年人的生活表现出古板而局促的压抑感，苏童在一个中年人的眼光中试图去追寻诗性的浪漫，追求生活之上的诗意，在不共戴天的矛盾中，在权威话语与边缘话语的相互嘲讽中，执意地追求生活所难包容的真诚赤裸的情感和颓废堕落的优美。《玛多娜生意》诗性追求所构成的浪漫氛围，即是苏童所说纯洁的世界："世故不是我的追求，所有的写作，最终都一样，必须用最世故的目光去寻找最纯洁的世界。"①小说的叙述视角是世故的，叙述的对象却是纯洁而真挚到冷傲的出格者，作者将这样的追求附着庞德与简玛丽的形象上：庞德纯真得像孩童，一腔孤勇始终围绕着他。他怀揣着艺术的热情开始创业之路，尽管过程窘迫，却固执地维持着生活的高贵和体面，不能也不会向真切的金钱和实利低头；庞德坦然面对自己真实的情感，理会着爱情而非道义，尽管他也曾迷茫和妥协，他仍旧是个"生活的诗人"，他的爱情最终超越了性别，创作者的这一设置显示出创作的突进与狂飙。简玛丽是纯洁独立的傲慢之花，她诗意而颓废，尽管在"我"和"我的朋友们"眼中她是个彻底叛逆于女性价值标准的出位者，她猩红的嘴角孤傲地嘲笑着庸俗的可笑，像魔鬼一样去霸占自己的爱情，她真性情、敢爱敢恨，缺乏传统女性的懂事与甜美，她是罂粟花一般的玛多娜的模仿者，兀自开放出奢侈浮华的气息，显示出一位女性独立于男性的敢爱敢恨的高傲，强烈地呼唤着女性真实的感情与欲望，寻求灵魂的真诚和纯洁。

庞德——热忱而个性飞飏的诗人。具体来讲，庞德这个名字应当有传奇人物埃兹拉·庞德的影子，"庞德"本身附着浪漫骄傲、不可理解的暗语，正如埃兹拉·庞德这位美国的意象派作家，个性张扬的他专注表达个人的文学思想，曾被指控叛国罪、被当作精神病人，但是他支持了不少对后世意义重大的作家，比如劳伦斯、福斯特和海明威，他全力支持了两部巨著——乔伊

---

① 许旸：《什么样的故事是好看的文学的》，《文汇报》，2017-08-10(009)。

斯的《尤里西斯》和 T. S. 艾略特的《荒原》的出版，其个人的诗歌等文学成就也极高，这样一位富有魅力个性飞飏的诗人作家，最终以精神病人的身份去世，他鲜明的自信和锋利的棱角，锻造了"庞德"其名的魅力。《玛多娜生意》中的庞德也是一位业余诗人，纵观整篇小说，庞德也确实沾染了"庞德"其名的浪漫和个性的飞扬。庞德展现出了诗性追求中的真与诚，他不满足于对生活简单粗暴的总结概括，在广告公司倒闭后庞德玩着一把美工刀，有人担心他自残，他说："别吵，我离发疯还早呢，我不过是在体会，什么是背叛，什么是悲伤。"细致地咀嚼诗意人生，庞德乐意体验生活的起起落落，去感受生命的律动。

庞德同时展现出自由和浪漫的表达。他一生追寻诗意的人生，有很多人生计划，其中"最惊人的莫过于去青海塔尔寺做喇嘛"。去美国是他多年的梦想，只不过"无论是去拉斯维加斯听玛多娜的演唱会，还是去哈佛大学留学的计划，暂时都还是庞德的空想而已"。做寺庙中的喇嘛，在空灵中走向灵魂的虔诚与圣洁；去遥远的美国体验新鲜不同的生活，去释放音乐的热情和潜心学习，这些计划都不切实际，然而具有精神的高度，这是人对自我极限与自我心灵的探索。庞德富有生气、热血纯真，他艺术化的脑子里有无数创意，他甚至决定组织一场聋哑人辩论大赛，任何人都应当有自由表达的权利，即使是最弱势的边缘性的话语也适用，权威的话语不应当压制个人的表达。这显示出小说对人性的关怀、对自由平等诗性的内在要求。

简玛丽——勇敢而傲慢的"骷髅玫瑰"。女主人公简玛丽一直在勇敢而坦诚地追寻自己的内心，她出场就以玛多娜为偶像，就像是追寻遥不可及的华丽而颓废的幻梦，这也是一代朋克年轻人的幻梦。简玛丽同庞德谈论玛多娜："她的音乐。她的舞台。她的造型和头发的颜色。甚至谈及她新婚的丈夫，一个英国导演，他最近拍了一部什么黑帮电影，杀人，杀得很浪漫。"好莱坞明星玛多娜是浪漫、颓废、黑暗、酷的蛇蝎美人，有末世纪的颓废之美，玛多娜的每一次举动都是一代人心中迷恋的而又不敢想的梦想。简玛丽面对这样一个颓废美的女王，她深深地痴迷和崇拜，但她只是个平凡的小姑娘，"她最初是川东一个小城的歌舞团演员，跟着几个朋友南下深圳，成立了一个舞蹈团，专门为晚会伴舞。舞蹈团不久散了，朋友各奔东西，只有她留了下来，拜师学声乐"。一个小镇姑娘和遥远的好莱坞大明星有着难以逾越的差距，但简玛丽有股傲气，整个舞团都散了，她只身一人留了下来，学习声乐，尽管她唱得并不好，但是她却有最高傲和最勇敢的灵魂。她一路狂奔，横跨太平洋来到美国，成为骷髅玫瑰乐队的女主唱，在摇滚声中，她尖叫、呼喊狂放和自由，她一直不愿放弃，也不在意来自周围人的指指点点，她鄙视庸俗的中年人的气味，从卑微中开出冷艳的、高贵的骷髅玫瑰，"做地下摇滚，成功了！"她终于成了最初追求的那个玛多娜，成了自由的灵魂。

简玛丽面对中年人的世故显得孤傲而冷艳，"我"第一次见到她便发觉："她的脸上有某种明显的骄矜与冷酷之色，我相信那是刻意流露的"，少女的骄矜与冷酷是刻意流露的，作为对这个世俗的世界的骄傲回击，呈现了孤独者对世界的傲世表达。简玛丽与庞德都是社会的孤独者，他们与安稳的现实生活格格不入，满脑子不切实际的盲目想法，但却是苏童所要表达的诗性人格的缩影，苏童就《玛多娜生意》的创作曾提道："孤僻者不要站到大庭广众前，尽管发出自己孤僻的歌声，这种歌声也许可以征服另一些孤僻的人。"又补充道："一个好作家对于小说处理，应有强烈的自主意识……遵从自己的审美态度，把小说这座房子构建起来。这一切都需要孤僻者的勇气和智慧。"①他强调自己创作小说时，作为孤僻者的勇气，在小说内容上尽管发出孤僻者的歌声，在审美态度上也要有自己的独特追求，暗指着《玛多娜生意》对颓废、黑暗、孤傲、酷的审美倾向，苏童旁溢出所谓的中庸和谐之美，转向了"审丑"甚至"审怪诞"，他有勇气把这孤僻的出格行为表达并欣赏，作家本人就有一双穿透浑浊的清澈的眼睛。在简玛丽傲慢与骄矜的背后，又有着绝对的温柔与清澈，这样的"黑玫瑰"只有面对同样诗意的人才会放下诗意的骄傲，"当她的面孔朝向庞德，眼神单纯清澈，微笑的时候，那一丝妩媚与羞怯，似乎还属于一个少女"，这样一位走暗黑风格的酷女孩，内心保留的是少女般的青涩，藏着她清澈而干净的灵魂，同她冷艳的外表相称，更具有灵魂的张力。

关于爱情，简玛丽追寻的是与桃子完全不同的境地，她有着独特的高贵

---

① 许旸：《什么样的故事是好看的文学的》，《文汇报》，2017-08-10（009）。

和傲慢的气度，并不依靠于男人，她对那些古板而"道德"的男人们持嗤之以鼻的态度和强烈的自尊心，第一次和"我"见面时："简玛丽当时没有站起来，似乎是回敬我多疑的眼神，她皱皱眉，将一只手懒懒地伸出来，让我握一下，明显是作为恩赐的。"简玛丽高傲的举止是对男人们对女人们集体意淫的一次毫不客气的回击，透露出女性主义者们的傲慢和轻视。

　　非虚构书写下的简玛丽也并非没有妥协。一个小城的舞蹈演员，在金钱杂芜的世界中，尽力保持着最低的尊严，她用高跟鞋追打包养自己的中年地产商，由此得了一个"有点爽"的绰号，简玛丽性情中的真率和爽朗都被保留，她真实，而非一般中年人对自我刻意隐藏，后来，她并没有选择这种包养的生活，她没有结婚，独自带大一对儿女，由此，婚姻的价值被一定程度地解构，走向了女性的绝对独立和解放。她与桃子在塔楼上的爱情对决，是两个类型的女性的对决，一者示弱如桃子，二者高傲如简玛丽，桃子是"在地"的，而简玛丽是在诗中的，她追求真挚的爱情，情感的价值高于了实在的生命，塔楼上，她高贵地站着，带着孤傲者的神情，坚决地面对爱，孩子们咒骂她是魔鬼，确实她强大得像魔鬼一样，冷酷得像魔鬼一样，简玛丽是真诚面对自我的人，从不掩饰自己魔鬼的一面，以赤诚之心面对爱恨情仇，她是敢爱敢恨、真性情，正如庞德后来为她辩解时所说的："我知道你们对她有偏见，你们不懂得爱，爱，是独占性的。告诉你们吧，是爱的独占性，才让她变得那么疯狂。"简玛丽明白爱，她要为自己的爱疯狂一回，争取一回。桃子则觉得自己这种冲动的行为是羞耻的，"她不停地对孩子们说，对不起对不起，我太软弱了，不配做你们的老师。"她谴责着自己的这种真心，不够贤淑，不够道德，对不起少先队队旗，她把暴露自己的软弱和欲望看作是一件可耻的事情，将自己遮盖在琵琶盒子后面，把爱和冲动看作自己的耻辱，在社会中隐藏自己的真，这使桃子觉得心安，实际上，桃子缺乏面对真我的勇气。苏童在创作自述时强调了写作的真诚态度："其一，作家需要审视自己真实的灵魂状态，要首先塑造你自己。其二，真诚的力量无比巨大，真诚的意义在这里不仅是矫枉过正，还在于摒弃矫揉造作、摇尾乞怜、哗众取宠、见风使舵的创作风气。……我想真诚应该是一种生存的态度，尤其对于作家来说。"①苏童把真诚作为作家的生存态度，要去审视真实的灵魂，而不是像《玛多娜生意》中的"我"和"我们"一样麻木掩盖或者像桃子一样"摇尾乞怜"。真诚应当是审视，敢于直面自己的污点，有气魄面对人性的真实，傲视所谓的道德和外在的强制要求，不被社会剥蚀掉人的本质。

简玛丽一生都在追寻颓废而浪漫的情调，她确乎成了类似于玛多娜的"黑玫瑰"，可她也失去了很多，留下了痛苦与复杂感，正如她回国品酒时所说："基佬酿的酒，味道都很复杂，我要多喝一点。"她与庞德的经历都算得上复杂，简玛丽得到的不多：个性的张扬，永远体面的美貌，终于成为玛多娜，一生都将会过得浪漫，她失去的也不少：一段刻骨铭心、惺惺相惜的爱恋；安稳的生活；两个孩子的父亲；她的名声。但她是骄傲而自由的，不为外物和束缚所羁绊，不为过往所烦忧，她释然也温暖。简玛丽差点在曼哈顿三十七层的大厦上纵身跃下，平庸的"我们"以为是爱情挽救了她，其实没有中年人们想得那样简单，也没有中年人们想得那样复杂，她灵魂下面透露着人性的温暖和真情，是她的小女儿挽救了她。简玛丽一直在用心感受世界，世界在用爱呼唤她。玛多娜的时代已然逝去，"简玛丽们""庞德们"热忱而疯狂的岁月却留下了。

对世故的讽刺。前述已提到的"我"的世故视角对诗性所构成的嘲讽，包括诗性的脆弱性和无力感等，然而作者所塑造的纯真颓废的人物形象又对世故的中年人心态构成了莫大的讽刺，这类反向的暗讽比世故对纯真的嘲讽更有艺术性和思想的启发价值，张学昕在 2008 年曾评价苏童的创作："（苏童）近期的小说，虽然'唯美'的程度似乎降低了许多，但小说的味道与劲道却更足了。文字中有了更多的'空白'，更显开阔、自由和洒脱，不断创造艺术佳境。"②文本深层次的暗讽使得小说有可咀嚼性，也使得小说笔法较为辛辣、劲道更足，需要由读者仔细琢磨体会的文本空白，才能把握到作者开阔而多

① 苏童、周新民：《苏童创作自述》，《小说评论》，2004 年第 2 期。
② 张学昕、苏童：《感受自己在小说世界里的目光——关于短篇小说的对话》，《当代作家评论》，2008 年第 8 期。

义的艺术境界。

作者对"我"和"我们这些朋友"一定程度上持有讽刺的态度，《玛多娜生意》讽刺了中国传统男人对女性的保守看法，作者借简玛丽之口嘲讽道："我知道你们这款男人最喜欢什么，《像一个处女》，你肯定喜欢吧？"现今，中国的男人们依旧有着处女情结，要求女性冰清玉洁，做一个丝毫不越界的懂事听话的"处女"，作者暗中表露了对中国现代男人在性关系上压抑女性的嘲讽，在承认的同时又解构了这种传统观念。

文本表现了对伪善的讽刺和世故功利爱情观的讽刺。当庞德后悔当初没有选择简玛丽时，他对"我"说道："道德！还有你们这帮虚伪的朋友！你们利用了我的善良！"接着他又自问自答："善良是什么东西，你知道吗？他说，告诉你们吧，善良，是个最大最臭的道德狗屁！"代表着纯洁的庞德向中年人的虚伪和伪道德发出了强烈的控诉和愤怒的讽刺，"世故的中年人们"尤其爱拿善良和道德做文章，作者在嬉笑怒骂间讽刺了看似善良实则虚伪的人，利用道义放了一个又臭又长的狗屁，庞德的朋友们其实裹挟了庞德，要求他在道义上必须选择桃子，两个缺乏真爱的人，靠怜悯而结成了夫妻，最终散场，庞德的朋友们在考虑婚姻和爱情时，是从应不应该出发，是功利的爱情观，讲求道德与善良，却没有考虑真情和真我，他们"绑架"了庞德，并欢呼道："在我们的地盘上，邓丽君打败了玛多娜"，却不想庞德喜欢的却是玛多娜，他们已然污蔑了爱情。而后来，庞德最终与同性伴侣在一起后，"我"却意识不到这种爱的存在，"我"太禁锢，由此当"我"还追问庞德为何单身时，庞德"不知道是对我的愚蠢表示轻蔑，还是表示感伤"地笑了，这夸张的笑声是对世故最大的讽刺，极为轻蔑。对中年人看似聪明透顶实则愚蠢至极的悲哀构成了尖锐的讽刺，因为"我"和"我这样的"普通中年人是不会理解反常理的爱情的，这是属于世故的愚昧和麻木，心灵已经枯竭到无法感知爱和真情，思维也已固化到不能突出常规；他们的虚伪做作在坦率的简玛丽的映衬下更是极为滑稽而可笑了，简玛丽回国后"我们"接待她，"席间不知是谁提起了桃子，被人在桌子底下踢了脚"尽管只是踢一脚这样的细节描摹，属于都市庸人的做作尽显，道尽了虚伪的掩饰，在简玛丽的坦然之下凸显了世故的自身的狭隘性。

纯真讽刺了世故，但非仅仅是嘲讽，而是尖锐地揭示了社会与人性的痛点。苏童在《玛多娜生意》中使用了暗讽，这些不经意的细节动作和神情掩藏着作家对纯真与世故的褒贬，而走向现实的写作也导致了这种讽刺一定是暗中构成的，表面上是世故讽刺了诗性的无用，实则诗性在精神的层面上讽刺了世故，体现出诗性与纯真的高傲，这是灵魂和情感高度上的讽刺和胜利。

四、结语

苏童建构了两种不同的话语矛盾，一者是以"我"为代表的世俗的中心化的、普遍性的话语，二者是以庞德和简玛丽为代表的纯真的，"非在地性"的边缘化的话语。这两类话语在小说中相互讽刺，彼此解构，构成了不相上下的矛盾境地。根据福柯有关话语与权力的观点，福柯大体将"真理"的内涵分为两层："一是与假相相对的'真相'，二是与谬误相对的'正确'。前者是就事实而言，后者则是就终极性和普遍性而言的。"① 而在《玛多娜生意》中的真理主要是指与谬误相对的"正确"，中心化的世俗话语明显更具有普遍性，而福柯认为这种"正确的真理""是知识在话语实践中构造的，……在话语实践中形成的真理不可能是恒定不变的，而必定是要服从于整个话语实践所赋予它的位置的"。② 这种"正确的真理"其实来源于话语实践，并且要服从于话语实践的结果。中心化和边缘化的话语的形成主要与现实生活的话语实践有关，正是由于现实中各类复杂的客观条件导致了世俗化的话语在话语实践中被中心化，而浪漫性的话语被边缘化。

苏童试图表现两类话语在社会场域中的矛盾与冲突，他将中心话语与边缘话语相互消解和嘲讽的情景描摹和建构在小说文本中，"我们在他的一篇篇小说文本里，不仅体验到一个作家的想象情貌，还被叙述带入一个有重量、有精神、有隐喻和无限张力的存在和现实当中"③。正是因为对现实和精神的双重把握，在两类话语中的双向嘲讽和消解构成了小说的文本张力。而

① 吴猛：《福柯话语理论探要》，复旦大学学位论文，2004：96.
② 吴猛：《福柯话语理论探要》，复旦大学学位论文，2004：96.
③ 张学昕：《苏童与中国当代短篇小说的发展》，《当代作家评论》，2008 年第 6 期。

作为一篇短篇小说，苏童想要表达的就是他自己的个性的追求，对诗性、对颓废美的追求，或许缺少长篇小说宏大的建构和力量深厚的内蕴，正如苏童自己坦言："写短篇是为我自己而写，写长篇是为苏童而写。都要写，因为我就是苏童。"①《玛多娜的生意》便是苏童个人化创作的体现，同时又不乏共鸣。《玛多娜生意》并不着意于社会功用的意义，它在中年人世俗的目光中追寻最纯洁的世界，着眼于诗意的人生和审美的人生，正如苏童自己说："我是更愿意把小说放到艺术的范畴去观察的。那种对小说的社会功能、对它的拯救灵魂、推进社会进步的意义的夸大，淹没和扭曲了小说的美学功能。小说并非没有这些功能和意义，但对于一个作家来说，小说原始的动机，不可能承受这么大、这么高的要求。小说写作完全是一种生活习惯，一种生存方式。"②而《玛多娜的生意》正体现了苏童对艺术和美学意义的诗意追寻。

复调：复调结构下的历史书写

"非虚构文学"的概念起源于20世纪60年代的美国，与"虚构"相对，是一种边界宽泛的文体概念，这种文体以"忠于事实，还原真实"为准则讲述故事。如今，非虚构写作经过发展成为一个新的文学领域，其概念在实践中不断被扩大，从特稿、报告文学和纪实文学的星星之火，逐渐扩展为一种独特的写作方式。但是和报告文学相比，非虚构写作更强调基于个人视角的完全独立的写作行为，认为它不应依附或服从于任何写作以外的（包括政治）因素。

非虚构文学在国内外文坛受到越来越多的关注，不少非虚构文学作品也逐渐崭露头角，甚至获得重量级的文学荣誉。例如，白俄罗斯女记者兼作家S. A.阿列克谢耶维奇就以非虚构作品获得2015年度诺贝尔文学奖，这是国际文坛对非虚构文学的极大肯定。对于将诺奖颁给非虚构文学作家，著名作

---

① 张学昕、苏童：《感受自己在小说世界里的目光——关于短篇小说的对话》，《当代作家评论》，2008年第6期。

② 林舟：《苏童——永远的寻找》，海天出版社，1998年版，第81页。

家李炳银认为且不论内容倾向，阿列克谢耶维奇获奖是顺应了文学发展的趋势："非虚构文学，或者说纪实文学，关注人生，关注人类命运，关注社会变革，能十分直接地引起社会的关注。"

中国文学一直有非虚构文学的传统。著名报告文学家何建明认为，中国的非虚构文学可上溯至司马迁《史记》，堪称"难以逾越的高峰"；现代以来，无论是 20 世纪二三十年代的夏衍、瞿秋白，还是 20 世纪 50 年代《谁是最可爱的人》，到 20 世纪 70 年代的《焦裕禄》《哥德巴赫猜想》，加上 20 世纪 80 年代改革开放后的诸多作品，中国一直是非虚构文学的大国，只不过我们有自己的称呼——"报告文学"。他认为，中国的非虚构文学将随着纪实文学获诺奖而被强力促动，在未来十年二十年，将有问鼎诺贝尔文学奖的可能。[1]

非虚构文学经过不断发展，在中国文坛再次兴起与红火。李炳银将非虚构文学形容成一种"危险的文体"。他认为在进行非虚构文学创作时，"一方面你必须写得完全真实，一旦失实就有遭遇非议的危险；另一方面，你的观点要客观，不能被主观判断所左右。因为在真实的生活中，亲眼所看见的'真相'，往往不是真相本身。这要求报告文学家具有对生活观察、洞悉的能力"。[2] 对于近年来非虚构文学的长足发展，我们不禁思考：非虚构写作作为一种新文体有何独特的文学力量与吸引力？何建明认为是"铭记"。"我发现人会很快忘记苦难的记忆，天津爆炸区的现场一封锁，什么都看不到了，据说还马上要修一个公园，过两年说不定边上还要盖房子。经历的人不会忘记，看热闹的人马上就忘记了。"何建明说，"非虚构文学的作用就是尽可能减缓这个遗忘的过程，让人永远记住曾经发生过这样的灾难，不要让它再发生。"

朱日复的历史人物小说《伍子胥》[3]，以春秋末年为历史背景，以吴国名相伍子胥为故事主角，描写了他雄才韬略、忠义为国的乱世英雄本色。作品

---

[1] 蒋肖斌：《何建明：中国非虚构文学应该问鼎诺贝尔奖》，《中国青年报》，2015-10-28。

[2] 李炳银：《以文学笔触展现四十年巨变》，《中国新闻出版广电报》，2019-01-11(006)。

[3] 朱日复：《伍子胥》，中国书籍出版社，2016 年版。本文在分析过程中所引文本内容皆出自此书，不再一一注明。

以伍子胥的人生际遇和思想性格的发展作为贯穿始终的线索。伍子胥的一生充满传奇色彩：父兄被害，从楚国出逃，投奔吴国，助吴王阖闾取得王位，设谋破楚，报家族之仇，南平越国，施威诸侯，协吴为春秋一霸。辉煌铸就的一生，却仍旧逃不过帝王的猜疑与昏庸，最终身首异处，令世人悲叹。

小说重温了那个激荡人心、风云变幻的时代，体验和发掘了不一样的历史演绎与解读，以艺术的形式再现了春秋末年楚、吴、越三个诸侯国之间的较量与角逐。历史人物形象鲜活，以"你方唱罢我登场"的气势各展风采。以伍子胥、文种和孙武为代表的将相各持智勇、扭转乾坤，还有楚平王、吴王阖闾和越王勾践诸位帝王之间尔虞我诈、争夺厮杀。小说以独特的艺术魅力和叙述角度给读者带来了美的享受。从整部作品的艺术表现形式来看，可以把这部作品划分为非虚构写作。

一、众声喧哗的艺术效果

非虚构文学对于事件情节的表达，不只是通过对事件的概括和总结来记述故事，而是通过场景推动情节的发展，设置戏剧性的场景，让人物形象生动鲜活。同时为还原故事的本来状态，充分让人物发声，详尽记录人物对话，让故事本身要表达的东西在对话中得到自然呈现，以人物对话的形式推动情节的发展，表现人物形象，效果更强。

小说对于人物形象没有过多地进行侧面描写和说明，而是直接以人物对话展现各个角色的性格特征与心理活动。不同的角色有不同的性格、不同的措辞。通过对话来表现人物个性，让人物特点在言行中自然体现，比单纯的说明叙事方式更生动。小说第一章，楚国设盛宴款待鲁昭公的来访，从各个人物对话中可以清晰地感受出场角色鲜明的性格特征。开篇写楚国大夫伍奢接待鲁昭公，对其介绍沿途的景色：

"明公请看这边，这是敝国的特种花：红色的、白色的、紫色的……各种杜鹃花开得正盛，十亩锦绣，它们在霏霏细雨中更显娇媚，这个景点叫'杜鹃喜雨'。"

"明公再请看这边……这个景点叫作'夏荷弄日'。"

"明公再请看看这边：……这个景点叫作'红梅冷艳'。"

我们再看看鲁昭公的回应：

"北国哪有这等的美景啊！"

"甚美！甚美！"

"此名果然不虚！"

受到巫师的祝福时，鲁昭公微微屈腿："愧受，愧受！"

从对话中可以窥见两人的心理状态与处事风格。彼时楚国国力强盛，威霸四方，面对向北方示好的鲁国，伍子胥心中充满自豪，介绍本国景色时当然不只是单纯介绍景点，言语间尽显楚国的物阜民丰、山水秀丽。热情洋溢的介绍不仅显示了楚国的礼仪好客，更是借机向鲁国展示了国家的实力。但作为一国之相，温恭懂礼的伍奢对鲁昭公还是带着该有的尊重与敬意，"敝国""请"等词汇态度真诚，用词谦逊、谨慎。而从鲁昭公简短的回答中，可以看到，作为国力稍逊的一方，他自然是要收起锋芒，做出乖顺的姿态，以博得好大喜功的楚平王的好感，消除他的戒备。同时这也是鲁昭公本身性格的体现。历史上的鲁昭公事实上是一个懦弱无能、贪生怕死的君主，面对如此强大的楚国，他也只能摆出不如人的样子。两人看似简单的对话，却是关乎两国外交的博弈，言谈间充满语言的智慧，人物形象生动鲜活，画面感极强，戏剧化效果明显。朱日复先生在为小说作跋时也谈到，小说由电视剧剧本改编而来，因此该作品不免带有些许戏剧的余味。人物对话在故事情节的发展中起了重大推动作用，读者在进行文本阅读时与角色有着一定的互动性，戏剧化效果明显。

二、复调结构的娴熟运用

复调结构强调多种声音，认为每个人物都有自己的想法，都可以直抒己见，重视"他人意识"。而非虚构文学也认为观察角度的多元化，更有助于推动文本的发展。通过主角以外的其他人物的一些观点，通过各种不同的角度使读者了解主人公的心理活动和人物特征。小说《伍子胥》进行艺术与真实的大胆联想，不仅展现了伍子胥智勇超群、刚毅果敢的英豪本色，更同时塑造出诸多鲜明丰满的历史人物形象，挑战传统，演绎新的解读。

伍子胥、勾践、夫差等人作为耳熟能详的历史人物，除了世人赞叹或批判的人物性格品质，作者通过自己的解读与艺术加工，又为我们展示了耳目一新的新元素。伍子胥从楚国逃亡吴国，协助阖闾攻破楚国，为报父兄之仇，掘楚平王之墓鞭尸三百，这是他狠绝果断的一面；入吴后再无二心，辅佐两代君王，为吴国成就霸业立下汗马功劳，这是他有能力、有谋略、忠义奉献的一面。最终他却死于谗言，令人唏嘘。这些评价是后人对伍子胥的普遍看法，并无太多异议。朱日复先生却看到了伍子胥思想的新质。在吴王夫差不听劝阻，任用小人，看不清危急时势时，他不惧以下犯上的罪名，以臣伐君，痛斥夫差，敢于向专制王权挑战。作者认为这是我国古代民主思想真正的滥觞，开启了后来孟子等"民贵君轻"思想的发扬，是伍子胥的治国理政才干中最光辉耀眼的创造，他是领先于时代真正的先行者和英雄。

越王勾践的人物形象也有新的维度。勾践忍辱负重、卧薪尝胆的历史流传至今，家喻户晓，历史多以正面评价勾践。《史记》记载："禹之功大矣，渐九川，定九州，至于今诸夏艾安。及苗裔勾践，苦身焦思，终灭强吴，北观兵中国，以尊周室，号称霸王。勾践可不谓贤哉！盖有禹之遗烈焉。"在这里，司马迁将勾践与华夏民族之始祖禹相提并论，认为勾践是禹的后裔，他灭吴称霸后的伟业和禹当年定九州中国有同样深远的意义，大为赞赏勾践有禹之遗风，这可谓是对勾践极高的评价了。忍辱负重、心志坚定有毅力、卧薪尝胆终破吴、隐忍而不发，不惧怕失败和屈辱、敢于拼搏、善于纳谏，后人对于勾践也多是溢美之词。朱日复却认为勾践是一个自私至极、忘恩负义、不守诚信的失败君主。越国灭掉楚国之后，勾践的本性就逐渐暴露。范蠡想出美人计蛊惑夫差，致使他贪恋美色、昏庸误国，这是越国能取得胜利很关键的一步。西施等数十位民间女子为国大义而牺牲自我，深入虎穴委身于吴王。待胜利之后，她们不但没有收到应有的奖赏，反倒被勾践当作国之耻辱和祸害系上巨石投入太湖。更让人觉得震惊的是，勾践早已准备好巨石，可见此人心机与城府之深。范蠡早就预言过："越王为人长颈鸟喙，可与共患难，不可与共享乐。"勾践心口不一，阴阳两面，在忧患时竭诚以待下，言听计从，得志时便纵情以傲物，过河拆桥，唯我独尊，没有诚信。胜利后更是将如何表彰英勋、奖励恤葬等事抛诸脑后，失信于众将士。范蠡请辞，勾践内心窃喜，表面却又装出留恋不舍的样子，虚伪可憎。最后，为越国鞠躬尽瘁的文种竟也得到了和伍子胥一样的下场，被勾践赐死。颇有讽刺意味的是，文种自刎的剑正是当年夫差赠给伍子胥自刭的那一把。

在小说里，作者将西施和范蠡的故事结局也进行了改编与加工。前面也已经谈到过，西施最后没有和范蠡远走高飞，游于人间，而是被投入太湖冤沉湖底。作为国家功臣之一，不但没有得到嘉奖，反而惨死。西施在临死时的表现颇有几分女英雄的本色。意识到勾践的背信弃义之后，西施破口大骂："勾践昏王！你会不得好死！你还不如吴王，吴王还有诚实的一面，吴王是受了你的骗，中了你的诡计！你才是天底下最狠毒、最阴险、最无耻的小人！你不配做一国之君！"在即将被投入湖中之时，毫无惧色，不断挣扎表示不服，怒目瞪视勾践。西施身上所表现出的反抗不屈的精神让整个人物形象得到了升华。

朱日复运用娴熟的复调技法结构，塑造出一大批有着自我个性和特点的人物形象。他还综合使用多种文学修辞和手法，对历史事件进行合理的改编，注入新的历史解读，增加了作品的复杂性，给读者全新的阅读体验和感受。

三、戏剧性矛盾冲突的彰显

非虚构文学善于运用矛盾来强化作品的戏剧性，推动作品纵深发展，以此彰显作品的批判意味。小说《伍子胥》本是由电视剧剧本改编而来，因此在具备小说基本特征的同时，也常常带有戏剧性的矛盾冲突。在一个好的剧本中，角色冲突是吸引观众的不二法门。这包括故事角色和角色之间的冲突，角色和他自身价值观的冲突等。全剧必须围绕着一个贯穿冲突展开情节。基本要求是，冲突展开要早，开门见宝；冲突发展要绕，出人意料；冲突高潮要饱，扣人心窍；结束冲突要巧，别没完没了。冲突每一次较量就是一个情节段落，而每一个段落的内部又有着各自的起、承、转、合。剧本创作中连贯的剧情是非常重要的，剧作一般有很多的伏笔，前面的伏笔为后面剧情的发展做好铺垫。在剧本的创作中，为了达到影视片效果的吸引力，就需要制造紧张的场面情节，创造表面张力。

作家设置了很多的矛盾冲突。例如伍家父子与奸臣的斗争，父兄被杀之后伍子胥对楚平王的仇恨，吴王夫差和楚平王、吴王阖闾与越王勾践的矛盾，伍子胥和勾践的较量，伍子胥和夫差后期的误解与猜疑等等，这一系列的矛盾冲突将整部小说组织串联起来，在一个个矛盾冲突的碰撞与摩擦中，推动故事情节的发展，塑造出了丰满立体的人物形象。这种戏剧化的结构安排使小说情节在起承转合中向前推进，同时我们也可以看到作者精心设下的诸多伏笔。例如，伍子胥在从楚逃往吴的逃亡路上曾经被一农户所救，老人将自己的孙子江苇拜给伍子胥做义子，江苇跟随着伍子胥去了吴国。后来勾践使用离间计害了伍子胥，在故事的最后，江苇和要离之子一起打伤勾践，却又留了他一条活命让他继续接受煎熬，以遭天谴，勾践求死而不能，痛苦不堪。前后的情节相呼应，引人入胜，同时印证了中国人一直信奉的因果报应说。

小说最后的情节戏剧化效果强，讽刺意味浓。文种的葬礼仪式上突然狂风大作，骤雨倾盆，早春时节雷声震人，乃不祥之兆。刚合拢的墓冢突然爆裂，文种驾着马车冲出，接着伍子胥驾着马车来接文种，两人一前一后，驰向东方大海。这一幕给勾践的内心造成极大的震动与恐慌。此时的勾践已经失信于百姓，百姓不愿亲近他，如避瘟神，将士也害怕他，连平日最亲近的王夫人也对他冷若冰霜。勾践老是梦见伍子胥和文种，内心充满空虚和恐惧，不得安宁，几乎疯狂。忠奸善恶，皆有所报，这种戏剧化的矛盾冲突使作品的批判性得到了进一步加深。

反差：暗夜中的人性光辉

自从白俄罗斯作家 S. A. 阿列克谢耶维奇摘取了 2015 年诺贝尔文学奖的王冠以来，"非虚构"一词便在我国文学界愈加响亮，涌现出以梁鸿《在梁庄》和慕容雪村《中国，少了一味药》为代表的作家和作品。虽然这两部作品 2010 年就已出版，但真正引起文坛普遍关注则是 2015 年诺贝尔文学奖带来的东风，S. A. 阿列克谢耶维奇《二手时间》等一大批作品的翻译，引爆了中国读者的热情。但中国文学批评家们却对"非虚构"采取较为谨慎的态度，原因在于，"非虚构"写作简直就是文学创作的一个"异类"，因为任何作家的书写都不可能是完全的"非虚构"，就像任何作品也不可能是完全的忠于生活一样。实际上，对作家个人来说，"非虚构"作品的创作既是对写作能力的挑战，也是对自己能否拥有生活的深度、广度和厚度以及能否表达这种丰富性的挑战。"非虚构"写作不仅仅靠生活本身，也不仅仅依靠想象，而是在生活和想象之上，提供一种直观的互动式和交流式的表达方式，让读者透过作品的细节获得力量，让故事本身诉说生活的原态。

一、无技巧的"非虚构"

曾令超的创作大多属于"非虚构"的范畴。虽然他的写作从不在意是否契合某种理论，但他总是在饱满的回忆中将一行行文字蓄满朴实的泪光，是名副其实的"非虚构"写作。他的作品有一种触摸大地的感觉，夹杂着泥味、汗味、潮湿味和阳光味，等等。从散文集《人生在世》到如今的《人生跋涉》，曾先生没有任何创作的技巧，他本着对生命的热爱，对写作的热爱，对他所身处的世界的热爱，推开重重黑夜的帷帐，迎接一缕缕清晨的阳光。与其说，他没有责备生活带给他的苦难，不如说，他感谢苦难使他的生命变得更加饱满。

《人生跋涉》应归之于"非虚构"写作。这部书稿的字字句句都像是从岁月中敲打下来，布满泥湿的脚痕，甚至有一种苦艾的味道。但读者正是可以透过这种味道感受到曾先生对生活的热爱和对生命的敬畏。书中原有一些苦难本可以写得沉重和压抑，但作者有意将其暗暗隐去，许是天生大气的性格抑或是后来的遭遇铸就的坚强秉性，他让许多苦难变成了生命价值的印证和生存意义的诠释。仅凭这一点就足以令人肃然起敬。

作者带有内心的诚恳和热切的赤子之心。儿时艰苦求学的历程以及在农村苦中作乐的生活占据了重要地位。而恰恰是这些铺垫，使文本的个性以及后来的变故与发展脉络更为清晰合理。少年时期所接受的苦难是塑造人物性格的关键因素，大概也是曾先生回首过往、追叙往昔的诉求所在。乡村的古朴储存于血脉之中，作者塑造出一个健康匀称的少年，肌肤黝黑，带着刚从稻田中翻身出来的汗水与泥土的气息。正是这种原始生命力，让读者见到久违的自然意识，一种希望重返时光的冲动跃然纸上。那些岁月不会被物质匮乏导致胃肠道痉挛产生的饥饿感所掩盖，相反，能够挺立在苦难中没有倒下才是一个奔跑者所应该坚持的决心和魄力。农村的夜晚来得太早，农村的黑暗也比都市的生活要多得多。暗沉灯光下发黄的书籍才是曾先生前进的动力和无法抹去的生存主调。埋藏于大脑深处无可阻挡的热心、激情和梦想，激励着他整个少年时代，这种暗夜中的奔跑成为一代人的记忆，而不再仅仅是个人的少年时代。

二、真诚的叙述底色

除了不懈的努力和无所畏惧的奔跑，真诚则是这部作品最强的主调。作者奋斗的决心从这部书名中便一目了然。更动人心魄的是曾先生在教书生涯中的人和事。他毫不避讳书写了工作中的不公平与各种困扰，呈现给读者真实的生活世界，这种原生态的文字能够引起大家的共鸣。单纯的处理与质朴的表达得以全面呈现，此刻高尚品质的拥有者不仅仅是他本人，还包括他的学生们。在他生病倒下之时，五十多名学生自发集合，冒雨渡江来看望他。每个挂着雨水以及泪水的脸庞似乎是这个虚浮时代最需要的真善美的强心剂。轰隆的雷神以及敲打门窗的大雨不再让人恐惧，反而成为真心真情真爱的见证者，成为鼓动神经的强烈节奏。师生情谊本就是相互交心的事情，曾先生展示出现的情感已经超越原本的视域，成为一种人与人之间真诚交付的爱与信任，不问付出有否回报，也不问付出值得与否，仿佛只是一种本能，而这种本能恰恰是美好品质最好的彰显。只有真正热爱生活的人，才能有幸经历这种爱，曾先生便是靠自己得来了这么一份幸运。

世上好物不坚牢，悲剧的意念总会到来。我以为曾令超会对自己挺身而出却失去光明这一事件表达立场，相反，他似乎并未找到他反问值不值得的蛛丝马迹。活下去，抓住一切活下去的机遇、冲动和理由，这才是处于黑暗中的他唯一真实的想法。作者内心充满庄重和肃穆，描述的文字开始冷静起来，"非虚构"的味道、风格与特色也更加明显起来。这部分的内容最为厚重，也最为现实，蒸蒸日上的生活一下子跌入不被理睬的暗夜中，巨大的冲击像是现代高科技的印刷术，把每一点的细节都记录得细密准确。优秀的作家不是将个人的悲伤全盘托出，而是以理性的语调、平和的腔调，将自己的故事客观真实地表达完整。这份完整的背后，是作者超脱的品性以及对于人生灾难的悲悯，即使灾难就是自己的。自传性写作容易将个人情感作为意义支撑，如果强调了这种支撑，就失去文学根本的共鸣。

三、苦难的生活还原

《人生跋涉》的可贵在于：越苦难越客观，越难过越平静，正是这份情感克制，才有了曲折通幽的生活还原，也才能引发读者汹涌而至的情感共鸣。毕竟，不是每个人身处灾难中心还能够从容面对。远观平常的井，头探下去，也许看见了自己的人生。失明其实可以避免，作者引领我们反思的是种种的故意拖拉与延迟治疗才结出这悲剧。曾先生用客观的笔触描述着令自己陷入黑暗的故事，却没有过多的抱怨，只剩下一声遗憾的叹息，轻轻吐出，他也就往前走了。

实际上，当别人还感伤于主人公的苦难遭遇时，他早就在黑暗中继续奔跑了。幸运的是，在低谷过后，文字明显又回到青年时期的愠色、热情与信心。这也是他作品的特色，身临其境的情感表达直接影响文字温度，好像每一句话都是重回历史中细细拓下来的，用生命的气息在创作。他抱着感激的心态迎接每一天，对于帮助过自己的人都详细地记录下来。于是，我们看到"U 形状"的独特生活历程，其间苦难被消解，开头与此刻的高度造就了不同凡响的记忆。或许，这也是作者不想让读者过多回望苦难的深渊，自己爬出来的时候，世界虽缺了角但仍然可以保持新的一份完满。那些抛下绳索试图解救的人，成为黑暗另一面最为珍贵的礼物。

不得不被文字的生命力打动，即使岁月流逝，作者似乎仍旧是那个从田地里爬出来、布满阳光和汗水的少年。这一点，其实也恰恰是作者的一种执念。书中提到乡村的土地、城市中的菜地，以及大地本身具有的无处不在的活力，最质朴和最简单的陈述，却往往是人生的支点，留存着原始的血脉气息。《人生跋涉》浓缩了曾令超的心路历程，不仅彰显了作者的"赤子之心"，更彰显他对人生从不抱有恶意，也从不犹疑，而是满含热望，磨砺理想的锋芒，做暗夜中的奔跑者，迎接每一个独一无二的日子。这种"非虚构"书写，是一种有力的书写，不仅作者、读者，也包括我本人，都从中感受到这种力量的无处不在。

第三章　文化的编码

　　中国文学一直重视吸收民间养分。民间是文学最为深厚的力量之基、精神之源、活力之本。民间因其集体性、文化传承性等特质，在文学叙事中备受关注。而族群、器物、原乡、传奇，都成为文学艺术无法回避的资源选择和叙事力量。他们具有社会历史叙事能力、嵌入日常生活的同时，又与一般日常生活的习惯行为有所差别，是特定范畴、特别知识系统、特有符号表述载体。加之其所携带的地域性、民族性、陌生性等质素，让其在文学叙事中获得了旺盛的生命力和阐释价值，成了一种文学趋向。可以说，这些质素代表了中国的统一性与多样性，涵盖了个体性与集体性，通过其所涉及的载体和仪式过程，指涉其特有的象征意义，这是文化载体最为直接也是最为独特的意义生产方式。他们均在特定的空间抑或是情境营构中，通过特定的物象、过程等传达意义，形成相对稳定的文化模式。与其相适应的是其特殊的意义指涉、心理内涵、文化模式、文化意义与文本之间产生了难以弥合的缝隙，他们之间既相互消解，又相互融合，形成了文化符码与文学叙述间的互动，催化了文学叙事的意义生产，也形成别有趣味的叙事风貌。

　　文化载体的象征意义与作品珠联璧合，彰显了作品丰富的意义阐释空间。需要注意的是，作品中的文化载体要充当两个功能，一方面作为作品的叙事或抒情单元，另一方面作为文化本身拓展作品的意义空间，如《红楼梦》中的诗词、宴席、酒菜和服饰，因此文化载体并不一定与小说故事形成一致的协调的价值趋同。有的文化载体与小说主题话语之间会呈现出撕裂、解构状态，这反而可以增加作品的张力。如《铜官窑的温度》《长鼓》中对铜官窑、长鼓的描述，表征了不同地域、民族的文化内涵。铜官窑、长鼓，作为一种文化底色，让既定的地域民族精神与过往历史形成呼应，展现出民族的坚韧、智慧和乐观。换言之，文化载体成为诗歌和小说的底色，勾勒出这片土地上的终生镜像。诸荣会的散文可以归入到文化散文的范畴，与余秋雨、王充闾和夏坚勇创作的共通点都是学者化散文，都强调"有我之境"的写作，都善于从细节入手，从历史的肌理中感受历史人物思想的温度，从幽暗的隧道里发现历史人物精神的微光，充溢着浓重的历史气息、灵魂拷问和知识分子的责任担当。诸荣会的创作从来不是简单的史海钩沉或在堆满灰尘的资料里徘徊，以思古之闲心寄当下之幽思，而往往是从历时与共时、历史与现代、政治与人文等多个维度，于历史潜流的深处努力挖掘作品人物的自然人格、民族气质和中国精神，把个人小我与国家大我、历史与时代、史学与文学完美地结合起来，体现了一名优秀作家的文化自觉和人类大爱，特别是他非常有勇气，敢为一些已有定论的历史人物"翻案"，在背负"良知"的书写中，承担了历史的可怕责任。铜官窑彰显了深刻的历史文化内涵。诗人将官窑比喻成"有温度的龙窑"，让人联想到中华民族古老的图腾——龙。这才是传统的、亲切的、熟悉的、有温度的。诗人又将一件件陶瓷人格化，使其具有了"心跳"，因而器物文明乃至文化传统都将是不死长存的。当这些瓦甍（小的窟穴或房屋）富有生命力地演唱诗篇时，唐朝繁荣的诗歌文化就一下和陶器发生了联系。唐诗不再是上等知识分子嘴里念诵出来的带有高雅情趣的韵文，唐诗走入了劳动人民的生活，走入黑色灰渣和红色炭火交织的大众情趣中，变成了"铜官窑"的文化部分，具有质朴的气息。这种说法并不是信口开河，过度阐释。

传统文化与现代文明的撞击为小说创作提供了新的空间。马笑泉的《迷城》塑造了一座位于传统文明与现代社会交替间的古城——这座南方的小县城既具有乡土社会原始的生命气息和丰厚的历史文化积淀，同时又体现了现实语境下的多元性与喧嚣形态；作者的真实意图或许只是通过这两位人物对传统文化的借鉴，呼吁人们重拾几千年前就已经积淀在人们内心深处的"仁、义、礼、智"等价值规范，恢复这种曾经内化为我们心理结构的优秀民族资源，从而面对当下纷繁复杂的现实条件，做出理智的思考。

少数民族文化是作家取之不尽的富矿。民俗、民歌、服饰、乐器、传说，都是少数民族灿烂文化的组成部分。作为其中一员，少数民族作家具有得天独厚的优势，他们对少数民族文化具有高度的认同感，灵魂与之共振，行为与之共鸣，因此他们天然地握有这扇文化之门的钥匙，熟知打开这把门锁的密码。黄爱平的诗歌以长鼓为载体，为少数民族文化书写找到了恰如其分的切入口，开启了完美的文化磁场。

族群：少数民族历史的文化密码

少数民族在长期的绵延过程中形成了灿烂的文化和独具特色的生活习惯，打开这扇文化之门，需要找到丝丝入扣的钥匙或者分毫不差的密码。"密码"不仅具有绝对的提示作用，更试图抵抗外界对异质民族文化缺乏经验与尊重的简单且幼稚的"想象"，具有树立自我、标识自我、言说自我的巨大功能。瑶族文化隐喻性的符号"长鼓"，则像是瑶族的集体"声带"，是瑶族文化杜绝沦为附庸的"他者"的一棵"救命稻草"。

一、隐秘的过去与遥远的未来

黄爱平是一个有强烈民族责任感和自警意识的诗人。他的长诗《长鼓》，共分十个小节，通过对瑶族苦难生存与艰苦斗争的诗性追忆，彰显出诗人对于"长鼓"这一瑶族文化隐喻符号的自信书写与人文关怀，折射出瑶民不屈不挠的精神品质、乐观向上的人生态度以及永不放弃的顽强斗志。透过这个长诗，我们充分感受到了黄爱平对瑶族文化母体的深情眷恋："长鼓"作为标识民族身份与特色的器物符号，在他笔下具有照亮瑶族隐秘的过去和遥远未来之高远、大气、神圣的诗性品质，亦折射出写作者对强势民族语境下弱小民族昂首挺胸、向正在进行和将要来临的民族生存之融合发展的期待与希冀。

索绪尔在研究语言中"能指"与"所指"时发现，符号学中的文化客体所具有的意义传递功能提供了普遍的借鉴意义。因而，阐释就成了意义被给予和获得过程的一个根本方面。诗歌，作为诗人心灵世界的产物，包含着理性和感性、主观和客观的双重视域，无论形式的排列还是内容的架构都传递着诗人对自我存在意义的解释过程。因而，"长鼓"在黄爱平笔下不仅是古老音乐器物的"能指"，更是诗人个体对本民族历史所蕴含的深厚而丰富的文化内涵的"所指"。我们惊奇地发现，在《长鼓》长诗当中，诗歌并不像"镜子"那样运作，黄爱平也未着墨于对"长鼓"这一乐器的形状、声音以及效果的细致描绘，相反，他将"长鼓"所蕴含的神秘的文化密码，视为打通他与本民族历史血脉联系的精神纽带。

无疑，这种联系包含着回忆的刺痛感、历史的轮回感以及弱小民族常有的寂寞的灼烧感。第一首的开篇"群山莽莽/蔚蓝的天空下/无论是白天还是黑夜/寂静像波涛一般/吹动起伏的山峦"，时间飞逝如车轮永不停息地滚动，空间连绵不断，杳无音寂的旷凉感裹挟着难以言喻的"寂寞"，这是一种证明，也是一种警醒。诗人瞬间进入回忆的轨道，但是诗歌的"回忆"不同于生活中个体所经验的日常回忆，相反这是对古老的瑶山民族带有溯源性质的合理"想象"。瑶族没有成熟的文字记录，在时代的更迭和命运的洗礼中缺乏书面的历史载体，只能以口耳相传的方式延续其文化脉络。可常识告诉我们，语音声调的复杂、不稳定的变异，造成了广大以汉文化为"声道"的受众群体面对陌生民族文化的隔膜，亦形成了瑶族无法对外宣说的封闭隔绝的"场域"。因此，诗歌中借助文字所构建的想象对于重拾"流浪在外"的民族文化，开拓其审美境界就是一条必经之路。但悖反常识的是，在汉民族与瑶民族文化的交流、碰撞过程中，听起来"支支吾吾"的瑶山人正像在以汉文化为主导的"舞台"上扮演的"他者"。借助汉字符号在汉文化思维中的公共"所指"来"雕刻"异质民族身份的独特性（按：指去"公共性"），则是民族作家在民族文学叙事过程中往往无可逃避的审美困境。虽然借助汉族文字为瑶民族"代言"，可诗人的无奈和痛苦之处也正在于瑶族自身无法借助自我的符号体系向外界言说和传递意义的"寂静"。长诗结尾提到"沉默的天空""长久期待的时刻"，所期待的正是能够传达瑶族自身独特性的隐喻符号"长鼓"的出现。借此，长鼓成为点亮瑶族文化的密码。

二、野性的想象与文明的狂欢

审视诗人对远古的瑶族历史的"想象"，诗歌对瑶族的野性崛起、建立家园、抵抗灾难再到离开故土的历史叙述带有相当的模糊，似乎有意为之营造"神秘"与"原始"的色彩。当然，这一方面源于作者对于现代文明所存的若有若无的"影响的焦虑"，另一方面体现了黄爱平在诗中对瑶族文化之"根"的追寻意识。中国现代文明的汉化进程，是以"现代/原始""清晰/神秘""文明/野蛮"这一系列的二元对立的词组维护自身话语系统的"合法性"，却也悄悄地遮蔽了自身存在的诸多破坏自然与扭曲人性的问题，从而在几个固定的词语基础之上经过"想象"的处理和加工，构建出异质民族的基本形象，加以区分文化程度的高低。但是，在《长鼓》长诗中，黄爱平的高明之处在于，他首先就将题目"长鼓"作为提升自我民族身份气质的"切入口"，构筑了一道"语言的大坝"，使得诗歌中的对瑶族历史和对瑶山家园的回忆式的"想象"恍然间将不知指向何方的、泛滥模糊的"语言洪水"拦截下来，迈向了安放民族身份认同的明确指证。民族作家笔下，诗歌《长鼓》的意义指向呈现出较为封闭的结构，诗人倾尽所能地将汉字文化符号的"所指"利用且固定下来，即文本统统指向瑶族，回归瑶山，走向那段"桐油灯火"里的"不朽的往事"，留下了空白的余韵。可以说，带有瑶族文化隐喻性的符号"长鼓"，则像是瑶族的集体"声带"，是瑶族文化杜绝沦为附庸的"他者"的一棵"救命稻草"。

这种文化密码树立了自我独特的民族身份，蕴含着黄爱平深厚的对瑶族文化母亲的依恋，但他的写法却非常独特，整首长诗都是围绕着"长鼓"来写，但文字中却特意不让这两个字出现，以隐性的方式讲述历史的真实与疼痛，达到一种"此时无声胜有声"的艺术效果。作为生在江华、长在江华的孩子，长时间学习、生活和工作在江华，他不可能不了解长鼓美妙的鼓点，他在写作时耳边不可能不回荡着或急或缓的音响，他却统统回避。中国传统文学中往往借助视听效果等一系列侧面描写加以烘托渲染乐器之美，如李贺《李凭箜篌引》中"昆山玉碎凤凰叫，芙蓉泣露香兰笑"，白居易《琵琶行》"银瓶乍破水浆迸，铁骑突出刀枪鸣"等均已成为千古绝唱，甚至成了以文字把握声音的"标准"范本。黄爱平这首诗歌恰恰反其道而行之，颇有点"醉翁之意不在酒"的意思，将长鼓作为引导、输送、投递民族文化眷恋的纽带，倾注了写作者血肉生死的情感。其中，作者又未完全抛弃对传统诗词的借用，结尾处对长鼓隐约的描写"我们看见惊涛裂岸/卷起千堆雪"化用了苏轼的《浪淘沙·大江东去》，获得了震人心魄的效果。当然，这也是他在自己诗歌中一如既往地对传统诗词的借鉴和对古典语境的重塑，是诗人试图贴近和召唤一种近乎淳朴与阳刚的力量。诗中描写阿哥和阿妹以歌示爱、彼此间自然且单纯的吸引，像极了沈从文先生在《边城》中那种质朴人性的书写，构建了理想中的瑶族文化品格，架起了一座充满自然、野性和刚性的"希腊小庙"，体现着黄爱平对本民族的文化自觉。直到诗的结尾，奏响长鼓的情绪喷涌而出，一泻千里，尽扫前面诗节中叙述迫于生计的民族背井离乡的忧伤，如此声势浩大的巨响，似飓风袭来，似万马奔来，似惊涛裂岸，是集体的"踢踏之舞"，这难道不能说是一种生命力的迸发吗？

现代文明对人的压抑造成了人群大面积的萎靡、颓败与散漫。从古老的以群体价值为本位的文化传统走来，个人主义意识的勃兴无法为个体的生存建构坚实的价值根基，现代社会的个体往往处于"流浪状态"，自然的人性往往被强制"阉割"。相比之下，《长鼓》中所彰显的瑶族面对生活的阳刚、积极以及抗挫的勇气、忍耐，甚至不假矫饰的直抒胸臆的民族气质，则是一种集体的信仰和对祖先的承诺。这是一个不怕生死轮回的、与豺狼虎豹争夺资源的民族。"生生死死/对于大山里的人们/就像抽一口旱烟/平平常常"，野性的生命力遵从的是自然的法则，是山地民族适应环境的血脉因子，更像是诗人对现代文明话语的警示与反拨。

像戴望舒般在缠绵悱恻的雨巷里自我沉醉、自我吟讴的诗人不少，但像黄爱平这样用整饬排列的诗行"盛装"鸿篇巨幅的民族历史的诗人却很少。诗人借助"大我"的口吻，用"我们"来指代"我"、覆盖"我"、隐藏"我"，一方面尽可能地节制和收敛，避免自我中心情感的泛滥，另一方面也接续了民族本位的价值观念。如果说诗歌中对民族生活场景的诗意描写令久在孤独中煎熬的现代人心驰神往的话，同样诗人写道少数民族内部相互肉搏厮杀争夺首领的血腥场景，亦是久居安逸的现代人所不敢真实想象的暴力与惊悚，但这些就是虚构的诗歌对真实的还原。这是诗人借助"大我"的姿势，对民族生命的原始形态所唱的一曲动人的赞歌，是一位民族作家对心灵家园的体认，是对自我存在意义置于民族集体之中的一次现实"解码"。长诗《长鼓》见证了诗人为本民族代言的创作诉求，构建了黄爱平对瑶族文化和历史的审美想象，令人无限遐想。

器物：在瓷器肌理中谱写民族史诗

瓷器是中国的别称，也是中国文化天人合一、五行轮回思想的载体。在千百年的历史长河中，形成了各具特色的瓷器文化，人们在瓷器的烧制和玩味中感受世界的温度。长沙铜官窑，始于初唐，盛于中晚唐，衰于五代，前后经历了200多年，距今已有千年历史。长沙铜官窑刚一兴起，便迅猛发展，远销海内外各地，最远可抵达非洲东北部。长沙铜官窑在"安史之乱"之后为唐代海上陶瓷之路的开辟做出了巨大的贡献。已故陶瓷专家冯先铭先生在《三十年来我国陶瓷考古的收获》一书中高度评价："长沙窑是我国釉下彩的创始地，对宋以后瓷窑有极大的影响……为天下第一，也不过分。"梁尔源诗歌《铜官窑的温度》所写的铜官窑坐落在长沙湘江边。但在诗人笔下，铜官窑却别有韵致。

一、承载着一个朝代的记忆

诗人由一个精准的数字开篇，给人以惊悚之感：1300度，即是淬炼瓷器的温度，但诗人笔下淬炼的温度"烧红"了文明史，因而原本无处不在的文明就具有视觉上的冲击和触觉上的炙热感，被赋予了生命的感觉。一段文明史因此变成了审美的意象，具有了陶瓷本身的形状，被放到铜官窑中一起灼烧，历时感和共时感奇妙地合而为一。诗人为何不说"文化史"呢？文化是"人类征服自然、社会及人类自身的活动、过程、成果等多方面内容的总和"，而文明则主要是指文化成果中的精华部分，因此"炉火淬精"就是"文明"诞生的过程。诗人将二者富有想象力地联系起来，就是解读这首诗歌的"诗眼"。

长沙铜官窑历经1000多年的历史，承载着一个朝代的记忆，更变成了中华文明的一个象征符号。在外国人看来，china 具有双重含义，则说明瓷器代表着中国物质文明的最高成就，带有文化弘扬与交融的痕迹，是中华文明受到认可、获得接纳的符号化和固定化的标志。中国陶瓷和中国形象相互依存、相互印证又相互代表。但诗中略显突兀的单词 china 正反映了我们对于自身器物文明认知的不足——我们习惯于最终用器物实体去代表国家形象，但却忘记了器物应当不仅仅是一件陶瓷、一个官窑，器物背后贴合的是"文化的温度"。这种温度勾起了湘江边多少文人墨客的诗意！湘江水就是烧制陶器密不可分的材料，所以"湘江的诗意"才被烧制高达1300度的陶瓷(文明的象征物)"煮沸"(洋溢沸腾的状态)，原本冰冷的江水就同样具有滚烫的温度。同样，朝代的"秀色"(风貌)也在"铜官窑"中得以淋漓尽致地展现。因此，文明和陶瓷才是真正相互依存、相互确证的关系，中国的形象也应该是和古老的文明融合在一起的，因文明的历史而自证自认，而不是靠外语词汇china(陶瓷)(你看这个词多冰冷，多陌生啊！)去谋求尊重和肯定。因此，铜官窑这个象征符号有着历史的厚重感，在中华文明的多样性中获得了无限阐释的空间。

二、隐喻一个时代的精神

根据史料记载：长沙铜官窑出土的瓷器纹饰除花草、树木、鸟兽、鱼虫、人物、园林景观外，还有不少是诗文书法，这在当时是十分罕见的。其诗多是五言，少许七言。这些诗不强调韵律，也不重用字的忌讳，只求通俗，只求神韵，完全不同于四平八稳、韵律严格的馆阁体。诗的内容大多反映了当时中下层人民的生活情景和思想感情，语言纯朴，感情真挚，具有浓厚的乡土气息。诗歌的最后一节："炉膛的火焰"正是"时代性格"的隐喻，这种时代性格具有火一般的精神、火一般的活力和火一样的激情。从头到尾，火焰的形象反复出现，让人联想火焰的红色，红色在中国又具有无限生成的审美内涵，是中国的代表色。"千年的炉膛"和"一个时代"相互映照，纵向眼光和横向展望相互呼应，这正是古往今来中华文化连绵性和延续性的书写，因而"文明"的含义在历史内涵之上，又递进了一层。

诗歌有着明显的隐喻性。结尾四句，可看作作者的一个平行置换：炉膛的淬火里烧制出精美的陶瓷，一块块泥瓦的形状正像一座座墓碑。而时代的文明不也像一个巨大的熔炉吗？烈焰滚滚，试炼真金，走出了那些为家国情怀而牺牲自我的人，走出了为民族的未来屈抑自己而永恒不朽的人，他们具有火一样的精神，红色的血一样的激情，正因为有着"一块块墓碑"的存在，这些接受时代考验与试炼的英雄受到文化的熏陶，为所信仰的文化燃烧自己的热血，虽然身死形灭，像铜官窑烧制后留下的灰烬一样，但中华文明却在一次次凤凰涅槃之后又浴火重生，"点燃灿烂朝霞的火种"。这样，诗人又进一步发挥联想，将诗歌的意蕴扩大到民族国家的命运上来，通过平移的置换，转而歌颂传承中华文明、承前启后的民族英雄的丰功伟绩。"火种"让人联想到古希腊神话普罗米修斯盗取火种而带来新文明的故事。到此为止，"火"就代表着新生，代表着希望，尽管普罗米修斯因此受到惩罚，但是火种却被永远保留下来而生生不息。作者也正是歌颂"普罗米修斯"一样的具有奉献精神、无上勇气，不怕辛苦与磨难的英雄。但是仅仅只是歌颂被树立起丰碑的英雄吗？也不尽然。在当时，如此规模宏大且出口量极大的一座窑场，却不见史籍文献记载，只有湘籍诗人李群玉在《石渚》唐诗中记录了长沙铜官窑鼎盛时期的壮观场面："古岸陶为器，高林尽一焚。焰火湘浦口，烟触洞庭云。迥野煤飞乱，遥空爆响闻。地形穿凿势，恐到祝融坟。"这实在是一个谜。这个谜就像"遗留的灰烬"一样，难以辨认。这样集体烧制陶瓷的盛大场面却无人记载，变成了历史的"灰烬"，但是这不能掩盖存在的事实，掩盖烧制出的"一块块不朽的丰碑"。

三、彰显一个文明的世界

英雄不是一两个人，而是那些集体的劳动人民，他们甚至可能没有名字被遗留下来，没有史书的记载，但是只要是民族文明的传承者，都可称之为英雄，不要偏执地将他们神化，走向极端精神的颂歌。他们可能就是那些烧制陶瓷的人，普通的劳作者，他们就是谱写民族史诗、传承优秀中华文化的集体贡献者。后四句诗歌其实可以和鲁迅《中国人失掉自信力了吗》中的这句话形成文本互涉："要论中国人，必须不被搽在表面的自欺欺人的脂粉所诳骗，却看看他的筋骨和脊梁。自信力的有无，状元宰相的文章是不足为据的，要自己去看地底下。"鲁迅先生深刻地指出："中国经了许多战士的精神和血肉的培养，却的确长出了一点先前所没有的幸福的花。"这不正是诗歌文本中对于文明的力量的最佳表达吗？

文明具有了继承者的温度，是滚烫的鲜血和烈焰灼烧的混合物，也自然是对善于想象和联想的诗人笔下"铜官窑的温度"的一种解读。这种温度可以实指，也可以虚指，是对于文化形象的反思，又具有历史的厚重，代表着时代的考验和文明的力量，直到对集体英雄的歌颂，留下了丰富的审美阐释的空间。那么，为何说"铜官窑"是有温度的呢？这种"温度"为何可以从古至今地蔓延？为什么一件古老的器物，如此不起眼，甚至做装饰都可能没人要，不会进入当下市场的时尚潮流，为什么会具有"心跳"？不仅仅诗歌是联想思维的产物，似乎这种韵文或抒情造句变成了文本的游戏，刻意将读者和现实的真实拉开一定的距离，但是我们还应该看到：诗人的世界是不同于主观世界和客观世界的"另一层世界"。

世界有两个：一个是客观世界，一个是主观世界；或者说，一个是物质世界，一个是精神世界。但卡尔·波普尔（K. R. Popper）说，此外还存在一个世界，就叫世界3。它有别于客体与物理状态、事件和力所构成的物质的世界1，有别于意识和心理事件所构成的世界2，这个第三世界，乃属于人类心灵产物的世界。我们的心灵，既创造了这个世界，又被它塑造。诗，正属于波普尔的世界3，以文本的形式长久存在着。苏轼《答孙志康书》曰："唯文字庶几不与草木同腐。"其实何止如此，文本比金石还要坚牢。因为正如海德格尔所说："语言之外的区域，无物存在。"江弱水曾在《为诗一辩》中说："诗高于历史，诗的真实高于历史的真实。"梁尔源的这首诗正是从诗的角度去解读历史的真实，解读文明史，观照文明史，因为文明的历史常常因为种种原因被蒙上了虚构的面纱，而诗人从铜官窑那里获得了对于民族历史总结的"心灵真实"，诗歌文本在这里具有高度的概括性，他由个体出发，从而获得了普遍性的意义。

这是诗人眼中的世界，由铜官窑的烧制获得的不断生成的世界，不会仅仅停留在客观现实和符号的表面，文明的历史在诗人眼中对应着情感化了的不断生成的内在世界，但是却又脱离了个体内在的世界，走向对于客观世界的圆满性的观照，客观世界就在心灵的观照下成为如此和谐的统一体。这是有规律的，是一个墓碑接着一个墓碑堆垒出来的、被纵浪大化的众生不断推动翻涌而来的充满希望的世界，这就是心灵世界。这时候诗人就要将自己隐藏起来，因为这个世界就是被一颗永恒的心灵牵连着的世界，所以才产生了具有"心跳"的文明而不是冰冷的 china，所以才会说"这块曾烧到 1300 度的热土"。我们比较第二节和第三节，就会发现，第三节诗人自己把自己藏起来了，如果说第二节诗人运用了拟人的手法去寻找某种契合度，但同样是虚构的第三节就有了更加真实的含义——文明就是在不断书写中获得延续的。不是先有"墓碑"，然后就有文明的延续，而恰恰是诗（更广义范围）将"墓碑""灰烬""火种"（希望）勾连起来，世界才得以被塑造，文明的历史才因此被发现出普遍的因果，从这个意义上说，"不是有了才写，而是写了才有"（江弱水语），这才是真正打开"铜官窑"的一种方式。

附：

铜官窑的温度

梁尔源

这块曾烧到 1300 度的热土

把一段文明史烧红

将湘江的诗意煮沸

把一个朝代的秀色

牢牢凝结在釉下

最终把一个国家的姓名

烧成 china

抚摸那一条条带着余温的龙窑

就像扪及一颗古老的心跳

那重重叠叠的瓦瓮

个个都还在张嘴诵读着
一个王朝的诗章

这湘江边千年的炉膛
淬炼了一个时代的性格
从烈焰中走出来
一块块不朽的墓碑
灰烬里遗留下
点燃灿烂朝霞的火种

民间：文化母土的精神亮度

每个人的心目中都有一条母亲河。为一条河流立传，就是为一座城市立传，就是对河流两岸的历史、人文和哺育了千千万万的生命并像母亲一样坚强地活着的人格精神立传。对江南回味，就是以经典意象概括出江南地区独特的自然风光、人情世故和风物特色，折射文人墨客的审美体验和优雅情趣，解读富有历史内涵的文化符号。而这一切都源于民间！诸荣会将诸多要素有机融合，无缝衔接在一起。

诸荣会的散文属于历史文化散文，他既不同于余秋雨的创作，余秋雨的散文主题宏大，始终贯穿着鲜明的问题意识，以黄钟大吕般的磅礴之势对中国历史、中国文化进行追溯、质疑和反思，透露出强烈的批判精神和忧患意识；又不同于王充闾的散文，王充闾的作品游走于历史的传奇故事和现实关照之中，结构奇特，语言雄健，充满了浓厚的思辨特色、个人情趣与理想情怀；也与江苏本土作家夏坚勇的散文有别，夏坚勇的散文由史学出发，通过正史、野史和自我考辨的杂糅感悟，透过一系列历史大潮中文化名人的流变、迁徙和浮沉等深入描写，追求文学饱满的质感、叙事的细腻和对历史的坚实评判。

本节主要从诸荣会的《生怕多情》《杏花春雨》《秦淮河传》《薄命是红颜》《江南味道》《节气24帖》这六本有代表性的著作出发，聚焦文本中的历史、情怀、河流、女性、地域等关键词，努力发掘作品中彰显出来的人格力量、民族气质与诗性追求，探讨其依凭什么理性资源形成自己独特的文学品质，并使这种品质具有穿越时空的张力、擦洗文化母土的精神亮度；同时，作者又是如何透过个人情感与中国经验的双重视域，把中国传统优秀文化中天人合一与万物有序的节气文化提升到一个崭新的高度。在文学进入新时代的中国语境中，诸荣会的作品有着深厚的人文情怀和历史担当，彰显一个优秀作家所拥有的格局与境界。

一、历史：沉入时间深处的人格力量

"曾因酒醉鞭名马，生怕情多累美人。"这是郁达夫《钓台题壁》的颔联，写于1931年，原题序"或问昔年走马章台，痛饮狂歌意气今安在耶，因而有作"，诗人深感以前走马章台，诗酒风流的生活已成过去，内心深表自责，渴望以国家兴亡为己任。阅读诸荣会的作品，很容易被作者的叙事吸引，不知不觉间沉入历史深处，去感受历史人物的人格力量。因为，历史是由人经历的，历史更是由人写就的。说到底，无论这个人是郁达夫还是别的什么人，毕竟都是人，都有人的欲望。同时，虽然历史书上更多的是大事件，是改朝换代，是家国情仇，但对于个体而言，"情感"二字，永远是无法回避的话题。

诸荣会的这本散文集名为《生怕情多》，但它并不以揭人隐私博眼球或以名人艳史作调味品，实际上作者就是把冷冰冰的历史放进有温度、有情感的语境中，放在曾经有过的历史日常生活的细节中。即使是书中提及的"秦淮八艳"、董小宛、薛涛、赛金花等名妓，其着力点既不是其"名"，更不是其"妓"，甚至也不是她们可歌可泣或细水长流的所谓爱情故事，作者挖掘的是她们与世俗历史教科书形成的"刻板印象"截然不同的另一面：她们不再是符号般的苍白的人物，而是拥有高超厨艺与诗艺的董小宛，像文人雅士一样喜竹爱竹赏竹的薛涛，特别是鼎鼎大名的赛金花，竟能让刘半农为她立传、张大千为她作画，这样的女子是何等的人物，这样的描写是何等的惊世骇俗啊。

与此同时，书中那些在历史上赫赫有名的男子也让人感到陌生，感到人物脱胎换骨一般散发出新的生命力，作者巧妙地抓住了这些人物的"尴尬"生活作为书写的切入口，例如，伍子胥"忠"与"孝"有着难以调和的悖论；商鞅的命运悲剧在于他不是被政治对手打败，而是被自己制定的法规断送；拥有"中国最伟大航海家"身份的郑和原来是个朝廷太监；而在五四运动中振臂高呼的"文学领袖"胡适竟然是个地地道道的"妻管严"……所有这些，其实都是真的情感，是作为一个普通人的情感，是历史人物有血有肉的另一面，是有温度的历史应该洋溢的情感，历史人物从这些最为普通的生活细节和看似尴尬的真实书写中，凸显一种人格力量，这恰恰是作者的高明之处。

事实上，历史人物命运里渗透出来的悲剧性始终散发出璀璨的艺术光芒，创造了伟大功勋的人往往生不逢时，他们的痛苦是个人的，更是民族的。虽然他们肉体的生命死了，但他们的事业和他们的精神传承下来。商鞅死后，他制定的各项法令得到大力推行，书中写道："秦国上下反对的就是他商鞅这个人，并非他的新法。"关于包拯，有人怀疑他没有得到善终，但20世纪90年代，有关方面利用现代科技手段检测证明他确系病死，让"阴谋说"消弥于正义的钟声中。而关于王安石变法，作者也感慨万分："王安石死了，几乎所有的人都一阵轻松，沉重的只有中国的一段历史，还有我们这个民族前进的脚步。"这样的感叹之所以能够引起我们的共鸣，是因为书中这些曾经叱咤风云的历史人物，他们的身上有着太多的尘垢，有了太多的遮蔽。人们习以为常，是因为洞穿历史的光芒不够强大。历史人物是伟大与悲剧并存的化身，诸荣会看到的不只是他们的过错或成就，而是敏锐地将其独立的人格、时代的局限和命运的悲剧性深刻地揭示出来，表现了作家深邃的目光、开放的胸怀与宏大的格局。

值得一提的是，艺术的可阐释性与历史真实性的矛盾是历来作家面临的难题。在一些作家的作品中，历史常常沦为任人打扮的小姑娘，戏弄，调情，粉饰，庸俗，这样的书写值得警惕。纵使历史真的变成一位小姑娘，人们更关注的也是其漂亮外衣之下本身蕴含的丰富的人格和精神。诸荣会十分用心地将十几位或成功或失败、或尴尬或洒脱的历史人物进行新的诠释，让历史人物的苦痛与悲欢生动逼真从布满灰尘的历史中生动逼真地"重现"出来，张扬他们的人格，高蹈他们的精神，这并不是一件容易的事，特别是一些历史人物面临人生选择上的个人与集体、家国与民族等时代背景，以及历史大潮下个人命运的不可捉摸，所有这些难以把握的部分，诸荣会都做得客观、从容和冷静，体现他在书写历史散文时所真正拥有的高度、情怀和视野。

二、情怀：民间叙事的诗意书写

说到高度、情怀与视野，诸荣会的《杏花春雨》就是这样一部有代表性的作品，该书不仅具有鲜明的地域文化特色，而且洋溢着丰沛的诗意和才情。作者立足于江南人的文化身份，通过对故土的历史、现在与未来三个维度，对历史皱袂处进行深情的谛视与深入的思考，同时，作者将江南独特的文化渊源、风土风貌、人情世故以诗意的笔调一一展现。在对江南地方特色的书写中，尤其体现出作者对中华优秀传统文化的关切和自豪，对故乡水土的感恩和眷恋。

应当说，"杏花春雨"一词，最早见于元代诗人虞集《风入松》"报道先生归也，杏花春雨江南"一句，它以一组经典意象概括出江南地区独特的自然风光、人情世故和风物特色，包含了文人墨客的审美体验和优雅情趣，经过漫长时间的沉淀和文人诗词的点染，其意蕴变得更为丰富、并逐渐定型为一个文化符号，成为江南一带最有特有的代名词。作为书名，"杏花春雨"有如神来之笔，不仅是诸荣会对书写对象的精准概括，更体现了他作为一个学者所应该秉持的文人情怀，即一个赤子对故土的诚挚热爱，这样的书写质朴实诚，别出心裁。

这本书依据书写对象的类别将"江南"细分为五大板块：《风景风物》《风月风华》《风雨风烟》《风流风骨》《风俗风味》，这样的聚焦，如同把江南当作一名恬静女子进行细腻的素描写生：先勾勒其轮廓，再从不同侧面填充细节，最后形成一幅栩栩如生的江南浮世绘。《风景风物》一章选取江南名胜和名物，以点带面突出江南的历史悠久和深入骨髓的优雅气质。玄武湖、秦淮河、敬亭山等湖泊山川是江南的骨骼肌理，经过了沧桑的历史，依旧是那么安详；滕王阁、乌衣巷等阁楼街巷，湖笔徽墨等文房四宝则是"江南"的经脉血液，彰显其灵性之怀与儒雅之气。这部分的描写作家采用了大处着眼、小处落笔的写法，既有时间的长度，又有空间的广度，还有历史的深度，以穿越古今、纵横捭阖的高度浓缩出江南丰厚的人文底蕴。而《风月风华》和《风流风骨》两章,将镜头对准历史上在江南生活过的文人墨客和著名的秦淮八艳,作者选取独特的角度,避开历史人物过于熟悉的一面,另辟蹊径,将许多不为人知的精彩故事搬上舞台。例如,对徐志摩、郁达夫、徐悲鸿等现代文学艺术大师的书写,主要淡化其文学和艺术成就的光环,而着重讲述那些隐秘在历史深层的情感故事,包括徐志摩对陆小曼的痴情、郁达夫与王映霞的纠葛、徐悲鸿和孙多慈的交集等等,这样的故事让读者看到了一个个教科书之外有些陌生却更加丰满更加真实也更加鲜活的历史人物的形象,而他们的故事也为多情的江南历史增添了几分香艳、湿润与柔软。写陈圆圆、李香君等秦淮八艳,作者的重点不是风月场里的逢场作戏,而是突出这些人物骨子里的倔强和韧劲,李香君、寇白门对故国爱人的侠义肝胆和忠贞不渝突显了其侠骨里的铁血柔情,令人血脉偾张。由此作者得出一个结论:这块土地上的文化是多元的,江南不仅温婉多情,不仅杏雨春花,更有着顽强的野性生命力,以及无处不在的人性与血性。

与此同时,作者在对历史的回望中,从留存的唐诗宋词中发现诗词家们对这块土地给予了令人难忘的赞美,文人与商女在江南水乡产生了令人动容的爱情故事,这些故事与神秘的民间传说契合一起,被作者娓娓道来,引人入胜。可以说,江南的每一寸土地都有故事,江南也凭借这些故事站上了一个得天独厚的文化高度,作者对此充满自豪。而在书中的《风雨风烟》和《风俗风味》两章中,作者有意探索了文本的精神深度,呈现更多的是人世间的烟火气和世俗中的人情味。作者把目光从历史拉到当下,从远方返回到自身,以生活的原生态为切入点,以食物、民俗和微风细雨为记忆载体,以自己的亲身经历为书写依托,淋漓尽致地展现出一幅江南世俗风物长卷,在此基础上,通过对成长中个人生活的温情回忆,对走过的石拱桥、看过的云、偷吃过的香菜桑果儿的深情打捞,彰显了"一方水土养一方人"的朴素哲理,透露出作者的赤子情怀,字里行间,表达他对江南故土的感恩和讴歌,这份感恩和讴歌,不仅浓缩了江南社会世俗与诗意杂糅的真实生活,更是作者对沉淀了沧桑风雨的这块土地的历史映射和深情致敬。

三、河流：擦洗文化母土的精神亮度

对诸荣会而言，秦淮河就是他的母亲河。为这条河流立传，就是为历史深处的秦淮河的人格、气质和精神立传。诸荣会雄心勃勃，试图通过历史追寻和实地考察，对秦淮河的文化肌理和精神源流进行认真的考证、梳理，书中的正文部分主要以秦淮河的上游、中游、下游这样一个地理上的概念切入，从秦淮河的源头说到末尾，然后将秦淮河文化、人物、建筑三个主题熔铸在一个个有情有义、有温度、有趣味的故事中，最后把《南京人》作为"代后记"放在了下游部分，主要是将南京人这样一个特定的群体作为聚光点，来解读秦淮河与南京文化对南京人之人格和精神的塑造，又从南京人已经定型的集体无意识式的群体性格来逆向解读秦淮河与南京积淀的深厚文化。作者对秦淮河的书写也大致是属于这样一个范式：追寻并叙说秦淮河周边风格十足的建筑，从中生发出与之相关的人物及其传说，通过人物形象与建筑由来之根源的"细描"，让读者深入了解到秦淮河的传奇历史、命运遭际以及秦淮河特有的人文景观。

正常的人会说话，各式各样的建筑其实也会说话。秦淮河的历史那么长，长得我们无法丈量。在诸荣会笔下，那些逝去了的人和建筑，他们在泛黄的古籍里静悄悄诉说着各自的心事，他们经历了世事的沧桑和历史的风雨，也自然成为历史的见证者与参与者，自然有资格成为合格的诉说者。作者最了不起的地方就在这里：他没有说话，却让一条河以及沿河两岸的人和建筑说了话。诸荣会善于从极其细微的地方挖掘秦淮河内部的故事，一些土生土长的南京人都已经不清楚的事情，被他似乎不经意就从尘封的历史中挖掘了出来，又在他手中被灌注了全新的生命能量。

与饱经沧桑的河流的诉说相匹配，作者的文笔是古拙的，遣词用句从不堆砌华丽的辞藻，更多的是用事实、用温情、用详尽的细节去述说一段历史。作者塑造与秦淮河相关联的历史人物时，手法比较特别，他在深入搜集相关人物的正史记载、地方志与民间传说的基础上，结合自己合理的想象力，生动再现了历史上那些知名人物的言行举止和性格特征，并在这种深入的叙说将读者代入之后，还能理智地分析资料记载的真实性与广泛流传的观点是否

正确。他通过详尽的考察之后得出的一些结论往往是推翻了之前大部分人的情感认知的，体现了作者对文化母土的责任担当。例如，在上游部分里《一个插竹亭，两个周邦彦》中，作者对周邦彦做了一番深入细致的考证分析，他从插竹亭这样一个与周邦彦有关的建筑追源溯流详细地考察开去，延伸到与周邦彦相关的史实上，经过反复的掂量、思考和推敲，最后得出结论：周邦彦并不是历史教科书中所描写的那样是带着"御用""帮闲"和"艳情"三顶帽子的人。之所以如此，作者的分析很客观也很中肯：如果说第一顶帽子戴在周邦彦头上还算勉强合适的话，那么，后面两顶"桂冠"就比较脱离事实了，特别是第三顶帽子扣在周邦彦的头上委实有些冤屈，其原因竟然是：人们由于对他的词作过分喜爱，进而衍生出对周邦彦其人的浪漫化的想象，最后以讹传讹，让虚构多于真实，脱离了其本人的形象和历史的真实。

通读全书，我们不难发现作者考证之严密，论据之充实。他除了利用想象虚构去塑造历史人物形象之外，还经常引用相关典籍记载与诗句原文，并对这些资料的出处进行了详细的阐发。当遇到无可考证或者无信息出处时，作者决不瞎编乱造，而是非常直白地表示此处无资料、不可考。此外，书中还配上了大量的图片，对文本内容进行了一个更直观的表现，契合了后现代社会人们阅读的心理习惯。比如下游部分《莫愁湖的形态》一篇，作者一共插入了八张图片，包括当今莫愁湖公园的外景图、莫愁女的雕像、各位名家碑刻、清人绘制的莫愁湖繁华景象的画卷等等，这些图片，以另一种方式对文本进行充实和解读。尤其令人印象深刻的是上游部分最后一篇《饿死不如一匹马》文中，居然插入了一幅叶名琛被英国人拍下的照片，不知道作者或书的出版方花费多大的功夫才从典籍山海中偶然得到了这张珍贵的照片。

该书中游部分最引人注意的一篇是《秦淮八艳》，其实，作者在前一篇《此岸，彼岸》中就讲述过秦淮河旁的才子与佳人的各种关系，下一篇就针对佳人中最有名的八位佳丽进行集中叙说。应该说，有关秦淮八艳，历来有不少的文人骚客和历史工作者在自己的文论中提起过，或感怀佳丽的命运，或映射历史的残酷，但大都是浮光掠影，似是而非，甚至以讹传讹。原因在于，像诸荣会这样进行如此系统而又详细考据阐发的人十分鲜见，因为下了苦功夫，做足了功课，所以就有了新发现。其中的精髓在于作者能够将八位佳丽的人生命运用精准而又贴切的四个字概括，比方，"峻峭崚嶒"的柳如是，"红尘青莲"的董小宛，"芳心侠骨"的顾横波，只有全面客观地了解她们，只有以温情和尊敬的态度对待每一位佳丽，才能把她们的命运遭际用短短的四个字就总结得"贴切到位"，这样的高度概括，真正擦亮了秦淮河上空的精神光度。

书中最令人动容的一句话是："而六朝古都的南京，其城市主题是什么呢？是消费，是享乐。"这句话位于全书的 182 页，很容易被忽略过去，但这不仅是一句十分重要、有着强烈警醒意味的话，而且是提纲挈领、对全书有着醒旨意味的话，隐含了作者对太平天国入主南京后耽于享乐、不思进取之历史悲剧的独特而深刻的文化解读，具有现实针对性和社会批判价值。在作者看来，"消费"和"享乐"当然不是南京城的全部，但它恰巧是秦淮河身上最表层最突出的文本特征，所谓"纸醉金迷"，所谓"桨声灯影"，所谓"醉生梦死"，都是后人对秦淮河身份本体的符号固定，其中有多少被误解和被误读的成分？秦淮河不会诉说，她只是默默地流，就像流去的历史，就像流下的眼泪一样。秦淮河是不幸的，但秦淮河又是幸运的，她不会诉说，诸荣会替她说出了心声，包括她的酸楚和喜悦。秦淮河既不是长江，又不是黄河，她是中国的河，南京的河，更是作者心目中无可替代的母亲河。秦淮河总是带着梦幻、香艳和诗意的特质，总是有着女性的柔情与韧劲，她显得热闹纷攘，可是，有多少人注意到她喧嚣背后的灵魂的孤寂？那些从古至今在秦淮河上爱过、哭过、追求过的人，他们的叹息、他们的沧桑连同他们的悲伤都流到了哪里？秦淮河两岸的一座座建筑以及围绕在建筑群周围离开又回来的一群又一群人又在集体诉说着什么？所有这些，都是作者留给读者的精神空白，都是太阳和月亮照耀过的秦淮河留给世人的阴影般的秘密。

四、女性：穿越时空的悲剧意识

应该说，《薄命是红颜》是诸荣会以男性独特的视角对民国一群奇女子进行文化解读的范本。书中既无一例外地展示她们的美丽和哀愁，同时更寄寓作者穿越时代烟云的会意与立足当下对于女性命运深沉的思考。

该书选取近 20 位民国史上的名媛名人，大体每人一篇——既非人物小传，也非名人轶事传奇，而是有着强烈策划意识、主题突出的散文系列，每一篇都有较强的可读性、思辨性和传奇性，都紧扣人物一生中重要的"时间节点"进行叙述，或描写，或对话，或议论，文本透露出一股可思、可感、可叹的氤氲气和悲悯情怀。正如其内容简介中所写到的那样："历史似乎只是由男人写就的，女人们偶尔参与其中，身影也往往被夹在了缝隙中成了一枚标本或书签。"一句"似乎"，把男权社会男人们由来已久的优越感打上了重重的问号，也把女性从"标本或书签"中解放出来，成为一个群活生生的人。事实上，作品中的孙多慈、苏雪林、张茂渊、毛彦文等等民国时期的奇女子，她们身上都有其自身独特的经历和闪光点，她们配得上诸荣会对她们的传奇生涯进行深入细致的解读。

作者善于从历史人物的感情纠葛写起，通过发掘她们的心路历程，展开一段非同寻常的关乎家国情怀和精神寻根的文化探索。民国时期的女子大致有两种：一种是坚守传统思想、乐做三从四德与红袖添香的"贤妻良母"，另一种是新时期下挣脱封建束缚、追求自我解放、实现个人价值的时代女性。但这两者之间又存在交叉融合的或希望能够兼而顾及的。书中的这群优秀女子大多饱经忧患，深涉悲苦，小豪小秀，不屈不从。她们似乎总在反抗，总在挑战男权世界，总在追求看起来简单、却总是难以实现的种种诱惑，因而带有诸多叛逆和个性张扬的色彩。她们从传统社会破革而出，又置身乱世，历史和时代赋予她们生命中一系列的"奇"处、"异"处和"惊人"之处，这样跌宕不安的命运使她们的人生显示出别样的光彩与魅力。书中的毛彦文就是那个时代少有的敢于对"传统婚姻"说不的奇女子，她为了追求学业与爱情，义无反顾地踏上了逃婚之路。这种大胆举动是女性思想开化的结果，是时代进步的表现，彰显了女性对自由的向往和实现个人价值的内在渴望。可是，在付出了如此大的代价后，她得到了希望得到的一切吗？晚年的毛彦文感叹万分地写道："这颗无意中种下苦果（指逃婚），令我一生尝尽苦汁，不光丧失了家庭幸福，且造就灰暗一生，壮志消沉，庸碌终身……"这是多大的悲剧啊！逃婚时，毛彦文勇敢果断，但在经历一次次感情创伤后，她的悔意与落寞一天天沉重起来，超过女性自身的柔软，变得失望和无助。面对爱情时的被动，对追求者品行的不察都是毛彦文爱情无果的重要因素。良好的开端没有换来美好的结局，充分见出了那个时代女性身上的弊端——即并未真正认清"自由、平等"的深刻内蕴，以及应该如何去追求生命的价值，传统的固化思想和男权社会的压力让她们并没有摆脱思想和精神上的重负。这些穿越时空的悲剧不是发生在民国时期的个别女子身上，而是发生在庞大的群体身上。作者以古喻今，其良苦有心对当今社会都市白领中的"剩女们"是否有一些警醒意义呢？

诚然，生活不应该是一个模式。一个真正有独立人格的人，不会把自己的一生寄托在一个男人身上，哪怕这个男人就是才华横溢的徐志摩。作为被徐志摩呵斥为"乡下土包子"的张幼仪，面对丈夫的无情抛弃，她选择了完全不同的生存方式。被逼离婚后，她没有自暴自弃，而是直面命运的戏弄，勇敢地选择去国外深造，攻读硕士学位，并最终成为能用多国语言讲授教育学和德国文学的教授。作者对张幼仪的这份自强与勇敢赞赏有加。她的身上展现出了民国时期女性对外面世界的向往、对自身价值的珍惜和与时俱进的积极态度。与其说她也是婚姻的受害者，不如说她是封建男权的受害者。正如作者指出的那样："旧式婚姻未必一定多么的坏，其中未必就没有爱情，只不过这种爱情总得婚后才能产生，不像新式婚姻，是先产生爱情后才结婚。但是话说回来，谁又能保证结过婚后当初的爱情就不会消退呢？因此婚姻说到底还是责任更多一些。"张幼仪最终没有冲出精神的重围，她一辈子侍奉徐志摩的双亲，甘为"影子丈夫"守终。

在作者的视界里，旧时代的女性大多依靠丈夫生存。她们经济上不独立，人格上难有独立，也就鲜有自己的独立地位和情感价值。她们在冲破封建男权的路上一次次被自己的固化思维束缚，即便冲出了"围城"，又赶紧返回"围城"。真正被欣赏和被赞美的是那些敢于打破禁锢、努力寻求真爱的女子，这是作者书写本书的价值所在。因为，女性意识的转变和提升并非一日而就。读者感叹一直陪伴在鲁迅身边的朱安、钦佩敢爱敢恨的孟小冬，感叹旧体制下被残害一生的朱安却在极端困境下说出"你们都说要好好保存鲁迅的遗物，可是我也是鲁迅的遗物，你们怎么就不好好保存呢？"朱安将自己变成他人的"物件儿"，不管这个"物件儿"多好，也是没有生命的啊，这样的一辈子该是多么的凄冷！

即便是今天，女性地位依然是一个严肃的社会话题。作者借民国文人的爱情婚姻向读者展示时代的变化，也让我们感受到了思想和精神的强大惯性。当历史的风云消散之后，当一群民国奇女子从布满灰尘的书垢里整齐划一地向我们走来，我们在震惊之余，也深深感受到女性意识的开化与不断解放，自尊自强、自我蜕变与社会尊重，等等，一句话，女性自我价值的实现，特别在传统与现代、家庭与职业、爱情与事业的选择中，依然是那么纠结和艰难！

五、地域：个人情感与中国经验的双重视域

诸荣会笔下所描绘的江南是他的个人情感与中国经验的双重呈现。诸荣会是地地道道的江苏人，他生于江南，长于江南，但他却不满足，依然憧憬着另外一个绝美的江南。那是一个什么样的江南呢？它在哪里？在书中，诸荣会直言：纯美的江南"既在心中，又在远方"，他大学在"江南水乡的起点度过"，江南于少年时的作者便是有咸有淡的日子。他的父辈们也生活于此，对于父亲与江南这片土地上的普通百姓来说，江南是苦味的或咸味的，夹杂着"安得广厦千万间"的呼号与艰辛。中国的"历史"也在江南的土地上活生生地上演着，有风流佳话也有哀怨抗争，王献之、李香君的风流雅致，杜牧在秦淮河上一声"商女不知亡国恨"的哀怨，辛弃疾无尽的悲愤，丧权辱国的《南京条约》，这一切的一切，都发生在江南。

江南对于漫长的中国历史来讲，有硝烟，有战火，有天灾，有人祸，每每夹杂着一言难尽的涩味、甜味和美人的叹息。江南美，人人可见，世人尽知，儿童也熟稔这句"江南好，风景旧曾谙"，江南的巷子有韵味；江南的云是诗，观云如同观诗。诸荣会看云总是随感而发想起"行到水穷处，坐看云起时"，想起"山花春世界，云水小神仙"的俏皮句，等等。江南的秦淮河是金粉色的，桨声悠悠，女子窈窕，这是江南的景致，曼妙而缥缈，浪漫而清新。江南不仅美于景，更美于韵味，美于千年积淀下来的无法掩饰的文化光芒——江南的名人与艺术，沈园的唯美的别离；秦淮八艳的美丽与妖娆；宋词的江南，江南的宋词。作者不露声色，却又十分自得。他赞美江南，就像余秋雨在《山居笔记》中视故乡余姚为整个人类文明的源头一般骄傲，诸荣会

视江南水乡为中国历史上美的摇篮。他写江南的甜味、江南的阳光、江南的才子佳人，他写得那样洒脱，那么痛苦，此时，他笔下的江南是美的、甜的，充满迷人的气质与大写的人格。

然而，诸荣会对江南的涩味体会更为深，他在《江南味道》一书的序言中说道："江南的味道又远不止这些！生活原本具有的种种味道，江南都不可或缺！"他还说道："江南的味道中，也沉淀着风雨的凄楚、汗水的苦涩和岁月的艰辛。"换言之，江南味道不止有美，她还有双重性，有美的对立面——凄楚、苦涩还有艰辛。江南既有秦淮河的浪漫婉转，也有辛弃疾"唤取红巾翠袖，揾英雄泪"的悲哀与沉痛，这秦淮河中也曾流淌着太平军将士的鲜血："它日日夜夜都在唱着一支沉重而不幸的哀歌"，这是江南历史带来的涩味。而江南的才子佳人也是苦涩的，沈园故事就是个无法复制的爱情悲剧。诸荣会漫步于沈园又生发出对中国妇女集体的人格分裂的思考，两人的爱情悲剧真的是早已注定的宿命吗？而秦淮八艳——柳如是、陈圆圆、董小宛、李香君等佳人，她们风尘仆仆，始终无法走出历史和时代的局限，也始终无法逃脱作为女性的悲剧性命运。从这个意义上说，江南不仅不美，而且是苦涩的。

应该说，江南真正的味道，其实是酸甜苦辣咸，五味俱全的。作者在书写江南味道的同时，更关注的是江南世俗社会与江南普通人的生存境况，像"我"和"我的祖辈"们一样，江南人的生活也很平淡，艰苦的生活品尝起来总是酸涩，"我"在江南故乡里的生活就像马齿苋一样贫瘠而辛酸，"我"是社会默默奋斗的小人物，高中时皮肤病折磨出的咸苦记忆犹新，中国的老人群体中有太多也像"我"的父亲一样，用一生的时间来换取一套新屋。如此等等，这些，都是真实的江南和江南的原生态。

诸荣会在书中直接引到意大利作家措德勒的名句"故乡是我深爱着的不幸"，他想要借此表达的也是这样矛盾的故土情怀。诸荣会深爱着自己的故乡，尽管他一度认为自己的故乡不是正宗的江南，想去寻找纯美的梦中的江南，到如今却发觉原来自己所在之处却是许多人向往的江南，它不是一个历史的、文化的或地域性的符号，而是实实在在的现实世界，有风，有雨，也有阳光。虽然作者所经历的江南有太多的不幸，但不论是个人层面的坎坷与贫瘠还是历史层面的摧折与不幸，恰恰都是江南最真实最丰富也是最复杂的味道。江南味道不只是大家眼中的美的江南，更是涩味的江南，五味杂陈的江南，它是作者个人情感与国家、集体和民族经验的双重呈现，既宁静，又喧哗。这种双重性具有深沉的韵味，一方面指向优美的江南风情，另一方面指向苦涩的历史和当下社会的人生百味，同时，这种双重性也从本质上指向了作家对故土的矛盾心态，一种爱恨交加和难以割舍的文化乡愁。

意大利美学家、历史学家克罗齐有句常被引用的话："一切真历史都是当代史。"对于历史而言，你写或者不写，历史就在那里。因此，写历史不是目的，写历史对当下的启迪或警示，才是写作者的创作诉求。

对诸荣会而言，要把自己从当今社会置身于历史的现场，从尘封已久的史料中理出头绪，发现新的线索，重构历史，以客观冷静的笔触，切入历史人物的内心，进行穿越时空的对话，这并不容易。面对历史文化散文只有历史没有文化，或只有文化没有历史，或只有历史只有文化而没有人物，尤其没有活生生的人物的窠臼，诸荣会的创新之处在于，他深入历史最深的片场，感受人物的脉搏，触摸文化的肌理，对历史中某些群体的人物命运进行集中的思考与阐发，以此对当今社会及自身文化命运做出有力的反省与建构。

因此，诸荣会的创作给历史文化散文带来了异质的革新力量，使其长期以来散文艺术表达的方式从注重抒情转向注重叙事，并从叙事中获得一种力量，使文本的思想内涵从传统意义上"文以载道"和"为民代言"的创作模式发展到作者跳出文字幕后，置身写作前沿，指陈利弊，发出心声，使作者成为与历史、历史人物和当今时代浑然一体的新的陈述者，叙事重心也由揭示历史发展规律转变为关注个体的命运遭际、生存价值及情感变化上，并时不时为历史人物的"过失"做出温情但有力的辩解，体现出作者的人文关怀和对历史人物应有的尊重。所有这一切，都为历史文化散文乃至整个中国文学的发展提供了新的创作思路。

值得注意的是，历史文化散文创作必须辩证处理历史性与艺术性、审美性与趣味性、资料性与可读性、真实性与虚构性等诸种要素之间的关系，处理不好，或只见历史不见艺术，或只见娱乐不见审美，或只见史料不见文学，或直接陷于历史虚无的泥潭中。诸荣会较好地实现了"史中有诗，诗中有史，以人带史，以史彰人"的创作定位，并往往在现实主义坚实的脚步中偶尔迸发出一股抑制不住的浪漫主义情怀，行文张弛有度，文字典雅、古朴而庄重，尤其难能可贵的是文本中随处可见的人情味、油烟味，不做高雅状、深刻状，而是有看点、有温度、有回味，读来亲切、惬意，毫无违和之感。

在全球化语境和打造人类命运共同体的时代大潮下，诸荣会的历史文化散文让中国新时期文学奔向世界的征途中彰显了中国境界和中国智慧，体现出一个优秀作家难能可贵的文化自觉和文化自信。

原乡：传统文化道德理性的重建

从小说的空间维度（即人物活动的主要场所）、历史时间维度（即文本叙事的时间跨度）与政治文化维度（即官场政治与传统思想文化）等三个剖面，对文本背后所隐含的深层寓意与象征含义深入解读，还原传统文化在现实视野下所展示的独特生命意义和文学作品所承载的时代价值，对读者有着十分重要的意义。本节以 70 后作家马笑泉为例，阐释传统文化道德理性的重建。

马笑泉自 2003 年在《芙蓉》第 2 期发表中篇小说《愤怒青年》并产生广泛影响以来，一直保持着良好的创作态势，不仅创作了一批中短篇小说，而且推出了多部长篇小说，同时在诗歌、散文甚至是文学评论等领域也取得了不俗的成就，以骄人的实绩成为文学湘军中的一名健将，推出的长篇小说《迷城》又是他文学道路上的一次跨越。该小说以新世纪第一个十年为叙述跨度，用一座在传统与现代之间彷徨的古城作为叙述标本，通过一桩惊心动魄、扑朔迷离的案件将文本叙事的整个情节串联起来，向读者展示了一场生命理性的追寻，彰显了个人操守的韧性力量。作者试图对现实语境下中国传统文化在基层政治以及社会场域中的作用进行深入的发掘与阐释，揭示出作者本人对于原始生命、道德理性与文化力量的深层思考，按马笑泉的夫子自道，这部小说是"青年写作的总结，中年写作的开端"。

《迷城》是一部现实主义的厚重之作。从文本叙述的时间跨度来看，这部小说将叙事笔触从以往对于 20 世纪 80 年代到新世纪初的描写延伸到了新世纪的头一个十年，跨度的拉长更加贴近于当下的社会现实，增加了历史的丰沛感，特别是小说人物群体或多或少地仍然保存着"文化革命"所带来的深刻烙印尤为印证了这一点；而从文本写作的风格来看，这部小说具有一种冷静、悠长与厚重的意味，相比《愤怒青年》系列所展现的冷峻和暴烈，该作则显得更加成熟、从容与内敛，体现出作者情感张力的节制性，从而也在一定程度上提升了这部小说的艺术品位、想象空间和审美经验。

一、原始生命的追寻

米克·巴尔认为："在故事中，空间是与生活在其中的人物联系在一起的，空间的首要方面就在于人物所产生的意识在空间中表现的方式……空间常被'主题化'：即空间自身就成为描述的对象本身，就成为一个'行动着地点'。"（《叙述学：叙事理论导论》，北京师范大学出版社2015年版）在《迷城》这部小说中，马笑泉别出心裁地为故事人物的活动区间营构了这样一处独特的"动态"活动环境和想象空间——迷城。这座具有两千五百多年历史文化积淀的南方小县城没有明确的形态样貌，也没有真实的地名，更遑论文献记载了。从文学意义上看，"迷城"是一种存在，为人物的行动与事件的发生提供了一种方式，具有以下两方面的基本内涵：

《迷城》彰显了丰厚的现实精神以及由此彰显的历史与文化价值，这主要与作家的亲身经历与成长空间有关。马笑泉从小在与农村毗邻的县城中长大，后来又先后在县城和地级市城市工作过，因此在他的创作中隐隐约约都蕴含着农村—城市的双向生命经验。他笔下的人物既不属于繁华的都市，也不属于饥饿的乡村，而是游走于乡村与城市交叉地带的小城镇。因城镇兼具乡村与城市两种文明形态，活跃在这个空间中的人物群体也不免具有二者交界处的各种特点。"迷城"既保存着丰富的历史与深厚的文化积淀，容纳着诸如古城墙、云雾山、隐仙岩等天然景观以及历史掌故，也承载着卤菜、年画、丝弦、书法、茶道等人们日常的饮食起居与艺术形式；但是同时也充斥着些许躁动不安与喧嚣的因子，悄然滋生了种种过度的欲望，深刻地展现出一个处于社会转型时期的复杂空间所存在的要素。正如文中主人公杜华章所慨叹的那样："迷城可谓集儒释道于一体，城中文庙代表儒家，城边隐仙岩是道教福地，城外云雾山是佛门圣地，但这里的人们似乎并未受到熏陶感化，种种愚痴顽劣的行为，别处有的，这里都有，别处没有的，这里也有。"（《迷城》，北京十月文艺出版社 2017 年版）这处场所本应具有平和与清雅的天然形态，却在向城市化推进的过程中丧失了淳朴与原始的生命内涵。县里官员们为了攫取更多的钱财以便于维护自身的权力，不惜牺牲普通矿工的生命；商家为了获取更多利润，不仅在脏乱的环境中生产食品，还向食品中添加有损于人类健康的化学药剂；政府工作人员为了谄媚上司以及满足自身的性欲，甚至将"魔爪"伸向了初中少女……但是文本中还有诸如杜华章、鲁乐山、龚致远等富有正义感和责任感的人物秉承着这处空间最原始的文化底蕴、精神追求与思想内核，不断在现实生活中检索着城市的过去和未来，究其本意，或许就是探寻传统的乡土文化，寻找激发生命能量的一种自觉实践吧。

其次，"迷城"也可理解为"谜城"，带着显性的符号能指，具有浓郁的象征与隐喻色彩。正如文本开篇所暗示的："这条小巷像一根用颤笔写出的线条，抖抖地延伸着，时而甩出一个让人意想不到的弧度，时而又斜逸出另一根线条。无论是沿着它走到底，还是拐进中途连接它的另一条小巷，都会面临更多的转折和分叉。"这处空间就像博尔赫斯笔下的"迷宫"，它由众多弯曲延展的小巷构成，却又由各条分支汇集成一张密集的网，将人物的活动、命运等紧紧连在一起，错综复杂却又有迹可循。文本中的人物就在这样一张网中载沉载浮，跌跌撞撞地在相同的时间和空间寻找着"迷宫"的出口。不同的是每个人选择前行的方式不同，也由此造成了每个人不同的命运和结局。杜华章和鲁乐山从中国传统的儒道文化与翰墨书法中汲取能量，为迷城的经济发展选择了一条可持续的生态道路，不仅利用迷城当地原始、自然的旅游资源发展旅游业，还吸收了传统中药饮食文化成分，将"迷城卤菜"推广开来，之后更是依托云雾山自在寺的佛教文化举办了"云雾山首届禅宗学术研讨会暨云雾山祈祷世界和平法会"，使国家顶层设计的新农村建设成为某种可能。不仅如此，他们二人还试图从中国传统文化与民族思想中感受古代社会的遗风，希望寻找到一种通往最原始、也是最具生命力的精神气息。而康忠、阮东风等人为了一己私利，满足自我的虚荣心与优越感，不仅放纵下属生产对人体有害的食品，非法开采煤矿，甚至与民间邪恶势力相勾结，利用违法手段谋害他人性命，等等。这些人物内心深处的欲望逐渐畸形发展并日益膨胀，最终在追逐物质利益与权力的道路上迷失自我，失去了记忆与灵魂深处最原始的道德素养与生命力量。

在此基础上，马笑泉还塑造了一处具有民族融合的充满原始活力与生命张力的空间：即鲁乐山的老家归元乡草根坳村。这处空间远离迷城，窝在群山深处，以苗族群体为主，世代定居，因此保存着更加原始与纯粹的文化礼仪与生命气息。在杜华章等人运送鲁乐山的尸体回老家安葬这段情节中，从最初的洗尸到请师公做法事、听歌师唱丧歌再到最后的起柩，作者用不紧不慢的叙述语调将这样一场下葬的仪式过程完整地呈现在读者面前，以此张扬出原始乡间那种神秘而古老的文化风俗，以及这种风俗的内部结构、组织形态与仪式密码。在作者的笔下，这处场所空旷而冷清，唯有几根电线杆"默立在夜色中"；同时缥缈而又虚幻，"眼前只有缥缈寒凉的夜色，无情地诠释着人生的虚无"；即使有夜鸟的鸣叫，却也是那般短暂与哀伤。正是在这样一处沉寂与荒凉的夜色中，法师开始为死去的鲁乐山"做道场"。我以为，在作家的意识中，生命的逝去最终回归于原始的村落是最适宜的表现方式，而这也体现出作家对原始生命力量的一种呼唤与追寻。

二、道德理性的重建

马笑泉生于 1978 年，或许是由于家庭的历史遭遇，抑或是受到 20 世纪 80 年代的文学氛围与政治思潮的影响，他的很多作品中都出现了"文革"的影子。评论家贺绍俊认为："'文革'所造成的精神和文化的伤害确实潜在地影响到'文革'以后的社会文化环境，影响到新一代人的成长，直到今天，也许很多的社会文化现象都可以追溯到'文革'的特定历史。"（《后"文革"征象的冷叙述》，载《芙蓉》2003 年第 2 期）纵观马笑泉的小说创作，我们不难发现其作品中人物群体的成长过程和文本的前进动力大多笼罩在"文革"利比多的阴影之下，在他们的身上或多或少地保持着"文革"所带来的伤痕和烙印，他们显得孤独而迷茫、冷烈而暴戾、绝望而无助，像重病后的遗留症，或隐或显地烙刻于各色人物的言行中。"文革"将传统伦理、道德秩序全部打碎，将人性的光芒与温情完全撕裂，将优秀文化与社会文明践踏在脚下。在这种混乱无序的社会环境中，人们被轻而易举地推向了社会场域崩塌的危险边缘，自然而然地接受了错误的阶级斗争观念，以致在狂热的政治斗争中丧失了理性的思考，最终走向了命运的悲剧。

秘鲁著名小说家马里奥·巴尔加斯·略萨认为："在任何小说中，时间都是一种形式方面的创造。因为在小说中故事发生的形式不可能与现实生活发生的一模一样或者类似；与此同时，这些个虚构故事的发生，即叙述者时间和叙述内容时间的关系，完全取决于使用上述时间视角所讲述的故事。"（《给青年小说家的信》，上海译文出版社 2004 年出版）这也就是说，作为一种叙事形式上的功能，马笑泉在其小说创作中选择截取"文革"这段特殊的历史片断，这是作者的艺术立场和价值取向，同时也为其小说创作的叙事确立了一种特定的时间视角。这个时间视角并非舍弃了人物的历时性社会发展和共时性的情感承载，而是追根溯源，探求影响文本人物当下为人处事的个性原则、组织结构等内在因素，从而为人物未来的走向提供一条更加理智与清晰的道路，也使得小说内在的批判性与说服力获得极大的提升。在马笑泉的新作《迷城》中，他虽然选择以新世纪头十年为文本的主要叙事时间，但仍以暗线或较为隐晦的笔触描写出"文革"对于传统文化的深度破坏，表达出作者重建道德理性的强烈诉求。

文本中，"何记卤菜"的创始人何瑞生凭借自身对于中国传统中医饮食文化的敏感性与热爱程度，成功对迷城卤菜的配料比例进行了改动，使得卤菜文化得到了新的发展，大大增强了"何记卤菜"的知名度。可是当"文革"来临时，只因曾经替国民党的县长制作过卤菜，年近八十的仍他然难以逃脱，最后惨遭批斗致死，连卤菜秘方也被搜出来当众烧毁。一家人也因此连遭厄运，儿子也在批斗下弄垮了身体，年纪轻轻就离开了人世。自家的院子也被红卫兵一通乱砸，被迫让一些无所事事的外人住进来，直到改革开放后一切才回归正常。小说中，何家老母一声怯问："领导，这个政策不会变了吧？"一个弱者的颤抖的声音却产生晴天霹雳的力量，道出了平凡老百姓对那个变态且荒诞时期的恐惧心理，使读者深切感受到了人们对那个时代的苦难记忆与辛酸历程。

中国自古以来就有"尊师重道"的历史传统，但是教师却在"文革"时期被打成了臭老九，这不仅是对传统道德秩序的颠覆，更是对知识与文明的践踏。作为"人灵魂工程师"的教师成为脚下被批斗的对象，小说的批判锋芒和价值指向是显而易见的。迷城书法家梁秋夫的父亲接受过传统文化的熏陶和新式教育的输入，在当时是一位不可多得的人才。因眷念家乡的教育发展，大学毕业后执意回乡办学，甚至变卖父辈传给他的土地来拼凑教学经费，最终凭借自身的努力创办了一所小学。不曾想这一无私的举动在"文革"时却被人们认为是居心叵测，人们污蔑他卖地是企图逃避地主成分，而办学却是传播不良思想，毒害少年儿童，对其进行了强烈的批斗，最后梁父连回忆录都没写完便去世了；同样遭遇厄运的还有迷城二中的校长，只因保存了一幅由谭延闿题名的手迹而被"革命"师生斗断了双腿；就连温柔敦厚、英华内敛，主管迷城宣传文化的宣传部长杜华章在上小学时也曾跟着高年级同学去老教师家烧过书。虽然他那时年少无知，只是跟随潮流而盲动，但是我们仍然可以从中感受到"破四旧"对中国优秀传统文化的破坏、对青年群体的思想危害以及对道德伦理底线的践踏。可贵的是，随着社会秩序与政治文化生态的重新建构，人们丧失的道德理性也逐渐走向回归，并逐渐开始反省自身的行为举止，重建道德理性的呼声也越来越高。文本中的迷城委员会主任兼武装部长在"文革"期间，不顾民间群众的请求下令炸毁一座修建于北宋年间的莲花塔，并拆毁了同样具有悠久历史与文化积淀的古城墙，令无数知识分子痛心疾首。在其晚年时，通过阅读有关这两处遗迹的文学作品，幡然悔悟，痛心于自己的无知与莽撞，竟吞安眠药自杀，留下遗书，向迷城人民表达了自己的忏悔。这处情节让我们感到了一丝温暖，尽管忏悔来得有些迟，但这同样展现出现实生活中道德理性的复归倾向，揭示出文化对于重建道理理性的重要作用。

　　"一个不尊重老师的民族，是没有希望的。我们不仅要尊重学校里的老师，还要尊重各行各业那些能够当老师的人。"这里，作者借杜华章之口表达对重新恢复"尊师重道"的文化传统与道德秩序的渴望，隐含其对当下重建道德理性的一种思考。作者也为此提出了一种可能的实现方式："其实追逐权力、金钱和女色，也不能说错，这是人基本欲望的体现。关键在于实现这些欲望，要通过合理的规则才行，而不是反过来，只有破坏规则才实现。"论者以为，此处的"合理规则"并不单指政治运行中官员应有的道德底线和人本立场，而是扩大到整个社会现实语境，警醒人们在社会运行与发展中坚守自己的内心诉求与理性判断，不断从优秀的传统文化中汲取养分，重新建立一个更完整更稳固的道德理性新秩序。

三、传统文化的内在力量

按照布迪厄的场域理论，"场域"是社会个体参与社会活动的主要场所，是集中的符号竞争和个人策略的场所，社会个体在"场域"中都不可避免地受到"竞争"的影响。他们一方面可以做出不同的选择与对立面进行对抗，但同时也会受到相应的选择所带来的框架要求和限制。社会是一个大场域，包括诸如文化、政治、宗教等诸多子场域。而"每一个子场域都具有自身的逻辑、规则和常规"，这也因此决定了每个人在不同的子场域都要遵循不同的规则，选择不同的处事方法。这在一定程度上与文本中的人物梁秋夫借《易经》阐释的观点相类似："每个人处在不同的卦象，不同的爻位，就要采取不同的态度和做法。做过头就会招来祸患，该做的没做也会留下遗憾。"

在《迷城》中，马笑泉选择以县级官场为主要叙述环境，以两位深受传统儒道文化熏染的县级常委为主要描写对象，塑造了一处复杂而多样的"政治和思想场域"。小说采取了双线索交叉叙事的模式：单数章节聚焦于当下，以迷城县常委鲁乐山坠楼死亡为线索，主要讲述与鲁乐山私交甚笃的常委杜华章在协助县委书记雷凯歌处理鲁乐山后事以及接替鲁乐山工作的过程中逐渐接近其死亡真相的故事；偶数章节则追忆过去，描写杜华章空降迷城后协助鲁乐山发展迷城旅游业，本着可持续发展的理念保护古城的文化生态，试图重新发掘民族文化传统的积极内涵，却因触及各方群体的利益而困难重重。《迷城》虽然是以基层官场这一"政治场域"作为人物活动的主要空间，但这部小说并非新时期以来主要展示官场权力运作规则、官员晋升机制、不同阵营对峙等传统叙事模式的官场小说。作者的本意或许是将这处"政治场域"作为一处向人物内心延展甚至是向民族传统文化深处探索的入口，向读者展现出有责任感和使命感的知识分子在进入仕途后，面对物质利益的膨胀与权力欲望的放纵如何选择，怎样从传统文化中获得精神的力量与人格的滋养这样一种理性的思考。

韩敬群先生指出："《迷城》虽然写出了真实世界的无奈，却总有一种光在里面。"我以为这种光主要来自中国传统文化，来自我们的民族精神。《迷城》中的人物在复杂阴暗的"政治场域"中总是试图保持内心的平静与自由，努力从中国传统儒道思想、翰墨书法以及茶文化中汲取力量，在完成自我人格境界提升的同时也实现了传统文化精神在个体身上的再造和复活。迷城县常委鲁乐山与杜华章二人大学毕业于同一所学校，又均是从为师走向从政，即从"文化场域"进入"政治场域"。二者均深受传统儒道文化的熏染，也都爱好翰墨书法，但是二者在"思想场域"中对于中国传统哲学思想却有着不同的选择与承袭，这也因此使得二者形成了不同的价值观和处事方式，最终影响着二者走向不同的人生命运和结局。

鲁乐山的祖父是一位私塾先生，饱读诗书，笃信儒学。鲁乐山本人从小接受祖父的教诲，深受中国传统儒家文化影响，从而奠定了其"修身正己、济世利人"的人生观和价值观。他也因此将《论语》中的一系列论述作为修身处事的圭臬。"鲁乐山最喜欢的是孔子称赞颜回的话，'一箪食，一瓢饮，在陋巷，人也不堪其忧，回也不改其乐。'"家庭的贫困与艰苦的生活不仅没有压垮他的躯体，反而培养了他勤俭节约与安贫乐道的品性。因此，他能放下常委的身段安抚贫苦不易的黄包车夫，并真心实意地为他们的生计做打算。他为人老实敦厚，能正直果断地处理政务工作中遇到的问题：他既关注底层群众的生活遭际，不让一位环卫工人吃亏，同时又坚定地维护普通矿工的生命价值，勇敢地插手煤矿整改事宜，不因畏惧权贵而选择妥协。虽然鲁乐山看起来有些拘谨，内敛，却总是能真诚地为他人出谋划策且从不抢占他人的劳动成果，对有益于县城可持续发展的政事总是保持极大的热情。"《论语》上不是说过么：'刚、毅、木、讷近仁。'"而这些优秀的品质基本都在鲁乐山的身上有所体现。可以说，鲁乐山这一人物形象的塑造不仅向读者展示出一位儒家君子应有的担当和使命，而且凸显出儒家文化在"政治场域"中的积极作用。

诚然，儒家思想也有其自身的局限性，若是像鲁乐山一样过于正直敬业，事必躬亲，不懂得适当的妥协，最终只会鞠躬尽瘁，死而后已。面对这样的局限如何改善、调解，或许我们可以从深谙道家保养之道的杜华章身上汲取些许经验。杜华章为人深沉谨慎、含蓄内敛，恪守道家"为而不争"的思想，做事处处留有余地，很少与人结怨。同时他也遵循事物运行的自然规律，虽爱慕梁静云的才气与柔情却并不动用强力，而是真心诚意地与梁静云相处，尊重梁静云的选择。他深刻意识到迷城县委书记雷凯歌具有"霸才之气"，于是更加坚信唯有施展柔道之术才能护卫自身周全。此外，他还具有极强的自省意识与领悟能力，对于"行义"与"用智"之间的转换有较深入的思考。他"牢记《史记》中陈平所说，阴谋乃道家之禁忌，就算不祸及自身，也会对后人不利"，所以他极少施行毒辣的阴谋之策，偶有迫于无奈伤害他人的举动也会及时反思自己的行为，并时常对自身的举止进行思考。对于政务工作，杜华章并没有学习鲁乐山兢兢业业、随时谋划的态度，而是按照道家的思维方式，化繁为简，将重心放在具体筹谋等关键节点，以求达到"事少而功多"的境地。他十分欣赏二王的书法，因此性格深处多少也带有些许飘逸和超脱的意味，待人处事上也更加随意温和，便于被老百姓接受，他也得以同"何记卤菜"何鸿利一家平等、友好地相处，甚至以常委的身份帮助何鸿利处理家庭琐事；工作中，他努力替华夏煤矿解决难题，与胡矿长成了好友；对待朋友，他能真心为鲁乐山守灵，削弱了乡人对他的敌视态度，赢得了乡人的尊重。而鲁乐山的书法风格则更多深受颜体与欧体的影响，折射出鲁乐山方正、严谨、厚重的性格特点。

作家精心设置了这两位因接受不同传统文化思想的影响而导致不同结局的人物形象，其意义并不在于儒道文化孰优孰劣的判断，正如李泽厚先生在《美的历程》中的揭示："老庄作为儒家的补充与对立面，相反相成地在塑造中国人的世界观、人生观、文化心理结构和艺术理想，审美兴趣上，与儒家一道，起了决定性的作用。"

叔本华认为："世界的本质是非理性的意志，是由不自觉而盲目的意志支配着的，人生永远受意志所驱使，追逐永远也无法满足的欲望。因此，人生必定充满着痛苦与不幸，彷徨与挣扎。"①阅读马笑泉的《迷城》，我们也能从其波澜不惊的叙述中感觉到一种尖锐的痛苦。这种痛苦和不幸一方面源自

①　徐曙玉：《20世纪西方现代主义文学》，百花文艺出版社，2000年版。

现实生活中底层人物艰难无奈的生存境遇，但是更多的则是来自生活表象下种种利害冲突与欲望发展所带来的人性挣扎。令人欣慰的是，文本中的诸如杜华章、鲁乐山、梁秋夫、圆镜法师等人物能够自觉从传统文化中汲取力量，从而同无止境的欲望与既定的宿命进行对抗。正如学者张颐武所说的："在这被驱动着、燃烧着的欲望里，一些属于文化的东西被烧毁了，一些属于文化的东西在火中生存着。"①

总之，《迷城》是一部"有血肉、有筋骨、有道德和有温度"的作品，恰到好处地契合了时代潮流，以文学的方式阐释了文化自觉与文化自信，真实地向我们展示出积淀在人民记忆深处的传统文化基因，以及优秀的民族理性资源本身所具有的顽强生命意义与时代价值。这种最原始的生命力量不会因为遭遇某一场政治运动或文化思潮的影响而消失殆尽，反而会随着时间的流动与新的伦理道德秩序的建立而变得更加完善、悠长、坚不可摧，从而内化为人们的心理结构，指导着人们在纷繁复杂的现实中做出理性的思考与正确的价值判断。

传奇：另类英雄的另类叙事

将"虚构"置于更加广阔的背景下，与时代语境、历史维度和审美意味更好地结合起来，让作家既着眼于事实之真又聚焦虚构之美，是"非虚构"魅力所在。真实还原历史人物的经历，探究其博大的精神世界和传奇人生，是"非虚构"序列的崭新维度。新宁是一个神奇的地方，崀山的风景优美而独特，充满神秘性和原始野性，历史和人文的底蕴十分深厚。近现代以降，涌现出一大批历史文化名人，如刘长佑、刘坤一、徐君虎等等。改革开放以来，又有一批文学和新闻工作者如林家品、汤松波、王子君、陈贻焱等人在中国文坛和新闻界崭露头角。特别是最近几年，新宁县的文学创作掀起了一个小高潮，一批文学爱好者脱颖而出，如曾令超、周晓波、何石、李奕兵等人，他们在长篇小说、散文、诗歌、剧本，甚至在网络文学等其他文体的创作上，都

---

① 张颐武：《九十年代文坛的反思与回顾》，《大家》，1996年第2期。

取得了不俗的成绩。

作家何石参与并见证了改革开放的伟大历史进程，自觉投入到时代的洪流中，把个人"小我"和国家"大我"很好地结合起来。何石的经历本身就是一本书，他乐观，豁达，喜欢展露灿烂的笑容。《君自横刀虎啸》是一部聚焦徐君虎的原创长篇作品，读者习惯于按以历史人物作为描写对象的写作称之为历史纪实文本或长篇历史小说，但何石的这部作品，可以纳入非虚构写作的范畴。

这些年来，我国非虚构写作在文学期刊和广大作家的积极参与下，取得了不俗的成绩。2010 年《人民文学》在开展"非虚构写作计划"的倡议下创办"非虚构"栏目，随后《中国作家》等刊物相继开辟了非虚构写作专栏。梁鸿的《中国在梁庄》和《出梁庄记》、郑小琼的《女工记》等一批非虚构力作得以推出，"非虚构文学"成了当下文坛备受瞩目的一股热潮。2015 年，白俄罗斯作家阿列克谢耶维奇获得了诺贝尔文学奖，人们一般将她的文学创作定义为"非虚构"写作，它强调的是"一种比报告文学或纪实文学更为广阔的写作"①，这对于非虚构文学的创作来说，无疑起到了推波助澜的作用，意义十分重大。

非虚构文学本来是一个伪命题，文学哪里不虚构？不虚构的文学还叫文学创作吗？即便是纪实文学或报告文学，也都有一定的虚构。然而，我们之所以要强调非虚构，不是不"虚构"，正如学者兼作家梁鸿所追求的，她试图用"侨寓者返乡"这个充满思考的叙事母题，运用"看与被看"的叙事模式，以饱含热爱与惋惜的笔墨，把中国村庄剖析给世人看，由此引起了社会各界广泛的关注。梁鸿曾说："所谓的非虚构，实际上就是相对现实主义的写法，非常朴素的现实主义，尽可能进入到生活的内部，以一种相对现实的表现手法来呈现自己所看到的。"②实际上，"非虚构文学"并不是新生事物，此词产生于美国，20 世纪 80 年代传入中国。非虚构文学作品强调的是真实事件，其

① 高玉，谢圆圆：《文学真实："非虚构"的内在逻辑》，《中国社会科学报》，2015-12-21。
② 梁鸿：《文学如何重返现实》，《名作欣赏》，2015 年第 12 期，本文为 2015 年 3 月 8 日梁鸿于国家图书馆总馆北区学津堂的演讲。

真实性毋庸置疑；同时借助于作者的行动能力，或调查取证，或实地考察，再运用文学的表现手法加工并创作出来。纪实作品、报告文学与新闻特写都有着"非虚构"特质，它的写作方式也是古已有之，在中西文学史上都有着悠久的历史传统，比如中国文学叙事中影响深远的"史传"传统，就包含着丰富的非虚构特质，而西方文学中作为叙事文学源头的"史诗"也具有较强的非虚构取向。梁鸿认为自己写的非虚构作品的意义是："通过这样的方式最大限度地呈现乡村原有的生存状态……使村庄的过去与现在、村庄所经历的欢乐与痛苦、村庄所承受的悲伤，慢慢浮出历史地表。由此，透视当代社会变迁中乡村的情感心理、文化状况和物理形态，中国当代的政治经济改革、现代性追求与中国乡村之间的关系。"[1]这或许就是非虚构作品的意义。

之所以强调这部作品的非虚构属性，正是着眼于历史人物时代缩影和文化镜像的文本意义。该书主要讲述了湖南省政协原副主席、民国"老虎县长"徐君虎的传奇人生。书中穿插讲述了两次国共合作、破裂的原因以及部分地区和平解放的来龙去脉，并真实地还原了蒋经国、李济深、程潜、丁天成等人的人生经历。社会背景复杂，历史人物众多。作家在查阅众多文献资料、实地走访后，生动地呈现了徐君虎的另类英雄的人生境况，以及当时的社会、政治和历史的真实面貌。

一、叙写对象：为"另类"英雄立传

真实性是非虚构文学作品的生命之源。这对于历史题材的作品，尤其是长篇人物传记是一个严峻的挑战。新历史主义的代表人物海登·怀特认为，"人不可能去找到历史，因为那是业已逝去的不可复制和重现的，而只能找到关于历史的叙述，或仅仅找到被'阐释'过的历史。"[2]不可否认的是，任何关于历史的书写都必然带有一定的虚构性，但现代人总有一种相对合理的"关于历史的叙述"。何石这本书在描写主人公时，大多依据历史文献的记载，或有其他相关事件、人物能够证明的历史细节，较少描写主要人物的心

---

① 梁鸿、张丽军：《梁庄：乡土中国的现在与未来——梁鸿访谈录》，《百家评论》，2015 年第 2 期。

② 转引自王岳川：《海登·怀特的新历史主义理论》，《天津社会科学》，1997 年第 6 期。

理或对话，最大限度还原徐君虎真实又传奇的一生。

徐君虎的人生和求学经历充满传奇色彩。他出生于湖南一个普通家庭，少小离家，先后在长沙、武汉求学，后凭借自身努力和过人才能，加入国民党，去莫斯科留学。在莫斯科，他又与邓小平、蒋经国是同窗好友。在这里他成长为一位能诵四书五经，枪法精准、骁勇善战的青年，并与蒋经国结下了深厚的友谊。他的政治生涯更为传奇。回国后，他历任新宁、邵阳县长，足智多谋，任上巧施妙计控制银行，阻断蒋介石的资金链条，明确支持工农壮大队伍。在邵阳，他除暴安良，不畏强权侦破"永和金店案"，震惊中外。他还因反蒋言行，被捕入狱，在狱中度过一年多艰苦岁月。他与蒋经国的友情也甚为传奇。蒋经国回国后，盛情邀请徐君虎一起主持赣南新政，两人互相信任、欣赏、惺惺相惜、亲密无间，共同开创了赣南新气象；后蒋经国再三相邀，他均清醒地辞绝，为自己心中的正义而走上抗日剿匪之路。他的抗日剿匪之路也充满了传奇。他多次临危受命，涉身无人敢去的大庸等地开拓局面，身先士卒，剿灭、招安多股土匪。他深明大义，为苍生社稷，身为国民党而坚定地与中共地下党人保持密切合作，成为抗日救急先锋，为湖南和平解放做出重要贡献。回顾其一生，风云莫测的时代，外有日寇入侵，内有两党斗争，连年战乱，人民处于水深火热中，他从普通少年成长为疾恶如仇、有勇有谋、深明大义之人，坚守心中的正义，坚定地追随能为人们谋福利的政党。当发现国民党腐败无能，不能为中国带来改变时，他高瞻远瞩，顾全大局，坚定地与共产党保持密切合作，为湖南和平解放做出巨大贡献。他经历跌宕起伏，生活颠沛流离，虽曾被错误地打成"右派"，受到不公正的待遇，但始终怀着对党和人民的赤胆忠心，初心不改，至死无悔。

作者独具勇气和胆识为"另类"英雄立传。英雄一般为民族和人民利益或历史进步做出巨大贡献。在寻找"英雄"与重建"崇高"方面，以往现当代文学作品中主要有三类人物：一是领袖英模，主要为革命家、军事家与英模志士，如孙中山、周恩来等。二是专家学者，主要包括古今中外，尤其是我国各类科学家与专家学者，如钱钟书、钱学森、袁隆平等。三是名人明星，主要是我国现当代的各类艺术家、影视明星、体育明星与社会名流，如齐白石、梅兰芳以及宋氏姐妹等。

二、叙事艺术：在纪实性和文学性中穿越

纪实性和文学性是非虚构作品的两大因素，容易顾此失彼。但作品使两者很好地融合起来，兼顾纪实性和文学性，以实虚写，以虚彰实，两者相互促进，相得益彰。

阿列克谢耶维奇在谈到自己的创作时说："我始终在寻找一种体裁，能与我所见的世界契合，能传达我听到和看到的生命的过程。我试过这个，也试过那个，最后选了一种让人类自行发声的体裁。我书里是由真实的人来讲述时代大事。"[①]作家带着这样的目的，找到了讲述真实历史的方式，在写作的过程中查阅了大量文献资料，通读十几本相关书籍，在浩如烟海的史料中寻找从尧舜时期到明清时期的地方史料；把相关史料分为九个大类，满满地做了九本扎实的笔记，还进行了实地走访。通过这种方式，作家忠实地为我们展现了当时社会、战争的真实面貌和"另类"英雄徐君虎的一生。在语言风格上，本文语言客观、真实地还原当时社会情况，方言化、口语化、通俗化特征较为明显。由于非虚构文学是以发生过的具有"文献性"的人事为题材进行书写，其语言就以叙事性话语为主。如徐君虎在火车站等了蒋经国一天，看到蒋经国说："娘卖屄的，真把我急死了。"再如两个土匪在路上对话："昨天，东西没抢到，你娘卖屄的。"充分体现了上述语言特征：客观真实，呈现了大众原生态，平实自然。

"非虚构"作品一直以来饱受质疑的一点就是保证了其纪实性而丧失了其文学性，文学性不足是当前中国非虚构文学面临的一大问题。这一点在本书中得到很好的解决。书中在介绍地理环境时，大量运用诗、民歌、民间故事等，还着重介绍了瑶族风俗和"盂兰节"等宗教习俗，带有浓厚的乡土特色。关于湖南风景的描写，在严肃的叙事中吹来一袭清新自然之风，带读者身临其境感受湖南的秀丽风景。这些使得作品文学韵味浓厚。关于"非虚构"作品的内容，阿列克谢耶维奇曾说："问题不在于浓缩而在于筛选。我进行筛选，有的东西选择，有的放弃。我的概念仿佛就隐藏在这种筛选和剪辑

---

① 康慨：《斯韦特兰娜·阿列克谢耶维奇：十个关键词》，《中华读书报》，2015-10-14(4)。

过程中。"①本书人物众多，但细致生动，栩栩如生。"永和金店案"这一官匪勾结的案件发生后，徐君虎坚决要侦破此案，乔装成卖菜翁，先把消息秘密托人带给省会记者，又在法庭内外与犯罪分子斗智斗勇，顶着巨大的压力，顺应民心侦破此案，获得"老虎县长"的美誉，把他心怀人民、不畏强权、为正义而斗争的性格表现得淋漓尽致。还有如李济深、程潜、丁天成等国共两党人士，李青松、罗仲尧等反面人物，甚至仅提及几次的王山，在泼皮无赖向徐君虎发难时的一段描述："'铁拐李，休得无礼！县长的酒也是你罚的吗?！'王山早年当过前任警察局长，一眼就认出铁拐李，这一声断喝，早把他的话戳通了。"简洁、传神的几句话，熟悉自己管辖地、衷心维护县长的形象就跃然纸上。在"永和金店案"中，作者还为我们揭示了国民党官员的秘密，身为官员，为了蝇头小利不惜残忍地杀害人民，非虚构作品中"常常会展现出比我们想象中多得多的秘密和意外"②，而作家正是要揭示这些"秘密"，看出人性的黑暗，显现文学作品应该具有的文学品位与内蕴。

本书突出的地方正是在于文学性不仅没有破坏"非虚构"文本的纪实性，反而是这些对地理环境、风俗和风景的描写，人物的塑造，促进了作品纪实性的深度与广度，促使读者去思考、判断，去探究历史的真相。

三、叙事指向：历史事件的主体投射

在历史事件投射主体情感是本书的特点之一。虽然"非虚构"追求真实性，但在对事实的追求中往往在其中投射某种主观意图。瑞典文学院秘书萨拉·达尼乌斯在评价阿列克谢耶维奇时说道："她的作品并不是记述那些历史事件本身，而更多地将目光投向普通人的情感历程。"③何石的这本书不仅仅是记述那些历史事件本身，还能从历史事件中投射出不同的人对国家、对

---

① 康慨：《斯韦特兰娜·阿列克谢耶维奇：十个关键词》，《中华读书报》，2015-10-14(4)。

② 斯维特兰娜·阿列克谢耶维奇，娜塔莉亚·伊格鲁诺娃(董树丛译)：《一个时代结束，而我们留存下来(访谈)》，《西部》，2016年第3期。

③ 斯维特兰娜·阿列克谢耶维奇：《我写的不是文学，是文献》，《视野》，2016年第4期，本文为作者在诺贝尔文学奖颁奖典礼上的演讲。

人民的情感。书中讲述了中国近代史上风起云涌之时，日寇入侵，连年战乱，哀鸿遍野，国家危在旦夕，为我们展示了阶层不同、志向不同、利益不同的人在这种情况下对国家、人民最真实的感情。徐君虎对国家、对人民的感情无疑是发自内心的热爱。蒋经国身处政治漩涡，离权力很近。他曾说："宣传抗日，人人有责！难道你们也要反对抗日？！"在主持赣南新政时，他实行禁烟、禁赌、禁娼，肃清土匪政策，把"五有"作为自己管辖地的目标，与老百姓同吃同住，带兵剿匪，不畏艰难险阻，励精图治，他是如此的珍惜、热爱赣南，才会在日记中写下："在赣南，……经过了 974 座桥，其中有 714 座是要修理的，有 84 条路是不能走人的。"我们可以看出，此时的蒋经国对人民的关心、爱护之情，坚决抗日、努力改变祖国的决心。但在国家水深火热之时，仍有一类不知民族大义，目光如豆的奸邪小人，大发国难财，期盼国家更混乱，来牟取个人私利，傅德明就是代表。邵阳土匪多，民不聊生，身为父母官的傅德明，不仅毫无作为，还为了一己之私，杀人放火，并嫁祸于一个小小的店铺伙计，引起全城人民的恐慌，引得国外媒体关注报道。这些仅仅是为了把一家金店的财产占为己有。这类人在那个时期并非少数，他们何谈爱国之心？何谈爱民之情？心中仅有自己的私利罢了。与之形成对比的是共产党人，他们没有得天独厚的条件，没有强大的经济实力，不顾个人生死利益，唯有一腔热血与解救天下苍生的信念，让他们在艰苦卓绝的环境中不放弃，迎来新的美好局面。在对众多历史人物描写中，作家为我们展示了不同人物对待国家的行为与态度，从中可以看出其对国家、对人民的感情。这正如阿列克谢耶维奇在她的作品中"尽力深入讲话者的心灵，挖掘埋在潜意识中的实质，她不是自己解释，而是让讲话者倾诉出各种行为与活动的动机"①。

　　通过讲述不同历史人物的行为，再现真实发生的事件，让读者从不同侧面感受他们对国家、对人民的真实情感。有些看似荒诞不经的行为和事件并非作者夸大或虚构而是历史事实，作者试图向人们展示"极度真实甚至比非

---

① 高莽：《阿列克谢耶维奇和她的纪实文学》，《北方文学》，2015 年第 11 期。

虚构更为荒诞"①，人性远比想象的更为黑暗。何石正是这样从对历史事件的记录中折射出不同人物对国家、民族最真实的情感态度，通过危亡民族的众生相，展现一个既触目又惊心的"时代和人性"，使读者深思。

四、叙事另类："不在场"的情感还原

对于追求真实的非虚构文学，另一个饱受质疑的问题是：如何处置作者的先验意识形态与文化观念？梁鸿曾在《中国在梁庄》序言里自我反省："我想要抛弃我的这些观念……因为我的价值观将引导着'真实'的走向。"②《每日电讯报》这样评价阿列克谢耶维奇："阿列克谢耶维奇创造了这样一种历史：无论离这些事件有多远，读者都能感同身受，有如切肤之痛。"阿列克谢耶维奇进行了新的文学尝试，别出心裁地打破了艾布拉姆斯所构建的世界、作品、作者、读者所构成的文学关系，使叙事主体"不在场"。这样叙事主体的缺失不仅让事件更真实，还使情感更真切。

何石运用主体"不在场"的手法，主体性弱化、感情隐藏，直观冷静、中立地为我们呈现事实，使事件、人物直达读者，让读者感同身受。如当徐君虎的母亲提议他娶一位从未谋面的女子时，他先想到了自己曾经暗恋过的女孩，后来又面露难色，但当父亲说"刘家可是大户人家，枪杆子、钱袋子、印把子样样都全"时，徐君虎的反应是：当"枪杆子"几个字飘过耳际，徐君虎的眼睛瞪得很亮。当听到母亲说女子的哥哥是团防大队的大队长，有四五百人枪时，徐君虎的表现是："徐君虎什么都没说，还说什么？找个老婆还外送四五百人枪，天上掉馅饼！天助我也！"找老婆的事自有母亲张罗，他却在盘算着如何化腐朽为神奇，把四五百人枪据为己用呢。这里，读者很容易看出徐君虎是"心怀不轨"的。听到要娶妻后，想着暗恋对象，还面露难色，但当听到女孩家里有四五百人枪时，居然同意了，一个女孩子的后半生，在徐君虎眼中或许还不如四五百人枪重要。更何况这四五百人枪是妻子的哥哥的，

① 张帆：《论阿列克谢耶维奇"非虚构"写作的现实意义与人文关怀》，《中国民族博览》，2016 年第 3 期。

② 梁鸿：《中国在梁庄》，江苏人民出版社，2010 年版，第 19 页。

妻子还没过门之时，他心中就想着如何把这些枪据为己用。

何石没有刻意地塑造完美的英雄，而是客观、直白、毫不遮掩地描述事件。作家的情感态度隐藏在文字背后，有意识地展现人性的复杂、利益的纠缠，让读者成为历史事件、历史人物直接的关注者、审视者和判断者。因此，读者与历史之间直接对话，过滤掉了作家的主观情感，更控制住了作家的先验意识形态和文化观念，进行"客观真实"的描写。作家不显露感情，让历史真相喷薄而出，给读者广阔自由的审视和冷静的思考判断空间。

五、结语

何石以丰富的文献资料和多样的艺术手法，紧扣主线，讲述"另类"英雄徐君虎的传奇一生，揭示了其深明大义、爱民如子、疾恶如仇的美好品质；再现了众多历史事件和历史人物，真实地为我们展现了官官相护、官匪勾结的危害，以及在腐朽污浊的社会里人民生活的惨状。

作为非虚构作品，作者将纪实性与文学性很好地融合起来，尊重史实又扣人心弦，具有文学韵味与内涵。在此基础上，本书还用历史事实投射情感，以想象的方式具体描写历史人物的行为，映射出国家危难之时不同的人对国家、对人民的态度与感情，让读者切实地感受到人性的黑暗、历史的复杂，又情不自禁地反思自己对国家的情感态度。与此同时，作品还别出心裁地使叙事主体"不在场"，做到了摒弃先验意识形态与文化观念，为我们构建一个"真实"的世界。通过这种方式最大限度地呈现历史事件、历史人物原有面目，让读者看到英雄人物的缺点、土匪的重情重义，用这种最直接的方式让读者思考历史与未来，也是"非虚构"写作的意义所在。

美中不足的是，书中有些地方前后衔接缺乏逻辑，转折突兀；人物对话的功能性过强，刻意通过人物对话衬托主人公的形象，从而使行文稍显冗繁。总体而言，这部作品仍然算得上我国非虚构文学创作的新收获。

第四章　地域的聚变

　　作家是时代的候鸟、地域的拥趸，他们用自己全部的才情表达对足下土地的热爱、对生活背景的讴歌、对家乡风物的眷恋。不同的地域抑或地域的变迁，导致地域在创作语境中的角色不断变化，从而有了更多的背景展现和想象空间。从充溢着家国情怀的故土，到他乡雪国里的异域，再到展现西部风情的高原，以及文化气息浓郁的湖湘世界，地域从来都不是固定的标本或凝固的符号。作家们在不同的视角下表现出独特的个人意识和文学追求，他们秉持文学理想和自由写作的精神，见证和想象着挚爱的地域。

　　无论在任何时期、任何国度，在作家们的文学版图里，都有一块和他们成长背景紧密贴合的空间，所有的想象、故事、快乐、悲伤，都从他们熟悉的乡土、雪山、高原、都市展开，从那里构筑文学中的现实世界、情感里的自足王国，再走向更大更广的空间。每一位作家都在自己旺盛的自我表达欲望里点燃记忆之火，点亮充满诗性的虚构空间，进入这个空间，就能感受到这种真实般的模拟存在，以陌生化的艺术体验，勾起读者熟悉的生命体验。在本章的论述中，胡述斌的湖湘乡土、芳竹的澳洲异域、郭建强的雪域高原等，既是现实中的地理空间，也是作家虚构的空间。这些地域往往具有特定的氛围和气质，界限清晰，有无形的堡垒和疆界。在这个封闭性的王国里，作家风格鲜明，风情独特，其中的人情世故、爱恨情仇具有专属性的符号，作家以此作为身份认同的系统性标示。无论是胡述斌、芳竹，还是郭建强，都通过对地域的重塑，展现历史故事、人性内涵、文化价值，而这些反而能够跨越封闭性的地域，与读者形成情感共鸣。

诗人通过乡土的历史、文化、名人、典故，凭吊历史，反思现实，追问精神，寄托自己绵长的乡愁。胡述斌的《过汨罗江》和《洞庭渔樵》用尽全部的才情和智慧投入历史文化精神，在诗人的笔下，所到之处、所触之思、所感之情，皆可入诗，展现出内容的丰富性、手法的新颖性、思想的深邃性。情绪的挥发、流动的意象和古典的气息，追求陌生化的艺术效果和朦胧的美感，所有这些汇集到一起，形成了不可遏制的乡土之恋和家国情怀。与中国传统的乡愁相比，旅居海外的乡愁因为异域文化质素的渗入，让这种类型的作品具有了别样的风情和审美特质。

与江南水乡、中原厚土相比，雪域高原无疑是一种别样的存在，雄劲苍凉，神秘壮阔。这种独特的地域风情为诗歌创作提供了得天独厚的沃土。诗人郭建强用他的诗人天分、高原经历和艺术训练，在生命的岁月中研磨，以语言造型上的匠心、意象选取上的初心和感情阐释上的精心，构建了富有西部风情的独异存在。

异域文学的诗性表达是地域性的特例。因为各种原因，诗人芳竹定居异域，这种漂流的成长和生活经验，使之对于新西兰有一种特殊的感情。"高原""湖湘"既是地理意义上的存在，更属于心灵和文化意义上的地理坐标，不仅跨越地域、民族和国界，更跨越社会政治和历史的维度，弥合文化的分歧。

在全球化语境和大国崛起的背景下，秉承中国传统，立足中国经验，讲好中国故事，向世界展示一个真实、立体、全面的中国，是伟大时代赋予包括文学湘军在内的中国作家的宏大命题和崇高使命，这是中国作家和中国评论家的共同责任。文学湘军赓续本国文化的优秀基因，充分汲取他国文化的生命精华，高举理想主义和现实主义的旗帜，积极地为自己的土地和人民写作，自信地与广大读者分享对中国历史与现实的理解，分享中国文化的魅力和中国智慧的荣光，自觉地参与中华民族精神家园的维护和建构，努力展示中国人民对人类命运体的希冀和梦想。包括文学湘军在内的中国作家站在世界文学的视野下，用多样的艺术手段，刻画处于全球化震荡中的中国文化传统的当代命运，充分揭示当代中国人的生存痛苦、生活困境及生命焦虑等复杂情怀。

在风云激荡和中华民族伟大复兴的大背景下，回溯历史，面对当下，文学湘军以丰厚的创作实绩为大国崛起的沧海桑田作了生动的注释，留下了深刻的时代印痕。新时期以来，社会的巨大变革和经济的快速发展为作家带来极为丰富的生活经验和创作来源的同时，也带来了一系列冲击。后现代社会的碎片化、历史虚无主义和解构大潮此起彼伏，新媒体的去中心化和日常生活中的犬儒之旗高高飘扬，在各领风骚三五年的历史观和价值观的多元哗变下，文学湘军同样面临着各种诱惑和冲击，创作风格呈现出十分复杂的态势，但总体上，坚持人民文学、民族精神、地域特色等大方向始终没变，这是充满智慧的道路选择，也是令人欣慰和值得尊敬的文学自觉。

乡土：家国情怀的苦旅抒发

三十年来，新乡土诗派在不断发展变化中呈现出后乡土诗的审美特征。作为"新乡土诗派"代表人物之一的胡述斌，曾与友人创办《诗歌导报》，发表了大量的新乡土诗歌，为该诗派的创立、发展和扩大影响做出了突出贡献。这里分析胡述斌的两首诗，《过汨罗江》彰显了历史凭吊者的文化乡愁与家国情怀，《洞庭渔樵》包含了作者现实反思中的精神追问，从中可以窥见一个诗人的心路历程和创作追求。胡述斌的创作很好地体现了这种变化：题材的广泛、内容的丰富、手法的新颖、思想的深邃等，都突破了新乡土诗的价值追求和书写范式，胡述斌让诗歌创作成为一场精神苦旅，他讲究情绪的挥发、流动的意象和古典的气息，追求陌生化的艺术效果和朦胧的美感，而这些，正是后乡土诗的特质所在。

一、时代语境下的一个诗派与一张诗报

胡述斌是湖北武汉市黄陂区人，长期在长沙工作生活。他是"新乡土诗派"元老级人物，也是该诗派的幕后英雄和主要推动者，一般的媒体报道和相关研究似乎都忽略了这一点。我们常见的文字是："新乡土诗派"于1987年由青年诗人江堤、陈惠芳、彭国梁等人共同创立，诗人队伍不断发展壮大。

一个"等"字似乎包含了胡述斌的功劳，但实际上，这种表述远远不能与胡述斌对该诗派所发挥的重要作用相匹配。

原因在于："新乡土诗派"之所以形成后来的气候或影响，与《诗歌导报》的创办不无关系，而胡述斌正是创办这张报纸的幕后英雄。一个诗派的形成，没有一个平台或一个载体的聚集和推介是很难想象的，而胡述斌正是这个平台或载体的主要推动者。关于创办这张报纸的种种艰难及其曲折经历，足可以写成厚厚的一本书，而胡述斌无可争议地成为这本书的主角。在20世纪80年代那个特殊年代里，创办一张报纸，仅凭想象和热情远远不够。没有经费，胡述斌掏出了准备结婚用的900元积蓄作为第一期的印刷费。编辑部设在长沙，租的地方也是胡述斌设法找到的。作为第一期至第四期的编辑部主任，无论是申报刊号（内刊报备）、办报经费、稿件处理、营销发行，以及与办报相关的各类人际关系、日常事务和诸多杂事，胡述斌事无巨细，全身心投入其中，亲力亲为，不计回报。从第五期开始，胡述斌做了社长，责任更大，担子更重，他克服难以想象的困难，将诗报的影响越做越大，成为当时全国性民间诗报的一面旗帜，"新乡土诗"持续的影响力也由此受到全国瞩目。

《诗歌导报》不遗余力地对"新乡土诗"的发表、策划、推介和宣传，为其带来了广泛的影响力和美誉度。作为一个诗歌载体和媒介平台，《诗歌导报》为"新乡土诗"所做的标志性的事件主要有：该报先后用了八个整版开辟"湖南新乡土诗群专版"；从第二期开始，该报连续不断推出"中国新乡土诗大展"；他们召开了中国首届新乡土诗研究讨论会，并用了一个整版推出"中国首届新乡土诗研讨会笔录"；通过胡述斌的精心组织和认真策划，该报在第六、七期（合刊）专门开辟了"世界华人新乡土诗大展"，使新乡土诗走出了中国大陆，走向了港台及海外华人诗坛。总之，该报前后历时3年，共出版诗报10期，却几乎成了"新乡土诗专报"，为日后"新乡土诗派"的鼎盛，起了至关重要的作用，"两栖人""家园""新乡愁"等当年诗坛流行的关键词，都是从这张报纸上脱颖而出，直击人心，成为"新乡土诗"理论方面的代名词。毫不夸张地说，没有《诗歌导报》，"新乡土诗"只是当年两千多个"诗派"中的一个，早已烟飞云散；没有胡述斌的默默付出、倾心投入和辛勤奉献，《诗歌导报》也不复存在，"新乡土诗"也就很难出现在广大诗歌爱好者、读者和评论家面前。

关于与此报的渊源，胡述斌在《一张诗报与一个诗派》里曾详细讲述了创办该报的酸甜苦辣，现在读来还让人激动不已。岁月无痕，花开有声。胡述斌从不计较别人对他的评价，每每听别人说起"新乡土诗派"，他从不为自己争辩什么，总是谦逊有加。他不断帮助别人推出新的作品，包括诗歌、歌词和歌曲等。他创作的歌曲《香格里拉》《月亮锁》《永远的雷锋》《老兵》《老婆》《在长沙，我等你》传唱一时，并摘得各类大奖。无论身份如何变化，他骨子里还是一个诗人。虽然他出版过长篇小说《短信男女》，但他更看重出版的诗集《情系古河道》《香格里拉》《南方大雪》。或者更确切地说，他的歌词和音乐创作乃至长篇小说创作，都是新乡土诗派精神血脉的延续或另一种表达形式，是新乡土诗发展到一定阶段所必然出现的创作变化。在一首《父亲，您是我的胆》中，胡述斌深情地写道："我像一棵瘦弱的秧苗/长在贫瘠的土地上/阳光和雨露穿过别人的缝隙/投射到我的身上/我瘦小的身体和灵魂/时常手足无措/终究，没有萎黄/父亲，您是我的胆。"这样的诗歌，还是胡述斌的风格，与最初的书写相比，却又有了些许不同，这些不同，或许可以用"沧桑"与"深沉"来形容，国家的改革，个人的成长，生活的变迁，他已不是少年的单纯，即便面对父亲，也有了无法言说的感受，这首诗，他写出了对于亲情和乡情的无法割舍与浓浓的爱，彰显出诗人从"新乡土诗"向"后乡土诗"的创作转变。

本节主要以胡述斌的两首诗歌《过汨罗江》和《洞庭渔樵》为例，探讨诗人的创作冲动与价值追求，以及"新乡土诗派"在新历史条件下的审美追求与书写变化。这些追求和变化，主要体现在题材的广泛性、内容的日常性和思想的深邃性等方面：前一首诗凭吊伟大的爱国诗人屈原，希望世人传承屈原的家国情怀与叩问精神；后一首诗表达诗人了对辛勤劳作的平民(渔夫)与杜甫的歌颂，以及对现代化城市的担忧，呼唤回归人的天性。这两首诗包含着明晰的"新乡土诗派"的审美底蕴，又展示出现代性的风格变化：陌生化效果与朦胧式的美感，诗人的创作诉求呈现出日常生活下的精神苦旅，字里行间充溢着情绪的挥发、流动的意象和古典的气息，有着强烈的反讽和隐喻特色。

二、历史凭吊者的文化乡愁

作为"新乡土诗"的幕后英雄和主要推动者，胡述斌的贡献不仅仅是创办了《诗歌导报》，更为重要的是，他一直在"新乡土诗"创作道路上持续探索，取得了瞩目成就。本节以解剖麻雀的方式，通过分析胡述斌的《过汨罗江》，阐释他的创作变化，以及这种变化所呈现的时代意义。《过汨罗江》凭吊伟大的爱国诗人屈原。屈原在楚国郢都被秦军攻破后，自沉于汨罗江，以身殉国。胡述斌途经汨罗江时追溯历史，有感而发，怀念屈原的情怀与精神，呼唤世人把这一腔爱国热情的历史血脉永久传承下去。

诗歌聚焦"河水就这般幽怨"，起笔就叫人心痛。"幽怨"二字为全诗奠定了悲伤沉痛的感情基调，暗示了作品深层次的文化乡愁；河水本身没有情感与知觉，因为作者对诗人屈原的伤感，从而使河水赋予了人的感情。拟人化的"河水"的幽怨包含三种意蕴：一是汨罗江作为历史的见证者，见证了沧海桑田的变化，本身就为楚国的衰败、灭亡而忧愁；二是二千年前的屈原担忧危在旦夕的楚国、为生民而忧的情绪感染了河水，正如《离骚》中所写："长太息以掩涕兮，哀民生之多艰"；三是作者胡述斌在途经汨罗江时，对屈原的怀念与凭吊，产生了忧愁的思绪，进而带给读者一种"绿水本无忧，因风起皱；青山原不老，为雪白头"的感觉。请看："每一个浪头，都在向你召唤。"这里，诗人委婉地表达并且暗示了屈原投汨罗江而逝的结局。这里颇具反讽意味：屈原之死并无法归咎于浪头的召唤，而是由于楚怀王的昏庸懦弱，招致亡国之祸。屈原对家国命运满怀绝望苦闷，加之对楚国子民的愧疚无奈，才选择了投江。

作为一名历史凭吊者，诗人站在时代的风云大潮中，以屈原的忧国忧民作为聚光点，书写一代知识分子内心的不忿与遗憾、落寞与孤寂。在诗人看来，优秀传统文化的式微以及快速的城市化进程，许多人身居其间，却并没有感受到应有的危机，一方面，城市化进程的潮流无法阻挡；另一方面，受此潮流影响，不少传统文化过度开发而遭到损害，这使作者深感忧虑，他将单纯的乡愁提升到文化的高度，"写出了乡愁背后的文化落差与精神渊源"。"穿过楚地/你的脚印浅浅深深/一些泪洒衣襟，一些热血沸腾的故事/开始在足迹里发芽，生长"，显然，"楚地"一词着重强调故事发生的地域，昭示了胡述斌对于家乡故土深厚的感情。另外，"穿过楚地"的行为并没有主语，他既可以是二千年前的屈原行吟于此，也可以是游历汨罗江的胡述斌本人；既可以是屈原和胡述斌的合二为一者，也可以是任何一个在楚地上行走的陌生人，这样的书写，留下了巨大的空白，使文本增加了时空的重叠感和历史的宏大感。

屈原的《离骚》《天问》《九歌》以深沉的爱国精神、宁死不屈与追求真理的执着，被后人承袭。这些"故事"以楚地上保留的屈原遗迹作为诗歌发光的种子，进而"发芽、生长"，这两个富有生命力的动态词汇，冲淡了前面营造的悲伤氛围，呈现出蓬勃与葱郁之势，这样的亮色是作者有意为之。胡述斌郑重地提醒大家，千万不要沉湎于悲伤的历史，重要的是吸取历史的教训。

诗人善于突破语言的规范，"你踏浪逆流而去/于江水与天地相接之处"，使用"逆流"这一词汇，彰显出屈原在黑暗社会中的挣扎与反抗；强调了他的人格精神，不随波逐流，而是在时间的锤炼中愈加珍贵。"江水""天地"两个意象，勾勒出一幅宏阔壮观的自然景观，格局远大，具备"秋水共长天一色"的立体空间美感，同时表达了诗人对朴素诗意乡土的向往。"都在血管里聆听你的足音"，"足音"实则为屈原的诗歌与精神，"在血管里聆听"表明生活在楚地的后人有着屈原的血脉，并且代代相传、生生不息。"楚地啊，这九鼎的熔炉/煮沸你被泪水凝固的热血/我看见/太阳之外还有一个太阳"，这一节展现了诗歌的"陌生化"特征，胡述斌通过运用新奇的比喻"九鼎的熔炉"，放飞了想象的翅膀，超越了公共空间，对事物进行创造性的表现，以此反抗并刺激读者阅读，实现新颖的审美感受。"凝固的热血"，说明屈原的沉江从肉体上宣告了他的死亡，但他的爱国精神永不泯灭。而太阳的意象，第一个是自然界的具有"本源意义性"的太阳，它超越时空特征，被不同种族所理解；第二个则是屈原，他如同太阳，千年来散发着不息的光芒。

诗人从未淡忘屈原的故事，历久弥新，使他的诗歌主题不断得到深化。他用不同方式，表达了对屈原由衷的钦佩与热情的歌颂。除《过汨罗江》一诗外，胡述斌还创作了《端午读〈离骚〉》《问候屈原》《向屈原忏悔》《汨罗江畔》《汨罗江，生命之江》等一系列诗歌凭吊屈原。与其说是作者对诗人屈原的怀念敬仰,不如说这里的"屈原""汨罗江"已经化身为一个文化符号,代表着楚地千年来的文化,胡述斌对此有着清醒的认识。作为生在湖北、工作在湖南的诗人,胡述斌觉得历史上的"楚国"恰巧就是今天的湖北、湖南,因为对屈原的怀念也是对自己故乡的怀想,或者说是他另一种形式的文化乡愁。

当前社会还处于改革转型的阵痛期,农业文明向工业文明转变,曾经的故土——清澈的江水、质朴的人们、大片的田野逐渐被高楼大厦、灯红酒绿所取代。"当前兴起于我国社会生活中的文化乡愁、怀旧情绪是一种社会现象,更是一种文化现象,具有一定的历史必然性。从它的产生原因来看,确切地说,它往往是社会发生变迁或转型时期的产物。它通过对过去的重构和再造,不自觉承担起了对人们所遭受的文化伤害的救赎与抚慰功能。而以健康、理性的文化心态去面对当前的文化矛盾,是走出文化乡愁情结,重整中华文化气象,以及构建和谐社会的理性。"[4]作为一种精神慰藉,文化乡愁可以视为现代都市人种种压力下安身立命的精神支柱,具有本源的意义与自足的价值。胡述斌用诗歌深刻地诠释了这种意义与价值,这使得他的诗歌超出了一般意义上的新乡土诗,而进入到一种后乡土诗的时代。

由于现代人挣扎在城市与乡村之间,倍感孤独、迷茫、无助,因此转向故园情景、田园牧歌寻求精神抚慰。这就陷入了身体与灵魂的"两难境地"——"它从一个侧面折射出潜隐在当代中国文化中的一个内在悖论:现代化?抑或是田园牧歌式的乡村文明?在这种乡愁中分明有两种力量在撕扯着它:既想物产富裕、生活现代化,体会新鲜的经验,又想悠闲、稳定、安逸。这是一种难言的酸楚,是全球化途中现代人心底的煎熬。"[6]胡述斌的书写带给了读者关于"诗与远方"的重新思考,是"新乡土诗"向"后乡土诗"审美转变的实质所在。

三、现实反思中的精神追问

如果说,《过汨罗江》表达了诗人胡述斌作为一个历史凭吊者所拥有的一份文化乡愁的话,那么,《洞庭渔樵》则更多地抒发了作者对于现实反思中的一种精神追问。这首诗的副题为"赠汤青峰",汤青峰是《茶文化采风》[7]一书的撰稿人,是胡述斌的好友,一个可以称之为"知己"的人。《过汨罗江》写的是历史人物及其对于后人的启迪，而《洞庭渔樵》写的则是现实生活中的人，以及作者对于理想价值与生命意义的思考。写历史，观照的是现实，诗中的屈原既是一位诗人，又是作者崇拜的爱国者；写现实，反射的是历史，诗中的汤青峰既是作者的好友，又是一个知己，一个可以倾诉的对象。同时，汨罗江作为洞庭湖的一个入口，胡述斌借此作为精神血脉和文化纽带，使两者既互为关联，又相互印证。实际上，诗人胡述斌借由这两首诗，由历史而现实，由屈原而汤青峰，诗人和诗歌文本、诗人和历史、诗人和现实、诗人和读者等都融为一体了。这正是"新乡土诗"向"后乡土诗"主题拓展之创作转变的表征所在。

　　具体地讲，胡述斌的这首《洞庭渔樵》，从渔夫唱着歌谣写起，一路撑船而上，却发现没有涯岸可停；当行至杜甫江阁时，与一千多年前的诗人杜甫产生了遥远的共鸣与回响，便决定选择在这里靠岸。这里的靠岸，既是现实生活的真实靠岸，又是向历史深处的精神靠岸。诗歌主要表达了对日常生活的渔夫与历史上的杜甫之赞颂，以及对城市现代化的担忧——自然美景难寻，高楼大厦林立，极大地压抑着人的天性与自由。

　　诗歌的背景的"多水之地"是一处没有被现代文明打扰的"世外桃源"，我们并不知道这一处地方在哪里，可能是宁静的村庄、雾气蒙蒙的湖边，也可能是从一千余年前杜甫的时代撑船而来，流动在历史的长河里。由此及彼，诗歌中的"你"就具有了多层意蕴，不单指渔夫，而是一种虚无缥缈的东西，是情怀、是本真、是流动的自然、是人类的代代传承。汹涌而浩渺的波涛像伴奏歌声的鼓点一般，激荡着渔夫的胸怀，给人荡气回肠之感。江流激荡的声音"让黄鹂四散/让燕雀高飞"。需要注意的一点是，黄鹂选择仓皇四散，燕雀选择翱翔高飞，暗示了不同的人做出不同的人生选择：志存高远的人如同燕雀，庸庸碌碌的人就如同黄鹂。"你独自撑着乌篷船/逆流而上/长长的水路啊/何处是你的涯岸"。诗歌的情绪与色彩暗淡下来，弥漫着挥不散的孤独气息。"借问酒家何处"化用杜牧《清明》一诗，增加了古典的韵味，描绘出细雨纷纷、杏花灼灼的景象，然后来到了杜甫江阁，很自然地想起了历史上这个伟大的诗人。作者缘何选择了杜甫，而非其他的诗人？首先，作者有着浓重的乡土情怀，杜甫江阁建于湖南长沙，所以选择了这个诗人；其次，杜甫号称诗圣，他的诗被誉为"诗史"，他心系天下、忧国忧民、不忍唐朝满目疮痍，这与作者的忧患意识有关，他担忧过度城市化，使宁静的村庄、美丽的自然消失，他与杜甫的历史共振促使"你"在这里上岸，寻找仅有的静谧和残存的诗意。

杜甫也有万般无奈，他和渔夫一样，渺小，卑微，是一个匆匆世间过客。甚至，杜甫"致君尧舜上，再使风俗淳"的愿望，在他逝世的千年之后仍未能实现。作者因此写"他赊的酒账，至今仍未还清"，"酒账"实则是杜甫心系苍生、胸怀天下的抱负，始终未能实现的志向，留下了永恒的遗憾，令读者扼腕叹息。

城市化的过程是历史的选择，无法阻挡。"少水的地方"与诗歌第一句"多水之地"形成了鲜明的对比，多水之地生长、养育的是自然纯朴的人们，是郁郁葱葱的树木；少水的地方生长的却是钢筋水泥。"渔网和柴刀自然应该丢弃"，证明进入了城市，必然要舍弃一些东西，这些可能是已经落后的文明，比如"渔网、柴刀"，被更先进的设备所取代；还有自然的馈赠，要一并舍弃，放弃"春风又绿江南岸"，放弃炊烟袅袅、小桥流水的大自然生活，转而被高楼大厦取代。哪怕你胸中无比激荡、心怀远大，一样要被现实压抑。"八百里"不是一般意义上指的江水的面积，而着重强调了渔夫的心怀壮阔，说出了诗人对他的敬佩。每个人都要被城市的快节奏压抑，无论多么广大的胸怀，你都只能在缝隙中喘息，并且装得不露声色。诗中的"静静"二字，是作者在反思现代人之间形成的无形的隔阂，人与人之间关系冷漠，不愿交流，心中有事不会说给别人听，悲欢离愁都由自己承受，这就是城市现代化所带来的后果，颇有一种黑色幽默的味道。

承继了历史的沧海桑田，是城市中少之又少的"净土"。"好在/你终于发现了一个岸"，作者给了渔夫美好的结局，不论在江河漂泊了多久，所幸终于找到了心灵的归宿。这个岸，是杜甫江阁，也是胡述斌的心中桃源，它在城市化过程中被保护存留下来。最后一节与诗歌第一节前后呼应，渔夫唱着洞庭的歌谣而来，寻找到可以依靠的岸，心中八百里洞庭的湖水得以安放；不必在钢筋的缝隙中流淌，而是可以在胸中翻滚、在心里涌动、在血脉里吼叫。洞庭、澧水与资江融入了他的血脉，强调了对自然的追寻与执着。"吼叫"被作者反复书写两遍，既是渔夫终于寻找到涯岸的畅快释放，更多的是诗人对返归自然的呼唤、对城市压抑的宣泄，是代替无数挣扎在城市中的人们发声，振聋发聩，意蕴深沉。

胡述斌写诗赠友人，实际上是通过杜甫的诗歌，或者通过汤青峰的情感中介，赠给另一个自己。所谓杜甫江阁，也是诗人心中的乌托邦，是每个都市人都向往的桃花源。因为"这里的'城市'与'村庄'只是一个符号、一个象征。'城市'代表了不断被物化的世界，'村庄'代表了梦想中的精神家园"。[8]而作为"被物质世界边缘化的精神缺失的"这种典型的新乡土诗书写的"两栖人"，在精神严重失落的都市中，只能转向对乡土的缅怀，从而获得暂时的轻松。胡述斌振聋发聩的诘问正是对失落的人性的呼唤，是对现代文明背景下当代人精神虚无现象的反思。他通过诗歌创造了理想的乡土世界，关怀人类生存的终极价值，寻回朴素、善良、纯真的"乡村品性"。

四、"后乡土诗派"的现代性追求

通过胡述斌代表性诗歌《过汨罗江》和《洞庭渔樵》深入细致的文本分析，一个强烈的感受是：诗人创作所聚焦的主题更为集中，表现手法更为圆润，艺术张力更显锋芒，审美品格更加高蹈，忧患意识更为突出，书写情感更为丰沛，蕴含历史与现实的指向更为广远，一言以蔽之，现代性意味更为强烈了。而这些，恰恰是"新乡土诗"创作者们所缺失或发力不够的地方。

"现代性"这个概念最初由西方学者提出，其在中国社会表现为"人的个体存在的自我主体性危机。这些'现代主义'文学、艺术的追求，主要是建立在对于近代市民社会中文化的自我满足的批判，以及日常经验中主体世界的崩溃与对于日常世界的超越的追求之中。"[9]新乡土诗派将"现代性"作为底质，只是其诗歌精神指向更落实于本土，落实于"小我"的情感世界，落实于现代时空下中国人自己的"现代感"。"新乡土诗派"并不着意于展现乡村风光和牧歌情调，不刻意书写乡土的本源意义和本土意识，而是传达着回归乡土所总结的诗人情怀、感受和新的精神感悟。

经过三十年的发展，"新乡土诗派"的创作者并没有放弃对故土的讴歌，同时审视身居其间的都市生活，对"现代性"的追求有了新的感悟、新的主张、新的尝试，至少胡述斌是这样努力的。在《故园咏叹》中，他写道："都市的裤脚/不再沾有泥迹/祖籍已成为掌故/但中国大米一次次的亲近/使都市保留血统"。胡述斌写城市，虽然还带着农人的视角，但对城市不再恐惧与隔阂，而是习惯与热爱。在《摩天大楼》中，他直言城市的高楼大厦，不是将城市与农村分割开来，诗人眼里的城市是这样的："农夫遗失你/是历史的误会/农夫的兄弟用泥土/塑成你的皮肉/经风耐雨如农夫的脸"。说到底，任何一座城市，最初的时候都是荒野，都是农村；最初的城里人也是从农村或别的地方迁移过来的。没有一个人，生下来与农村没有任何关联，只是纯粹的城里人，这是不可能的。实际上，在城市化快速扩张的过程中，许多年轻的城市，居民们大都是农人。

最能体现胡述斌这类思考的是《与城市握手》。在这首诗中，胡述斌感觉"登上城市的楼顶/如父亲走向稻田"，父亲对于稻田的熟悉与他作为城里人对于高楼大厦的熟悉是一样的，城市不再是漂泊的地方，而是他的根，他的灵与肉都将栖息在这里，他的魂也会在这里缠绕，就像他的父亲对于农田的缠绕一样。"肥沃的月光/滋润城市的土地/这是我儿子的田园/父亲抚摸稻田的神情/教导我如何亲近城市的土地/我该与城市握手言欢"。这是诗人的警醒与反思：夜深人静之际，仍然会思念故乡，会思念父亲的容颜。想起因为自己在城里扎下根里，父亲不是哀伤，而是骄傲，他总是告诉乡亲们：城市那片土地，就是我儿子的田园。父亲将"我"从他身边推开，他希望儿子能够在城里扎根，他对稻田的爱，就是教"我"学会对城市的爱。而"我"，也没有辜负父亲的教导，不仅学会了"与城市握手言欢"，而且真实感受到"夕阳摄你入背景/你是土地宽大的喉结"（《摩天大楼》），城市与乡村的关联在胡述斌笔下是如此紧密又和谐。

胡述斌的诗歌呈现"后乡土诗派"的风格。所谓"后乡土诗"，它首先表现在创作者的身份转变上，他们不再是"两栖人"的自我抒发。如果说，"新乡土诗"重在对"两栖人"的精神建构、虽然身在城里，但更多地以乡村人自居，强调城市只是诗人的生命过程或漂泊地的话，那么，"后乡土诗"的写作者，已经把城市从"新乡土诗"的"客人"身份变成了"主人"身份，写作者也不再强调精神上的漂泊和焦虑，而是重在对城市本身建设的献计献策上，就像父辈对于农田的一样，他们已全身心地投入到对脚下这片土地的辛勤耕耘。胡述斌有一首获奖歌词《在长沙，我等你》，诗人在介绍"橘子洲头""岳麓书院""湘绣""湘菜"等长沙传统的核心地标与文化符号时，如数家珍，就像一个农人对于家里的宝贝和村里村外的景点了然于心一样，此时的作者，就是一个热情的主人，他真诚地欢迎四面八方的客人来到他的家——长沙做客。

"后乡土诗"在意象上不再局限于对白菜、草垛、锄头、镰刀、池塘、水井等乡村生活的抒情，而更多地把目光聚焦到城里的山水、建筑和景观上；在审美追求上，不再追求文字的通俗和逻辑的规范，而是积极寻找陌生化与朦胧美；在细节处理上不再用冷色调强调乡村的自然美，而是从城市里的光亮处出发，尽可能展示人的温情与物的简约，讲究贴合，不失诗意；在价值诉求上，不再以"小我"为中心，而是借助于历史事件和历史人物，强调精神的反思和现实的批判。基于这样的分析，胡述斌这两首诗歌，就艺术形式而言，有着极强的张力、深刻的意味、丰沛的感染力，更加接近了"后乡土诗派"的本体意义和基本特征，后乡土诗的写作群体如梁尔源、陈惠芳、草树、罗鹿鸣、刘起伦等诗作中都有充分的反映。其中，陈惠芳作为"新乡土诗派"三大主将之一，在江堤英年早逝和彭国梁不再写诗之后，这些年来，他一直辛勤耕耘，写下了大量诗作，这些作品，与他早期的"新乡土诗"已经有了很大的不同。

胡述斌是一个有担当、有责任心、有创新意识的人。他长期在宣传部门工作，对如何有效抵达受众、如何让自己的作品与时俱进、如何让高雅的诗歌艺术得到大众的热爱，他是有过许多思考，也有过很多实践的。例如，《过汨罗江》中"楚地啊，这九鼎的熔炉"和《洞庭渔樵》中"他赊的酒账，至今仍未还清"，这样的表达具有明显陌生化特征，偏离了新乡土诗贴近泥土的表达，挑战了人们的审美经验和生活习惯，增加了读者理解的难度，但留下了巨大的想象空间，从而使阅读的感觉回溯在字里行间，增强了诗歌的意象符号所荷载意义的价值功能，使读者感受到文字的朦胧美。与此同时，作者通过营造至真至纯的辽阔天地，引导困惑的现代都市人积极反省，停止在都市中的"异化"和对大自然的掠夺，用自然之美对抗人性之恶，用人性之善批判心灵之黑,用情感之真呼唤诗意生活的价值回归。

胡述斌的诗歌创作追求情绪的挥发,在文字节奏上讲究音乐美和流动美,是"永远地必须立即一个知觉转向下一个知觉",诗歌中间的语句虽然中断,气息却没有中断,情感也没有中断,这大致等同于音乐上的不稳定感。他曾说过:"乡土,应是一片广阔的疆域。乡土诗,也应该是一个广阔的概念,不只限于农村题材和歌谣体诗。整个中国大地,都在乡土包容之内。只要不是贵族气十足、脂粉气十足和晦涩难懂的古怪气十足,而具有中国诗味、民族风格和地方特色的诗,都是乡土诗。"

诗人毫不隐讳地表达了对中国古代诗人屈原与杜甫的敬佩、怀念、虔诚的感情,诗歌中也化用了古体诗,如"借问酒家何处"一句,歌颂伟大诗人的精神和情怀。而《洞庭渔樵》一诗,不仅构建了一个自己的理想世界,也抒发了对杨柳依依的现实之岸的向往。胡述斌深知一个诗派的发展,不仅要有历史的底蕴,更要经过时代大潮的冲洗,要留下现实生活的文化刻痕。

换言之,胡述斌的创作冲动不是为了写诗而写诗,而是感时伤国,秉承屈子、范公之忧国忧民的精神余脉,立足泥土,主题更加宏阔,意境更加宏大,不仅气韵生动,更有着深沉的忧患意识和深刻的反省精神,这种后乡土诗的写作风范使得他的创作不求体量,注重品质,真正做到有感而发,不吐不快,唯其如此,他的诗歌才会自然流畅,气韵生动;也只有如此,他的作品才会诗意十足,回味无穷。

异域:在异域的雪国里铭刻文化乡愁

与中国传统的乡愁相比,旅居海外的乡愁因为异域文化质素的渗入,让这种类型的作品具有了别样的风情和审美特质。月的恩泽代表月光的圣洁,温柔,博爱。雪的思想不仅仅是梦幻,下雪天气通常不会很冷,这也是一种寒冬中的慰藉。热爱天空代表热爱自由、远方、理想。相思土地是对故乡的难以割舍的乡愁。

一、雪的隐喻

芳竹祖籍在东北，是新西兰华裔诗人。她的诗歌中经常出现雪的意象，令人联想到另一个与雪关系密切的诗人：德国的犹太裔诗人保罗·策兰，他的诗作《雪的款待》里开头前两句是："你可以充满信心地/用雪来招待我"。王家新在《那迫使你前进的风》中也写道："自然意向成为人生隐喻，带雪的冬天作为一个尽头、向度出现。"雪是一种命运恩赐，同时代表着冷酷无情与仁慈。这词的出现，需要一生的寒意。从这个角度来看，雪，不仅是自然的浪漫，更是那一生的情与离别。"额际镶嵌的雪花会让人联想到一个吻"，这一句可以看出整首诗是个二重叙事的爱情诗，表层是雪景、月光，潜层是爱情到来时的圣洁、浓烈、铺天盖地、又小心翼翼的感觉。从这里，回忆就开始了。

月光说明诗中的主人公从飘雪一直等到雪霁。"细碎扬扬"，仄起平收，有音律美的安排。芳竹的诗写得很精致，每一个字都经过了认真推敲。我们的主人公在忧伤什么呢？"那一季中的那一夜"叙事开始，灰鸟是种普通、娇小、不显眼的鸟儿，在雪天落在枝头，它是轻灵地飞入回忆的信号。祝福因为呼喊重复了太多遍，所以变得羸弱疲惫，但人的愿望对于事实残酷毫无用处。我们可以想象男女分别的场面，互相之间道了无数遍珍重，最后终于踏上了旅途。

接下来的一句是全诗最好的一句。正常语序来看，热爱的天空是比喻我所爱的人宽广的胸怀，温暖地包容了我。相思的土地是在说我对你的思念就像土地一样厚重、坚贞、无处不在。如果两句对读，就会发现有一个经典的审美典范：天地相对，雪月互映。将二人的情感投射到外物，我们难舍难分，相互照应，浑然一体。但又永远平行，不可能相交。就像余光中的《绝色》："若逢新雪初霁/满月当空/下面平铺着皓影/上面流转着亮银/而你带笑地向我步来/月色与雪色之间/你是第三种绝色"，在月华雪光之间，你向我走来，我把你比作天空，比作自然界最美的奇观。我本来以为我们可以永远在一起。但是，这些意向里又暗藏着矛盾。联系诗人旅居新西兰的人生轨迹，可以看出最后二人还是因为距离没能在一起。

二、月的追思

在经过了充分的情感铺垫后，接下来的诗句充满想象。"让我飞升吧"：这样的诗句其实是在我坠入爱河时，你所带给我的飞升般的感觉。我现在希望我可以变成鸟，汇集月光，然后照耀着你，"此时相望不相闻，愿逐月华流照君"。被雪喂养的非人间物，纯洁而寒冷，孩子是谁？是那只灰鸟吗？还是童年回忆里的自己？应该是漫天飞舞的雪花让她突然间像个孩子一样，产生了飞上天去亲吻雪花的浪漫想象。"光芒舞成月光"：我就像雪中的精灵，以一个引领者姿态，将所有的明暗各异的光芒汇集为纯洁的月光。接下来这两句突然就说到了离别，情绪骤然降低。岁月与风，将视角拉远，从眼前的天空放大到无穷的岁月。林夕《似是故人来》里面有一句歌词"俗尘渺渺，天意茫茫，将你共我分开"，看来这是一个凄美的爱情故事。对于诗人来说，有一段悲剧的爱情是件幸运的事，因为这段爱情既没有贬值为朝夕相对的打情骂俏，也没有发展成人间烟火里的柴米油盐，TA 因为过早地夭折，于是成了我生命中永远无法忘怀的注脚。在这个平行时空里，我不断地篡改、丰富原本的记忆，我可以不停地回想，不断想象，我们当时说了什么。这里是跳跃的表达，雪使得家园变得如神域般优美、纯净、伟大。"恩情"：与前面"月的恩泽"相呼应，将这一段感情命名为恩泽、恩情，足见诗人对于这段感情的珍重、怀念。浪迹天涯是主人公目前的心境，一暗再暗是说本来我闯荡天下的雄心热烈滚烫，从不停驻，勇往直前，但在雪后的月夜，我突然想起了你，想起了那段无疾而终的凄美爱情，不管怎样，现在你不在我身边，我的心突然被你曾给我的爱触动了。

最后一小节抒发感怀。化无边无形的乡愁为刺痛的实体感觉。那种一触即痛的愁，其实就是爱情，可能我的爱人已经去世了，或者不在身边，但在这一刻我想起你，回想了我的一生。

附录

雪，以及怀念
芳竹

这是我独自打开的天空

梦幻的雪花洁白地吹拂着田野

直到那一枚永远地镶嵌在我的额际

直到月光细碎扬扬褪不去忧伤的神情

那一季中的那一夜 那一只怀念的灰鸟

澎湃的心境 羸弱而疲倦的祝福

是怎样热爱的天空悬挂着月的恩泽

是怎样相思的土地覆盖着雪的思想

让我飞到天际吧 被雪喂养的孩子

将上天慈爱的花朵一一亲吻

让我飞升吧 将光芒舞成月光

看岁月苍茫和风说离情

美到极致的雪 颂歌般的家园

怎样的恩情让浪迹天涯的心

一暗再暗

乡愁竟是那样茫然而一触即痛的愁

在泪的花朵里将月光擦得亮亮

高原：雪山之魂的重塑与诗歌锚点的位移

雪域高原元素是诗人的一笔财富和诗歌标记。西部风情的诗歌大多雄劲苍凉，充满壮阔之美。郭建强生在青海，长在青海，工作在青海，他的情感方式注定也是青海式的。这片土地给了他力量，也给他烙上了浓重的高原印记，于郭建强而言，地域性只是背景和幕布，从来都不是标签。他总是在古典和现代之间穿行，探寻和追求青海高原的独有诗意。从早期纯净饱满的诗情，到现在观照重心的转向，他在诗歌锚点的位移与语言造型的重塑中，实现了高原之镜的重建与重生。

一、时光之轴的隐遁与高原之镜的构建

郭建强的诗歌没有急就章，如同高原植物大多生长缓慢，枝干坚实、细密匀美。他的诗歌使用了很多地域性鲜明的物象，《雪山颂》《戈壁颂》《山野颂》《格萨尔颂》……诗歌标题都是具有地域特色的歌颂对象，雪山、戈壁、格萨尔，高原气象和西部风情尽收眼底。但郭建强从不堆砌地域性特色的物象，读者只要进入诗句，就进入了高原，进入了西部，进入了他的情感世界。

郭建强早年的诗歌纯净饱满而有力量，在《青年文学》发表组诗《极地之侧》，"格尔木以西/金黄的阳光葡萄般饱满/落地，凝成坚实的沙粒/在眼瞳和脚下滚动"，或者描写"冰封青海湖"的深水处，"鱼儿们仍在水草中沉思/或者追赶突来的潜流"（《冰封青海湖》）。这首组诗似乎抹去了时间的印记，没有时代气息，更没有时光的影子，时间之轴似乎在他的人生坐标系中抽掉或隐形了，格尔木、阳光、沙粒、青海湖、鱼儿、水草，天地融为一体，万物自由自在，这是他们的天地。除了时光影子的消失，人的印记也被抹去了，现代气息、工业文明、农耕文明，还有游牧文明，所有体现人之伟大的内容都无从寻迹。这是自然的天地，鱼儿自由自在，水草自由自在，就连沙粒都自由自在。进入了郭建强的诗歌，就进入了自在的世界。

在他的诗歌里，青海雪域高原是一个自足自在的精神空间。在能够照得出你的骨头的雪山前/冰川之水正具体地从头顶流下/脖颈和肩膀在迎接中战栗，胸腹和脊背/在快速收缩中抖动。/在胯下，那冰凉多停留了一会儿/然后像江河一样凶悍地沿着大腿冲向脚底/你甚至感到水渗入皮肤，顺便让脏器仰泳了一会儿/这一刻，你无法不爱上高峻、空阔和清洁/——但是，你知道这并不是说自我已然与雪山相配/——而是恐惧。你看，即使身后只剩下童年的影子/——仍旧带着血腥深度的昏黑。（《雪山颂》），北方的冬天很冷，冷却不是青海的季节特征，而是地域符号，无论什么季节，到青海都能感受冷，夏季浸入肌肤，冬季透骨入髓，但在郭建强的世界里，雪域高原的青海更多的是风情，旖旎的江南水乡，苍凉的黄土高原，规整的云贵梯田，

形成了气象万千的世界。明亮的雪域高原让这里成了矗立天地之间的一面镜子，照亮了每一个生于斯、长于斯的青海人，也照亮了每一个前来净化的朝圣者，水从头顶流过脖颈、肩膀，透过胸腹和脊背，冲向脚底，渗入肌肤，纯净的雪水，带着雪山的寒气，能够荡涤一切烦恼、琐碎和不安，这会让你感到恐惧，一种灵魂被掏空的洗礼。"几丛骆驼刺加重了盐碱的分量/夜就是夜/刺猬的尖锐擦刮得更亮/没有约柜，没有玛尼石刻/戈壁空空荡荡，戈壁漫不经心/闯入者成为一粒悬石，漂浮于神的律法"（《戈壁颂》），在现代文明的世界里，汽车、高铁、机场、高楼，这些属于现代文明的标志物在戈壁中完全不存在，空空荡荡，漫不经心，没有人处心积虑地努力改变这里的一切，骆驼刺，夜晚，都以自己的方式存在着，随自然而动，与天地融合，任何一个进入的人和物都是闯入者，只是来客。

地域性只是郭建强诗歌的外壳和载体，透过青海风情的描摹，执着于生命、时间和死亡的沉思，超越现实的洗礼，才是深入其诗歌纹理和骨髓的内核所在。"偶然，改变了命运。或许，还有性格。死亡，每天在打量你；有时，露出亡友明灿的微笑——太亮了。"现实社会像一个严丝合缝的机器，按照自身的运行逻辑周而复始，这种逻辑像无所不在的上帝，控制着一切，所有人都在它的逻辑框架下调试自我，努力找到自身节奏，但实际上，必然性、对应性和逻辑性在命运面前经常不堪一击，偶然在不经意间闯入生活，改变平滑的逻辑序列，让生活转向、生命陨落。诗人感慨偶然改变了命运和性格的同时，以充满亮色的"微笑""亮"显示出了对朋友的怀念和风轻云淡的态度：王康平每年都会为诗人买生日蛋糕或礼物，可是那年却在买礼物的路上遭遇车祸，不幸去世。吊诡的是，王康平由于心急，记错了郭建强的生日，不是记错了一天两天，而是整整一个月。如果亡友没有去买蛋糕，或者没有记错时间，也许意外就不会发生，好友依然健在。诗人表现了对生命的沉思，对生活中偶然事件的无奈。

在诗人的世界里，雪域高原是空空荡荡世界的一个缩影，他以更阔大的视野观照青海，这是他对西部诗歌的特殊奉献。

二、诗歌锚点的位移与语言造型的重塑

对于郭建强的诗歌，生命与哲学角度上的体认固然重要，但若忽略了高原地域性和诗歌超越性这一元素，那么他将与其他诗人处于同一个视域通道内。强调这样一个事实是有必要的，当代诗人大多有自己较为成熟的价值观，而且以形而上的哲学抵达，阐释周遭的一切。但是从郭建强诗歌的物象上，读者很容易感受到高原元素所浸渗的非凡魅力。在《人民组诗》中，他找到了语言造型的精准发力点，如同一个手工雕件，在柔和清晰的光线下，用诗歌语言之刀切开世界真相，豁开一个个剖口，然后慢慢研磨，轻轻吹去掉落的粉尘，显现出圆润与险峻兼具、形象与神情兼备的作品，"你是生的供养人/从天上来，奶水成丝带，成海子，成孔雀/成眼睛和子宫/也是命的供养人/在横断山脉冲撞，划大圈，走大路，依星空立规矩/ 你是慈的供养人/眼神扶起湿漉漉的羔羊，手把手教习拿刀子的人/也是美的供养人/黑颈鹤在大泽唱歌，认出冰峰是映照前生的大个儿琥珀/你是枯的供养人/落日时分，大风一遍遍吹洗皮肉，在骨头架成的帐篷里钻来钻去/也是阔的供养人/就算胸腔只有巴掌大，一个人一样可以拐大弯，划人圈，走向高处"（《河源》）。仅从形式上讲，整首诗歌如同规整的摆件，与 20 世纪初新月诗派的新格律诗形成了隔空回应。在反复咏叹的循环往复中让读者感受河源的博大。

诗歌有无与伦比的严厉和苛刻：容不下粗枝大叶的体验、装不进一鳞半爪的涉猎、受不了似是而非的深沉，经过近二十年的思索和创作后，郭金强似乎找到了更为熨帖的艺术形式、情感方式和思索方向，发表在《人民文学》2020 年第 9 期上的组诗，以其精美的形式和精到的节奏，宣告诗人的创作进入了新的阶段。德令哈金色世界里的梦、从冰川中苏醒过来的八音河、昂拉千户府里苦痛的甜蜜，每一处都是青海生命力的象征，这些细密的局部承托起了组诗的高原之魂。这里体现的是一种与青海紧密相连的艺术情感，代表着诗人在艺术之路上朝圣般的修行，以诗心、匠心和初心写下雪域高原的精神之根，从而使诗歌具备了经典的属性。

与之前的诗歌相比，《人民文学》2020 年的组诗更有思考的深度，这种思考不是形而上的直接流泻，而是用高原特有的意象群和多年的情感经验，雕

刻成了语言造型精致、思想情感深沉的组诗。出现这一变化的原因也许在于，诗人的阅历更加丰富、情感更加内敛，表现空间的横向宽度收缩、纵向深度却超过了以往任何时期，从表现大时空的《雪山颂》《戈壁颂》《草地颂》《矿山颂》《蝙蝠颂》《春天颂》《山野颂》，到《八音河》《柏树山》《昂拉千户府》等聚焦在更具体、更集中的范围。当阔大嘹亮的彼在与现实空旷的此在相贯通，诗人看到具体的此在对诗歌更有意义。于是我们看到：《八音河》中"我还要捧着太阳的温度/低垂头颅回到地下，护持幽冥"；《如果……可能就是》中"就在这里骑马/就在这里安家/你会有一个沉默的妻子/几个更加沉默的孩子/你会在山风里站稳身子/就着巴音河的雪水洗净刀子"；《柏树山》中"你听很低很轻的虫唧，小男孩，很害羞/还有鸟鸣清凉，年轻的妈妈在说话"。低垂头颅，回到地下，骑马，安家，沉默的妻子和孩子，虫唧，鸟鸣，诗歌回到了细致入微的平凡和当下。很明显，这是一个诗人趋于成熟的标志，也是一个民族鼎盛时期才会出现的可触可感的美学品质，具有穿透历史的力量，一如我们至今能够感受到李白诗中的蜀道之难、杜甫足下的泰山之雄。郭建强《人民文学》2020 年的组诗，呈现着特有的诗歌质感和青海气象。也许，这是郭建强诗心最敏锐，也是生命中最好的时光。

湖湘：世界视野下文学湘军的精神气质

20 世纪以来，随着全球经济一体化进程的加快，世界各国文化在碰撞中融合，在分歧中互补。与此同时，文学批评的视野拓宽，各国文学不再是孤立封闭的系统或流程，中国当代文学同样如此。伴随着中国经济的崛起，这种"开放与交流"成为必然，而生当其时的文学变局为中国现当代文学研究提供了新的聚焦的主题——世界视野下的中国文学，以及中国经验书写中的文学湘军。

某种意义上，文学湘军的思想锋芒和精神气质是世界视野的中国化体现。德国汉学家顾彬在《20 世纪中国文学史》中对 20 世纪中国文学进行了阐释和批评。与歌德提出的概念不同，顾彬提出的"世界文学"引起了更为广泛的反响，王家新教授对其理念做了这样的总结："他的视野已远远超出了一般西方人的视野，而体现了一种中西视野的融合（这也即是阐释学意义上的'视野融合'）。无论如何，他心目中的'世界文学'不是以西方中心的，更不是由'资本主义的扩张'决定的。"①①顾彬提出的"世界文学"，对于全面地、深刻地思考中国文学不仅有着视野上的宏阔性和思辨性，而更有着内蕴上的独特价值。首届中国文学博鳌论坛就是围绕"世界视野中的中国文学与中国精神"的主题进行了讨论，铁凝提出"中国文学和中国精神之于世界究竟意味着什么，这关系到中国文学在新的历史条件下如何塑造自己，也关系到世界如何看待中国文学"。世界视野不再是单纯地向西方文学学习，不再是以欧美文学为中心的单向度心态，不再是以西方文学的标准来衡量中国文学，当然也不是故步自封以中国文学为中心的研究理念，它是以一种更为开放的、新颖的文学创作和批评视野，是站在整个时代的高度上来观照社会和时代，以及人性普遍存在的矛盾，是中国文学以一种文化自信的态度（不再是被动和弱者的姿态）对自我的检视和评估。只有置身于文学全球化的语境中，与世界文学紧密连接在一起，以中国经验和丰富的生活内涵去创作、去挖掘中国文学的价值，才能更加清醒地认识自身的问题和局限性。

一、文学湘军的世界视野

湖湘大地自古文运昌盛，敢为人先，湖湘风流源远流长，文墨骚客人才辈出，文学湘军在中国当代文学、特别是20世纪80年代的文学中写下了精彩的一页，留下了不朽的篇章。进入20世纪90年代尤其是21世纪以来，文学湘军创作成果同样丰硕，涌现出一大批优秀作家与作品，如写历史文化的唐浩明、写官场小说的王跃文、写知识分子的阎真、写战争与历史的何顿，以及写乡村问题的何立伟和姜贻斌等等，他们扎根于湘楚大地，笔耕于文化传承与历史责任问题、对战争的认知问题、知识分子在经济时代下的核心矛盾等，这些主题均具有世界意义的现代性问题。在这样的世界视野中，文学湘军的文化传承与历史担当不再是孤立在某一个时代某一个群体的书写，如

① 王家新：《"对中国的执迷"与"世界文学"的视野——试析顾彬对20世纪中国文学对阐释和批评》，中国人民大学学报，2009年第5期。

唐浩明的《曾国藩传》《杨度》《张之洞》等将晚清历史置于特定的社会文化中，让历史人物真实地再现于风云变幻的时代大潮中；而何顿的《来生再见》《黄埔四期》等抗日题材的作品，对战争的认知不再局限于中国大地而是将它视为整个世界战争史的组成部分；还有阎真的《沧浪之水》《活着之上》等作品对知识分子独立人格和精神的坚守也不仅仅是湖湘知识分子问题而是该群体在这个时代深刻的精神矛盾，作品中呈现的问题与困境是湖南的，也是中国的，更是世界的。这些问题存在于当下世界体系和中国社会系统中，湖南作家对整个人类灵魂和世界命运共同体超时空、跨国界的深度关怀，充分体现出文学湘军的文化自觉和创作视野的世界性。

文学湘军的世界视野首先表现为敢于直逼社会、时代和人性问题的最深处。敢为人先、经世致用、忧国忧民的湖湘文化精神对文学湘军的创作有着重要的影响，而 21 世纪的文学湘军在此基础上进行超越，从"政治－文学"的文学创作观中剥离，从"经国之大业，不朽之盛事"的抒情中跳出，从理想主义的诉说中挣开，更多地关注转型社会和经济市场渗透下的社会现象与人性变化。如湖南作家的官场小说少有"权为民所用、利为民所谋"的宏大主流意识，而是通过日常生活如饭桌上、牌桌上、情场上，让官员回归日常和世俗，直击官员在当下时代中人性最真实最隐秘的一面；对于知识的书写，也远离士大夫和以启蒙为己任的形象，而是将他们置于复杂的社会背景和市场经济的竞争中，不再是悲壮性的反抗或消极性的逃离，而是拥抱生活，与现实达成妥协，作家的倾向也不是一味地批判，而是包容和理解……如此触目惊心、直接尖锐地揭开人性在当今时代的坚强与软弱，是文学湘军对人民文学创作自觉的追求与发展。

其次，文学湘军的世界视野建立在绵长不竭的精神气质上，即真诚的人文精神、勇敢的担当意识和知识分子的忧患使命意识。"公众的趣味不是原始资料，趣味就是趣味……好的趣味并不是根，而是审美文化的果实。"①中国文学在经历新中国成立后的政治化和工具化，"文化大革命"中的脸谱化之后，很长时间中文学工作者的文学自觉性远低于他们的国家和民族的道德责

---

① 阿诺德·豪塞尔：《艺术史的哲学》，中国社会科学出版社，1992 年版，第 230 页。

任感，到21世纪，文学湘军坚守着真诚的"审美文化"追求，他们既不像张承志、张炜等对人文精神进行激进讨论，但也拒绝"玩的就是心跳"和"躲避崇高"的虚无态度，而是始终以强烈的人文担当精神和忧患意识面对新时代、新环境下的社会思潮和时代语境，执着而坚定。如彭学明长篇叙事散文《娘》表现出来的真诚的歌哭和灵魂的忏悔，"在这个物欲权横流的时代，当我们都丢失了娘和娘的精神世界，彭学明是代表整个中国和世界在发问在寻找……找回了文学里的温暖、感动和力量，更找回了文学里的艺术、生命、生活、思想和精神"。① 罗成琰对学术批评的追求，余艳对红色文化的书写，都是极具时代性的宏大命题，而肖仁福对民间立场的坚守和对所谓仕途的救赎，等等，更体现出如卡夫卡"虫子"般"自我意识"的丧失。在时代、市场和文学主流意识及个人独创性的复杂关系中，文学湘军始终保持清醒的精神气质，以湖湘文化为依凭，把中国经验和生活内涵融为一体，真诚地展示了中国文学应有的锋芒、视野和道路选择。

二、大国崛起背景下文学湘军的贡献

只有站在世界视野下，准确把握湖湘文化、湖南作家的文学特点、价值和意义，才能对文学湘军的创作方法和价值追求进行深入剖析和理解、对其独创性做出更合理的评价、对其表现的人类和文学的基本问题做出符合实际的分析和宏阔而深入的研究，与此同时，应积极探索文学湘军创作主题、创作风格、创作诉求和作品的审美趣味，以及思想境界等所表现出来的具有时代共性的特征，从更开阔的视野中对湖南文学的问题和困境进行阐述和理解。

在全球化语境和大国崛起的背景下，秉承中国传统，立足中国经验，讲好中国故事，向世界展示一个真实、立体、全面的中国，是伟大时代赋予包括文学湘军在内的中国作家的宏大命题和崇高使命，这是中国作家和中国评论家的共同责任。因为，中国经验、中国故事及其文化软实力浓缩了13亿中国人民的汗水、心血和文化选择，是勤劳勇敢、积极进取的中国人民在纷繁

---

① 彭学明：《娘》，湖南文艺出版社，2012年版，第155页。

多变的国内国际形势下用中国智慧开辟出来的中国道路、创造出来的中国模式。中国经验和中国故事不仅仅是中国的，也不仅仅是第三世界人民所独有的，它本身内生的强大文化功能及其呈现出来的中国人日常生活的价值系统更具有人类的普遍性意义，因而也是带有典型"CHINA"血型的全球化经验和全球化故事的重要组成部分。

当前，文学湘军同全国各地作家一道，既赓续本国文化的优秀基因，又充分汲取他国文化的生命精华，高举理想主义和现实主义的旗帜，积极地为自己的土地和人民写作，自信地与广大读者分享对中国历史与现实的理解，分享中国文化的魅力和中国智慧的荣光，自觉地参与中华民族精神家园的维护和建构，努力展示中国人民对人类命运共同体的希冀和梦想。包括文学湘军在内的中国作家站在世界文学的视野下，用极其丰沛的艺术手段，精心刻画处于全球化震荡中的中国文化传统的当代命运，充分揭示当代中国人的生存痛苦、生活困境及生命焦虑等复杂情怀。作为发展中国家极其典型的故事原型，中国故事已经烙上了自己的时代名片、文化印记和独特经验，正从人类共同体的生命脐带和最为古老、最为原态的根源处流溢而出，这样的中国故事正日益洋溢着巨大能量，以及无处不在的诱惑力和生命力，它不仅赢得了中国人民的喜爱、阅读和传播，而且越来越赢得世界人民的关注、共鸣和礼赞，这不仅是文学湘军对于中国文学的贡献，更是中国文学对于世界文学的贡献。

在风云激荡和中华民族伟大复兴的大背景下，回溯历史，面对当下，文学湘军以丰厚的创作实绩为大国崛起的沧海桑田作了生动的注释，留下了深刻的时代印痕。新时期以来，社会的巨大变革和经济的快速发展为作家带来极为丰富的生活经验和创作来源的同时，也带来了一系列冲击。后现代社会的碎片化，历史虚无主义和解构大潮此起彼伏，新媒体的去中心化、眼球经济和日常生活中的犬儒之旗高高飘扬，在各领风骚三五年的历史观和价值观的多元哗变下，文学湘军同样面临着各种诱惑和冲击，创作风格呈现出十分复杂的态势，但总体上，坚持人民文学、民族精神、地域特色等大方向始终没变，这是充满智慧的道路选择，也是令人欣慰和值得尊敬的文学自觉。

三、人民文学：文学湘军的书写方向

文学湘军的创作实绩在文坛上有目共睹。文学湘军之所以取得这样的成绩，跟他们一直以来的社会责任感、文以载道的优良传统以及湖湘文化中经世致用的"政治情怀"密不可分。每个时代都有属于本时代的中心主题，每个时代的作家都有自己的道路选择。为人民服务、为社会主义服务，这是中国特色社会主义文学的本质属性，也是我们这个时代的中心主题。因此，与人民心心相印、血肉相连，文学作品应该成为广大人民群众最为欢迎的精神滋养，这是包括文学湘军在内的中国文学生命力和创造力的根本所在。以人民为中心，过去、现在和将来都是每一个心怀祖国与人民的中国作家的根本选择和坚定信念。

以人民为中心，就要深入生活、扎根人民。习近平指出："文艺创作方法有一百条、一千条，但最根本的方法是扎根人民。只有永远同人民在一起，艺术之树才能常青。"在我们脚下的大地上，中国正在经历着巨大的社会变革，中国人民正在进行着创造历史的伟大实践，广大人民群众在追求幸福生活的道路上经历着悲欢与忧乐、挫折与奋起、困惑与执着，这一切都是文学湘军的生命之源。作家应该成为伟大变革的在场者、参与者、书写者，而绝不应成为旁观者和局外人。只有像赵树理、柳青、周立波那样，走进生活深处、走到人民中间，才能深刻地体会到鲁迅先生所说的"无穷的远方，无数的人们，都与我有关"，才能深刻地认识到"我是谁"，认识到个人和创作都属于宏大的历史进程和壮阔的创造实践。只有确立了这样的视野和胸怀，才能真正体悟生活本质、吃透生活底蕴，才能和人民共同承担起对未来的责任，才能真心诚意地把人民作为文学表现的主体，把人民作为文学的鉴赏家和评判者，把为人民服务作为自己的天职。

以人民为中心，归根结底就是要热爱人民。人民不是抽象的符号，作家对时代、历史、生活和人民的体认必然是在走近一个个有血有肉、活生生的人的过程中实现的。当作家对人民的感情饱含着鲜血、泪水、汗水和温度，饱含着在共同的生活和斗争中凝成的情谊和理解，他才不仅从理性上，更是从情感上体认到与人民的血肉联系，自觉地与人民同呼吸、共命运、心连心。

所以，深入生活不仅要"身入"，更要"心入""情入"。只有这样，才能拆除"心"的围墙，才能走进人民群众的心坎。文学使人心相通，伟大的文学作品之所以成为民族精神生活的宝贵财富，正在于能够唤起人们心灵深处的深刻认同。文学湘军的成功，无论是古华、莫应丰、叶蔚林、孙健忠等人的作品，还是韩少功、残雪、王跃文等人的创作，说到底，其出发点就是以充沛的激情反映普通人和劳动者的生活，反映群众的幸福与尊严、期冀与梦想、艰难与奋斗，用现实主义精神和浪漫主义情怀观照现实，自觉地为人民抒写、为人民抒情、为人民抒怀。

美国作家威廉·福克纳在1950年接受诺贝尔文学奖的演讲中指出："人类是不朽的，这不是因为万物当中仅仅他拥有发言权，而是因为他有一个灵魂，一种有同情心、牺牲精神和忍耐力的精神。诗人、作家的责任就是书写这种精神。他们有权力升华人类的心灵，使人类回忆起过去曾经使他无比光荣的东西——勇气、荣誉、希望、自尊、同情、怜悯和牺牲，从而帮助人类生存下去。"中国文学要想更好地展现国家和民族的经验精神，就要先深入了解和表达人民身边的事情。以人民为中心进行创作，从现实社会生活中汲取经验，把握时代的律动，反映时代的变革以及人民命运的变迁，这是中国作家、特别是文学湘军始终牢记、探寻和实践的历史使命。

四、文学湘军的民族精神

很长一段时间，中国是处在资本主义全球体系边缘位置的第三世界国家，鸦片战争以后又屡遭侵略，几经战火，最后终于独立。共和国成立后又经历了一系列政治运动，给中国的经济、文化等造成的灾难是不言而喻的。直到新时期以来的改革开放，经历了数十年的发展，"巨狮终于从沉睡中醒来"，在大国崛起的路上披荆斩棘，昂首前行。从世界范围内来看，全球化浪潮汹涌，经济和科技的全球化日益加剧，而在文化方面，以发达国家为主导的西方文化给发展中国家的文化格局带来巨大影响。但同时，在现代化的刺激下，各国民族文化意识不断觉醒，在世界全球化进程日益加快的形势下，民族精神和本土文化更加凸显，呈现出全球化与多极化共存的格局。实际上，长期以来形成的民族情感和民族文化传统已经深深地熔铸在各民族人民的民族性格中，现代化的进程使得人们重新认识自我以应对现代化浪潮中的挑战，世界文化没有因为经济全球化而逐渐趋同，反而呈现更加绚丽和丰富多彩的文化景象。

随着社会的不断发展，先是电视和报纸取代了文学的部分领地，紧接着开启的互联网时代又以高昂的态势取代着传统文学的大部分阵地，文学的巅峰时代似乎已经过去。但是真正优秀的作家总能够在新的时代开拓出新的创作天地。文学湘军深深懂得，中国作为拥有五千年历史的文明古国，蕴藏着丰富而庞大的文学创作矿藏，如何拥有同大国崛起相匹配的文化价值观，是他们必须深入思考和认真探索的一个问题。全球化和现代化为中国当代作家提供了更多的可能。文学湘军见证了时代的巨变，他们在本民族文化的传统精神与多元化世界文化中广泛择取，兼收并蓄，用实际行动和创作实绩，把中国文学的独特魅力呈现于世界文学的格局中。

某种意义上，文学湘军对以古代传统文化、社会主义传统以及改革开放以来的新传统为主的中国人民的共同经验和情感体验的积极书写，是体现民族特质与命运共同体的自觉实践，他们对传统文化精神的重新发掘与阐释可以凝聚民族精神，从而　定程度上抵消现代化所带来的冲击，并且把本民族文化传递到世界其他国家。文运连着国运。包括文学湘军在内的中国作家就应该自觉承担起重新发掘和展现本土文化魅力、本民族传统精神的使命，不断弘扬民族精神，扎根于民族文化和文学传统，以开阔的胸怀，开辟中国文学广阔的道路，表达当代作家对本民族文化的坚守和对世界文化发展的关怀，唯有如此，湖南作家才能真正创造出具有世界性的文学作品，从而在全球化的时代下，对世界文学做出新的贡献。例如，沈从文对湘西纯美自然风光与淳朴人性的讴歌曾在文坛引起轰动；而韩少功早在20世纪80年代初就提出的"文化寻根"，并坚信："文学之根应深植于民族传统文化的土壤里。"在他们的影响下，文学湘军不断地展现着"楚魂"的风采，他们自觉地以人民为中心，不断发掘民族文化，重铸民族之魂，这也是文学湘军一直都是中国文坛极富特色而充满生命力的队伍之根源所在。

五、文学湘军的地域特色

文学思想家泰纳曾提出文学创作与发展的"三要素"：种族、环境、时代，他指出："作品的产生取决于时代精神和周围的风俗。"湖湘大地自古以来就是文学的沃土，钟灵毓秀的自然环境滋养出许多极具灵性的文学作品，古代传统文化的较完整保存和众多少数民族文化的共存造就了一种兼具传统性与多民族性的丰富多元的文化氛围。湖南作家的作品中大都散发着清新的湖南山乡气息，展现着一幅幅湖南山乡风俗画。相对于风云变幻的时代来说，地域文化中的自然和人文景观具有相对的持久性，因而以其为基础的文学作品也常常可以超越时代的局限，更多体现民族性和传统性，尤其在如今现代化的浪潮中，地域文化更是体现着民族文化的生命力，文学湘军中的地域文化意识是民族意识的重要组成部分。

湘楚文化有一种内在的力量："楚魂"，古有"楚虽三户，亡秦必楚"，近代有曾国藩与湘军的崛起，湖南也是近代革命的发生地。不同的历史文化孕育不同的山水气韵，赋予作家不同的情怀。不同的地域文化和文学作品的不同地域特色，归根结底是中华民族传统文化的丰富性和多元性的表现。新时期以来文学湘军的作家如孙健忠、石太瑞、蔡测海、彭学明、张心平、吴雪恼等，作品都以湘西为背景，构成了文学湘军民族作家的中坚力量。孙健忠、蔡测海、邓宏顺等人的《醉乡》《远处伐木声》和《家园万岁》《红魂灵》等体现出含蓄蕴藉、刚柔相济的风格，作品深入到湘西的精神内核。薛媛媛的《湘绣女》中红月身上所体现出的聪慧、勇敢、倔强、顽强都是典型的湘人特点。而她的多情，和对美的热爱和追求也是湖南女性的特质。薛媛媛把人物置身于历史洪流，探讨时代变迁与人物命运的变幻，反映了社会生活的方方面面。不仅如此，她还在小说中展现了大量的关于湘绣的历史、工艺、针法，让小说更具民间文化特色。王跃文的中篇小说《漫水》曾获第六届鲁迅文学奖，小说讲述了漫水村余公公、慧娘娘两家和其他村民几十年间的温情故事，人物形象都取材于乡村人民，对乡间文化、语言的描写自然而流畅，让人感受到淳朴的乡情和质朴的温暖。尤其是余公公和慧娘娘身上所体现出的乡村朴素生活下中国传统的真善美品质和为人处世的宽容理解，不仅给人带来感动，同时也让人们深深反思在当今复杂的社会利益面前什么才是真正的价值所在。

文学湘军注重在文学作品中对湖湘大地上的中国经验的书写，打造具有人民性的文学。作家通过中国经验的书写所传达出来的中国精神是中国文学的根本之所在，而这种中国经验的直接来源就是人民生活的方方面面。作家把握好时代的脉搏，通过鲜活的形象、生动的语言、丰富的情节所展现的贴近人民大众的故事，才是真正兼具艺术性和思想行动的好作品。文学湘军坚持以人民文学为创作方向，奉献给了读者众多优秀的作品。

文学湘军的审美趣味

与此同时，文学湘军还有着丰富的审美风格与趣味追求，作家作品既勾连着世界先进文化的精神血脉，又有着中国鲜明的时代印记。

残雪的作品历来因极具先锋特色而广为人知，她在《我心目中的伟大作品》一文中这样写道："作家可以从地域的体验起飞，但是绝不应该停留在地域这个表面的经验之上，有野心的作家应该有着更深更广的追求。"①残雪就是这样一位有着对"灵魂的文学"追求的作家。她的创作一直着眼于深层次的精神境界，对潜在的精神王国进行探寻。此外，她也深受莎士比亚、卡夫卡等很多国外作家的影响，借助自己的人生体验起飞，向陌生的领域不断突进，从而成中国文学界一个独具特色的存在，也吸引了世界的目光。

韩少功的作品则更多地包含传统的特色，显示着古老的东方智慧。韩少功曾提到过两种文化意识："一个是大文化，即全球意识，全局观念，整个人类文化的优秀成果都可吸收过来，充实我们自己。另一个是小文化，比如说东方文化，再细一点说是楚文化。"②这两种文化意识在他的作品中以对中国传统文化和民间文化的言说表现出来。在传统文化的书写上，韩少功在《山南水北》一书中有很多带有中国古典文化的描写与思索，比如《窗前一轴山水》就运用了诸多水墨意象与元素，在《怀旧的成本》中则体现对"青砖"这一具有古代色彩物件的情怀，同时也抒发了对现在情感的商业化、欲望化、价

---

① 残雪：《我心目中的伟大作品》，广西师范大学出版社，2007 年版，第 122 页。
② 林伟平：《文学和人格——访作家韩少功》，《上海文学》，1986 年第 11 期。

值化的批判。除了对乡村自然生活方式的喜爱之外，书中还透露着对民间生活智慧的赞赏。如《每步见药》中，作者对用乡间草药解决了来势汹汹的"背花"之痛感触颇深，《青龙偃月刀》中对乡间老剃匠剃头功夫行云流水的描写中饱含赞叹。而长篇小说《日夜书》则以知青年代为背景，关注青年知识分子、工人、个体户乃至官员，描绘了一代知青的群像和命运。作品讲述"50后"从知青年代到转型时期的人生轨迹和恩怨纠葛，折射出人性的光辉和时代的变迁。通过人物各自的人生轨迹和命运之间的交集，聚焦于性格、情感及价值观的冲突，栩栩如生地刻画了"后知青"官员、工人、民营企业家、艺术家、流亡者等各种人物形象，用他们各自的一生回答了时代的精神之问。

　　总之，文艺的繁荣、文化的兴盛、文明的前进离不开点点滴滴的积累与创造，文学创作则记录着在此过程中中华民族的魅力与智慧，这也是中华文化得以代代承袭的重要保障。人民的文学需要人民的作家，人民的作家需要人民的文学。文学湘军置身其中，与人民同呼吸，共命运，把人民的梦想、痛苦，乃至身上的泥味、汗味和油烟味真实而丰富地呈现出来，这是时代的选择，更是文学湘军的选择。

第五章 语境的漂移

　　优秀的文学作品从来不是人云亦云的跟随与盲从，而是基于内心对人性、社会微妙动向的深刻洞察，它嗅到了未来的气息、隐形的挑战、潜在的危机，或者阴云密布背后的亮色，与社会、时代、文化语境产生了明显裂痕。莫应丰的《将军吟》与同时期其他反思文学有着明显的分别。其中最重要的就是莫应丰作品中的正派人物没有同时期作品那样鲜明而直接，而是在坦荡中带着焦灼，坚定中带着紧张。从这个意义上说，莫应丰的小说人物并不是简单的写实，也不是现代主义的小说人物，而是带有变异的写实色彩。"文化大革命"及其体制对人形成了强制作用，人们在不可捉摸的斗争氛围中焦灼、紧张。莫应丰抓住了这种情绪，使作品在写实之外带上了些许的现代性色彩。面对社会现象和矛盾，莫应丰从未想过隔靴搔痒和避重就轻，而是勇敢地向前一步发出自己的声音，以艺术的方式刺破读者灵魂的糖衣，承担应有的担当与责任，用笔为正义鼓与呼，用声音为历史、为时代刻下宝贵的痕迹。

　　西方关于中国文化的自在预想集中体现在歌剧《图兰朵》上。20世纪20年代，意大利剧作家普契尼创作了歌剧《图兰朵》，讲一个中国公主招亲的故事。《图兰朵》中有许多对中国文化元素的呈现，如《茉莉花》的旋律、剧本里的中国文化因子，等等，体现了中国色彩。但由于中西方文化交流的不畅通、剧作家本人民族文化视野的遮蔽和西方社会对中国社会的曲解等原因，《图兰朵》中存在着许多对中国文化的误读现象，深入解剖本案例，对于跨文化交流中如何减少文化误读具有较强的针对性，对如何塑造中国的正面形象也有着很强的现实意义。

"境界"作为中国传统艺术的重要范畴，贯穿于整个中国艺术演进史，并在漫长的历史发展和变化中焕发强大的艺术生命力。在中西文化不断交融、社会思潮不断涌现的今天，中国传统艺术境界的表达已不能满足现代社会的需要。伴随着经济崛起和文化输出的现实需求，中国优秀文化艺术应站在世界视野下进行现代性转换，用新的手法、新的内容、新的形式，向世界贡献中国智慧、中国道路，彰显中国文化艺术的独特魅力，以更好地为世界命运共同体服务。

通过往下，找到向上的通道，开拓广博的文学图景和疆域，是小说旨趣的重要通道。何顿的《幸福街》记录从 20 世纪 50 年代到 21 世纪以来前后 60 余年的时代群像，旨在"为卑微者立言"，透过细致与客观的观察，观照底层群体。文本对人物心理、情感、欲望前后连贯的微妙把握，体现了作家对人性普遍复杂性所理解的广度与深度，把带有独特地域文化色彩的个体纳入时代集体洪流之中，成为中国经验体系里标本般的存在。何顿以平凡人富于活力的灵魂动影，承载特定时代背景下的深刻命题，进入底层人物的内心世界，感受他们的悲伤离合，重拾那些被人们习以为常的社会生活，这些无疑是何顿小说的属性。《幸福街》直奔小说使命而去，试图找到上与下之间的秩序与平衡。

上与下的关系若即若离，还是互为张力；是有上无下，还是有下无上，成为考验一个作家的重要尺度。也就是说，上与下的难度，就是作家的难度。很多作家在宏大叙述里无法自拔，只有粗线条、大轮廓、远背景，却没有细致入微的刻画、入乎其里的描摹、直击灵魂的悲悯。相反，有些作家却沉迷于生活中的琐碎细节，让读者由浴缸联想到性，却不能再进一步上升到人性；让小人物在无休止的争斗中显现人性的恶，却未投以生命观照。上与下，大与小，远与近，构成了微妙的张力关系。

一个时代的作家有一个时代的使命，顺应时代潮流，合乎时代命意，从具体的语境中让灵魂面对人性的炙烤，成为这些作家的共性特点。他们总能从时代洪流里找到自己的独立姿态，从低于主流生活水平线的艰涩中感知善良的温暖，从人文精神的历程中找到和谐社会的支撑，从西方文化对中国文化的误读中看到发展的方向，从世界文化的背景下审视中国传统文化的力量。

远近：时代洪流里的独立姿态

表面看来，在新媒体的助力下，21世纪以来的文学创作量更大，表现的领域更加宽广，形式更加多样，但是这种刺激和热闹对人们思想的影响和灵魂的震颤却远没有20世纪八九十年代那么强烈。一个似乎不言而喻的事实是，在社会分工日益明晰的当下，作家却越来越难以成为一种职业，流量才是关键词，作品的发售量、在线的点击率、再版的次数才是衡量作家影响力的标志。在这样严峻的事实面前，作家要思考的问题是：今天怎样安身立命？或者应该把问题限定得更清楚：作家应该以什么样的姿态立在当下？一切都带着社会转型期的色彩，也有民族复兴过程中的身份转换和角色重设带来的"混杂"与"喧哗"。经历了20余年的犹疑、徘徊、探索之后，作家们突然发现，很多思考并没有随着时间的流逝而升华。

带着这样的困惑，我再次走进了莫应丰的文学世界。作为首届茅盾文学奖得主和有着巨大影响力的作家，他对中国当代文学重建的巨大贡献是有目共睹的，他在思想领域的突破和艺术创作上的不断探索至今仍然带给我们多方面的启示和思考，他在历史关节点上的担当精神迄今依然是作家最为稀缺的可贵精神品质。他的《将军吟》在1980年获全国首届茅盾文学奖；1984年后，他致力于探索"人性"的奥秘，写出了亦真亦幻的《桃源梦》、中短篇小说《山高林密处》《驼背的竹乡》《死河的奇迹》《黑洞》《重围》等，都产生了较大影响。

一、差别：历史情境中的变异写实

20世纪80年代初的中国文学最大的独特性在于，它带着一个与生俱来的紧张/狂欢情绪和精神创伤。任何一个作家都必须有足够的心理承受力和勇气去承担这种情绪的影响。一方面，"文革"结束以后，中国作家依然在争斗和纷乱的革命氛围中无法自拔；另一方面，在挣脱了恐惧之后，作家们开始深度思考乱象背后的原因，以轻盈的姿态畅想未来的光明，正是在这样的背景下，莫应丰写出了《将军吟》，这也是我们研究莫应丰的前提所在。

关于精神创伤的表达，莫应丰的《将军吟》可以看作是经典文本。这篇1980 年发表的长篇小说细腻传达了空军司令员彭其在"文革"中受到的迫害，写出了正直军人在暴虐淫威下的特有体验。然而，细细体味我们不难发现，作品与其他反思文学有着明显的分别。其中最重要的就是莫应丰作品中的正派人物没有同时期作品那样鲜明而直接，而是在坦荡中带着焦灼，坚定中带着紧张。从这个意义上说，莫应丰的小说人物并不是简单的写实，也不是现代主义的小说人物，而是带有变异的写实色彩。具体地说，"文化大革命"及其体制对人形成了强制作用，人们在不可捉摸的斗争氛围中焦灼、紧张，这高度类似于现代社会的情绪。尽管背景不同，原因迥异，两者呈现出了类似的情绪，莫应丰抓住了这种情绪，使作品在写实之外带上了些许的现代性色彩。

马尔库塞指出，在现代社会，社会对于人的压制"完全不同于以前的作为不怎么发达的社会阶段之特点的那种压制，比以前大得无法估量，这意味着社会对人的统治范围也大得无法估量"，它的特点是"依靠技术而不是依靠恐怖来征服离心的社会力量"（马尔库塞：《单向度的人》，上海译文出版社，2014 年版）。"文革"则正好相反，它依靠恐怖而不是技术来征服社会力量。也就是说，"文革"期间，人的异化是非常态氛围下人性堕落的集体爆发，多数人都参与其中，如同空气和呼吸一样正常，造反和批斗竟然成为公众的必然。社会强加于人的是一种无法逃避的专制，批斗你的人不是站在对面的阶级敌人，而是你的亲人、朋友和同事，这种无所不在的恐怖让人透不过气来。彭其对人们说："要是有人在背后唆使一声，你们肯定会来斗的，驾飞机，戴高帽，叩头，把这个老头子整死他算了！反正也活不了几年了……唉！……"面对失去理性的人群，彭其们也会显示出无奈和无助。

狂躁的氛围尽最大的力量逼迫你承认自己与生俱来的原罪，也正是因为这样，作家借彭其之口正话反说，自嘲道："他是那样的可恨，不识时务，不辨潮流，自以为是，与新的革命风暴抗争。谁能使他清醒而免遭厄运？他愚蠢地坚持着自己的耿直、光明。"与西方现代社会的经济压迫不同，"文革"有着一定的群众基础且更加狂热，究其原因还在于，它以乌托邦的虚无想象替代现实生活中的既有秩序，让人们更加残酷而泯灭人性，因而它对人的伤害也就更深重。莫应丰经历过这些，作为文学对象相应地也就引发了他作品的战斗性。所谓战斗性是说，莫应丰作品中的批判是自觉的、直接的。同样是面对异己而强大的迫害力量，《将军吟》中受难而不屈服的"彭其们"与卡夫卡的《城堡》和《审判》中丧失了意志与愿望，也即丧失了自我的人物形成了根本的差异。

莫应丰始终把推动文明进步作为自己写作的使命。这使莫应丰的思想往往比一般作家有更高的视点、更宽的视野和对历史现实的更深沉的进入。对于当代文学来说，工具性是一个很难回避的尴尬命题，也是作家切入时代、获取资历的基本方式。当代文学的工具性，很重要的方面就表现在它的功利性和指向性上。很多作家甚至从不讳言其中的原因，"文章乃经国之大业，不朽之盛事"是根深蒂固的思想，契合了作家名与利的明确诉求。但是很多作品根本谈不上"经国之大业"，更不求"不朽之盛事"，可能只是在市场和权力的盛宴里讨巧，以此攫取利益。莫应丰小说思想和艺术的独立性更表现在他的创作目的性上。他从未把时代洪流作为写作风格必然的榜样，如把当时流行的正/反矛盾冲突模式都处理得丝丝入扣，没有留下概念化的痕迹。尽管20世纪80年代初文学创作背景有其特殊性，莫应丰也从来不把他的创作限定在工具性上。

二、独立：迥异于时代的写作姿态

莫应丰独立的思想体现在他敢于面对血淋淋的历史、敢于坚持写作信仰的勇气。人们应该不会忘记，20世纪80年代之前，从"文革"的阴鸷、暴虐的氛围里走出来是多么不易。在很多人还在被"文革"固化的狭小容器里锁死了姿势时，莫应丰的眼光就已经进入了反思和批评之中。因而，当时代的光明出现在眼前，莫应丰并不认为过去的历史应该被尘封、忌口，也不想做个老好人，不给尚未愈合的伤口上撒盐、不去提醒结痂的疤痕，这些无疑都与莫应丰的写作信条背道而驰。因而当"文革"结束时，莫应丰没有选择刻意遗忘，而是反思其中的深层原因。在他看来，遗忘历史就意味着背叛。这就是在"文革"结束之后，很多作家把笔触伸向市井和远方时，莫应丰以艺术的方式发出了自己的声音。

我们回过头来看莫应丰的《将军吟》，他不仅对"文化大革命"进行了旗帜鲜明的反对和批判，而且对持有独立思想的空军新编第四军团司令员彭其表示了赞赏和认同。正是思想，独立的思想，使莫应丰敏锐地抓住了时代的需要，在文学史上写下了浓墨重彩的一笔。

莫应丰作品思想的独立性还表现在他的艺术表达方法上。刚刚结束"文革"的文坛，很多作家对人物的塑造依然停留在形象脸谱化、性格单维度的层次上，缺少纵深和多面性。莫应丰的人物多是圆形的。他把人物放在错综复杂的矛盾冲突中表现其性格特点，并在跌宕起伏的情节里展现其多面性。如彭其，作为司令员，工作认真，具有强大的感召力；"文革"开始后，被批斗时，没有消沉，而是以更高的境界和视野看待这场浩劫，试图以自己的努力改变错误的路线，对造反派一笑置之，对批斗会置之不理，这是一种无声的蔑视；在对待女儿的感情问题上，正视女儿湘湘和赵大明之间的感情，不以自己的好恶作为女儿感情取舍的依据。在斗争中，"他站起来，在老战友的办公室里走来走去，走来走去，也像早年思考作战方案一样，但心情已经完全两样了！他突然快走，好像在急急赶路似的。"在这里，彭其不再是高大上的扁平人物：指点江山，万丈豪情，大手一挥，无所不能，而是也会充满矛盾、彷徨和不安。

文坛时常出现用其他文体的特点来要求小说创作的现象，削弱小说创作的艺术独有性和鲜明性。毫无疑问，其实小说创作有其自身的特点和规律，企图用散文和诗歌的特点去要求小说的努力注定是吃力不讨好的。比如写人物，散文写人物大多感情真挚、性格单一，人物作为作者感情和思想的注脚出现在作品里。小说则不同，它的人物要立起来，能自己说话，是一个活生生的人。甚至可以说，小说人物的语言和行为要更具张力和戏剧性，他/她可以一边是天使，一边是魔鬼；也可以既是天使，又是魔鬼，从这个意义上说，小说的本质就是虚构，散文的真实性怎么去规约小说呢？

三、隐喻：狂热情绪里的乌合之众

莫应丰在《难与人言的故事》里面写到吃猴脑，作家并没有把这个颇具环保色彩的主题指向人性的残忍，而是处理成了人性劣根的隐喻。一笼猴子，食客去点，手指一指，不等厨师去抓，其他猴子早已把被指的猴子高高举起。主人公见此情景，颇为感慨，叹息一声，放弃了那道菜。彼时，"文革"刚过，不同的种类，相似的场景，作品带给读者无限的思考。从远古的类人猿到今天的人类，进化的年轮已经迭起了几十万的褶子，层层叠叠的历史记忆让人们以为自己已经文明得今非昔比，而实际上，猴子和人类竟然在种群的根性上一脉相传，怎不让人唏嘘不已，惭愧汗颜！

莫应丰在《将军吟》中运用的象征比比皆是，例如："窗外是阳台，阳台上放着一盆金橘。海风使院里的大树摇晃得相当厉害，而金橘小树不受大的影响。在寒风中没有一棵大树能够结果的，倒是这小金橘树独能果实盈枝。"在这里，小说中的"寒风"既是象征，更是隐喻，"文革"这场至寒至冷的凛冽歪风持续刮了十年，很多知识分子和国家精英在这场浩劫中不幸罹难，但是小金橘却能果实盈枝，这是寒风中的一抹亮色。彭其心里有阳光，时代的阳光也必将冲破乌云。

象征和比喻的大量运用使莫应丰的文本中形成了一个内涵和意蕴深广的隐喻系统。在哈罗德·布鲁姆看来，"文学不仅仅是语言，它还是进行比喻的意志，是对尼采曾定义为'渴望与众不同'的隐喻的追求，是对流布四方的企望。我认为主要是要与作家继承的前人作品中的形象和隐喻有所不同"（哈罗德·布鲁姆：《西方正典》，译林出版社，2011 年版）。

《将军吟》在彭湘湘和赵大明的歌声中开始，以彭其坐上飞机去见周总理结尾，这种情绪和氛围既是时代的最好注脚，更是中国文化"大团圆"式结局的再现。不同的是，这种结局是开放式的，坐飞机去见总理，无疑是彭其斗争的最好支持，但当时正是"文革"的第三年，放在"文革"的整体时段里，应该说还没有达到高潮，更多的苦痛和艰难在前方，毫无疑问，历史光明在阴霾的时代氛围里显得苍白无力。突出重围需要勇气、无畏和信仰，其中有反抗、咆哮、泪水、屈辱、折磨……开放式的结尾给读者留下了"雪上空留马行处"式的无限想象。十年"文革"，莫应丰只写了三年，三年只是这场浩劫的初期阶段，后面还有七年的残酷斗争在等着他。这种结局与同是湖南作家的沈从文的《边城》有异曲同工之理，"也许那个人永远不会回来，也许他明天就会回来。"这显然与莫应丰的作家职责观有着内在的联系，他说，"我在思考一个严肃的问题，就是作家的职责到底是什么。作家对于时代，应该是一面镜子；作家对于读者，应该是一个良友；作家对于妖孽，应该是一把尖刀；作家对于明天，应该是一只雄鸡。"作家以《将军吟》实现了"镜子""良友""尖刀"的职责。莫应丰英年早逝，在创作生命最为鼎盛的时期戛然而止，但今天看来，他的创作依然是文坛的镜子、读者的良友、社会的尖刀。

　　面对社会现象和矛盾，莫应丰从未想过隔靴搔痒，避重就轻，而是勇敢地向前一步发出自己的声音，以艺术的方式刺破读者灵魂的糖衣，承担应有的担当与责任，用笔为正义鼓与呼，用声音为历史、为时代刻下宝贵的痕迹。从这个意义上说，社会纷繁复杂、矛盾错综多样从来都不应该成为作家躲避责任的借口！

左右：人文精神的隐现与和谐社会的深化

　　由于历史积淀、民族心理和文化背景不同，中西人文精神的价值旨归差异显著。现代人文精神是一种自由的人文精神，它摒弃了几千年来封建社会对个人价值的漠视，把人看作宇宙间最高价值的生命体，肯定人存在于这个世界上独一无二的责任和意义，强调人实现自己人生价值的权利。随着时代发展，人文精神逐渐成为和谐社会的重要精神资源。

一、中西人文精神之差异

　　Humanism 人文精神一词源自西方。狭义上的人文精神是指欧洲文艺复兴时期的一种思潮，广义则是指由西方哲学培育出来的欧洲精神文化传统，它主要由三个方面的元素构成：第一个元素是人性，即对人的尊重，强调人的尊严；第二个元素是理性，即对真理的追求与为科学而献身的自觉意识；第三个元素是超越性，是对生命意义的追求。

人生追求的不仅仅是三餐温饱，还应该追求更为崇高的意义。在追求意义的过程中，人文精神能为自己的思想、行为树立一个道德法则及其目标，以此来约束并激励自己，从而不仅使自己能够"诗意地栖居在大地上"，而且使人生充实而有意义。

西方人文精神以哲学为基石，如康德的知识论。中国在这方面更偏重方法论，宋明哲学隐含的知识论也只是知与行的关系问题，更多的是个人的智与德的情感诉求，而不是宇宙的普遍真理。因此，西方人对于宇宙的追问、对人为什么来到世界上、如何使个人的生命过得有意义这类大命题有着持久的热情；而中国人关注的大多是个人与社会、个人与民族、个人与国家、个人内心世界的满足等。苏格拉底为哲学真理慨然赴难，布鲁诺为了科学真理而献身，被教会判处死刑，最终烧死在罗马的鲜花广场上。中国讲究时势造英雄，多是为了社会集团的利益和理想而牺牲的仁人志士，从文天祥、谭嗣同到刘胡兰等皆是如此。

换句话说，西方知识分子孜孜以求于世界到底是什么，希望描绘一幅生动完整的理想图景，这样的图景不是局限于一国一家，而是带有普适性的价值。从思想实质上看，可以把这种对于宇宙了解的渴望称之为宇宙宗教情感，如爱因斯坦。他认为大科学家都会怀着一种梦想，一种对世界做出完整描述的个人梦想或冲动，以此支撑他们在实验室里度过日日夜夜，这恰恰是人文价值中的科学精神。中国知识分子的价值追求主要体现在"天人合一"的情感向往和"修身、齐家、治国、平天下"的精神诉求，前者是个人与环境的问题，后者是个人与社会的问题，两者都不是对世界、对宇宙的溯源。中国人所讲的"天下"并不是指宇宙，而是指国家，是"天子脚下"的区域。

西方知识分子痴迷于为生命寻找归宿、支撑和意义，这是他们在人文精神超越性方面最积极的表现。这种超越性在中国知识分子身上更多地表现为社会责任感，这种责任感的精神实际上是个人的社会上角色定位，同时作为个体存在的人总是试图扮演时代英雄或精英角色。20世纪90年代以后，中国知识分子的英雄定位或精英角色越来越被世俗化，这些都使他们产生了深深的失落感。

二、人文精神与儒家文化

人文精神可以分为不同层次。不同的语境、不同的知识背景、不同的时代，不同的述说主体有着不同的人文精神。边缘知识分子的人文精神与主流话语的人文精神内涵不同。普通百姓的人文精神内容可能就是吃饱、喝足和生儿育女、平平安安这些最基本的生存状态的满足。人性，即对人的尊重，对人获得尊严充满敬意。那么，如何做才能算是对人的尊重，怎样才能获得人所应有的尊严？对统治者而言，人文精神就是政局稳定，稳定压倒一切。现代人文精神至少可以分为两种，一种是以个人为主，追求个体解放的人文精神，这是西方主流话语。另一种是以集体主义、爱国主义为主，鼓励民众为领袖献身、为国家作牺牲自我的人文精神。西方也有集体主义为核心的人文精神的张扬，国难当头时，他们就以集体主义的人文精神作为凝聚力，张扬民族的宏大话语，分担国家主流话语所承受的精神压力。中国也有个体主义人文精神张扬的时代，如五四时代追求的民主、自由和个性解放，郭沫若的《天狗》《女神》等就受到了尼采、叔本华等思想的影响。

梳理中国人文精神所走过的道路是值得的。先秦和诸子百家时代的人文精神隶属于个体主义的范畴，一直到战国、隋唐五代和魏晋风度，男人可以纳妾，这种个人主义不是基于大众利益，而是少数人独有的特权，往往建立在牺牲受宰制者的基础之上，即把个人的幸福建立在别人的痛苦之上。这样的个人主义不是真正意义上的人文精神，只是异化的个人主义。

自唐代至清代，个人主义一直是知识分子追求的重点。彼时，人们讲究天人合一，隶属于儒家思想中忠君爱国的范畴。在整个话语层面上有集体主义的萌芽，但是个人主义的人文精神仍然十分强大。苏轼赠奴时还请别人关照就是最好的例证。一方面，奴隶失去自由，被人当作礼品赠送；另一方面，赠送者要希望接受者对被送的奴隶给予关怀，表现出一种人文温情。在封建王朝时代，中国民众的人文精神跟现代西方人所追求的天赋人权的个人式的人文精神是很相似的，集体主义并不盛行。但是，为什么到了五四时代，知识分子还高唱要追求个人主义呢？那是因为一直以来天人合一的"天"指的就是"皇帝"，爱国的同义词就是忠君。这是强调人人平等的五四运动先知者们所不愿意看到和忍受的。他们要摆脱的与其说是集体主义，不如说是以皇权为主导的封建的意识形态。

新时期以来的人文精神是一种健康、积极向上的人文精神，但主流话语与民间话语分野仍然存在，话语的主宰者关注的仍然是和谐统一，是注入了许多合理因素的基础上所坚持下来的人文精神，这种人文精神合乎先进思想，既有五千年文明"以和为贵"的"中庸精神"，又有西方的自由精神的因子，因而这种以新集体主义为代表的人文精神是一种先进的、可以为全世界所通用的积极进取的精神。以美国为代表的、以蔚蓝色基督文明为符号的西方国家在后现代语境下所产生的困惑恰恰可以在中国这里找到解决之道。新的形势下，构建和谐社会是实现人文精神与技术理性内在统一的有效手段。

由于数千年儒家文化的影响，汉民族有着强烈的同化力和精神生殖力——李泽厚称之为"活着的汉文化心理结构"。[①] 儒家文化讲求一个"变"字，所谓"变则通，通则久"。其次，中国人的民族认同感十分强烈，这与汉文化心理结构追求的"求同存异"和"有容乃大"有关。第三，汉语作为中国人的母语是世界上人口使用最多的语种，具有超稳定的精神态势，这是第三世界任何其他国家都不具备的。在文学上的意义尤其重要。前殖民地国家的"身份危机"和"文化危机"说到底都是跟语言的被杂交、被分裂和被同化有关。

三、新历史时期的人文精神

在新的历史时期下，由于中国知识分子的启蒙心态已无法与他们已经内化的、作为判断标准的"儒学"价值体系相抗衡；而他们对启蒙的误解——仅把它当作达到富强的手段，以及坚持救国就必须否定儒家人文主义的激进心态更加重了思想和精神的混乱。当他们自己的"儒家价值系统"受到现实打压，而他们想要输入的"启蒙价值系统"仅仅被当作富强的工具理性时，既无法汲取自己文化中原有的内在精神，又不能深入地得到西方文化的外在资

[①] 李泽厚：《新儒学的隔世回响》，《天涯》，1996 年 2 期；李泽厚《世纪新梦》，安徽文艺出版社，1998 年版，第 51 页。

源。这种尴尬处境就形成了杜维明所说的中国作家、知识分子的困境所在。①
由于社会制度本身的矛盾、冲突，个体对于独特个性的天然追求，以及国家
权力对"人民记忆"的影响和控制日益乏力，使得这个单向度、近乎封闭的
"成长体系"常常引发"灾难性高潮"。

从"社会外因"看，数千年儒汉文化的心理积淀，使作家们视"立言"为
"不朽之盛事"，习惯于在"学而优则仕"到"写而优则官"的名利场中实现自
己的人生价值——通过"启蒙"输出自己的知识获得一种"学以致用"的虚荣
心的满足；通过"代言"传递自己"经国治邦"的宏大理念，从民众回报的尊敬
和社会给予的实惠里获得一种"天生我材必有用"的英雄自期心理。因此，中
国知识分子与主流意识形态的复杂关系，为中国新时期文学在第三世界文学
疆域中获得一枚具有"中国特色"的文化商标提供了丰富的心理资源。

赖希把弗洛伊德的学说和马克思主义联系起来研究，认为政治和性压抑
是一个问题的两个方面，二者的结合恰恰为法西斯主义起到了铺路石式的作
用。他还敏锐地看到了"'群众心理土壤'是形成法西斯主义的原始力量"，
并进而提出"权威性格"学说——它是由千百年来专制体制的压迫和束缚在
民众心理深层积淀而成，其主要原因是底层人物对权威的崇拜依附与他们对
权威的造反意识相互交织而出现的"硬扭"。换言之，权威人物的长期压迫，
不仅加重了大众集体潜意识中根深蒂固的屈从心理，而且造就了他们内心受
虐/施虐的一体互动，即专制权威的受虐者同时又强烈地渴望成为专制权威
的体现者和施虐者。② 萨伊德等人的"后殖民主义"和福柯、巴赫金、克里丝
蒂娃等人的"后结构主义"(包括女权主义学说)等成为"后现代主义"的重要
组成部分。如果说，前现代是"神"的时代——"一切都是上天安排"，现代是
"人"的时代——"上帝死了，人还活着"；那么，后现代则是"符号"的时

① 彭文逸：《儒家——一个无头文化》，香港《九十年代》，1994 年 8 期，第 89 页。
② Reich, Wilhelm, The Mass Psychology of Fascism. (the third edition, 1942). (trans.) by Mary Boyd Higgins. New York; The Noonday Press, twelfth printing, 1998.

代——"人也死了，谁还活着"，此时的人活得更像一个符号了。① 日本批评家酒井直树指出："前现代-现代-后现代的序列暗示了一种时间顺序，我们必须记住，这个秩序从来都是同现代世界的地缘政治构造结合在一起的。"② 但是，这个时间序列在利奥塔看来，不过是一种"语言游戏"。因为，他指陈的"后现代社会"已经不是"牛顿似的人类学的领地"，而是一种"语言成分的语用学的领地。"此时，任何宏大叙述（grand narrative）都失去了可信性，叙述的功能"丧失了它的伟大英雄、伟大历险、伟大行程和伟大目标，一切都散落到一大堆语言游戏的多种成分中"。③ ——20 世纪 90 年代的中国文学就笼罩在"后现代"的阴影下。

与利奥塔消除中心、拼贴历史和解构元话语形成呼应："后现代"帮助杰姆逊把当今"文化产品"和"社会制度""协调性地联系起来"，作为一种晚近资本主义制度的"认识测图"④，"后"字在杰姆逊的文化批评意义上至少有两层意义：一是时间上的先后；二是后现代在质和量的对比上与现代性是有冲突的，是不同的，甚至是对抗性的⑤，即：现代性遗留给我们的是它的不完整和部分的完成，是反映这一历史情境的一整套问题和答案；而后现代性则是一种在更为完整的现代化条件下获得的东西。

西方话语体系对中国新时期文学的影响，与中国知识分子追求繁荣富强的现代化中国同步进行。尽管各个阶段的特色不一样，但总的来说，中国知识分子对西方话语的态度是批判性地借鉴、吸收和发展，特别是在新的历史条件下，随着中国国力的增强、百姓生活的富裕，自我"主体性"的要求越来越高，对西方话语的反省、审视和批判也就越来越多。作家、知识分子意识

---

① 信春鹰：《后现代法学的几个问题》，北大法律信息网：www. article. chinalawinfo. com/article，上网日期：2002 年 12 月 28 日。

② 酒井直树（Naoki Sakai）：《现代性与其批判：普遍主义与特殊主义的问题》，白培德译，《台湾社会研究季刊》，1998 年 6 月号。

③ （法）让·弗朗索斯·利奥塔：《后现代的条件》，武波译，《天涯》，1997 年 1 期。

④ Fredric Jameson：Post-modernism, or, the Cultural Logic of Late Capitalism, Durham：Duke University Press, 1991, Page xiii and xiv。

⑤ 李欧梵：《当代中国文化的现代性和后现代性》，《文学评论》，1999 年第 5 期。

到："中国后现代"的基本问题是：当代中国不但被视为世界"后现代"历史阶段及其文化的消费者，而且也被视为这种边界和内涵都不确定的历史变动的参与者和新的社会文化形态的生产者。中国文坛和文学理论界谈论"后现代"不是为了满足这套理论话语的内在欲望，而是要对当下中国社会文化做出有效的分析，对自己所处的历史空间进行反思和批判①，也就是刘康所说的，"以理论的普遍性话语来透视中国文化的转型期问题，并且反过来再以中国的实践诘问理论的普遍有效性和合理性"。②

四、人文精神与中国文学

由于政治、经济和文化传统的多重影响，中国新时期文学走过了一条极不平凡的曲折之路。殊为可贵的是，创作群体（作家和文学评论家，进而延伸到广大知识分子）在对西方话语体系学习和借鉴时，尽管急躁、狂热，但总是能够及时发现并纠正，同时注意结合文化母土的具体语境，对"输入"的理论进行修正、扩充和丰富。例如，西方启蒙话语的最大弊病是社会解体，即人与人的关系、人与社会的关系，家庭、社群和国家等的撕裂以及伦理价值崩溃、没有整合社会的润滑剂等。③ 中国知识界在借鉴西方启蒙话语时，看到了其中的"弊病"④，并自觉地运用中华传统文化中的"和谐精神"进行修补，突出民族主义的"整合力"——中国新时期的"寻根文学"是其中的代表；但当民族主义或爱国主义被推向极端而成为极权主义的权力工具时，中国知识界又反过来用西方的民主、自由和个性主义对民众进行"启蒙"——20世

---

① 参见 Arif Dirlik and Zhang Xudong, （ed.） Postmodernism and China, Durham and Lodon：Duke Univerity Press, 2000.

② 刘康：《后冷战时代的"冷思维"》，《中国与世界》，1998 年 3 期；刘康：《对话的喧声》，中国人民大学出版社，1995 年版；刘康：《全球化"悖论"与现代性"歧途"》，《读书》，1995 年 7 期。

③ 杜维明：《现代精神与儒家传统》，三联书店，1997 年版，第 112 页。

④ 西方人自己由于自大也许看不到这一点。张旭东就认为，西方中心论的"弊病"在于，它对第三世界文化中的多样性和能力极不敏感，并导致其对西方文化本身的多样性和能力感觉迟钝。参见 Arif Dirlik and Zhang Xudong, （ed.） Postmodernism and China, Durham and Lodon：Duke Univerity Press, 2000.

纪 80 年代的"先锋小说"和 20 世纪 90 年代的"人文精神大讨论"以及随后的"新生代"文学就是很好的例子,使西方话语既"为我所用",充实本土的理性资源;又取长补短,丰富西方话语本身,也使得第一世界对中国民族特殊的精神品格有了更多的理解和尊重,及其"借鉴"和"吸收"。例如赵毅衡认为,20 世纪西方思想的主题,是现代性:先是推进深化现代性,后有反思批判现代性,最后试图代之以后现代性。有趣的是,每一步起关键性作用的文化人都"借鉴"了中国文化——当然是"外行地"借鉴。世纪初在各个文化领域中推进现代意识的人,哲学家如罗素、杜威,文学理论家如瑞恰慈、燕卜森,政治学家如狄金森,美学家如傅莱,诗人如庞德、罗厄尔,都对中国文化给予令人感动的赞美,而且认为中国古代哲学、诗学、美学,具有"惊人的现代意识"。一次大战之后,西方文化界的主流对现代性做反思批判,中国文化的某些方面,成为他们批判现代性的重要依据。最早是一批人道主义作家,如托尔斯泰、罗曼·罗兰、毛姆,以中国文化的受辱,抨击现代性与殖民主义之间的伦理矛盾;20 世纪二三十年代,马尔罗、斯沫德莱、休斯、伊文思等作家艺术家,则进而寄希望于东方革命;奥尼尔、杰弗斯,以及 20 世纪 50 年代出现的"垮掉派"诗人作家,希望在道、佛的清虚无为中找到对西方"过分的浮士德精神"的平衡;布莱希特、梅耶霍夫、阿尔陶等人推进的实验戏剧运动,则以中国戏曲为理想舞台,借以形成对意识形态的批判。西方思想界从 20 世纪 60 年代后期,出现剧烈变化。

这种"借鉴"和"吸收"往往显得吊诡和痛苦,原因在于:中国作家的文本创作往往包含个人"小我"与民族"大我"的双重叙事,国家的经历和个人的生活相互交织、重叠,文本的主题、人物、声音和呼吸总是带着教化(启蒙)式的道德底蕴,有着传统文化中"文以载道"的救世情结,但不同时期的这个寓言有着不同的经验显现,并总是与母土文化的具体语境相联系;即便是同一时期的各个作家、甚至同一个作家在不同的阶段在怎样表现这个民族寓言时,都有着不同的审美追求和个人诉求。比方,鲁迅先生的《狂人日记》和《祝福》等反映的是国破家亡的民族痛苦历史的缩影,批判的是封建主义的专制窒息"人"的呼吸、造成"人"心灵的扭曲,呼喊和张扬的是个性的解放和生存的自由。鲁迅先生表达的这个寓言与中国新时期文学的民族寓言有着显著的不同，因为，鲁迅先生所处的时代，"前现代文化"遗留下来的成分较多，而后现代还没有进入到他的视野，故此，鲁迅先生的寓言即使是对新时期文学、特别"伤痕文学"的某些作家如刘心武、卢新华等有启发，但他们在重写这个民族寓言时，也有了显然不同的时代内容——《伤痕》表达的是"文革"十年给全国人民心灵造成的伤痕，揭露的是一种政治暴行；同时，《祝福》与20世纪50年代的《青春之歌》也有着完全不同的民族寄寓。即便是跟鲁迅先生处于同一时代的郁达夫、柔石等人，后者在抒写这个寓言(如《沉沦》和《为奴隶的母亲》)时也有着截然不同的个人追求；就连鲁迅先生自己，《伤逝》《在酒楼上》与他的《阿Q正传》的精神指归都完全不同；更不用提以施蛰存为代表、在当时名重一时的"现代派"作家的作品了。纵使在"文学荒芜"之称的"文革"时期，小说《创业史》《红旗谱》《金光大道》和《艳阳天》等以及所谓的"样板戏"中，都无不笼罩着现代性的思维模式，如：目的论的历史观和世界观、线形发展的时间观念、新与旧的二元对立，以及与此相关的关于新时代、新社会、新人、新文学等民族的"神话寓言"，这类品质独特的"寓言"正是由中国这个文化母国的特殊语境决定的。

20世纪90年代是文化解蔽的时代，在"众声喧哗"中主要有三种话语，分别是消费导向的大众文化话语、体制话语和知识分子话语。"人文精神大讨论"既是上述三种话语站在不同的立场对社会疆域所进行的"精神投射"，又是对80年代中期"文化热"的延续。值得一提的是，与80年代"文化热"相伴而行的是"寻根文学"和随之而起的"先锋小说"，这两股文学思潮都是创作主体"有意识的""主动"出击；而90年代的"人文精神大讨论"则是在以王朔为代表的"颓废文学"的直接冲击下，作家、知识分子"下意识的""被动"应战。东西方文化和新旧文化的冲撞交汇，使前现代性、现代性和后现代性的各种文化形态共时性地相互渗透、纠缠、并置同一时空中，这是典型的"中国特色"。特定的历史际遇和空前复杂的文化背景，使当下中国人的生命体验在深度和广度上都拥有了西方人所不具备的"包容性"，这才是真正意义上的"本土性"。

东西：跨文化视域下西方对中国的误读

20 世纪 20 年代，意大利剧作家普契尼创作了歌剧《图兰朵》，讲一个中国公主招亲的故事，它可视为西方人关于中国文化的自在预想。《图兰朵》中有许多对中国文化元素的呈现，如《茉莉花》的旋律、剧本里的中国文化因子等，体现了中国色彩。但由于中西方文化交流的不畅通、剧作家本人民族文化视野的遮蔽和西方社会对中国社会的曲解等原因，《图兰朵》中存在着许多对中国文化的误读现象，深入解剖本案例，对于跨文化交流中如何减少文化误读具有较强的针对性，对如何塑造中国的正面形象也有着很强的现实意义。

"所谓文化误读，指的是在文化交流活动中，人们对于异族的一些文化现象所做出的与该民族截然不同的特殊解读，包括对其中的价值观念、风俗习惯、行为方式、情感态度、审美趣味等各种文化现象的解读。它是不同民族相互撞击的必然结果，是世界文化由封闭走向沟通与对话后所遇到的一个普通而突出的现象。"[1]可以说，任何一个民族在接受异域文化时都免不了有误读现象的产生。美国文化人类学家罗杰·M·基辛说："自从人类在地球上出现以来，大部分时间都生活在互相隔离的小团体中，每个团体有自己的语言，自己的世界观，自己的风俗制度，自己的前提。现在当全人类极需要彼此了解达到新秩序的时候，这些不同的文化传统便成为痛苦的误读来源。"[2]

意大利剧作家普契尼的歌剧《图兰朵》创作于 20 世纪 20 年代，讲述的是一个中国公主——图兰朵招亲的故事。但是它又远远不止于是这样一个故事，在西方人眼里，它更多的是神秘而又悠远的中国古老历史谜一样的文化展示。普契尼是一个伟大的剧作家，他在《图兰朵》中融合了许多中国文化的特殊元素，有些甚至把握到了中国文化的深层意蕴，但是伟大的作家也摆脱

---

① 杨建平：《文化误读与审美》，《文艺评论》，1996 年第 1 期。
② 罗杰·M·基辛：《当代文化人类学概要》，浙江人民出版社，1996 年版，第 135 页。

不了时代和民族的局限，《图兰朵》中依然存在许多方面对中国文化的误读，深入分析这些文化误读现象及其产生的原因，清除中西文化碰撞中根深蒂固的依附性思想，从社会实际和文学艺术实际蕴含的中国经验出发，以中国立场和人类情怀作为价值导向①，对于今天国际间的跨文化交流和塑造良好的中国形象都有着较强的针对性和现实意义。

一、《图兰朵》中的中国文化元素

欣赏歌剧《图兰朵》时，中国人会在许多地方产生特别的亲切感，这是因为在写作资源的使用上，《图兰朵》充分利用各种文化元素，尤其是来自中国的文化元素。虽然普契尼从未到过中国，但是《图兰朵》剧本的写作者之一的西莫尼曾被《晚间邮报》派驻亚洲，在中国生活过一段时间，普契尼与之合作时充分利用了这一点，加上他对前人作品的借鉴和其他资料的收集、整理，一部带有中国色彩的歌剧问世了。今天我们看到的歌剧《图兰朵》，中国元素至少在以下几个方面得到了表达。

(一) 中国旋律：江南民歌《茉莉花》

《图兰朵》中最令国人感到熟悉和亲切的音乐旋律莫过于江南民歌《茉莉花》。在西方歌剧宣叙调和咏叹调雄浑高亢的吟唱中，《茉莉花》的旋律以它独特的清丽和婉转贯穿其中，增加了许多中国风味。图兰朵首次上场时就完整地使用了《茉莉花》的旋律，由儿童合唱团在幕后唱出，这样就给作品铺上了浓重的中国底色。此后，图兰朵每一次出场，《茉莉花》的旋律都会出现，以表现她的美丽、清纯、圣洁、冰冷和遥不可及。图兰朵拒绝出嫁，恳求父王允许，被拒后把愤懑迁怒于卡拉夫。伴着《茉莉花》的旋律，她和卡拉夫开始了各自的唱词。此外，平、彭、庞三位大臣第一次上场的音乐、他们幻想为图兰朵准备新婚之夜时的音乐、皇帝上下场以及第二幕结束时群众合唱团唱出的《皇帝颂歌》等音乐旋律，均来自中国的民间音乐，只是被普契尼做了些许修改。《图兰朵》中的中国旋律有两个来源：一是法西尼公爵从中国给普

---

① 刘淮南：《文论建设与"中国经验"》，《湘潭大学学报》（哲学社会科学版），2016 年第 11 期。

契尼带回来的音乐盒子；二是荷兰传教士阿斯特在上海出版的《中国音乐》。

(二)剧本里的中国文化元素

《图兰朵》剧本中出现了许多中国的人名、地名、习俗等文化因素，例如，全剧开始处点明故事发生的场景在"紫禁城的城墙：皇宫大内"。大臣们劝阻卡拉夫猜谜时的唱词是："世上只有道存在！"而"道"是中国文化的核心概念之一。他们幻想图兰朵最终被某位王子征服时的唱词是："公主，你御下疆土，自浙江到那浩瀚的扬子！但那儿，在那帘子后面，你的郎君征服了你！"所以从地名到人名，《图兰朵》都富含中国元素。第二幕结束时群众合唱团的《皇帝颂歌》的唱词也显示了《图兰朵》对中国皇帝权威的把握：其中用到了"叩首谢君王""好生之德""吾皇万岁"等极富中国色彩的特有名称。平、彭、庞在感叹由于图兰朵的冷酷而招致神圣的国家沾满了鲜血时的唱词生动体现了传统的中国士大夫在仕途不顺时辞官返家、归隐山林的思想，并且有对"读圣贤书所为何事"的无力感慨——

　　平：而我们在这里浪费生命，只为全新读圣贤书……

　　彭：如果能回湘……

　　庞：如果能回丘……

不仅如此，《图兰朵》一剧还对中国的风土人情和婚丧习俗做了一定的表达，这在彭和庞的唱词中可以体现出来——

　　彭：我准备婚礼！

　　庞：我准备丧礼！

　　彭：挂上大红灯笼！

　　庞：挂上白纱灯笼！

　　彭：点起几炷香……

　　庞：点起几炷香……

　　彭：烧起纸钱……

　　庞：糖、茶和核桃！

　　彭：一台紫色大轿！

　　庞：一口上好大棺！

　　彭：和尚唱歌祝福……

　　庞：和尚念经超度……

　　上述这些表达让中国受众有些不习惯。这是因为歌剧中的仪式次序和中国文化有些诧异，如果将"烧起纸钱"和"糖、茶和核桃"仪式次序互换，婚礼和丧礼的做法就和中国习俗基本一致了。正是普契尼对这些零碎的中国文化元素的精妙整合，使得《图兰朵》在细微之处具有了异国情调般的中国色彩。但是，纵观整个《图兰朵》，无论是剧本中的情节架构、人物塑造、场景安排还是乐曲旋律的谱写，所谓的中国色彩只能是泛于大海上的细小的浪花，囿于他的时代和民族文化等的视野限制，《图兰朵》在许多地方存在着对中国文化的严重误读。

二、《图兰朵》中的中国文化误读

（一）儒家与宗教

　　《图兰朵》剧本中出现了对孔子的赞颂："大哉孔子！让他的灵魂，上升到你那儿去！"孔子与灵魂上天是两个完全不同的范畴，一个儒家思想的开创者，一个是西方宗教的灵魂皈依。在这里，西方人是把儒家误读成了宗教。按照西方人的文化理念，寺庙就意味着宗教信仰，在中国，孔庙随处可见，所以推测他可能是相当于西方的基督耶稣的角色。人们对孔子顶礼膜拜和时常举行盛大的祭祀礼仪，同时还经常听人念叨"子曰诗云"，按照他们的经验，孔子就是中国人心目中的上帝。

　　但是孔子在中国并非宗教性质的存在。春秋战国时期，儒家思想仅仅是诸子百家中影响力较大的一个，孔子同样如此。自汉武帝"罢黜百家，独尊儒术"之后，儒家思想和孔子才奠定了中国的主流思想地位，孔子被尊称为"圣人"。"三纲五常"的道德规范、程朱理学加诸人们意识形态的对于统治者的顺从、通过科举考试入仕的士大夫将儒家的价值理想带入政治领域，大量堪称经典的儒家言论广泛传播。但实际上，儒家并不是一种宗教，虽然它和宗教曾经起到了相似的作用，有着相似的情感和精神。儒家是一门学说宗派，道德学说或者伦理学说。孔子在本质上是一个教育家，以教书育人的方式实现改造世界的目的，旨在兼济天下或穷善其身，弟子三千，七十二贤，充分显示了孔子的教育成果，因此孔子的私学是学术研究传播的中心，而不是一个拥有政治权力的神权组织。就思想主张而言，孔子主张入世，主动融入现世与现存秩序。按照西方的文化概念，宗教一定要有一个人格化的精神主体，也就是上帝，而儒家没有神，孔子也不是神，他就以老师的身份活在人们心中，因此不管是孔孟言论，还是在宋明理学，都看不到神化的孔子，抑或踪影。宗教还要有严密的教会组织，定期开展活动，以把教徒固定在一起，实现精神的格式化。儒家却没有，所以它不是严格意义上的宗教。儒家思想甚至鼓励建构每个独立的人格个体，认为每个人都充满了浩然正气。虽然它的主张中有对人性、人生的"终极关怀"——"老吾老以及人之老，幼吾幼以及人之幼""修身齐家治国平天下"等，但它不是中国的宗教，更不是人人必信的国教。

(二)柳儿的人物塑造

在普契尼的歌剧中，柳儿因为卡拉夫曾经在宫殿里对自己的一笑而对卡拉夫产生了爱情，这种单向度的爱情支持她一路追随铁木尔流亡，并且为保护卡拉夫而牺牲，这样的人物塑造实际上宣扬了西方人的爱情至上观，但在中国传统文化中缺乏合理的解释。滴水之恩，当涌泉相报，中国文化有着浓重的报恩情结，但是卡拉夫对柳儿的一笑并没有任何恩情的铺垫。中国虽然有为爱死、为爱生、为爱死而复生的杜丽娘，但毕竟是少之又少，而且她与柳梦梅的关系和柳儿与卡拉夫的关系有着本质的不同。《图兰朵》依然只是借鉴了中国文化的西方艺术，比较而言，根据《图兰朵》改编的川剧《中国公主杜兰朵》更符合中国观众的审美习惯，其中对于柳儿行为的解释在中国人看来就更为真实。由于无名氏的救护和以兄妹相称，柳儿免去了饥寒流离之苦，感恩之情与暗生的情愫，促使她对无名氏关怀备至并最后为了他的胜利而自刎献身。

(三)图兰朵的人物塑造

歌剧中图兰朵的形象存在着对中国传统女子性格的严重误读。中国是一个宗法社会，非常讲究道德礼法。中国人的人生观强调以"中庸""平和"为贵，提倡温良恭俭让和仁义道德，女子更是要温柔敦厚、贤淑知礼，要严格地遵守"三从四德"，图兰朵作为一位公主，她所受到的皇家礼仪法规的束缚比一般女子更为严厉，应是国家所有女子贤德的榜样。但是，在普契尼笔下，图兰朵是一位高傲、任性、乖戾、冷酷、残忍的女子，她以猜谜的形式招婚，猜中谜语的即可娶她，如若猜不中就会被斩首，这种风格与中国文化中的公主有着天壤之别。中国女性以温柔、宽容、理解为美德，而这种方式多少有些暴戾，因此她是西方人臆想出来的、与中国文化错位的中国公主形象。有着典型的"一千零一夜"式的风格，对于中国人来说是陌生的，也是无法接受的。

图兰朵利用父王对自己的宠爱，以颁布法令的形式保证自己以猜谜的形式招婚，这在中国人看来也是不合理的。在中国古代，朕即天子，皇帝至高无上，不容挑战，"中国自秦以下，传统政治，论位则君最高，论职则百官分治，论权则各有所掌，各自斟酌"。① 虽然中国历史上曾经出现了吕后、武则天等女子专权的特例，出现了许多残暴嗜杀的君主，但是朝廷的刑杀大权绝对不会旁落到公主的身上（长平公主因欲仿效武后篡位而被斩首），皇帝更不会因为溺爱公主而为其婚姻颁布如此荒唐的法令。西方社会则不同，他们的"婚姻制度主要奠定在政府法律上，夫妇关系须得法律承认，而法律则操纵于政府。中国婚姻制度主要奠定在社会风俗上，夫妇关系之奠定，在礼不在法，在人不在政。礼定成俗，礼俗起于道义，乃人生社会事。而不可谓其起于制度，乃政治法律事。故西方则刑法之比重超越乎礼义，中国则礼义之比重超越乎刑法"。②

中国女子的婚姻向来都是"父母之命，媒妁之言"，由不得自己做主。生为皇室的公主，其婚姻就更加身不由己，不是下嫁给朝中大臣或元老官员的子嗣以巩固朝政，就是远嫁异域以换取两国之间暂时的和平安宁。朝廷的尊严和利益向来是至上的，皇帝不可能因为对女儿的溺爱而颁布如此荒谬残忍

---

① 钱穆：《国史新论》，三联书店，2004年版，第53页。
② 钱穆：《国史新论》，三联书店，2004年版，第58页。

的法令，令许多外邦的王子无辜丧命，使国家蒙受战祸的可能。

普契尼为图兰朵残酷、怪异的招婚方式安上了一个看似合情合理的理由——为其被外邦王子杀害的祖先楼林公主复仇，这样的血亲复仇观念在西方悲剧中经常出现，但在中国文化中却缺乏生存的土壤。中国传统文化反对复仇观念，与佛家思想基本一致，佛家思想能够在中国落地生根，这一点至关重要。儒家讲究"仁者爱人"、讲究"忠""恕"，以顺应和包容的方式解决问题；同样，墨家的核心思想是"兼爱""非攻"；道家则讲究自然无为、"善者自兴，恶者自败"，无论归属哪家思想，中国主流文化反对复仇的理念基本一致。即使是历史上流传的一些任侠甚至复仇之事，但也多是为父兄（如武松杀嫂）、为义气或为国家（如荆轲刺秦王、《赵氏孤儿》），必定是"冤有头，债有主"，像图兰朵这样不问缘由地向无辜的人残忍地复仇，在中国人看来是极其不人道、不合理的。

相反，魏明伦的川剧《中国公主杜兰朵》对杜兰朵怪异的招婚方式的解释则更符合中国人的心理期待。杜兰朵终日生活在宦官包围的深宫，触目皆是不正常的男人，又看到战乱中女子被蹂躏的惨状，因此对男人产生了强烈的敌视和厌恶之情。但是她骄傲、冷酷的外表下仍有一颗渴望爱情的常人之心，不排斥出众的男子，因此，当儒雅俊秀的无名氏飘然而至时，她立即对之表现出一反常态的关注，这为她后来的思想转变奠定了感情和思想的基础。而且，杜兰朵并未真正将失败的求婚者斩首，只是为那些慕公主美貌和皇家富贵而来的求婚者设下的圈套，是她拒绝庸俗求婚者的一个巧妙的计谋。

（四）卡拉夫的人物塑造

《图兰朵》对卡拉夫的人物形象的塑造也不符合中国人的审美文化心理。这首先表现在，在剧作者的笔下，卡拉夫以西方的爱情至上观战胜了中国的家庭至上观。卡拉夫对图兰朵一见倾心，相见即相爱，遂去猜图兰朵的谜语。铁木尔以波斯王子的前车之鉴极力劝阻他，悲伤地说如果他猜谜不成功被斩首，他和柳儿就会死在流亡途中。柳儿劝阻卡拉夫时也唱到如果卡拉夫被斩首，铁木尔和她就会悲伤地死去。但是，父亲的劝阻和悲伤没有起到效果，卡拉夫只是把铁木尔托付给柳儿，就毅然决然地敲响了猜谜的铜锣，成了图兰朵的下一位求婚者，剩下年迈体弱的父亲暗自伤悲，这样不孝的行径在中国人看来是极其可憎的。

中国是一个宗法社会，家庭至上，孝敬父母是一个人首先必须具备的最基本的品德。"君子务本，本立而道生。孝弟也者，其为仁之本欤！"(《论语·学而》)"君子笃于亲，则民兴于仁。"(《论语·泰伯》)"资于事父以事母，而爱同；资于事父以事君，而敬同"，所以"不爱其亲而爱他人者，谓之悖德，不敬其亲而敬他人者，谓之悖礼"。孟子也说："人有恒言，皆曰天下国家，天下之本在国，国之本在家，家之本在身。"(《孟子·离娄上》)家庭至上的观念在中国人心目中根深蒂固，因此，卡拉夫这样为了爱情不顾父亲死活的行径在中国人看来是极为可耻的。卡拉夫解开了图兰朵的谜语，但是图兰朵却反悔了，向父王求情不要嫁给他。卡拉夫被拒绝后，并未恼羞成怒，而是表示愿意用爱去融化图兰朵。他选择了谜题的方式，给图兰朵也出了一个谜题，如果图兰朵次日天亮之前能够回答出来，他愿意去死。

在这里，卡拉夫表现出的是中国对女性人格应有的尊重，而这种尊重在中国古代是不可能的。西方有对圣母玛利亚的崇拜，它的贵族传统和骑士传统充分体现出对女性的尊重，西方社会上很普遍的文化现象，如女士优先、男士为女士开车门、称呼时女士在前等等，都是尊重女性的日常表现。西方社会对女性的崇拜可以在《圣经》中找到依据。普契尼生活在女性备受尊敬的西方社会，他对中国女性形象的把握只能建立在"自在预想"上。卡拉夫性格中最令中国人感到不可理喻的是他在柳儿为他殉身后没有"我不杀伯仲，伯仲却因我而死"的自责与愧疚，他既斥责图兰朵的冷酷，又不顾图兰朵的抵抗吻了她，这样，他就把情与理进行了合理的区分。图兰朵冰冷的心开始溶化，两人最终共浴爱河。在中国的诸多思想观念里，道德一直被置于相当重要的地位，中国人看重道德观念，讲究忠孝、仁义、廉耻、节操等，中国人的一生可以说是道德的一生。因此，卡拉夫的行为在中国人看起来是极为自私、可耻的。而在《中国公主杜兰朵》中，柳儿死后，无名氏的举动与卡拉夫截然不同。无名氏目睹了柳儿的壮烈和痴情，痛悟之下，他放弃荣华，拒绝作驸马，选择驾一叶扁舟，重归江湖。拿得起，放得下，视荣华如粪土，这与中国传统文化高度契合。而杜兰朵也因柳儿的牺牲"醍醐灌顶似惊雷"，被无名氏的节操所震撼，最终懂得了在"沉鱼落雁外貌美"之外，还有更值得追求的"真情挚爱心灵美"。作为中国传统文化的化身，无名氏具有巨大的人格魅力，他的人性光辉最终改变了杜兰朵。她毅然脱下凤冠霞帔，以柳儿的生存方式，驾起小船追无名氏而去。这样的情节安排才符合中国人的情感心理。

三、《图兰朵》中文化误读的原因及其启示

普契尼创作的《图兰朵》对中国文化的误读是多方面的，我们可以从以下几个方面进行分析。

(一) 中西文化交流的不畅通

《图兰朵》中对中国文化的误读与当时中西方文化交流的不畅通有着很大的关系。《图兰朵》的故事原型源自童话故事集《一千零一日》中的《王子卡拉夫与中国公主》。作为一个剧目，它最早的版本是 1761 年威尼斯剧作家戈齐的剧场童话《图兰朵》，因为其中的中国情调满足了西方人的新鲜感和猎奇心理，以后遂以喜剧、话剧、歌剧等不同的舞台样式反复改编上演。例如，18 世纪德国戏剧家席勒的话剧《图兰朵》，19 世纪丹齐、莱西格、何芬、巴齐尼、雷包姆等的歌剧《图兰朵》等等。普契尼的《图兰朵》创作于 20 世纪 20 年代(第三幕由阿尔法诺续写完成)，以后盛演不衰，成为意大利歌剧的保留剧目。

图兰朵的故事诞生于 18 世纪的欧洲，对于当时的欧洲人来说，中国还是一块遥远而陌生的世界。由于地域相距遥远，交通不便，信息不畅，在西方人心目中的中国形象自然是带有传奇幻想和神秘色彩的，距离中国本身的实际情况有很大一段距离。尽管有亲自来到中国的探险者和传教士，带回中国的丝织品、瓷器、香料和越来越多的有关中国的信息，但是他们对中国的了解，仅仅停留在表层的道听途说、浮光掠影的阶段。他们只能通过自己丰富的想象力，对比自己的文化内涵来连缀、整合这些片段得来的印象，拼凑出一个他们看来合理的中国形象。于是，在有关中国的文学作品中，到处存在着文化的误读，人物行事怪异、荒诞，中国被蒙上了一层神秘、怪诞、诡异的

面纱，新奇而又狰狞。

地域的远隔已经造成了交流的不畅通，中国传统的疆界观念更进一步加深了这种不畅通。"在古代的中国人，一般感觉上，他们对于中国这一块大地，并不认为是一个国，而认为它已可称为天下，就已是整个世界了。"①儒家强调"修身、齐家、治国、平天下"，涵盖了自身、家庭、国家，构成了一个立体统一的三维体系；《中庸》上的"天之所覆，地之所载，日月所照，霜露所坠，舟车所至，人力所通，凡有血气，莫不尊亲"，体现了天下一家的思想。都反映了古代人把中国当作天下的观念，因此和外域的联系一向不是积极主动。尽管历史上有张骞的出使西域、郑和的下西洋，但都是为政治或者经济目的而不是为了文化上的传输和交流，因此对于西方人了解中国源远流长、博大精深的文化是远远不够的。

普契尼《图兰朵》的剧本创作者之一西莫尼曾经在中国待过一段时间，但也只是短短的6个月，加之语言的障碍，根本不可能对中国文化有一个全面而深刻的了解，因此，普契尼《图兰朵》中的中国文化元素更多的是来源于前人的剧本和收集到的有关中国的零碎信息，也就不可避免地存在着很多一误再误的文化解读。

(二)西方文化视野的羁绊

美国学者霍拉勃曾经指出："曲解——或径用布鲁姆自己的词汇'误解'——被看作是阅读阐释和文学史的构成活动，我们绝不可能像传统批评相信的那样去复述一首诗或'接近'于它的本意，我们最多只能构成另一首诗，甚至这种系统的再阐述也总是一种对原诗的曲解。"②理解一首诗尚且存在误解，更何况是理解另一个国家的文化。法国学者阿兰·雷认为，文化传统不同，思维方式也就不同，由此产生阅读的困难，也构成了阅读的文化背景门槛。"就是一位现代的中国读者对孔学原著的阅读，或是现代的一位英国人、一位美国人和一位澳大利亚人对莎剧的观看都会提出无数的问题，出

---

① 钱穆：《国史新论》，三联书店，2004年版，第353页。
② 霍拉勃：《接受美学与接受理论》，辽宁人民出版社，1987年版，第449页。

现了许多信息的缺失和大量的曲解。"①文化的差异性始终存在，因此当两种文化接触时，不能准确理解文化的多重意蕴，就会不可避免地产生文化误读现象。正如一则寓言所说的，一只青蛙试图为他的好朋友——一条从未离开过水的鱼描述陆地上的景象。他说到飞鸟，鱼就以为是一条长了翅膀的腾空而飞的鱼。他说到汽车，鱼就想象出一条腹部长了轮子的鱼。他讲到穿靴戴帽的人，鱼想到的还是一条鱼，背鳍顶着帽子，腹鳍挟着手杖，尾鳍挂着靴子。人们在接受另一种文化时也往往如此。他原有的文化视域决定了他的深刻洞见和深刻背后的巨大阴影，也决定了他将对文化做出的选择、认知和解释。

作家无论如何都摆脱不了本民族、本国家文化的视野限制。瑞士心理学家荣格提出了"集体无意识"的概念。他认为，集体无意识是"一种从不可计数的千百亿年来人类祖先经验的沉积物，一种每一世纪仅增加极小极小变化和差异的史前社会生活经历的回声"。② 荣格强调了文化的积淀作用，不管人们是否意识到，它都对你的心理和行为习惯产生影响，甚至支配个体的行为。个体如此，民族和国家同样如此。"它与个性心理相反，具备了所有地方或所有个体皆有的大体相似的内容和行为方式。换言之，由于它在所有人身上都是相同的，因此它组成了一种超个性的共同心理基础，并且普遍地存在于我们每一个人的身上。"③因此，"集体无意识"可以理解为人们思想意识里的民族文化沉淀。艺术品的创作并不只反映作家的个体无意识，而且根植于某种超越个体的、更为深邃的集体无意识。因此作家在进行创作时，总是避免不了本民族文化的纠缠和萦绕，总是用本民族的文化反观和理解其他民族的文化，也就必然会出现对他民族文化的误读，《图兰朵》把中国儒家文化误读成为一种宗教就是一个很好的例证。

① 阿兰·雷：《文化沟通的障碍》，上海文艺出版社，第149页。
② 荣格：《心理学与文学》，三联书店，1987年版，第78页。
③ 荣格：《心理学与文学》，三联书店，1987年版，第269页。

(三) 西方对中国的有意曲解

在大部分时间里，中国古代文化在世界上处于领先地位，代表着世界文明的高度和所能企及的水平。工业革命之前，对西方人而言，中国意味着遥远、神秘、开明、温和、文质彬彬。公元纪元之前，西方把中国称为"丝国"，对中国的评价充满了理想化和神圣化。13 世纪的马可·波罗的游记更是把中国富裕强大、文明昌盛的信息传达给了西方，引起了西方人无穷的幻想。16 至 17 世纪在华传教士向西方介绍的中国景象也是充满了浓郁的理想主义色彩，而中国形象在法国大革命的那段时间更是令西方人神魂颠倒。但是从18 世纪后期开始，西方对中国的理解开始从一个极端走向另一个极端，愈加尖锐。因为自 18 世纪后期开始，西方开始了工业革命的进程并取得了巨大的成功，促使了社会政治、经济、科学、军事和文化等各方面的飞速发展，从而形成了民族自大感和欧洲中心的思想，而同时期的中国却闭关锁国、停滞不前。因此与之前对中国的赞美和向往截然不同，中国形象在西方人眼里也就变得怪诞不经、滑稽可笑、诡异神秘、愚昧落后。更是出于宣扬西方文化优越和中心论的社会需要。他们基于种族歧视和狭隘民族主义立场，对有色人种(包括中国人)蔑视和谩骂，这样中国形象在西方人心目中就被肢解歪曲，变成西方列强殖民扩张政府世界的一种策略需要。① 西方人对中国的这种有意的曲解也多多少少对普契尼《图兰朵》中的神秘、阴暗、怪异、乖戾的中国形象有一定影响。

现阶段，伴随着中国经济的崛起以及中国政治和文化等的伟大复兴，西方人对中国形象的有意曲解和恶意诋毁更是变本加厉，甚至别有用心地拔高中国的发展水平，夸大中国的发展成就，形成了愈演愈烈的"中国威胁论"。② 所以"中国威胁论"与其是一种论调，不如说是一种预谋。因为，在国际舞台上，力量对比发生变化时，文化心理也会随之发生变化，每一历史阶段的形

---

① Homi Bhabha, The Other Question: The Stereotype and Colonial Discourse, Screen Vol. 24, (Nov. - Dec. 1983), page18–36.

② Michelle Yeh, *Modern Chinese Poetry: Theory and Practice Since* 1917, Yale Universtiy Press, 1991.

成均以力量均衡作为前提条件。国家实力的此消彼长必将改变力量均衡和国际互动的规则。这些变化自然会给国际关系带来冲击，各国会根据新格局的变化，重新估定各自立场和利益分配原则，以及由此所带来的负面影响。鉴于此，中国经济的快速增长，及其在全球范围内迅速增长的影响力和自信心，不可避免地会给中国和整个国际社会带来全新的问题与挑战，也对大国在全球的影响力比重和利益链位置产生深远影响。西方大国不希望这种变化，认为构成了对自身的威胁，他们便要曲解和妖魔化。例如，西方媒体对包括中国在内的第三世界的新闻报道不仅总量极少，而且多为灾难、疾病、腐败、专制、社会动乱、人权状况阴暗等负面性报道，就是对中国形象的有意诋毁的典型例证。

四、结语

如果说，在普契尼时代，由于科技的欠发达，信息闭塞，《图兰朵》中存在不少对中国文化误读还可以理解的话，那么在全球经济一体化日益深入的今天，西方社会中的少数人仍然出于种种目的，对中国文化仍然抱有歧视和刻意误读的话，显然就是别有用心。这样的心态，无论是对文化输出国和文化输入国都是极为不利的。因为，在国际跨文化交流成为时代主潮的背景下，西方发达国家已经进入到后现代社会，他们在精神上急需寻找文化参照系以反观自身获得更大的发展。

与此同时，东方社会飞速发展，也急于摆脱过去的边缘从属地位，在国际上获得主体地位。从这个意义上说，如何进行他国对本国文化误读的反误读，以重塑本国的良好形象，不仅是国家政府的重要任务，也是在每个公民的参与中完成的，这既是一种文化自信，更是一种文化自觉。

换言之，政府要支持本国文化"走出去"，作家、艺术家也要借助自己的作品宣传本国文化的正面形象，而我们每一个普通人则应当做好本国文化的"零售商"，这是普契尼歌剧《图兰朵》带给我们的新启示。

内外：世界视野下的中国传统艺术境界①

"境界"作为中国传统艺术的重要范畴，贯穿于整个中国艺术演进史，并在漫长的历史发展和变化中焕发强大的艺术生命力。在中西文化不断交融、社会思潮不断涌现的今天，中国传统艺术境界的表达已不能满足现代社会的需要。伴随着经济崛起和文化输出的现实需求，中国优秀文化艺术应站在世界视野下进行现代性转换，用新的手法、新的内容、新的形式，向世界贡献中国智慧、中国道路，彰显中国文化艺术的独特魅力，以更好地为世界命运共同体服务。

一、中国传统艺术境界的审美生成

意境是中国古代最重要的艺术审美范畴，上可追溯到先秦的儒道思想，中经魏晋玄学时代和南北朝时期儒释道的渗透融合，直到艺术繁荣昌盛的唐宋时代，禅宗僧徒与文人士大夫过从密切，以文会友，禅宗思想向人文世俗渗透，从而已成为诗书画创作的重要思想源泉。唐代诗人王昌龄首先在诗词批评领域提出"意境"概念。释皎然和司空图等人，极大地丰富了意境的内涵，并指出意境是有限与无限的统一，即司空图所说的"象外之象""景外之景"，严羽所说的"言有尽而意无穷"等。经过宋元明清的充实、发现、拓展，意境成为诗文、绘画、批评领域的一个重要概念。

意境范畴形成的思想渊源众说纷纭，对此做出最系统的阐释的，要数宗白华先生。宗白华先生认为中国意境的产生，其思想来源于道家的《庄子》和儒家的《乐记》和《易》。它们把形而上的本体追求的道和形而下的技艺融和为一（道家），把天地自然和人世间的礼乐的创化和谐一致起来（儒家），从而为艺术创作提供了高尚的理想境界，这是中国艺术意境产生的最早的思想之源。而后，佛教思想的传入，进一步丰富了中国人的精神追求，特别是中国化了的禅宗，极大地提高了人的"心"在艺术创作的源泉地位，空灵化了天地

---

① 该文与韩旭博士合作，发表在《艺术百家》2017 年 5 期，在此对韩旭博士表示感谢！

自然，从而成就其高迈玄远的精神境界，即"禅境"。"'禅境'直接与艺术创作融合而为一，使艺术境界更加玄远灵动，内涵深邃，意象高妙，从而使艺术意境得以'圆成'。"①因此，中国传统艺术境界的呈现，受儒、道、禅三者的圆融，在艺术的创作方法上舍弃烦琐的形似描写，更加重视气韵和传神，使得这种理想境界更加空灵玄远。

文艺作品中的境界指情、景和事物交融所形成的艺术高度。对意境理论进行本质分析，是从王国维开始的。他在《人间词话》说："词以境界为最上。有境界，则自成高格，自有名句。""境界"，绝不是单指客观世界中的景物，并且包括有作者的感情在内："景非独景物也，喜怒哀乐，亦人心中之一境界。故能写真景物，真感情者，谓之有境界。否则谓之无境界。"也就是说，作品必须能对现实生活作生动真实的表现，情景交融而真实自然，历历在目，栩栩如生，读之观之则打动心脾而产生无限之美感，才算有意境。从艺术境界生成的主客体的关系来看，王国维论述了"有我之境"与"无我之境"的区别。"有我之境，以我观物，故物皆着我之色彩。无我之境，以物观物，故不知何者为我，何者为物。"②所谓"有我之境"就是诗词的境界表现了抒情主人公的鲜明的感情色彩；所谓"无我之境"就是抒情主人公的感情色彩被融化在自然景物中，以隐蔽的姿态出现。于是前者是感性的，后者是理性的；前者是情感洋溢的，后者是冷静的；前者是个人化的，后者是普遍化的。

文学艺术是实现"美"的。中国传统艺术从哲学与宗教中汲取智慧，以此来表达人类情绪中的深境和实现人格的和谐。中国各类传统艺术如诗文、绘画、音乐、书法、建筑、戏剧，虽各有自己独特的创作体系，但其表达艺术之美的方式和艺术境界的呈现在某种程度上却有共通之处，即"虚实相生"和"空间意识"。

虚实结合的哲学思想，是中国艺术境界呈现的一个特点。

艺术家创造的形象是"实"，引起我们的想象是"虚"，由形象产生的意象境界就是虚实的结合。例如，中国画很重视空白，也就是今天我们所述的

---

① 聂振斌：《中国艺术精神的现代转化》，北京大学出版社，2013年版，第219页。
② 王国维著、周锡山编校：《人间词话》，上海三联书店，2013年版，第19页。

"留白"。空白处比画更有韵味，更能引起人的遐想。中国戏曲舞台上也利用虚空，一般不设置逼真的背景，而是结合剧情的发展，凭借着演员的唱歌、谈话、姿态表现出四周多变的景致，使得"真境逼而神境生"。

中国艺术境界呈现的另一特点，就是对空间意识的表达。

用心灵的俯仰的眼睛来看空间万象，是中国传统的诗画中所表现的空间意识。它不是采取西洋透视看法集合于一个焦点，而采取数层视点以构成节奏化的空间。这就是中国画家的"三远"之说，即"自山下而仰山巅，谓之高远。自山前而窥山后，谓之深远，自近山而望远山，谓之平远"。这是中国山水画上空间境界的表现法。建筑和园林的艺术处理，是处理空间的艺术。为了丰富对于空间的美感，在园林建筑中就要采用种种手法来布置空间、创造空间，有借景、分景、隔景等等表现手法。无论是哪种手法，都是为了丰富美的感受，创造艺术意境。如"窗子"就在园林建筑艺术中发挥了重要的作用。透过窗子望去，窗外的竹子和青山，那就是一幅画，尤以苏州园林的表达为甚。中国园林的空间艺术表现是理解中国民族美感特点的一个重要的领域。

二、传统艺术境界中中国精神的阐释

"境界"是中国特有的美学范畴，是艺术美的理想境界。儒、道、禅思想是中国传统艺术境界形成的三大思想来源，在这三个体系中，各自都有一个审美境界，形成了不同的审美风格，丰富了中国传统艺术境界的内涵，为中国精神的表达提供了方法论的基础。①

儒家和道家一直并列为中国的两大思想体系。儒家尚"仁"，"己欲立而立人，己欲达而达人""己所不欲，勿施于人"等，从孔子的这些论述看，"仁"可以理解为人与人之间的平等关系、互相帮助。道家最为重视自然。《老子》曰："故道大，天大，地大，人亦大。域中有四大，而人居其一焉。人法地，地法天，天法道，道法自然。"把人与天、地、道并列为"四大"，并认为人、地、天最后都取法于道，而道的本性即自然，自然无为是道的根本规律；

---

① 聂振斌：《中国艺术精神的现代转化》，北京大学出版社，2013年版，第106页。

这里地、天、道合起来大致相当于与人相对应的天，也就是人合于天，这就是道家"天人合一"的基本思想。中华民族有着悠久的历史，漫长的历史演进孕育了中国强大的民族精神。辜鸿铭认为孔子的"礼"是"中国文明的精髓"；梁漱溟认为"……民族精神，分析言之，约有两点：一为向上之心强，一为相与之情厚"；张岱年在许多文章中反复说明："自强不息""厚德载物"是中国文化传统的基本精神；张瑞芳总结了民族精神基本包含六个方面：自强精神、重德精神、务实精神、整体精神、和谐精神、大同精神。① 由此观之，中国精神既包含了儒家的"仁"、道家的"自然无为""天人合一"，禅宗的"空灵玄远"，又孕育了近现代的"自强不息、厚德载物""团结和谐、天下大同""改革开放、勇于创新"的现代精神。传统艺术中的文学、园林、电影可以作为中国精神物化的载体。

（一）文学诗歌的表达

文学是民族的表征，是一切社会活动留在纸上的影子。自古以来，中华民族的优秀文化就深深熔铸在以爱国主义为核心的团结统一、爱好和平、勤劳勇敢、自强不息的伟大民族精神之中。而在古代，最能体现出人们的民族精神的就是诗歌了。诗人们常用诗歌来抒发心中的感慨及对家国命运的关怀。在这之中，尤以边塞诗歌和西域诗歌为主要文学形式。西域和边塞诗歌与中华民族的精神内核之间有着密切的关联，概括起来，表现在天人合一的宇宙观、各族共处的和平观、忠孝两全的道德观以及不畏艰苦的奋斗观这四个方面。

唐太宗《讨高昌诏》宣称"以致上天之罚"，耶律楚材《过天德和王辅之四首》之一则云："天纵吾君大圣人，天兵所指弭烟尘。"乾隆《平定准噶尔告成太学碑文》，亦称："凡此藏功，荷天之衢。"②皇帝上承天意，下理万民，皇帝家族、家法也都是天意的体现。西域诗歌中所表现出来的敬天尊祖观念，体现了道家精神中的"天人合一"的思想观念。

---

① 张瑞芳：《现代化进程中的中华民族精神》，中共中央党校博士学位论文，2005 年 5 月，第 32 页。
② 范学新：《论中华民族精神在西域诗歌中的表现》，《求索》，2010 年第 8 期，第 186 页。

西域诗歌的一个突出特点，就是对国家权威的维护与颂扬，是爱国主义精神的重要体现。两千多年来，中华民族历代仁人志士，为经营保卫这块土地，抛头颅、洒热血，做出过巨大牺牲，西域诗歌为之反复吟诵。盛唐时期，国家对外战争的次数增多，诗人目击内忧外患相因未已，一方面诅咒内战，充满着厌恶战乱、悯恤无辜的意义。一方面却都存在着"匈奴未灭，何以为家"的壮志，如王昌龄的"黄沙百战穿金甲，不破楼兰终不还""但使龙城飞将在，不教胡马度阴山"；李白的"愿斩单于头，长驱静铁关"，高骈的"三边尤未靖，何敢便休官"；李希仲的"当须殉忠义，身死报国恩"，表达了烈士为国牺牲的精神。西域诗歌中所表现的爱国主义精神与中华民族自古以来对和平的渴望一脉相承。

唐诗中的边疆将领，只有一个心愿，就是为天子效力。韦庄《赠边将》曰："手招都护新降虏，身着文皇旧赐衣。只待烟尘报天子，满头霜雪为兵机。"把前皇赐的衣服穿在身上，用战果回报当今的天子，连生命都甘愿献出。明陈诚《过川谣》描写其经历瀚海的艰难景象，他之所以甘愿历艰走险，乃是为了完成皇帝赋予的使命："万里迢迢去乡国，寸心切切思君亲。君亲恩重何由补，丈夫壮节当勤苦。苏武边庭十九年，烨烨芳名垂万古。"西域诗歌对忠孝合一的赞扬，是在自古"忠君爱国"观念指导下所取得的成就。

边塞地区条件艰苦，诗人们多描写边境的艰苦环境来体现战士们的奉献精神。王昌龄《从军行》："大漠风尘日色昏，红旗半卷出辕门。前军夜战洮河北，已报生擒吐谷浑。"沙尘暴袭来以致代表士气的出征旗帜都展不开，只好半卷着走出辕门。在风沙如此厉害之际，仍获得战争的胜利，这是直面风沙坚强意志的突出体现。西域道路的艰难，以流沙、冰坂与悬渡最让人胆战心惊，鲍明远《乐府诗·苦热行》曰："赤坂横西阻，火山赫南威。身热头且痛，鸟堕魂来归。"乃是对上述行程的深刻描述。[①] 西域位于祖国边陲，高山险阻，其忧患劳苦更甚于中原，故边塞诗歌中所体现出来的吃苦耐劳、不畏艰险、自强不息的民族性格也就尤为生动突出。

---

① 范学新：《论中华民族精神在西域诗歌中的表现》，《求索》，2010 年第 8 期，第 186 页。

(二)园林建筑的表达

中国的哲学是生命的哲学,艺术也是生命的艺术。"艺术是精神的生命贯注到物质界中……艺术是自然的重视,是提高的自然。"①意境根植于古代的生命哲学土壤之中,从生命的角度审视意境,或可把握园林的本质。作为中国文化载体的中国园林建筑,将中华传统道德观念注入其中,使这类道德理念物化在中国传统园林之中。

在中国的传统园林建筑中,儒家思想一直贯穿始终。例如,君臣礼制观念就体现在园林布局中的中心轴对称的设计上。颐和园从后山到昆明湖有一条明显的轴线,而在这条轴线上又有一个明显的中心——佛香阁,并以其位置、高度、规模统领着所有的景区和景点,这与君主统率万民的思想是一致的。可以说,在中国传统园林之中,无论是亭、台、廊、榭的空间布局,植物的种类、外形、色彩选取还是建筑的方位、尺度、装饰等都深深地烙下了儒家世俗礼仪规范的痕迹。

道家崇尚"自然",主要表现为崇尚自然山水。窗前明月,梅枝古拙,茂林修竹,雨打芭蕉,无疑描绘出一幅舒适迷人的自然画卷。有白居易《池上篇》"十亩之宅,五亩之园",有陶渊明《归田园居》的"久在樊笼里,复得返自然",表明园林最崇尚的无外乎是"自然"二字。苏州古典园林艺术,追求的是将园林的空间环境纳入时间流中,随着大自然一年四季春夏秋冬的循环往复、周而复始,园林空间也变得多姿多彩、无限丰富。中国艺术境界中的空间意识强调阴阳互荡、虚实相济,空间被虚灵化、象征化、节奏化。② 以苏州园林为代表的中国传统园林就充分体现了中国建筑空间的运用。概括说来,当如沈复所说"大中见小,小中见大,虚中有实,实中有虚,或藏或露,或浅或深,不仅在周回曲折四字也"。于是乎园林空间突破了有限的地域位置的枷锁,体现出宇宙生生不息的生命韵味。

---

① 宗白华:《美学散步》,上海:上海人民出版社,1981年(2015年版),第268页。

② 刘扬:《意境之雅 无言之美——谈当代电影艺术表现手段的传统美学影响》,《宁夏社会科学》,2011年第6期,第165页。

佛教自印度传入中国以来，经过不断的改良融合，在魏晋南北朝时期发扬壮大，形成了"南朝四百八十寺，多少楼台烟雨中"的盛景。佛教的兴盛也促使了佛教园林的兴盛。如洛阳佛寺在晋永嘉年间有 42 所，北魏迁都洛阳后达 1367 所，真是"昭提栉比，宝塔骈罗，争写天上之姿，竞摹山中之影"。中国园林中的礼佛建筑很多，如圆明园的"月地云居"一区有心空彼岸、清净地、莲花法藏等，颐和园有智慧海、四大部洲等，承德山庄有外八庙等，它们虽然形制不一，但是都有一个共同点，那就是都具有非凡的异域之美，都有一种提升天国的宗教具象。

(三) 电影的表达

电影是一门综合的艺术形式，不仅仅是时间与空间的综合，更是声音与影像的综合。中国古典绘画中"三远法"的艺术表达对中国电影的画面构图产生了极为深远的影响。在传统空间美学观念的影响下，中国电影的空间意识也相应地表现出偏爱意境美，偏爱长镜头，重远景全景等大景别镜头的特征。例如，吴贻弓的《城南旧事》，陈凯歌的《黄土地》《霸王别姬》，张艺谋的《红高粱》等影片中，都有很多让人叫绝的时空造型经典段落。张艺谋执导的影片《红高粱》，整个影片的空间造型大都是虚灵化和象征化的，如红高粱地、酿酒坊、黄土路，等等。在这种造型处理中，导演对画面不是进行具体的描述，而是一种概括的表现，不求形似，尊崇写意，以气韵生动的描写取代表象，以抒发内心，表情达意。费穆的电影《小城之春》的开头，由"古城"和女主人公交叉叠化的画面镜头的缓缓摇移造成的运动，使影片得以再现为一幅古典长卷式的绵绵不绝的画面。

电影是现实生活的真实写照，是对现实生活的深刻批判和反思，透过电影，我们可以窥见那个时代的社会现状和生活百态。费穆生活在旧中国的多事之秋，以睿智的目光洞察了民族病源之所在。电影《小城之春》是费穆的代表作，以一个破败荒芜的院落为背景，讲述了女主人公周玉纹与自己丈夫戴礼言和旧情人章志忱之间的暧昧关系，将人的内心情欲和道德伦理抉择中的两难选择淋漓尽致地展现了出来。"小城"和"废园"无疑是费穆为当时古老中国及传统文化精心构筑的一个象征体，是他对旧文化失望与幻灭以及彷徨心态的委婉寄寓，是一幅中国传统文化昔日风华及暮年没落的全景图。从电影中不难看出当时中国旧文化的凋敝和残破，更可以看出费穆对民族文化走向没落的忧思与苦闷。《小城之春》"不只是一个精美的爱情故事，更像是一个寓言故事，表达了费穆对古老中国及其文化历史命运深切的关注和忧虑，是他为旧文化唱响的一曲挽歌"。①片中体现的伦理道德的矛盾冲突以及最终以章志忱的黯然离去作为最后矛盾解决方式，则体现了社会历史变迁中现代人面临文化断裂、价值失衡所产生的情感观念与道德嬗变的轨迹。费穆通过《小城之春》，高屋建瓴地表达了当时旧中国面临的困境及何去何从的问题。正如有学者分析的那样，《小城之春》的历史价值就在于"它对既有现代特征又有民族风格的中国电影，作了大胆超前的实验和成就卓著的求索，具有一种先行性的开启现代电影创作思维的历史意义"。②

三、中国传统艺术境界的现代性转换

20世纪中叶，新中国建立后，中国经历了从百废待兴到各项事业稳步发展的转变，中国的现代化事业步入了正轨。建国初期，随着对贫穷落后的旧中国进行全面改造运动的展开，文化领域也进行了全面的改造，以为人民服务为宗旨，主张社会主义文化为经济建设、政治建设服务，使传统文化的地位得到了一定的提高。但是，为期十年的"文化大革命"使传统文化遭受了严重的摧残，使社会主义事业建设停滞，错失了发展良机。在政治斗争的影响下，传统文化和传统艺术被当作批判的靶子，全盘否定了以儒家思想为代表的中国传统文化，许多古代珍贵的典籍和文物被焚烧和毁坏，人们的思想和精神遭到严重摧残，中国传统文化的传承和发展受到了严重阻碍。

改革开放后，社会主义现代化建设蓬勃开展，思想界和文化界也迎来了春天。与此同时，传统文化及艺术的现代化问题成为时代的焦点。之所以需要进行现代性转换，是因为经过"文革"十年的摧残和禁锢，中国传统文化和

---

① 闫彩蝶：《疏影横斜 暗香浮动——解读费穆〈小城之春〉的文化意义》，《世界华文文学论坛》，2005年第3期，第61页。

② 李宗刚：《中国当代文学史论》，济南：山东人民出版社，2014年版，第282页。

传统艺术精神出现了理性资源的缺乏，已经无法表达现代中国丰富的艺术经验，中国传统艺术与同代性发生了隔阂，中国当代生活与中国传统艺术发生了分离。中国传统文化的现代性转换已刻不容缓。谢恩说："并非传统变成无用，而是它不再能告诉我们何去何从。"现代中国正处于改革的深水期，中国的社会结构、经济形态、政治制度都发生了深刻的变化，中国传统文化赖以生存的根基发生了深刻变革。中国的传统艺术生动地表现了中国精神，但当今这种表达应该有新的手法、新的内容、新的形式。

20世纪的"寻根文学"思潮就是很好的转换。1984年12月，《上海文学》杂志社组织一批风头正劲的青年作家、评论家聚会于杭州，在"新时期文学：回顾与预测"的主题下，要求"大家就自己关注的问题做一交流，并对文学现状和未来的写作发表意见"。在这次会议后，一批与寻根相关的文章相继发表，作家们在这些文章中普遍关注民族文化问题，并认为，文学只有立足在自己民族文化的基础上才能求得发展。正像韩少功所言："文学有根，文学之根应深植于民族传统文化的土壤里，根不深，则叶难茂。"寻根文学由此滥觞，成为名重一时的文学思潮。① 作家们越来越意识到，只有将文学植根于本土文化之上，才能使自己的文学获得一种超越性，使不同种族、不同时代的人们为它感动，于是寻根派作家的创作"从原有的'政治、经济、道德与法'的范畴过渡到'自然、历史、文化与人'的范畴"。② 作者们将中国传统文化如地方志、民间传奇等带有古代话本之类的"文化遗物"重新发掘出来，加以利用，实现了文学创作的现代性转换，大大丰富、充实和促进了中国当代文学、特别是新时期文学的健康发展。

在全球化语境下，中国要向世界贡献中国智慧、中国道路，就要站在世界视野下，充分发掘中国优秀的文化艺术，将这些文化艺术以现代性的方式，即世界其他民族更容易接受的方式传播出去。因此，中国传统艺术精神的现代性转换，是形式的转换、内容的创新、传播方法的变革，但万变不离其宗，究其根本在于两个最重要的方面：

---

① 李扬：《拯救与逍遥：新时期文学发展的精神向度》，上海交通大学出版社，2013年版，第67页。
② 李庆西：《寻根：回到事物本身》，《文学评论》，1998年第4期。

　　一是立足中国传统文化之根本，就是寻根溯源，在进行现代艺术创作时，首先要明白创作的是什么，要从艺术创作的源头出发，离开了本体的创作就是无源之水，无本之木。以中国著名音乐家谭盾为例，从本质上讲，谭盾的音乐是复观着中国古老文化的源头，承载着人的原始的类意识。① 是对"天、地、人"哲学上的终极关怀。在谭盾的作品中，道家观念占有很重要的地位，如《道极》中蕴含的"道"、《永恒的水协奏曲》的"上善若水"、《天籁》中的"自然"、《乐队剧场》中的"大音希声"等。② 谭盾的音乐创作是离不开中国传统文化这注源泉的，谭盾的成功诠释了"只有民族的，才是世界的"。张艺谋的《十面埋伏》、李安的《卧虎藏龙》同为中国武侠电影的典范，两部影片都有在竹林中打斗的画面。竹林是古代诗人借物咏志的载体，也是中国文化符号的象征。两位导演都对中国古典文化有着深刻的理解和阐释，在影片中融入了大量中国古典意象，使影片展现出东方人特有的儒道精神与山水文化相结合的审美情怀，极大地增强了影片的美感和内涵。从《花木兰》《卧虎藏龙》《红高粱》等以中国传统文化为题材或背景的影片不断走红于全球电影市场的这一事实而言，中国电影无论影片创作，还是审美艺术都应该有足够的理由相信，立足传统文化的创作在全球市场都占有一席之地。

　　二是现代化创新。即将优秀传统文化和艺术融入现代生活，可以采取多样各异的方式和形式。例如，古典经典剧目经过现代化改造后，可采用多种方式呈现。白先勇先生将传统剧目《牡丹亭》融入时代因素，打造出适合青年人口味的《青春版牡丹亭》，激发年轻一代对传统文化的热情；中国大型实景演出《印象·西湖》《印象·丽江》《禅宗少林·音乐大典》《大宋·东京梦华》等系列将中国的自然山水与表演、科技融为一体，呈现一幅幅诗的画卷。中华文化与中国艺术的传播手段形式要创新，即利用网络多媒体技术和现代高科技手段，将民族文化的丰厚资源与网络和科技相结合，从而实现优秀传统文化的广泛传播和普及。如中国绘画采用声光电数字虚拟化等现代技术元素可以实现动态化展示，使纸张上的画面跃然入目。像动态版的《清明上河

---

① 罗平冠：《谭盾音乐及其对中国音乐创作的启示》，《江汉大学学报》，2005 年第 5 期，第 93 页。
② 同上。

图》，激发了年轻人对传统绘画的欣赏兴趣和审美情趣，降低了文化交流和传播的阻力，使之更容易宣扬、推广出去。① 但是，任何艺术的创新，也都不是天马行空式的，都必须掌握一个界限。现在有很多的艺术创作一味地模仿西方风格，或是强行将中国风格与西方风格融合，反而显得不伦不类，丢了灵魂，很难想象这是一种艺术的审美。因此，我们只有深入领悟传统的艺术精神，兼容并蓄，寻找传统与现代的结合，才能寻求中国传统艺术现代化的多元路径，才能在全球化语境中立稳脚跟。② 中国艺术家必须具备超前的意识，具有现代科技头脑，才能更好地利用现代社会提供的高新技术创作出与时代合拍的艺术精品。

中国文化、中国艺术虽然拥有灿烂光辉的历史，却也不能无视在当下的全球化发展中尚处于弱势地位。中国的艺术家们需要在重新审视"现代性"的基础上，站在全球视野的高度，积极主动地与其他文化对话。任何一种优秀的文化艺术，只有随着时代的前进，不断地扬弃、改造和创新，才能保持其旺盛的生命力，并给现实生活以永不枯竭的推动力。

四、现代艺术与中国经验的世界表达

伴随着经济崛起，中国的现代化发展使我们与欧美发达国家的差距逐步缩小，中国的高速发展以及中国文化软实力的提升，使得国外对中国经验有了更多了解的渴望，而只有现代性的恰到好处的世界表达，才能被世界理解和接受。所谓世界表达，就是用中国优秀文化元素表达出世界共同追求的价值。在中国艺术形态的演绎中，我们惊喜地发现，随着社会的进步和科技的发展，"意境"的运用和表达始终在创新发展中不断地向现代性转化，参与新价值观的塑造，并发挥着积极而又令人惊叹的审美效应。中国传统艺术境界在文学、音乐和银幕上不断获得新生。

① 张荣军、任鹏程：《中华优秀传统文化现代性转换的必要性和可能性研究》，《贵州社会科学》，2016年第8期，第61页。
② 曲宁：《中国传统艺术的现代转换价值初探》，天津市社会科学界第八届学术年会优秀论文集，2012年12月，第337页。

　　莫言在获得诺贝尔文学奖之后，海外翻译作品销量有了大幅度的提升，成为我国当代文学走出去的代表。莫言的小说将中国传统写实和外国魔幻主义的表现手法融为一体，艺术地展现出中国本土文化复杂而特有的民族性与真实性的融合。① 葛浩文曾评价莫言的作品充满道义感和历史感。莫言的《丰乳肥臀》《生死疲劳》《蛙》等作品中所体现的普世价值和道德情操，在一定程度上表达了作家对历史动荡和创伤的个人感受，《红高粱》中所表现的强烈的中国风情和中国乡土精神也是其作品引人注目的原因之一。显然，"民族灵魂"是跨文化传播中最持久、最重要的因素。② 我国文学"走出去"，有利于提升国家文化软实力，促进国际社会对中国文学和中国文化的理解和认同。莫言的作品为世界人民更好地了解中国和中国文化提供了渠道，拉近了中国文学与世界文学的距离。无论如何，中国文学要走出去并赢得世人的接受和尊重，关键是提高作品自身的竞争力。因此，中国文学的创作应扎根于本民族文化的现实土壤，追求高尚的精神价值，建立文化的自信心和自我认同感，才能更好地表达中国精神和中国文化。③

　　谭盾说："中国音乐走向世界，只有靠民乐。"④谭盾是我国著名作曲家和指挥家，他的多媒体交响协奏曲《地图——寻回消失中的根籁》是中国传统文化与西方现代音乐的结合。曲中，谭盾大量采用湘西原始音响和楚文化的民俗音乐表演作为创作的素材，将少数民族的芦笙、唢呐、舍歌等音乐元素与多媒体影像相融合，创造性地把它们与现代技法的交响乐融为一体，形成了这部非常独特的多媒体大提琴协奏曲。谭盾的成功并不仅仅抓住了中国传统衣钵，还在于牢牢地记住了自己的根，同时又把自己东方的根在西方找到雨水，找到土地。⑤ 对西方而言，东方文化源远流长博大精深，神秘而富有吸引力，谭盾在《地图》中把这种民间原始的音乐元素和西方文化遍及世界的管弦

① 魏泓：《系统哲学观下中国文学"走出去"战略工程建构——以莫言作品为例》，《中华文化论坛》，2016 年第 7 期，第 57 页。

② 郭群：《从莫言获奖谈中国当代文学"走出去"》，《出版广角》，2011 年第 16 期，第 19 页。

③ 郭群：《从莫言获奖谈中国当代文学"走出去"》，《出版广角》，2011 年第 16 期，第 19 页。

④ 李西安：《走出大峡谷》，安徽：安徽文艺出版社，2002 年 8 月版，第 106 页。

⑤ 罗平冠：《谭盾音乐及其对中国音乐创作的启示》，《江汉大学学报》，2005 年第 5 期，第 93 页。

乐队交融在一起，是对中国音乐的创新，也是将中国音乐传向世界的重要手段。①

1960 年的中国第一部水墨动画片《小蝌蚪找妈妈》，在表现形式上，将中国传统的水墨画融入其中，从而让这部动画片的思想性和艺术性得到了充分的体现，中国水墨动画片的发展表明中国的传统艺术、传统意象已经在尝试和新的媒介进行融合。我国传统的水墨绘画经过光影的结合变成了影像水墨，既不失传统的中国文化特色，又使得纸上的"意境"一跃成了影像的"意境"。2006 年，动画短片《桃花源记》上映，陈明导演将昔日在文字世界里的想象变成如今的水墨动画，用传统中国水墨画表达出了陶渊明散文《桃花源记》中桃花源里宁静致远、诗情画意的艺术境界。该动画短片在 3D 技术平台上巧妙地运用了多种中国传统的艺术表现形式，包括水墨、剪纸、皮影等，片中的渔人、山石、树木、花草、屋舍等皆呈现出"萧疏山水"的风格。本片将工笔、写意、国画和传统美术巧妙地结合在一起，每一处都彰显着中国画"浓淡疏密"的古韵画风味，美轮美奂，恍若梦境，像是一幅幅古典山水国画在娓娓道来一个遥远的童话故事。影片在 2006 日本东京电视台主办的"DigiCon6+2"大奖赛中获得总决赛的最优秀奖，将中国的古典艺术向世界展现。尽管《桃花源记》与《小蝌蚪找妈妈》的创作时代已经完全不同，表现形式也在不断创新，但作品中所流溢出的中国传统审美意象却始终不变。以往传统的水墨画只能看到纸上的渲染结果，如今把水墨影像化，让人们看到了作品的渲染变化过程，而致使整个水墨都动态化、形象化了，水墨的张力也由此而显现出来。这也正符合了中国意境理论中情景融合的艺术理念。

中国艺术"境界"强调"以形写神、形神合一"，在 2008 年北京奥运会上，张艺谋正是借用了中国传统的意象思维，创作了一幅中国画轴，演员在渐次展开的画轴上表演传统的戏曲歌舞。在变化无穷的中国汉字的舞蹈中，在太极的集体表演里，向全世界推介了中华文化的博大精深和源远流长。2017 年在杭州举办的 G20 峰会文艺演出《最忆是杭州》中，近千名演员踏水而歌，自然的美景与全息高科技完美融合，东西方文化交相辉映。在 G20 杭州峰会上

---

① 何家益：《从谭盾的〈地图〉看中西音乐融合》，《大众文艺》，2013 年第 1 期，第 136 页。

的歌舞表演，借用影像和特技，水面上映衬着徐徐打开的扇子，一段段富有中国特色的舞蹈向人们提供了各种特具东方韵味的画卷。芭蕾舞《天鹅湖》截取了原作中的一个片段，加入了中国式注解，将俄罗斯的经典舞蹈展现为中国式表述，在近似自然生态的舞台上无意间竟有了"天人合一"的境界。①这台"既有国际范儿，又有中国风，更有杭州味道"的水上交响音乐实景演出，摄人心魄。与会来宾于湖光山色中，观看水上芭蕾表演，聆听世界名曲，感受中国元素与世界文化的交融与碰撞。

在数字技术日益渗透到艺术领域的今日，中国艺术的"境界"也逐渐渗透在以视听语言为主的影视当中。电影是国际交流的媒介之一，也是国家输出本国文化软实力的重要方式，通过影视人们可以直观地感受到外国的文化，正如美国用自己的"好莱坞"文化输出自己的价值观一样，中国的艺术与精神内涵也可以通过电影来呈现。侯孝贤是华语电影的代表。侯孝贤是华语影坛特立独行、独树一帜的导演，他对电影美学有融会东方文化和道家情怀的潜心实践。2015 年上映的电影《刺客聂隐娘》展现出了侯孝贤独特的审美意境。电影叙事遵循主人公聂隐娘的意识、情感和心理的发展变化，影像风格则取法中国画工笔和写意相结合的笔法，一方面由胶片拍摄所呈现的影像构图和色彩基调类似敦煌艺术中《张议潮夫妇出行图》一类的壁画风格，精致地呈现唐人画卷中的错彩镂金之美；另一方面对风景的把握又充满宋元水墨山水画的韵味，呈现自然造化的"出水芙蓉"之美。②《刺客聂隐娘》显示了侯孝贤难能可贵的创作心态，他不为西方话语所动，更不放低精神的姿态来迎合某些观众低俗的追求，自信地呈现源于中国美学的电影观念，在全球化语境下怀有对中国艺术精神的自信和坚守。从影像风格到情理表达，侯孝贤的电影显现出对中国美学的自觉追求。③

"舞"是贯穿中国一切艺术境界的典型。④ 中国的"舞"作为中国符号之

① 金丹元、张咏絮：《从"意象"及其艺术形态的演绎看传统艺术论的现代性转化——兼涉中西"意象"论之比较》，《艺术百家》，2016 年第 5 期，第 152 页。
② 杨艳秋：《〈刺客聂隐娘〉的纠葛与空灵美学》，《电影文学》，2016 年第 4 期，第 117 页。
③ 葛春颖：《侯孝贤电影的诗意美学品格》，《青年文学家》，2013 年第 4 期 。
④ 宗白华：《美学散步》，上海人民出版社，2015 年版，第 81 页。

一，在当代的许多影视作品中都作为重要元素出现。在《十面埋伏》中，章子怡的两段袖舞飘逸如飞，婀娜多姿。舞袖是中国舞蹈非常独特的一种样式，典型地反映了中国舞蹈独特的文化内涵与审美情趣。"情动于中而行于言，言之不足故嗟叹之；嗟叹之不足故永歌之；永歌之不足，不知手之舞之，足之蹈之也。"我国古代《诗经·大序》中的这段话生动地道出了舞蹈长于抒情的特性。① 在李安的《卧虎藏龙》中，章子怡和周润发在竹林中打斗的武戏，在一片青翠欲滴的竹林中宛若两只游弋其中的白鸟，每一个镜头都是中国古典山水画，是传统古典意境的现代化呈现。

总之，20世纪的中国在融入现代世界的过程中，有意无意糅合了前现代、现代和后现代的诸多元素，传统艺术境界也随之发生了转型和衍变。② 而在全球化浪潮发展的今天，中国传统意境要有更多的创新、更长远的发展，在借鉴与融合西方现代理论及其艺术形态和样式的同时，要坚守自己的中国性，守住自己的根。伴随着经济崛起的中国经验是世界其他民族所迫切希望了解的，而只有现代性的恰到好处的世界表达，才能为世界所接受。这也是传统艺术境界现代性转换的意义与价值。

上下：街道小孔里的底层世界

马尔克斯的孔贡多和莫言的高密县都是文学精神充溢的小镇，汇聚了底层人物悲欢离合、千姿百态的生命画卷。这是他们的写作资源和精神磁场，通过小镇的孔，他们"为卑微者立言"，充分呈现了作者书写时代洪流中个人言说与集体发声之间的张力与变异。

何顿的《幸福街》围绕"黄家镇"这个特殊地域，记录了从20世纪50年代到21世纪以来前后60余年的时代群像，彰显他继续沿着"为卑微者立言"的创作路径，但又与以往的作品有所不同。文本至少在三个层面体现这种不同

---

① 汪继红：《电影〈十面埋伏〉中古典舞蹈的魅力》，《电影文学》，2011年第7期，第141页。

② 万莲姣、黄宗喜：《20世纪中国文学市场化中"文化审美过滤"》，《湘潭大学学报(哲学社会科学版)》，2016年第6期。

的经验层次：首先，透过他多年细致与客观的观察，文本解放了主流历史叙述对渺小个体的刻意遮蔽，这得益于何顿的生死感悟与他多年来深厚且丰富的生存经验；其次，文本对人物心理、情感、欲望前后连贯的微妙把握，体现着作家对人性普遍复杂性所理解的广度与深度，这是与作家经验世界有所不同的独特世界；最后，文本把带有独特地域文化色彩的个体纳入时代集体洪流之中，是中国经验这一重大命题之湖湘特色的镜像表达。

何顿是一个有野心、有责任心、有温情的作家，也是一个十分自律和执着追求的作家。自20世纪90年代之初出道以来，他从未间断过创作，总是以几乎均匀的速度与力量向文学的大海投入属于自己的波涛。即便是前几年，他着眼于抗日题材，并写下了上百万字的《湖南骡子》《来生再见》和《黄埔四期》这"抗日三部曲"，将抗日题材文学推向一个新的高度，赢得文坛的一片赞誉，不少人以为他会沿着这条康庄大道继续向军事文学纵深开掘的时候，他却有意识地停了下来，转身回归到他对都市日常生活的关注，长篇小说《幸福街》由此而生。[①] 许多评论家都讲到他小说的世俗性，讲到他的作品的冲击力，讲到他虚构世界的真实性甚至残忍性，这些固然都不错，但实际上，在我看来，他的作品极具人性的温情和小人物卑微深处的闪光，他持续不断地发掘这些温情和光芒，以此彰显他对转型社会中国普通百姓在成长苦难与时代裂变中的经验书写。而支撑他持续书写的生命力，支撑他不畏难险、执拗于自己的情感世界并沉湎其中的是对创作的自信，对写作的痴迷，对冒险的挑战，对一切未知的、特别是卑微的人与事等的关怀，他从这种持续不断的书写中得到了丰厚的回报。

作家的双脚深深扎根在黑泥巴的地里，于清爽洁净的心灵空间开辟出一方质朴、密实、野性的文学丛林。作为湖南当代作家中富有悲悯情怀和人文精神的现实主义作家，何顿聚焦于人性的拷问、时代的浮沉乃至乡土文化的深层隐痛，个体的命运在时代大潮中反复跌宕，难以把握，而这些"艰辛的尴尬"和"人性的闪光"全部浓缩到他特定的故乡"黄家镇"，这是像马尔克斯笔下的孔贡多和莫言笔下的高密县一样的文学小镇，何顿数十年深耕其间，铺

---

① 何顿：《幸福街》，湖南文艺出版社，2018年版，第12页。

展开一幅完全属于何顿特色的底层人物悲欢离合、千姿百态的生命画卷。在"黄家镇"，何顿的写作资源是源源不断、不可遏止的。

某种意义上，何顿的《幸福街》是对以往的"黄家镇"的深情回望，通过聚焦 50 年代到"文革"结束以及改革开放到 21 世纪前后跨越六十年的时代更替、裂变，彰显他继续沿着"为卑微者立言"的创作路径。

一、审视无人见证的牺牲

杰姆逊认为"文学是社会的象征性行为"①。《幸福街》承载着社会变革的力量，是 1958 年以来中国经验与市民成长的文学性表达。何顿不是写一个家庭或几个特定的个体，而是以群像的形式，来书写他们这一代人甚至几代人的整体风貌。即是说，何顿并不着力于古典崇高的、宏大英雄的叙事模式，相反这是一部世俗的，甚至日常化的"小历史"，是无人见证的潜历史，许多人的变故与牺牲，都打下了时代的印记，可许多人都视而不见，或者习惯于视而不见。而有别于一般"历史"的是，《幸福街》中多个人物并没有按照我们所感知的公共空间的线性时间连缀起来，恰恰是不同"声部"喧嚣并杂，绝大部分篇章间并无大的因果关联，更像是作家在不同空间弥留下的"记忆碎片"，这样的碎片与后现代社会的文化残片有机地契合在一起，使文本呈现出一种带着汗味、烟味和辣味的混搭风格。小说中流动变换的空间场所被何顿在不经意间穿插入极为敏感的"时间点"，作为分割历史的界碑或标杆。何顿着力写"小人物、小历史"的《幸福街》从不回避对历史的责任，更不回避对时代的关涉，相反，他既还原中国经验在社会潜流暗礁中的曲折晦涩的文化脉络，又解放了主流历史叙事对渺小个体在时代大潮下的刻意遮蔽。

作品触及的社会问题显示出何顿惊人的笔力和全局意识。全书涉及的人物多达几十个，在张小山、黄国辉、何勇、黄国进等男性人物不经意的对话间，他将人物生存的时代背景和故事发生的血脉根源和盘托出，态度分明，包括劳工问题、商业买卖、娱乐麻痹、贪腐乱相等尖锐的社会矛盾，何顿都

---

① （美）杰姆逊：《政治无意识——作为社会象征行为的叙事》，王逢振、陈永国译，中国社会科学出版社，1999 年版，第 15 页。

有自己的创作诉求，他不是简单地描绘与呈现，而是上升到精神的高度和思考的亮度。同时，他笔下的林阿亚、陈漫秋、杨琼、黄琳、周兰等一批女性，在时代的阵痛与社会急剧的转型中，有的丢失了自尊和纯美而自甘堕落、随波逐流，有的在翻天覆地的变化中扬起自救之舟、自强自立。两代人的道路抉择，步履荆棘、伤痕累累，每一个情节、每一处描写、每一种矛盾都因日常伦理与道德秩序而起，都流淌着"幸福街"居民的喜怒哀乐，都烙刻在时代的创口上，都无可奈何匍匐于命运的狡计之下，徘徊于物质与精神、形而下和形而上、个体与群体的两难的生存困境，这样的书写，是经验性的，也是审美性的，读来令人辛酸和动容。

正如我们看到的那样，这部现实主义小说抛开了巴尔扎克所奠定的"经典"模式，不愿着力于事无巨细的"典型"塑造，也找不出小说中一环套一环、步步紧逼的所谓的情节"高潮"，甚至主人公也不是一以贯之的，而是随机出现的，像日常生活流本身那样。可以说，《幸福街》中的底层人物才是小说的真正主角，每个人物不同的生活遭遇和悲喜剧就是属于他们自己的情节"高潮"。底层人物的浮沉，不是何顿的纯粹虚构，在生命的桃花源里，富有诗意和乌托邦的气质。相反，底层人物没有羽衣蹁跹、谈笑风生的优雅，只能偶尔在杨梅树、柚子树下或喝酒消愁、或谈情说爱，打着赤膊，裸露身体，粗俗而真实。这样的书写，更多的是在群体的裹挟与绑架中步履维艰、为自我的生计和发展日夜奔波，是大时代下的小人物的挣扎与沉浮：杨琼因丈夫的厄运只能做暗娼，黄琳为一颗野心而变得刻毒、虚伪，周兰由爱生恨，赵春花终冰释心结……尤其是"文革"时期林阿亚抱着父亲冤死的骨灰向空旷大地的哭诉，真实还原了当时妻离子散的家庭悲剧，是辛酸的控诉，更是尖锐的抗争。

在《幸福街》中，成长的阵痛与绵密的苦难基本上依照民间所公认的价值伦理最后获得了善恶公正的裁判，有着王国维喜欢的"诗歌的正义"的特色。小说结尾，何顿虚构的"黄家镇"这个地域走上旅游致富的道路，焕发生机，虽少了波澜壮阔、收束总结的气势，却更像一部新小说的开始，等待着何顿接力棒般的续笔。底层人物的世界是永远无法完结的，充盈着原始生命力的流动，借由作家个人的生存体验和立场解读表达出来，《幸福街》体现着作家对历史时代和个体命运的关切。从宏观层面上看，作品已经从地域达至整体，从乡土走向城市，从特殊走向普遍。作品看似是对一条不起眼的街道的书写，却饱含着自古以来文人骚客血液里流淌着的"附拾天下"的雄心或"家国同一"的情怀，即作家对世界的整体性眼光都可以从一个或虚构或真实的暗角里淋漓尽致地扫射开来。无论是《红楼梦》中重门幽深的"闺阁"，还是鲁迅笔下的"未庄"等等，都无一例外体现"一"和"多"辩证统一的哲学之道。社会转型时期民间的精神截面，几乎都可以在《幸福街》中找到其对应的人物与细节。这种精神截面即是卑微的个体随着历史洪流、时代脉搏同呼吸、共分担的惶恐与不安。其实，对这些社会问题的见识与把握，饱含着作家何顿个人的生存背景与成长经历，具体来说，这是从"文革"一代成长过来的何顿，他的独特性和对现实的把握与思考所决定，他将对现实、对历史、对世界感受的经验浓缩到他的笔下，并将这种经验，包括黑暗与光明，和盘托出，由此映射出作者描摹现实（包括隐含的讽刺与批判）时所呈现出来的原始底色。

二、人性深处的欲念之罪

在韦勒克（René Wellek）看来，伟大的小说家们都有一个自己的世界，人们可从中看出这一世界和经验世界的部分重合，但是从它的自我连贯的可理解性来说，它又是一个与经验世界不同的独特的世界。① 在《幸福街》中，微观的地域之内形形色色的人物形象千差万别，但令人钦佩的是，何顿把人性隐秘的、复杂的情感前后贯穿起来，诸如人性中的善与恶，卑琐的欲望与崇高的理智等，借由人物的行为体现着小说叙事的情感逻辑。

在叔本华看来，人是欲望的凝聚体。透过人物多舛的命途与成长的苦难，作品把人性中的罪恶和原欲依托人物关系淋漓尽致地展示出来。例如作品对"文革"时代中真实的政治生态都有着近乎残酷而真实的描写，都符合人性发展的逻辑。林志华被屈逼成"国民党特务"入狱，却不想连累前妻，但当

---

① （美）勒内·韦勒克，（美）奥斯汀·沃伦：《文学理论》，刘象愚等译，浙江人民出版社，2017年版，第208页。

他得知前妻周兰在外追求自己的幸福后，林志华深觉受到了背叛、转身诬告周兰为"国民党特务"，面对入狱后的前妻，"几年里他第一次有一种畅快的感觉，猥琐的脏脸上挂着笑，觉得自己终于惩罚了这个无情无义的女人！"①如果说林志华的"恶"带着成年人世界的算计和对情感的绝对占有的话，那么，更令人胆寒的是才上小学的"大魔王"黄琳全然丧失了儿童的天真和纯洁。在那个讲求出身制度、等级制度的年代，"官二代"黄琳幼小的心灵就显露出畸形扭曲的一面，这个学校的"大魔王"渐渐发展成一个既是有受虐倾向的"性变态"，又是征服欲极强的"女强人"。她内心深处对权势和男人的变态性渴望，恰恰显示出她内心美好欲念的匮乏，使得她无法健康地获取婚姻上的幸福。当历史告诉我们习惯性地把"文革"时期人与人之间的迫害全部推诿到"四人帮"时，无论是作恶者，还是受压迫者，底层人物的"痛"就被一种陈旧的历史叙述丢到了历史的"垃圾桶"，逃避自身存在的劣根性虽然使整个民族面向未来时可以再次假装，"轻装上阵"，却让整个民族不敢正视自身的"痛""伤"与"痴"，造成人人紧张、焦虑与失语。因此，《幸福街》的高明之处，不仅是在细数时代、民族、国家的集体无意识的罪恶，更是在与人性的对晤中，揭露底层个体在追求"幸福"目标时的自我阴暗面、隐蔽处的逆向"张力"与"悖离"，这和真善美形成了截然的对照。何顿将人物塑造得立体、丰富、多元，他摒弃了"灵与肉"之间斩钉截铁的分离，他宁愿让美好的胴体连着一丝脓血，让你看到纯洁的灵魂也可能随肉体一起被原欲的脓血所玷污。在何顿看来，"人家写好人好事，让善良的人们看到希望。我写坏人坏事，是想展示人性的弱点，给读者以启迪，作家不一定都要唱赞歌，也不用扮成一个伦理道德的捍卫者。"②何顿是这样想的，也是这样做的。

更为深刻的是，何顿对人性欲念之罪的书写，是中国经验这一宏大命题在人的意识内部赋予的微观且隐秘的指涉。"文革"对人性"改造"失败，却将本应束缚人性之恶的伦理底线和道德底线打乱了，而社会转型后，商业因子无孔不入，"金钱至上"的功利价值观更放弃了对人性"启蒙"与"救赎"的

---

① 何顿：《幸福街》，湖南文艺出版社，2018年版，第132页。
② 聂茂：《家国情怀：个人言说与集体记忆》，中南大学出版社，2018年版，第29页。

承诺，在"只问结果不问过程"的现实生活中，不择手段，笑贫不笑娼等诸多的"恶"日渐浮出水面，留下新一轮改革迷惘与道德疲软的后遗症。小说中，张小山倒卖假酒，黄国辉街头暴力，王进私卖农药毒鱼，农民兜售注水猪肉、催化蔬菜等，无一不令人触目惊心，但谁敢说这仅仅是幸福街上才有的事情吗？这难道不是当下都市社会的真实缩影吗？在幸福街生活的两代人跨越了中国不同的历史时期，可农耕习性氤氲下的野性生殖力却在他们之间"惯性"传递，映射出中国社会从传统到现代、从无序到有序、从边缘到中心的转型阵痛，在何顿的笔下，读者能够强烈地感受到这种时代更替、裂变时道德与价值的失规、失衡，信仰的失守、失落，等等。人之为人自然有超越其自然存在的一面，但也因为人的意志的有限性、意识自身的局限性和文明的程度差异，使得人无法摆脱粗粝、野蛮、自私的原欲、主观性和内心深处的阴暗。在黑格尔看来，这种个体性、主观性是自然人、个别人的体现，与客观的普遍性相分离，从而与现实的定格在"保持相对的否定性"。这种个体性与否定性就是"恶"。当"恶"成为历史发展的动力，灾难也就无可避免，而且这种灾难往往不是"天灾"，更多的是"人祸"。透过何顿的小说，我们清楚地看到，社会转型时期蕴含的痛点，竟然在一派狂欢与赞颂的对历史荒诞的评价中体现得淋漓尽致，这难道不让人对原欲之"恶"产生强烈"自警"吗？诚然，何顿写作时，并不希望从理论上或哲学上对一段历史做出审判，他只是忠实地记录着历史如何发展到今天，"我们是从哪里来，要到哪里去"。这样潜在的小说逻辑也暗示着中国经验不仅是主流社会和主流文化的话语记录，更包含着时代心理、潜历史、小人物、民族习性、地域环境等因素的"共谋"与"博弈"作用。费孝通先生在《乡土中国》中认为中国人最大的毛病就是"私"。这种"私"恰恰体现了人性的复杂之处，却实际上偏离了国家政权和主流话语对大众"教育""设计"和"规划"的初衷。如果说，以"公"之名得来的"幸福"是主流文化宣扬与歌颂正义的"彼岸"，是人人共奔的幸福而美好的"乌托邦"似的图景，那么书中赵春花的自闭和对女儿的严格控制，何勇等人和飞黄腾达的陈漫秋、林阿亚之间产生的"分割感"，恰恰隐暗着主流文化话语对民间真实生活状态的失策与遮蔽。

人性在现实境况下折射出来的超越性同样被何顿客观地呈现出来。书中陈漫秋与黄国进二人的勤勉上进、洁身自好就体现着他们对道德的自律，对善的坚守，对美的信奉，这些试图超越自身所处时代的功利性的立场，亦体现着作家在写作时对人性深刻的反省和批判。例如，书中有一个细节，颇能体现何顿的想法：何勇在一次行动中，发现卖淫女中有一位妻子单位的女工，他将此事告诉了妻子，原以为妻子会吃惊的，结果妻子只是愤愤地说了一句这个女工原本就不是一个好东西，话虽如此，但妻子唐小月叮嘱何勇对这个女工"能少罚点就少罚点"。这个细节很有意思，一方面反映了幸福街居民有着传统的道德标准和价值准则，另一方面，当有人违背这种价值准则而滑入犯罪的黑暗时，人们不是一味地谴责和落井下石，而是闪现一丝同情和怜悯，这种同情和怜悯像一杆秤，彰显了幸福街居民内心深处的温情。正如英国唯美主义作家王尔德所言："每个圣人都有过去，每个罪人都有未来。"同样，《幸福街》中的幸福之街，或许隐藏着罪恶的过去，但尚有光明的未来。《幸福街》居民之所以"幸福"地活着，不是他们没有罪恶，不是他们没有黑暗，不是他们不经历风雨，恰恰相反，他们在看到了太多的罪恶，发现了太多的黑暗，经历了太多的风雨后，他们有了自己的道德评判和行为准则。这些道德评判和行为准则就是远离着法律和体制力量的乡规民约一样，将百姓的日常生活打理得妥妥帖帖，顺顺当当。某种意义上，这是中国传统文化的内在力量，它有着魔法一样的制衡力和平衡性。

三、地域文化如何"嵌入"中国经验

由上可见，中国传统社会历经千年，积淀深厚，《幸福街》展现了在追求现代化的努力方向中，黄家镇民间秩序的儿女私情、兄弟义气、惩恶扬善等传统文化价值仍然发挥着独特的作用，无论是礼崩乐乱、人人自危的"文革"时期，还是改革开放之后，拜金主义盛行，商业因子横冲直撞，《幸福街》按照自己内在的"小逻辑"发展，居民们吃喝拉撒，婚葬嫁娶，既有历史积习，又有时代特色。这种历史与时代，具体到何顿的小说中，就是他对湖湘地域文化的精神溯源，即将一条街的文化特色"嵌入"到中国经验的宏大背景中，一如沈从文将"边城"打造成旧中国所有美好乡镇的"模特"一样。这是写作的气度，也是一种野心。

湖湘文化的精髓是"淳朴重义"与"勇敢尚武"兼具，"经世致用"与"自强不息"并行。① 而在何顿的小说人物性格的塑造上，一批坚韧不服输的形象跃然纸上，如失去父亲的林阿亚并未放弃希望，努力考取研究生；出身不好的陈漫秋从书中汲取自信与勇气，最后获得了幸福；一批抱团取暖的天真少年以蛮力和拳头对抗世界的残酷，如表现正义形象的何勇、黄国辉在那个秩序混乱的时代于小树林里练拳健体，对受到欺负的朋友喷发强烈的正义感，出手相救；一批敢为人先、牛气冲天的创业者，如张小山在千年古镇上"敢为人先"，开起第一家红玫瑰舞厅，生意败落之后仍不服输，渴望东山再起；一批心地善良、扶危助困的领导者，如李咏梅校长接济无家可归的林阿亚，区长黄迎春任人唯贤扶助赵春花，化解了她多年的仇恨心结。诸如此类，这些人物都是何顿借助湖湘文化的精神气质着力刻画的时代群像。不仅如此，在小说人物语言的选择上，大量彰显长沙地域特色的方言口语是何顿一贯的表现方式，也与小说的虚构地域"黄家镇"彼此匹配。生活的真实，语言的真实，人物的真实，读者很快产生"代入感"，有了阅读生活本身的艺术效果。

萨特在论述文学与现实的关系中，认为文学是对社会的"介入"。简言之就是凭借文学创作对现实进行干预、回馈。《幸福街》表达了何顿对抗"遗忘"的创作诉求，通过构筑一方独特的地域，他追问过去、追问历史，其目的恰恰是关照当下，关照整片中国大地。但《幸福街》这部作品又不止步于历史的"回忆录"，而是饱含着何顿的情感、思考和反思，超越一般写作功利性的目的，特别是何顿大病之后，他对生与死的理解更加透彻与豁达，更能客观、冷静和准确地揣摩和把握小说中各色人物的微妙心态。小说中的反思不同于20世纪80年代的阶段性反思那样具有妖魔化和泄愤的倾向。时隔多年，何顿内心尚有余温，怀着湖湘人该如何谋生、如何发展、如何与时代接轨等一系列思考，他不拘泥于特定的善恶是非，尽可能纵横捭阖、气度不凡地去描写泥沙俱下的时代，把"文革"前后以及改革开放转型的不同时期以书写个体生活的方式勾勒出来，以丰沛的个体经历"嵌入"到中国集体经验当中。

杰姆逊的民族寓言理论认为"甚至那些看起来好像是关于个人和利比多

① 聂茂：《政治叙事：灵魂拷问与精神重建》，中南大学出版社，2018年版，第16页。

趋力的文本，总是以民族寓言的形式来投射一种政治：关于个人命运的故事包含着第三世界的大众文化和社会受到冲击的寓言"。① 这种对个体故事和感受的书写，正以一种秘而不宣的方式传达着社会集体的生活和经验。在我看来，这就是一种中国式的"嵌入"。这种"嵌入"方式的独特性在于，作品抛开了公共时间轴所建立的参考坐标，代之以人物的对话和矛盾冲突的阶段性聚集，通过底层人物间的这些对话，通过一系列个人与时代、时代与历史、小我与大我的尖锐冲突，使文本具有丰富的政治暗示性、事件的对应性和符号的指向性。历史教科书上对不同时期的时间段做出的人为的"割裂"，使得我们在理解真实时，往往造成一种缺乏经验的陌生感，但在《幸福街》中，整个"黄家镇"作为一个横向的整体和两代人物命运作为纵向的、延续的生命体，构成了横纵交织的完整的世界，这使得读者在阅读中产生了自我的虚构和对虚构的失察，即完全置身其中，而忘记了这只是一部小说，读者甚至还和人物一道在尖锐的矛盾下做出痛苦的选择。例如，赵春花母女的命运遭际不妨说象征着"文革"时被政治立场所拒斥，后又为体制所接纳的那一批人，而黄琳、高晓华等人不妨说象征着在"文革"时"风起云涌"后又忽成了不受体制宠爱的"弃儿"的那一批人；何勇、黄国辉等人年轻时"宁做社会主义的草"放弃读书与陈漫秋、林阿亚发奋充实自我则又有所不同；张小山与何勇成年后一个利用小聪明做了时代的"弄潮儿"，一个发扬正义做了人民警察，二人结局则大相径庭。你会发现，作者有意识地将不同个体的命运对照来写，每个个体各自独立又互相影响，将不同人群(共相)的道路选择寓于每个个体(殊相)鲜活的生命经验之中，体现了文本中所呈现的"民族寓言"的中国特色。

总之，民间十足的烟火气、世俗性和泥土味都可以在《幸福街》日常化的叙述中找到客观的对应物，底层人物的情感抉择、矛盾心理都可以在《幸福街》传递的时代经验中寻求解放的生存路径。这是何顿十年如一日对湘湘文化带有自上而下的原始性与客观性的探寻。与何顿以往小说如《青山绿水》②

---

① 杰姆逊：《晚期资本主义的文化逻辑》，三联书店，1997年版，第523页。
② 何顿：《青山绿水》，湖南文艺出版社，2013年版，第3页。

大都呈现的开放式结局不同，《幸福街》中的人物大都历经了从幸福到不幸，而后又回归幸福或看起来幸福的生活。而"幸福"更像是时代动荡之下民间大众渴求的"安稳的底子"。作者个人以往的生存经验，作品中人物的生存经验，以及作品所展示的微缩的中国经验，这就是我们看到的《幸福街》小说的全貌，虽然充满了疼痛、羁绊、无奈，但似乎都在异口同声地呼喊着对健康、幸福永恒的追求。小说虽然没有"抗日小说"或志怪小说一样奇异，但却比奇异的真实更具有代表性。① 它有别于国家层面的宏大叙事，无意为历史正统叙述而讳莫如深，却同样波澜壮阔。何顿将一直在探究和还原民间真实心态的路子上走下去，继续做历史和时代的忠实的"书记员"，他将会创作出更多属于自己、也属于这个时代的精品力作。我们拭目以待。

---

① 勒内·韦勒克，奥斯汀·沃伦：《文学理论》，刘象愚等译，浙江人民出版社，2017 年版，第 207 页。

第六章　生态的提纯

人类进化的历史就是从食物链末端走向顶端的历史，在此过程中，人类改变自然、控制自然的欲望不断增强，从原始初民的狩猎采集，到人工智能和机械自动化，人类的认知能力和生存技能突飞猛进，信息量呈现出几何级增长的态势，整个食物链被重置，地球生态发生了翻天覆地的变化。农耕时代，土地被开垦，植物种类减少；工业革命时代，废水、废气排放，海洋和空气被污染，动物种类减少，可以说，人类的活动范围不断扩大的过程，就是其他动植物不断退守消亡的过程，人与自然和谐共处日益成为社会的主题，文学也从征服自然的热情中冷静下来，不再为大杀四方的壮举歌唱，不再为改变自然的豪情自矜，而是把自然作为书写的对象。

新时期文学表现出自然与家园、与人的高度契合，自然器具、弄堂小巷、时令节气都显示出作家崭新的审美视野。人是自然的组成部分，自然是人的终极家园。梭罗的《瓦尔登湖》为自然生态文学拓展了一片独立的天空。当年，梭罗住在马萨诸塞州康科德城的森林里，方圆一英里，杳无人烟。在瓦尔登湖畔，他亲手建起自己的小房，衣食住行，一切从简，全靠双手养活自己。这样的日子持续了两年零两个月后，他重新回到城里，突然发现，面对城里的"文明生活"，他很不适应，像匆匆过客，怀念在瓦登湖时的原生态生活，于是写下这本书，以"向后转"的方式，忠实地记录着在瓦尔登湖的日日夜夜，找到了都市喧闹和紧张压抑中的精神表达，唱响了一曲原态生活的诗意挽歌。

生态文学是一种慢的艺术，它为当代人提供另一种现代审美体验，把我们从喧闹的世界和快节奏的紧张中抽身出来，回归到宁静的生命本身，探寻内心的渴望和真实的需要，外在粗放的原态生活因为审视、感念、理解和尊重而得到温情的定格、舒缓的释放和客观的呈现，这种定格、释放和呈现大大提升了生命的质感，促使生命进入新的境界，充溢着物质之外的精神愉悦。城镇小巷、器具物什、节气时令皆是如此。

生态文学重新重视人与自然的高度融合。大千世界，皆有时序，物归其所，人归其安，这种时序使整个世界变得清楚明朗，生机盎然。春天来了，花儿就会开放，即便是路边最不起眼的花儿，也会吐出哪怕是微弱的芬芳，不会错过自己的生命季节。虽然，就像"春分"这样的时节，昼夜等长、寒暑平分、阴阳相半，但是，分成了两半的春天仍然还是春天："是春天，总有花开花落，既不曾怕花开，也不必怕花落。"天理人伦，各司其职，有了这二十四节气，这人世间的一切，均可顺其自然，不用着急，也不用惧怕，尊重天地的真实状态，坚信一切自有结局，如此才能学会在繁重的生活压力中得到解脱，享受远方的诗意和生活的惬意。从这个意义上说，这不仅仅是一种节气文化，更是一种中国人自古以来尊重和秉持的"天地无极、乾坤有度"的精神信仰。

器具：在自然器具的摩挲中勾勒原始生活

黄孝纪《晴耕雨读，江南旧物》（天地出版社，2018 年版）属于慢的艺术，它是继《八公分记忆》后又一部生态文学力作。文章均写于义乌，在烟雨迷蒙的江南小镇，作家用平缓、温情的笔触从容书写着过往的日子发生的与农家器物相关联的故事，表现了柔软浪漫、返璞归真的人文情怀。全书收入 75 篇散文，匠心独具地将其划分为草叶、铁器、瓦器、石器、杂具五个篇章，像一部乡村旧器物的百科全书，引导读者将目光投向日益淡漠、忽视、遗忘的农家器具，通过讲述生活中的点滴故事，唤醒读者的集体记忆，探寻传统中国人的文化根基。

一、原始场景里的原味器物

作者精雕细琢，童年的乡村生活给了他取之不尽的灵感源泉。他不依赖新奇与巧合，哪怕是全新一代完全生长在城市环境的读者，只要骨子里仍然流淌着农耕民族的文化血液，就能够不约而同地与文本达成情感共鸣。全书最让人感到神奇的是，文本虽然只是单纯地记录曾经有过的乡村生活，展示的器物也大多稀松平常，却能散发出一种蓬勃的生命力，字里行间充盈着一种素朴的美感。

《庄子·外篇·马蹄》中"素"本指生丝，"朴"则是原始木材，"素朴而民性得矣"，《马蹄》篇表现了对束缚和羁绊的挣脱，提倡一切返归自然的主张。《晴耕雨读，江南旧物》实际上是对自然观念的现代演绎。在作者笔下，"素"是旧物造型的简单、功能的实用，它们体现了自然自由的生命形态。比如，《草叶》篇有斗篷、草帽、蓑衣、秆铺的故事，《铁器》篇是油糍粑灯盏、猪草刀、三齿锄、二齿锄的过去，《瓦器》篇则是搓线瓦、宽口钵、腌菜瓮共同敲奏的交响曲。这些遍布于乡村寻常人家的生活必需品是村民们日常劳动的好帮手，但是这些用得陈旧、破烂而且没有任何装饰的农具究竟有什么美感？在快节奏、高强度的都市生活中，人们忽略了普通物什应有的启示。乡村里没有什么东西是多余的，没有什么是需要抛弃的，破得不能再穿的草鞋扔到灶屋与柴火杂物为伍，任其蒙垢生尘，最后也会卖破烂，换回几分油盐钱；用久了陈旧发黑的斗篷拆散了可用来引火；烂草席变为村边茅厕门上的挂帘子；断过很多次的棕绳会套在窗外墙钉上，或用来挂晾衣的竹竿、套在木梁上、挂菜篮箩筐，每一件物品都自然而然地由新使用至旧，哪怕没有什么作用，人们总有办法物尽其用。现代社会费尽心思地设计一些烦琐的工序增加商品的附加价值，恰恰忽视了化工制品是没有生命温度的，无法像取之于自然的那些斗篷、蓑衣一样，理所应当地回归土地，因此也永远没有办法在一只旧塑料袋上发现素朴之美。

二、原先生活中的原初回忆

所谓"素朴"之美，重在"素朴"二字。素者，清水芙蓉，毫无雕饰，是洁之体、净之心。"朴"，指的是淳朴、质朴、简朴等，是一种生活态度。素朴之美彰显民风之淳、农具之朴、村民之美。在《挂锁》一文里，作者描绘了"桃花源"的情景，三十多年前的八公分村里，有文化的人不多，但是满怀馨德的人比比皆是，村人长幼有序，人与人之间宽容、平和、互助，每家屋门上的挂锁只是摆设，即使出远门锁上了，钥匙也会随意地挂在显眼的地方。人心有形，圆润透明。虽然书中描绘的场景发生在三十多年前，但现在，村民们特别是老一辈人仍喜欢收藏过往的农具，像收藏一段沉甸甸的回忆，包含着辛酸、泪水和欢乐。

在工业流水线生产的社会背景下，生活必需品早就不是稀缺资源，不用通过早起赶圩购得套鞋斗篷，辛苦挑回家，更不是家庭成员间亲手编织草席。物品的获得太过容易，高效率的生产使生活更新换代，商品时尚的风潮刺激着大众对物质乐此不疲的追求，却忘记了赖以生存的生态系统早已不堪重负。庆幸的是，大家可以从这本极具南方地域特色的乡土器物散文集里，读到那些承载着过往生活的"朴素之物"，在这些非流水线生产的"普通之物"中，感受原始、亲近自然的渴望。那些与肌肤亲密接触的草席、点亮了黑夜的煤油灯、寄托了对祖先最真挚的祝福的钱凿，以及在乡村盛宴中担重任的汤罐，都是原态生活的真实凭证，轻轻地触摸它们，一如触摸压抑已久的秘密，温馨而美好。

小巷：在小巷趣味的追寻中玩味小镇诗意

生活在都市里的每一个人都有自己的"瓦尔登湖"，不同的人、不同的经历与对生活的不同感悟，"瓦尔登湖"的形象也不一样。张觅年少时在湖南湘阴的小镇度过，对她而言，家乡的小镇，就是她心中的"瓦尔登湖"，每当夜深人静或一人独处的时候，她就会情不自禁地想起那些昔日的过往，宁静的小街和街上油画般"飘"过的人和事，她在时光中打捞，执意而自觉。散文集《光阴小镇》（北京工业大学出版社，2015年版）就是张觅精神书写"向后转"的重要见证。经历了喧哗都市的淘洗，作者向往"心远地自偏"的家乡小镇生活，一如梭罗对瓦尔登湖的念想和追忆，小镇上的草木、物件和平凡的人都洋溢着旺盛的生命力，嵌着绿色的光芒和原始的味道。

一、庸常的安静与日常的优雅

作为都市忙碌生活中的暂停和情感回望，张觅在书中进行了一场温暖动人的生态回归之旅。《光阴小镇》串联着一系列美好的意象，作者在追忆小镇生活的同时，表现出了关于湖南小镇的独特的审美经验，通过有温度的文字呈现了中国小镇独有的安静优雅和湖南小镇特有的质朴和日常的"庸俗"。例如《小巷》描摹了晒太阳的老太太"闲话家常，神态安详"的模样，感觉"她们像是浸在一帧老照片中，泛黄的"。人与自然的和谐之美在记忆深处开始涌动，旧时光回来了，小镇上的人在慢节奏下与大自然、风、阳光吹拂的"天人合一"的生态境界完全融合，令人难忘。在《外婆的绿色庄园》中，一颗颗蔬菜在"我"外婆眼中都是通人性的，它们就像需要保护的孩子们的灵魂。小镇年轻人再熟悉不过的一景一人、一草一木都在作者细腻而轻柔的描绘中栩栩如生。家乡小镇里的坛子菜、芝麻豆子茶、腊肉、路边的凉粉、棉花糖、蛋糕铺、甜酒、薄荷绿豆冰棒等"儿时的味道"跃然纸上，岁月的积淀使得这些早已淡出人们视线的淳朴食物散发出历久弥新的醇香。对这些自然原态、不加雕琢的美食的偏爱与留恋表现着作者回归自然的内心渴望，她不愿做都市匆匆的"文明的过客"，而要做生活的参与者、见证者和表达者。只有贴近自然的生活，人的心灵才是自由、宁静而祥和的。张觅的"向后转"，击中都市的神经，唤醒人们最原始的良知，去关爱和善待生命中的一切，就像小镇中的人与自然一样，他们贴近阳光风雨、树木草花，善待一棵蔬菜，回归原始淳朴。张觅追忆这些极朴素的自然的食物、人、景色，包括夏天的风、春天的花香等，贫寒岁月里所有值得怀念的芬芳、苦涩与亮光都一一浮现在读者面前，真实而温馨。

二、纯真的样态与纯净的心情

现代生活追求着高雅和体面，注重精致的妆容，青睐奢华的甜点；人与人之间关系冷淡，处处设防；即便是传统节日，也失去了旧时的欢喜和质朴，一切都飞速地变化了。可贵的是，张觅面对高雅、精致和复杂的社会，没有急匆匆地向前追赶，相反，却依照坚守自己的初衷和温婉秉性，心甘情愿地

"向后看"去，愿意等一等小镇的时光。实际上，张觅留下的是我们共同的记忆，是简单纯粹的美好时光。正因为此，在《光阴小镇》中，童年时光中一块普通的香蕉状蛋糕却比如今摆放在玲珑盒子中的甜品更美味，小镇上的年轻人不施粉黛的素颜，更有着"清水出芙蓉"的天生丽质和小镇风姿。

作品里的生活原态更接近生命和自然，贴近阳光和泥土，有着青草的芬芳。在物质层面上，小镇里的人与绿叶红花、小鸡、小鸭、小兔子、蚂蚁、蝌蚪这些鲜活的自然物和生命紧密联系，这对大多数生活在城里的成年人而言，正是逝去的童年和纯真童趣的真实写照，是他们心中的"桃花源"或"瓦尔登湖"。他们的童年也和这些活生生的生命联在一起，没有如今无休无止的手机游戏和时刻可以播放动画片的平板电脑，他们的集体记忆是和欢快的小蝌蚪联系着，和摇摇摆摆、脆弱的小鸡小鸭联系着，和可爱纯良的小兔子联系着，和小摊上的糖画、臭豆腐、棉花糖、爆米花联系着，是一代人纯真和质朴的见证，是原生的、古旧的心态的时代镜像。对幼小动物的怜悯和喜爱构成张觅对小镇文学场域里的生态思维和独特表达，彰显着作者的生态关怀精神，其情感所指主要是关乎飞鸟、树木、鱼、走兽等世界命运共同体成员，它们都应受到普世关怀，而不仅仅限于人类。在《虎皮鹦鹉》《小兔子》《小鸭子》《蜻蜓》《蚂蚁窝》《蜗牛王国》等篇章中，张觅以童稚温柔的眼光去审视和观察这些弱小的生命，有着怜悯和惊叹，当一个幼小的生命对另一些渺小的生命施以关怀与爱，展现出童稚的天真与无私时，这难道不是"文明人"应该做的吗？

《光阴小镇》追求自然率真。年少的欢喜、羞涩的爱情一尘不染，一个眼神的交流，一次会心的微笑，一次肆意的聊天，青春年少的朋友们在毕业册和纪念册上的真诚告白和美好祝愿，所有这一切，都凝结成一个个袒露的不带伪饰的美好回忆，这是作者人格意义上的自然主义选择。人格上对自然的复归表现为对"原始性"的展现，是事物本身的自然而然的生长和涌现，其中内蕴着大自然无限的生机和能量，小镇朋友们在与"我"的交往中展现出来的情感的自然生长和涌现便是个人人格对自然的归复。作者对小镇的回忆是生命过程中的返璞归真，是真挚、自然的。例如书中对男孩"小小"的呵护，对前桌"樱木花道"的欣赏，对双儿甜美的友谊，对与未来伴侣水到渠成的恋爱向往，等等，这些描写，是作者情感的自然涌动，恰与西方的自然主义写作产生意义的共振，是树梭罗"瓦尔登湖"在中国小镇的另类呈现，昭示着作者不愿成为"文明的过客"。这些精神上"向后转"的真诚书写，足以证明：在森林般扩展的城市里，人们在精神和物质上有着对真诚、纯粹、简单自然的强烈渴求和向往，以及对于宁静生活和诗意栖居无法抑制的浓烈的爱。

节气：在节气文化的阐释中展现天人合一

春夏秋冬，雨露霜雪。2000 多年前的古人观测天文、气象，识别时令、物候，总结出了四季轮回的客观规律，揭示出了农耕生产的现实节奏，由此形成了中国传统文化中一种独特的节气文化体系："二十四节气"。这一凝结了先人古老智慧的文化表意系统不仅是漫长农耕时代社会生产的时间指南，还是文人雅士敬畏自然和感时伤怀的诗意表达，更是普通老百姓崇拜天神、品味万物的生活美学。春种、夏长、秋收、冬藏，一切是那么井然有序，天经地义。尽管这种节气在如今高速发展的现代文明中遭到了冲击，失去了其原有的功能与指导意义，某种程度上成了日历牌上的节日符号或乡村记忆，但就其本质而言，这种时间轮回所揭示出来的自然规律迄今为止仍然是中国人与大自然之间奥妙而和谐关系的续演，其中的文化传承意义深远而厚重，值得人们认真思考。

一、万物有序背后的生命力量

改革开放以来，随着中国经济的快速崛起、日常生活的显著加快和商业因子的无孔不入，乡村文明形态逐渐慢慢退出社会生活的中心位置。在汹涌而来的时代大潮的感召下，越来越多的农民开始谋求更为宽广与丰富的生存空间和发展机遇，争先恐后地向城市涌进，成为推动城市快节奏生活的打工一族。对于仍然留守在故土的村民们来说，这些人摇身一变成了"城里人"；然而在城里人的眼中，他们漂泊不定，始终还是地道的"农民"。这种模糊不清、反差极大的身份焦虑无疑使他们的生活处于一种尴尬的境地，他们的劳动价值无法获得与他们的辛勤付出匹相配的情感认同，再加上本身的生存压力与难以适应的生活节奏，令他们痛苦不堪、身心俱疲，在这种情况下，他们终于懂得了故乡，懂得了原本属于他们的"慢生活"是多么的弥足珍贵，夜深人静，那些埋藏在记忆深处的四季更替、光阴变迁的故事重新浮现出来，虽遥不可及，仍不断怀想。

文学有魂、有根。二十四节气，就是一种民族之魂、精神之根。诸荣会敏锐地感受到这一点，感受到转型社会的都市人的心理焦虑，感受到他们对曾经有过的"慢生活"的向往。因此，他把笔墨伸进都市人的情感最为脆弱的部分，聚焦节气文化，通过对这一传统文化背后所承载的生命力量进行重新发掘与审视，由此找到精神还乡的意义与价值。

在诸荣会笔下，节气文化背后的生命力量是顺其自然，尊重天地之间的内在逻辑，只有敬天道，才能遂人意，这是生态文明的立足之本。有了日月星辰、万物有序的自然逻辑，人们就不必疑虑为什么入春后的天气并没有一日暖过一日，也不必埋怨为何只有属虎的男孩子才有资格将荠菜从地里拔回家；也不必担心不能将鸡蛋竖立在桌上就无法获得好的前程，更不必羡慕当春燕不紧不慢地衔泥筑巢时、人们却必须及时将冒出新芽的茶叶摘下制成新茶……天道酬勤，厚德载物。人们只需相信自然万物的运行、发展都有其特殊的规律与评价标准，就能得到神秘的精神能量与从容的心态，从容面对大自然所发生的一切。

二、节气文化背后的文化品格

二十四节气文化背后的生命能量彰显一种"不卑不亢、宠辱不惊"的天格定力，促使人们要学会劳作，学会等待，从容感受。对于乡下人来说，经历了在田间抢收抢种的辛勤劳作之后，许多事情到了"夏至"也还要再"等一等"。男人们等待着播下的种子慢慢出土，等待着太阳缓缓下山，然后摆上象棋约上一二个人痛痛快快下一盘；妇人们等待着做好的酱饼慢慢上霉、发酵，让每一道工具自然完成；就连贪吃的小孩子也要学会忍受着内心的焦急，慢慢静下心来，等待着瓜果的成熟……正如作者所说：有些事情，却仍然是快不了的，得慢慢来——等待对于这些事情的完成和臻于完美又是必需的。这种等待正是乡村生活原态的真实写照，乡村的一切事物都有其长期积淀下来的发展轨迹，经历了"芒种"时节的繁忙之后，到"夏至""小暑"时节静待庄稼生长、蚕儿结茧，充分地享受着"闲"下来的从容，这不正是对之前农忙时节的最好回赠吗？

二十四节气文化背后的生命能量彰显一种"学会潜藏，含而不露"的地格定力，促使人们要乐观向上，厚积薄发，水到渠成。如同"春分"所展示的动态平衡一样，"秋分"也预示着生命的又一次和谐，然而与之不同的是，"秋分"之后生命将从昂扬向上的张扬状态走向肃杀凄凉的严寒之境，这对于万物而言无疑是另一次重大的考验。那么，如何顺利通过这个考验，或许学会潜藏自己，学会含而不露便是面对考验的必胜之道。这种潜藏或引而不发并非是说深于城府抑或老谋深算，而是顺应世道，自我保护，寻找天时地利，走向"人和"更深层面的成熟，从而达到更加辽阔的生命境界。唯其如此，当"大雪"来临之际，我们才能在大雪纷飞的日子中仍然可以体会到岁月静好，迎接新的温暖的春天。

二十四节气文化背后的生命能量彰显一种"有容乃大，包容万物"的人格定力，促使人们要因势利导，濯尘自省，天辽地阔。"二十四节气"并不仅仅总结了季节、物候、气候等自然规律，所谓"立秋忙打靛，处暑动刀镰；白露烟上架，秋分无生田"。这种节气文化还有一种更深层的含义，它不只是为生命的轨迹、自然运行，标注一个又一个时间节点，更多的是面向天地生灵、世间万物，传达一种强烈的警示与启迪：先有大格局，方能成大事；要懂得山外有山；要学会得意时泰然，失意时淡然。说到底，这种节气文化是包容一切的，无论是其中的清凉、寒冷，热情还是闲适，都是针对天地万物的。在作者看来，每一个节气的到来，都是自然既定的节律，但是并非所有在春天播下的种子都会结下甜美的果实，播种是否有收割，不是取决于时间节点，而取决于播种的人的精神境界，取决于播种的人是如何敬畏和顺从节气文化，以及如何用心经营的。而这，正是节气文化带给我们最自然、最本质、最真实的意义所在。

诸荣会发掘传统中华优秀文化的本质精神，从生态文明出发，引导人们将沉淀在记忆深处的乡风民俗和世事哲理打捞出来，这样的书写，对于成千上万的遭受"急匆匆"生活折磨的都市焦虑症患者来说，无疑是一剂疗伤的良药。

第七章　角色的聚焦

在现当代中国文学史上，农民和知识分子一直是书写的主体对象。鲁迅笔下的孔乙己、巴金笔下的高觉新、钱钟书笔下的方鸿渐，他们都是中国旧知识分子的典型，软弱，妥协，迂腐中透着无奈，善良中透着懦弱，智慧中透着狡黠，集中展现了旧知识分子的弱点，知识分子为了安身立命，在风雨飘摇中的中国被压扁了自己的脊梁，内心惶恐，焦虑不安。

知识分子的犬儒特征既是基于现实的退守策略，更是历史观和价值观不够成熟的表现。他们常常在表达自己观点的时候忘乎所以，忽略世界和他人的存在，以犬儒的中庸之镜应对现实中的铜墙铁壁。知识分子惯常于反省，止步于行动，在反省与行动之间形成了应对现实的处世智慧，观照古今钩沉，包容现世机巧，融通社会演进，才是知识分子的通达之道。改革开放后，知识分子在扛起启蒙大旗的同时，用现代科学知识改变积贫积弱的中国，推动各个领域革新图强，但与此同时，部分知识分子采取了退守消极的姿态。

21世纪以来，生产力水平大幅提升，社会财富快速聚集，出现了数量庞大的中产阶层。在生活条件得到了基本的满足以后，安全需求、荣誉需求、舒适性需求上升成为主导性需求。他们大多接受过良好教育，从事具有一定技术难度和管理水平的工作，对生活空间、工作时间有较强的支配能力，在精神文化生活中的支出比重较大，股票、房产、投资等非劳动性收益占据了相当比重。随着社会的不断进步，中产阶层的比重会逐渐变大，他们的心理特征、性格特点具有鲜活的时代性和强大的韧性。

社会角色受理性和感情的支配。知识分子的行动受感性支配，而农民和中产阶级的行动是基于感性的理性选择。知识分子常常在迟疑不决中行进，对理论形成个体认知，再三论证，消化吸收，比较选择；而农民和中产阶级则是果断而确定，利益是他们行为的动力之源，更是他们价值趋向的基本依据。正是这种价值起点的差异，导致他们的焦虑产生不同的流向。知识分子常常在理想和现实之间犹豫彷徨，痛感现实与理想的落差，理想不可得，现实不如意，对他们而言，人生是一种必须的期盼和没有尽头的精神煎熬。而对于农民和中产阶级来说，他们的理想是利益的满足和更大利益的获得，简单而直接。因此他们很少有超越家庭、收入等藩篱的精神空间，知识分子在获得特定精神空间的同时，却陷入了单位、职称、荣誉等新的藩篱，从而造成了犬儒式的性格特征。沉溺于思想的盛宴，却对现实的坚硬缺乏足够的心理应对。因此角色在形成精细社会分工的同时，也定格了相应的心理定式、思想意识和行为习惯，很难在精神愉悦和物质利益间取得平衡。

农民、知识分子、中产阶级，都试图游刃于历史与时代之间，成为对接历史和时代的驾驭者，在个体和社会之间形成和谐的共生关系，但是农民在转型期的时代面前显示出焦虑和恐惧，知识分子在历史巨变面前显现出固有的软弱，中产阶级在憧憬更大财富的同时，藐视底层的众生百态。与其他阶层不同，中产阶级常常能够一眼识人，他们知晓底层的艰难，了解上层的运行规则，因此能够洞穿现实生活中的纷繁现象，与不同层次的人形成微妙的关系。

作家需要给经济物质欲望中炙烤的人们一条智慧之途，让精神之光接通历史与现代、个体与社会、传统与现代。因此，与其说社会赋予了个体角色，不如说角色让社会丰富多彩。

农民：转型期的现代性焦虑

转型期的农民在精神上惶恐犹疑、信仰上无助无力，但时代的洪流滚滚向前，在此情势之下，不可避免地显示出光亮与阴影并存的矛盾状态，这种看似对立的两端就是当下焦虑的体现。《梁光正的光》是以非虚构文学而受到关注的河南作家梁鸿的第一部长篇虚构小说。故事讲述了一个传统又出位的中国式父亲一生的追求与挣扎，在扮演其人生三个最重要的角色"父亲""丈夫""农民"的过程中，他或许不算成功，生命的最后甚至显得有些凄凉，但是他在内心中始终闪耀着一束脱离世俗评判标准的"光"，那是支撑他在逆境中永远乐观向上的力量，是他身后给予儿女们最大的馈赠，使这样一个行为不够讨喜的农民形象在新时期文学人物中具有了潜在存在价值的重要原因。

一、反叛与模范的父亲

《梁光正的光》是梁鸿的第一部长篇虚构小说，作为一位已经拥有了《出梁庄记》和《中国在梁庄》这两部曾经在非虚构文学领域得到不少关注作品的"70后"女作家，她一直在开拓着自己的文学疆域。应该看到的是，新作品因作家对故乡"梁庄"的执著书写给了读者一种在读系列故事的熟悉感，在后记中，她也写道："这本书，唯有这件白衬衫是纯粹真实、未经虚构的。但是，你也可以说，所有的事情、人和书中出现的物品，又都是真实的。"的确，如果翻看梁鸿过去的作品和访谈，我们不难发现，梁光正早已在《中国在梁庄》里露过面，小说中父亲十分爱管闲事曾遭村支书排挤、闲时喜欢哼戏、母亲常年卧病在床、大姐能干懂事早早顾家的设置都与现实生活中她的遭遇如出一辙，或许正因如此，她的第一部虚构长篇表现出了一种可贵的流畅与自然，没有采用刻板的直线时间叙事，在时间的锁链上自由游走，逐层揭开梁光正与四个子女及妻子、情人的情感纠葛，在几个子女的视角之间不断转换的中间穿插着一个叙述人"我"的声音，有时候像是全知的旁观者，有时候又化身为子女中的一员，使得小说呈现内外聚焦相融的状态，也使得作品中父亲的形象更加多维、增添了更多真实感。

小说主人公看似是个"事儿烦"，简直是个只会不断给子女们增加负担的"麻烦精"，人物显得朴拙，充斥着小人物的世俗与灰暗，但在他的生命之烛即将燃尽时，读者们又恨不得作家多增加一些篇幅，再絮叨他的"无意义"，哪怕是不间断地寻亲、说不清的风流债，都可以减少他离开造成的缺憾，因为这样一位普通农民凭借内心信仰微弱的光芒烛照了周围的整个世界。

　　小说人物的生存境遇艰难。梁光正和他周围的人们生活都不算太好，但即使在临死前，他的生命也从未显得灰暗，因为他有"光"。小说原名是《父亲寻亲》，我以为若是原题未免就有些狭隘了，因为小说不仅写了梁光正对寻亲的执着，他之所以被称为"中国的堂吉诃德"①还因为小说表现了他超越世俗、闪闪发光的精神世界：在不知疲倦寻亲的路上表现出胸怀大爱的善良；在屡战屡败的致富路上表现出越挫越勇的坚持，堂吉诃德想要传扬的骑士道在他身上体现的是一束包含着信仰的光。本节从主人公一生最重要的三个角色切入，去理解人物在扮演每一个角色中亦正亦邪的矛盾内涵，探究梁光正的"光"究竟何在，这"光"是如何支配他的人生、影响他的子女以及如何给予读者无限的感动。

　　在传统的文化语境中，父亲作为亲缘和经济的中心，对一个家庭有绝对的控制力。在许多当代作品中，父亲象征不容置疑的权威，但是小说中的梁家并非如此。梁光正与传统的父亲形象形成了背离，他出场就要寻亲，但不是要求儿女们满足自己的愿望，而更像是恳求，"声音降为更加柔软的恳求和痛苦的自语"②，需要"连续好多天坐在那块大石头上，逮他的三个女儿"③，这种恳求代表的不仅是梁光正在经济上的不自立和行动力上的缺乏，或许在潜意识里，他从来没有把自己放到一个父亲的位置上，至少没有基于伦理关系意识到给予孩子基本的义务与责任，否则他怎么会在年轻时抛下几个未成年的孩子外出打工、让女儿冬玉觉得"从十三岁起，就没见过他一分钱"，年老后"把一顶顶大帽子扣在四个已然中年的子女头上……把我们挣得并不多的钱尽可能撒出去，把刚品尝到的一点幸福感毫不留情地收回，向我们发出内疚、羞愧和针刺般的痛苦，好像我们在童年少年时期经历的一切还不够似的?"④在整本小说直接的描绘中梁光正因为儿女们的懂事与贴心，不仅在儿女的成长中缺位，而且一直利用父亲的高位幼稚地行使着被照顾者的

① 梁鸿：《梁光正的光》，人民文学出版社，2017版，第31页。
② 梁鸿：《梁光正的光》，人民文学出版社，2017版，第7页。
③ 梁鸿：《梁光正的光》，人民文学出版社，2017版，第59页。
④ 梁鸿：《梁光正的光》，人民文学出版社，2017版，第20页。

特权，跟自己的孩子的关系不像是互相疼爱倒像是相互为难，在他去世之前，四个子女好像没有对他产生过感激与敬佩之情，只觉得他不仅爱管闲事，多情风流，而且在家庭中的付出微乎其微。就此而言，梁光正是个失败的父亲，他自己也感觉到儿女们"在怀疑我，在查我嘲弄我，在你们的思想上，不再认为我是你们真正的亲人"。他成功地为儿女们树立了模范。因为他作为父亲不仅在血缘上将自己的基因通过儿女留存下来，更重要的是就像儿子勇智意识到家族外貌特征时深感诧异一样："意识到自己还是一个有来源的人，他的血脉里流动着自己不知道的神秘因子"①，基因具有强大的力量。梁光正将自己性格中的优劣基因毫无保留地遗传给了四个子女，并用照亮自己一生的"光"温暖了四个子女的余生。大女儿冬雪"眼睛和父亲最像，闪着光，笑的时候那光聚在一起，形成最强大的光束，能把冬天最顽固、最阴冷的乌云驱散"②，她年少的时候就作为长姐为了帮衬家里愿意牺牲个人的幸福，哪怕是成家以后也总是像个管家婆一样顾着父亲与弟弟妹妹，每一次寻亲大家都要她最后拍板，这就跟父亲总爱为周围乡亲操心、热心于帮人打官司是一样的。冬竹恋旧的特点也跟梁光正很像，就像父亲一辈子都喜欢跟别人描述母亲年轻时的"文气"一样，冬竹在少年时就展现出对过去事物的坚持与倔强，即使美味，她也从来不吃腌菜，固执地守着对母亲的思念。

父与子是重要的文学命题，父辈在"家"结构中代表生殖秩序和象征秩序，他们期许并要求子辈接受以其为代表的象征秩序、不断接受象征阉割。③小说中除了梁光正要求儿女们认"蛮子"作娘外，对儿女们的安排似乎不多，反映出来的父子关系没有太多等级和权威，双方是相对平等的个体，尽管如此，勇智"讨厌这种感觉，就像他一直反抗梁光正。他一生都在反抗梁光正的安排"，这说明梁家的父子关系同样存在挑战与被挑战的权力秩序，但是最后的结局不在于儿子推翻了父亲，建立起了新一轮的权力秩序，而是儿子对父亲的谅解与原谅，针对父亲有的那些勇智"永远不知道也不理解的密

① 梁鸿：《梁光正的光》，人民文学出版社，2017 版，第 10 页。
② 梁鸿：《梁光正的光》，人民文学出版社，2017 版，第 23 页。
③ 陈然：《论二十世纪中国家族家庭小说中的"父与子"》，福建师范大学硕士学位论文，2005 年。

码"，他愿意保留下去，因为"他想起梁光正逼他披麻戴孝到许大法家吊孝时的偏激，想起他兴师动众去内蒙古寻找方清生时的执拗，他心头的怨气似乎小了一些"。

小说通过对四个子女的性格描写，间接展示梁光正性格的不同侧面。如果说梁光正作为一个父亲影响力很小，潜移默化地影响着他的儿女们的是他的"光"：他固执地带着一家人寻亲是考验儿女们"爱不爱人们，爱不爱这世界"①，让勇智给许大法守丧是想让他学会知恩图报，不管家里经济状况如何，只要父亲把粮食可能盈利的钱一算，"灿烂图景在大家面前展开……没有人不被这样的父亲感染"……这些都是他的"光"，重情重义、天真乐观，这些对于幼时失母、过早当家的孩子们来说，是将他们拯救出情感荒漠的关键。梁光正是一个充满着济世精神、自带光辉的父亲，他注定将儿女禁锢在其阴影之下，儿女们也不得不扭曲自己正常的人生轨道逃离或臣服于父亲的映照。

二、多情与专情的男人

潜意识包含了原始的本能冲动和欲望，特别是性的欲望。作为一个男人，梁光正的多情显而易见。他的一生从未缺少伴侣，妻子生病的时候他就跟"蛮子"暗通曲款，哪怕是小说前半部极力渲染他对寻找"蛮子"的冲动时也不经意间透露他当下家里还有个巧艳妈。小说里的梁光正从来不是一个坐怀不乱的君子形象，风流成性是他终死也不变的标签。他的多情还不像宝玉——温情款款的博爱，作为一个文化水平不高的农民，时常用情欲代替理智思考，但也不至于像《源氏物语》里的源氏那样"置伦理道德于不顾"②，梁光正则介于两者之间。

爱情始终还是要有所寄托。他真正的爱情还是始终寄托在自己的结发妻子那里。因为儿女们记得只有跟母亲在一起的日子里他才是穿着洗得干干净

---

① 梁鸿：《梁光正的光》，人民文学出版社，2017 年版，第 168 页。

② 焦琼：《何以如此泛爱多情——以弗洛伊德精神分析学说谈贾宝玉与源氏公子形象》，《文学界（理论版）》，2010 第 12 期。

净的白衬衫、意气风发的，跟"蛮子"在一起后"那个骄傲大笑、勇战四方的父亲不见了，只剩下一个衣衫破烂、懦弱的男人"。① 虽然当初和妻子的结合也是媒妁之言，但父亲却一辈子都喜欢跟儿女们描述妻子年轻时"文气"的样子，这说明跟妻子在一起的日子的回忆是美好的，并且他因为自己错过了大儿子的出生也没有找到尸体悔恨终身，从此他深切地感受到了一个男人和一个父亲的责任，妻子生病以后他不曾放弃医治，但或许是面对昔日高大的妻子与卧病在床的干瘪身体的强烈对比，也有人性的因素，使得梁光正在妻子卧病时接受了"蛮子"，这样的决定成为儿女们一生无法解开的心结，因为大家觉得梁光正背弃了与母亲的爱情。但实际上这却比写一个感情丰富的男人在妻子离世后终身不娶显得更加真实。在生命的最后，梁光正给了我们答案：尽管神志不清，呓语却一直唤的是妻子的小名。在文学作品中，呓语是人物在巨大压力场域下无意识的表达，逻辑混乱的反驳过程是主体的对抗姿态。② 梁光正在呓语中不停骂儿女们是"奸臣"看似毫无道理，但如果和不停唤妻子小名结合起来，呓语大概就是对儿女们认为他一生风流债不断、背叛了母亲的抗争。而他临死前对"蛮子"乳房的依赖，或许是"死亡恐惧激活了底层胎儿期记忆中的死亡记忆，同时唤醒了幼儿期就萌发的回归母体的原始冲动"③，梁光正的行为方式很多时候带着"孩子气"，因为他做很多事情不会像一般成年人一样思前想后，他很少对自己的想法和欲望加以控制，这样的性格使他将异性伴侣视作母性的依赖对象也不足为奇。

总的来说，在外人和子女们看来梁光正异性缘相当不错，不管是打官司的黑脸姐姐、乡村医生梅菊、巧艳妈还是"蛮子"都对他有特殊的感情，而他好像也乐在其中，一生不断地在几个女人身边周旋。但另一方面我们又可以从他临死前的呓语确证他对妻子的怀念。在个人情感的领域，他表现出了"多情"与"专情"这一组互相矛盾的特点，作为一个血肉丰满的人物形象，他

① 梁鸿：《梁光正的光》，人民文学出版社，2017年版，第117页。
② 宋杰：《"窃书"缘何"不算偷"？——鲁迅小说〈孔乙己〉中的"呓语"解读》，《名作欣赏》，2015年第5期。
③ 徐山：《胎儿期记忆与穆迪〈死亡记忆〉濒死体验》，《黑龙江科学》，2016年第7期。

同时拥有阴暗面的情欲与代表着阳光面的真情实感。对妻子痴情推动他对其他受苦的女性给予帮助，包括儿女们最看不惯的父亲总喜欢"替别人养孩子"，实际上是他超越血缘的一种博爱，特别是为了能让养子小峰能有尊严地接受帮助，七十岁高龄还去种油麦菜，最后让小峰放下了怨恨，对他有了父亲的感情，由此看出梁光正光明的内心世界。

三、原始与现代的农村

梁光正不仅是一位父亲，更是一个农民，在中国现当代文学的人物群谱里是比较特别的存在，首先他并没有极度地依赖土地，因为他对于种地的热情不高，况且作为他一生重要未解之谜的"白衬衫"，是从来没有因为劳作而变脏的；其次他善于侃侃而谈，好像对所有事都能发表一番像模像样的评论，在征地的时候也只花了几天就弄清了政策进而发动村民们反对；更为突出的是他好像特别喜欢规划未来美好的图景，比如如果将麦冬转手卖出去能补贴多少家用等，这与传统农民只会年复一年地安于现有土地的收成截然不同，所有这些都可以看出他早就跳脱开了一般农民只会面朝黄土地辛勤劳作、木讷老实的传统。但他身上却依然残留着下层劳动人民长期积累的粗鲁的行为，比如他很喜欢吐痰，这是书中描写近十次的动作，甚至达到每个人家里的每个角落都有他的痰的程度，这表明他正处于中国农民在现代转型中的过渡阶段。故而"吐痰"和"白衬衫"这两个如此对立的"非现代的东西和现代的东西"①的确可以同时共存于一个人物形象身上，它们看似互相矛盾，实则真实反映了群体在艰难转型中的痛苦与挣扎。按推断梁光正大概出生于20世纪四五十年代，他经历了20世纪60年代的风波、70年代的改革与新世纪的飞速发展，但是因为他本质上还只是一个普通农民，对于新事物的接受还没有敏捷到像革命小说里的新一代那样坚决且方向正确，而且他在20世纪60年代的风波里受到的伤害过于致命且对其家庭的影响一直如影随形，所以虽然他的生命延续到了现在，但他的精神世界还滞留在过去，就像小说

---

① 杨庆祥：《梁鸿长篇小说〈梁光正的光〉：追逐历史的背影》，《文艺报》，2017-11-29。

里写道"父亲迷失在哪个年代"①，梁光正大概停留在了对美好生活的幻想被打破之前的年代，幸运的是尽管"看起来有点衰败和孱弱，但他眼里散发的光却足能凿穿日月"。他还保留着对生活的绝对乐观与自信，所以他能在不算顺利的生活境况下仍然"忙着照顾病人，忙着帮别人打官司，忙着出门做小生意，忙着研究国家大事"②，并将自己的光辐射到周围的每个人身上。

梁光正在精神气质上与"堂吉诃德"有共同之处，他一生的乐趣就在于不断折腾，"一意孤行，昂着头，朝着他一生期待的、为之激动的方向扑棱棱飞过去，根本不管前面是风车、悬崖还是险滩和泥泞"。③ 不同的是，他生活在20世纪，理想不免被现实局限，但他心里仍然有"光"，持积极的生命态度，"光"作为人生的灯塔引导着他过完磕磕绊绊的一生，同时让许多人在他去世后仍然铭记在心。

作家在"父亲""丈夫""农民"三个角色的塑造中赋予了梁光正看似矛盾的外部表征，又给予这些矛盾合理的解释。由此他首先成了中国式父亲的代表：他不善于表达情感，与子女相处时常有些别扭。但"前一分钟还腥风血雨，后一分钟就同仇敌忾、温馨无比"的家庭生活写照、冬雪不会把自己对父亲的"稀罕"表达出来，但她笃定如果要分等级，"她对父亲的'稀罕'级别最高"，而父亲呢，即使自己被斗得浑身是伤，对子女们完全隐瞒的做法是中国读者再熟悉不过的。其次他是好几个女人的情感依托，因为他不仅家里有几亩地而且风趣幽默、对群众有一定号召力，在相对封闭的乡村环境里，已经满足了农村妇女对搭伙生活的另一半的所有要求，由此他成了一个典型的农村男性形象。作为农民，他有进步与局限性兼具的思想。他与这个时代格格不入，但却顽强地表达着自己的反抗，不间断地像在"文革"中反对村支书那样对世界说不。光的背后一定会有阴影，而解开"吐痰"与"白衬衫"的钥匙，还需要不断地寻找。

---

① 梁鸿：《梁光正的光》：人民文学出版社，2017年版，第240页。
② 梁鸿：《梁光正的光》：人民文学出版社，2017年版，第192页。
③ 梁鸿：《梁光正的光》：人民文学出版社，2017年版，第222页。

犬儒：知识分子精神的世俗化

知识分子自身人格的犬儒化是文学批判性的重要角度。由于市场经济、现实境遇等多方面的原因，部分知识分子产生了无力感，主动选择了自身的矮化和降格，自身道德信仰、精神人格发生了危机，精神价值取向走向了世俗，逐渐放弃了对道德理想的追求和终极关怀的探寻，转而走向大众化和世俗化的道路。

一、飘窗之下的粗鄙与诡谲

刘心武的《飘窗》通过知识分子房间的飘窗观察社会百态民情，描写了都市社会底层人物群像。薛去疾作为这样一个"生活观察者"，其人物形象的塑造间接体现了作者对这个社会的一种审视态度，然而就是这种态度又反过来解构了作者本身的批判立场，使作品带有了双重的矛盾属性。本节以薛去疾的人物形象为切入点，详细阐述薛去疾身上投射出的犬儒知识分子心态。《飘窗》以一个五十多岁的退休高级建筑工程师为叙述视角，以亲属网与社会交际网构织小说的人物关系图谱，多层次、网络式地表现人、人的内心以及人与人之间的关系。从失踪了一年的高级保镖庞奇的突然回归开始，抽丝剥茧地描述了在飘窗之下一众小人物的生存现状。如薛去疾在美国的一家夜总会前后两任主事者糖姐和薇阿，深知"丛林法则"的水果摊摊主顺顺夫妻俩、台湾商人叶先生、林倍谦，电工小潘，深陷"文革"的"何司令"等一系列小人物，还有未知的幕后又总是处于社会强者地位但鲜少有正面描写的麻爷，他既是权力的象征，也是这个社会之痛疽和贪腐之峻厉的集中体现。

作家的揭示和批判是明显的：楼下三轮车卖水果摊上的顺顺夫妻，在自己熟知的"铁人"法则里钻空子，通过威胁依傍上权势占据水果店来开店；又比如其中不学无术的作家协会会员夏家骏，靠"大××"之流的报告文学起家，但只是想通过写作巴结有利可图的目标人群，以便实现自己正式副部级的人生梦想等等。《飘窗》采取了社会底层的叙事角度，带有浓厚的市井气息。薛去疾这个角色的设立承担了解这些底层人民生活现状的责任，他不断地和这些人对话、交流，借由各种时机去潜入他们的生活，他去顺顺的居处考究一块红泥庵石碑，不自觉地更进一步地观测到了这个居民楼的周边环境，从顺顺夫妻口中了解其他邻居们的生活状况，还在那里遇见了昔日"文革"工厂里的造反派"司令"何群山，他在释放之后还在回味自己在"文革"中由一个学徒工摇身一变成了运动领袖的美梦，在群租房坐吃山空等着第二次"文化大革命"的到来。小说中对另一个角色着墨较多——乡村出身的麻爷保镖——庞奇。薛去疾在这个关系层次上还担当着重要角色，他不仅与庞奇是忘年之交，更是一个思想上的启蒙者，他力图扫去庞奇身上原本未开化的人的一面，但最终却以失败告终。作者将视角下移，并不在于仅仅展现飘窗之下都市的粗鄙与诡谲，而且也揭示了都市江湖复杂与错乱的实质。

二、理想主义的退潮

在了解主人公的心理之前，先要清楚作家创作基调的变化及其背后的因素。《班主任》站在无产阶级的立场上作为"一枚重型炮弹""从根本上揭示出反革命'四人帮'的愚民政策，实际上毁灭了一代人，毁灭了人类文化"（草明《致青年作者刘心武》），可以看出该时期刘心武作品在政治上扮演着的重要角色。20世纪80年代，刘心武作品的主要基调是理想主义色彩。《如意》《立体交叉桥》《钟鼓楼》等小说，具有鲜明的人道主义思想，突出了本质上的人性。

从整体上看，刘心武的小说通过时代热点的描写，显现出敏锐的社会感知度，而这往往也是大众普遍关心的民生问题。"在文坛普遍热衷于以冤假错案为表现对象控诉'文革'的时候，他的《班主任》却发现了'文革'给青少年造成的精神创伤，将文学对'文革'的批判从单纯的政治否定扩散到文化启蒙"[1]，这一点对刘心武的《飘窗》的影响也十分深远，从薛去疾和庞奇这种亦师亦友的关系中就可以看出一斑。《飘窗》中，薛去疾给庞奇讲《悲惨世界》等各类文学作品，与《班主任》中张老师带领宋宝琦等对小说《牛虻》展开讨论的情节相似，由此推测，尽管薛去疾在这部小说中自我认为是一个"站在

---

[1]　夏正娟：《刘心武小说："理性型文本"的一种》，吉林大学博士学位论文，2014年。

桥头上看风景"的角色，但实际上隐含着被作者本人以审视——又或许是寄予厚望——的目光"在楼上看"。在群租房与多年以前的"何司令"重逢时，何海山问他："走资派是不会到这种地方来的。哪阵风把你吹这儿来的?"薛去疾回答："我给从庙堂里赶出来了。我喜欢江湖。这里是江湖的底层。这里有真金。"之后的作品中，《爱情的位置》率先指出爱情在人生中的重要位置，将社会巨变时期蠢蠢欲动的爱欲充分合理化。《我爱每一片绿叶》又率先提出人的个性问题。《如意》则是大胆地以人性为构架的小说。《5·19长镜头》《公共汽车咏叹调》等纪实小说从人们普遍关注的社会现象入手，探究背后的社会心理和道德伦理。《站冰》《京漂女》等短篇小说集则是"底层文学"非常妥切的参照文本，这些艺术手法和创作特色都在充斥着现实主义风格的小说《飘窗》中集中体现出来。《飘窗》提及的两个年轻女孩——钟力力和冯努努——聪明机灵且富有活力的女性形象，她们对爱情有自己的主见且主动。钟力力在面对夏家骏不怀好意的刻意接近时，反过来摆他一套;冯努努出自教师家庭，却对庞奇没有丝毫偏见，反而倾心于他思想的深度和对文学的热爱。这些都是《飘窗》体现的积极的人文主义。但这并不能说明刘心武的创作基调没有改变。

在启蒙指导和人道主义思想深度影响下的人物庞奇收获了一份真挚的爱情，也发现了自己生活环境中藏污纳垢的一面，并试图反抗，但是他又看到了他的人生导师对自己厌恶的麻爷下跪磕头的一幕，内心建构的人性和信仰全然崩塌。这样的情节安排反映出"普遍的道德价值"在生存面前的脆弱和不堪一击，这在刘心武之前的作品中未曾有过。《飘窗》的主旨——"批判"——这既是其建构审美空间的"手段"，也是"目的"。

作家回避了主人公作为知识分子的自我批判，将庞奇失败的原因归咎于社会现实，将质疑的目光投向理性、平等、自由等"普遍的道德价值"存在的可能，又反过来解构了自己的批判立场。这种无所依傍的叙述方式是社会普遍"信任危机"心态的表现，徐贲将之称为大众犬儒主义(即民间犬儒主义)："专制权力垄断控制公共话语领域，公众生活被强制性地假面化，这是后极权社会中体制性的犬儒主义的特征"①，刘心武深刻意识到了这一点，又相当隐晦地在《飘窗》中表露出无能为力。当儿子薛垦让自己找麻爷求情时，薛去疾第一反应就是咆哮："麻爷！社会之癌！我去求他！亏你想得出！你你你……真真是个不孝之子！……"尔后"内心的挣扎尽管形成阵阵剧痛，现实利害仍然驱使着薛去疾千方百计寻找见到麻爷的门径"。在小说里，犬儒主义不仅弥漫于政治领域中的公开话语，而且成为社会普遍的欺诈、虚伪和腐败行为不成文的规范。按此规范言论行事，已成为人们日常活动的自我保护手段和生存技能：报告文学作家夏家骏在日常生活中无处不用公家之利、巴结权贵姿态难看；顺顺一家通过威胁依傍上"铁人"拥有自己的店铺；给薛去疾家打扫卫生的文嫂的儿子赵聪发以送啤酒谋生，在和人发生冲突之后竟拒绝了保释的帮助坚决要求判拘留，只是因为"如今他那一行的，都知道他是打架不要命的，戴过手铐，进过局子，蹲过拘留所的，谁都不敢再跟他抢地盘了，那被他打伤的，还凑过去给他送礼……"大众犬儒主义对现有的、假面化的公众生活秩序既有妥协和参与的一面，又有不满和抵抗的一面。这些人为了生活所做种种尝试、斗争，不能仅仅解释为个人道德出了问题，更是一种公众生活规范危机。大众犬儒主义使他们形成了一种特殊的抵抗形式。② 从薛去疾这个人物形象来说，他是高级工程师，良好的教育出身，儿子在美国留学，但是关键时刻他又和其他人有什么区别呢？这种犬儒主义在文章开头处就有所体现，薛去疾得知顺顺是通过巴结"铁人"才能占据人行道开水果店时，尽管前文已描写过他对这类勾结现象表现得十分不齿，但是他的反应却是一边宽慰自己，给自己和顺顺找借口"就是那些庇护这些商贩的'铁人'，比起更大的贪腐分子，不也算不上什么角儿吗？痛恨贪腐，反贪腐，先要打老虎，但老虎还在那里若无其事，顺顺，甚至包括自己，不也只好是先混沌地过着吗？"一边仍然"时不时去买水果，顾客少时，会坐下来说说话。对社会不公、贫富差距、贪污腐败的不满和叹息，仍是他们经常的话题"。这种具有强烈讽刺意味的思想和行动上的对比，正好是作者想表达的广大知识分子

---

① 王岳川：《后现代主义文化研究》，北京大学出版社，1992 年版，第 71 页。
② 冯文全：《关于当代中国知识分子犬儒化的反思与矫正》，《理论前沿》，2014 年第 6 期。

形象的一个缩影。

三、人格精神的分裂

"犬儒"一词创始于安底斯泰纳，将此学派发扬光大的代表人物是弟奥根尼。他提出了"德性就是幸福"的理论观点。古代的"犬儒"是指用行动向世人展示贫困哲学，以无所求来保持思想独立的理想哲学。随着社会的发展，"犬儒"的含义逐渐分化，其理论被不断重新阐释和修改，渐渐偏离了初衷。本文所讲的犬儒知识分子形象，是由于当代知识分子对现状、自身和过去的深深的怀疑感，转化而成的"知识分子的人格世界中历史人的中心地位和自我身份的丧失"，他们怀疑现状又无力改变现状。薛去疾之所以具有犬儒知识分子的形象，是因为他一直以为自己是那个可以游离在俗世纷杂之外的人，但实际上生活的洪水早就悄无声息地浸没在他的脚下，一边是"常在河边走哪有不湿鞋"，另一边亦是"深渊回以凝视"。庞奇的一切破灭之后，选择复仇的第一个人就是昔日的精神导师，他发出了"用整个生命凝聚出的怒吼——'我先杀了你!'"也是这一层含义的具体体现，标注了这是一场注定失败的启蒙。消费主义追求过度占有和消费，表现了个体人生意义的空虚和欲望的膨胀。薛去疾悲剧的直接导火索是儿子薛恳的急功近利，一套房子抵押两次，其中之一还是高利贷。当消费主义意识形态的洪流席卷而来，以薛恳为代表的知识分子会不自觉丧失对社会的理解力和批判力，内心逐渐被各种欲望所填充，很容易受到物质和权力的诱惑，走上堕落。

飘窗是知识分子看社会的一扇窗，他看底下的人们各有各的命，而他们的命运轨迹有所交叉、有所碰撞，构成一种城市心态、一种心理网络、一种人文环境，从心底里又是自觉高人一等的。他对人们习以为常的权钱交易和贫富悬殊是难以接受的，他从一开始就觉得自己能够置身于这种野蛮的社会丛林法则之外。但实际上，薛去疾被麻爷这种凌驾在大多数人之上的阶层一眼看穿。麻爷在其走投无路的时候，一手逼迫薛去疾撕破自己身上的知识分子遮羞布，放下自己的心高气傲，向现实生活臣服。这样的大众犬儒主义是一种扭曲的反抗，它折射出公众生活领域的诚信危机及其公开话语的伪善，但它却不是在说真话，更不是一种公民们公开表示异见的方式。

犬儒主义带来的知识分子困境是暂时的。刘心武提醒读者反省自己，躬身自问：在如今这样的社会情境中，如何抵抗住公众舆论的大方向，重新拾起知识分子的人格理想？无论是鲍德里亚所说的"知识分子最大的贡献就是保持异议"，还是乔姆斯基认为的"知识分子扮演的应该是质疑而不是顾问的角色"，抑或是"知识分子作为'自由漂浮的人'，要坚持独立自由的精神，对社会的发展时刻保持一种清醒的态度，'理性的分析社会现实，否定社会的丑恶与积弊，反思社会价值的保守和无知，以冷静的思考去形成自己的观点'，同时向公众揭露事实真相，引导公众的社会价值观"。① 公正清醒地看待社会现状，更重要的还是对人的终极关怀。我们不能把知识分子这个身份当作一个脆皮的外壳，一遇到高压就自动碎裂、露出里面来不及收回的人性弱点，而是要将这四个字当成是我们的一种人格名片和精神上的指向，以有良知的知识分子为起点，蚍蜉撼树，进而影响一代人的精神面貌。

中产：市民镜像与国家缩影

市民群体的扩大和中产阶层的崛起，是中国改革开放和发展的逻辑必然。在中国式家庭与社会的"熟人社会"表层逻辑下，形成了层次鲜明、逻辑坚固的深层结构，体认这种结构对转型时期的文化秩序建构具有重要价值与意义。

《黄棠一家》讲述中产阶层黄棠、洪锦江的家族故事。小说以主人公黄棠为中心，借助黄棠之力四散开来，丈夫、儿女、女婿一干人等均被纳入叙述视野，作品被称为中国当代社会生活的"浮世绘"。小说中，马原试图对中国现实生活形成一种"总体性"理解和把握。马原与现实的态度，不是仇恨式的对峙，也不是传统现实主义的宏大叙事，而是平静交流、有距离的"和解"。马原呈现出"总体性把握"当下现实，进而总体把握中国改革开放历史的努力。黄棠、洪锦江的新中产化家族，几乎涵盖了中国现实的各个层面。马原接受采访时说，"我试图通过黄棠一家人来写中国近 10 年，甚至 20 年、30

---

① 王岳川：《后现代主义文化研究》，北京大学出版社，1992 年版，第 121 页。

年当下社会发生的巨大变化。"①他将社会的发展巨变融入一个新中产化家族之中，通过黄棠一家的相处方式展现社会巨变。小说中的几条线索交织，也显得有条不紊，又充满悬念，整个叙事呈现出家族叙事的主干和枝蔓交织的辅助方式。主干就是黄家人的兴衰，而枝叶则是围绕黄家人发生的不同辅助性故事。

一、个体家庭折射下的社会现状

小说主人公是一个统筹全局、工作与家庭兼顾的形象，也是家族中的主心骨。她很小就看明白了，这是一个官本位的社会，其他职业都要排在官之后。她自己的人生字典里一直强调，想要拥有属于自己的世界必须全力争取。她懂得察言观色、运筹帷幄。她在书中说过这样一段话："江哥，你想洁身自好出淤泥而不染，想世人皆醉我独醒，可能么？我们家里人没人要沾你的光，所以结果只能是跟着你担惊受怕。"她是一个很会"说话"的人，她很巧妙地依附但又撇开丈夫的关系，她始终能够把局面控制在自己手里。小说中的另一个大家长洪锦江是个官员。在家族里聊天时，洪锦江这样评价自己："我一辈子不贪赃枉法，不拿一分昧心的钱，一个官员只有干干净净才有真正的尊严。"但在开头人物介绍中就写道，他的老婆和儿子都是美国国籍，在这种情况下却一点瑕疵都没有，官照当，官照升。他在"碰瓷"交通事故中推脱责任，在发生车祸之后，他选择的是"冷眼旁观至少一分钟"。面对民众围观指责，他却说："那个女人故意往汽车上撞，我已经是第二次撞上她在这个地方碰瓷了……我亲眼看到她拿到了车主一千现金。"在和刘大队私下交谈时却说："没有啊，我故意那么说。那么多老百姓围着，我怎么好说我只是怀疑她碰瓷呢？你没见旁边有个家伙一直在向我发难么？"在儿子飙车出事被列为重要嫌疑人时，让妻子立刻想出绝佳的方法缓和局势，借助妻子之手帮儿子脱罪；他以"底线价格"将手中沿河土地卖给女儿祁嘉宝。这些行为告诉读者：他到底是不是一个如他自己所说的清正廉洁的好官？

家庭浓缩了三十年里中国人的变化，揣摩他们的心态，体会他们行为的

---

① 马原：《黄棠一家》，人民文学出版社，2017 年版，第 10 页。

动因，比研究行为本身更有价值和意义。两位家长的行为也渐渐渗透在子女身上。儿子洪开元是个"官二代""富二代"，人脉颇广，既会飙车惹祸，还能代父对付政敌。十七岁便有房有车有存款，被人尊称为"洪总"，不把为他带来这一切的老爸放在眼里；女儿洪静萍为挽救丈夫的命不惜进行人体器官交易。女儿祁嘉宝以"底线价格"从继父手中收购沿河土地；女婿孔威廉的医疗器械生意直接暴露了医疗器械采购中的层层回扣……此外还爆出食品安全、假离婚大潮、娱乐圈选秀等社会问题。黄棠一家织起巨大的社会网络，牵出了隐藏在人身后的社会问题。然而看似和平解决了生活中的难题，却永远挡不住真相的揭露。在贺秋的慈善之路上，资助对象因苍鹭大桥的垮塌而殒命。八岁对一座桥梁来说应该还是婴儿期，一座城市的主桥竟然在婴儿期就夭折了。黑猪肉事件、得了肺结核晚期却无钱救治的穷苦人、被国家法律禁止的人体器官买卖事件，许多社会关注的热点问题——被展露在读者面前。"人生是痛苦的，世界是荒诞的。"小说中突然塌陷的暗河、黄棠的失忆与恢复，是宿命结局的隐喻。

二、"说话艺术"展现出的人物性格

作品有大段的人物对话，有时人物对话甚至掩盖了"故事情节反转"产生的戏剧性刺激，这些对话无不凸显着叙事声音，透露出作家对丰富复杂现实的言说欲望。作家拥有极强的语言艺术能力，对语言的运用隐晦而舒缓，将背后所要展现的意义留给读者回味感受。对叙事内蕴的巧妙处理、对潜在人性的冷静揭示，无论是对叙述节奏的有效控制，还是对叙事细节的精致化临摹，都体现出一种轻盈而又舒缓、丰沛而又沉郁的审美内涵，呈现出卡尔维诺推崇备至的那种"以轻取重"的叙事智慧。

作为人类日常生活"重复性交流的承担者"，说话本身的结构层次包括说话人、听话人、所说的话、说与听的地点和时间以及社会大背景等。黄棠一家都展现了极强的语言艺术水平，为官的说官话，为商的说商话。黄棠和自己的老公交谈时说："我们是一个官本位的社会，所有的权力都在官员手上；但是我从来不找你帮忙，我就是怕你出面求人欠了人情，之后为了还人情违背你的原则。"在姚教授犹豫是否做朱子学院的院长时，她用一席话让其放下疑虑："姚教授，你应该清楚，今天的中国社会与先前的已经大不一样了。官本位的传统已经造就出一整套管理团队，无论是国家，无论是军队，无论是地方政府，无论是企业。你是一个机构，这个团队就可以把你高效有秩序地管理起来。"他们深处社会之中，都在用巧妙的语言婉转地维护和抓牢自己手中的利益，小说中的姚教授在个人利益上寸步不让，但所有的话都不明说，他只是把关乎自身名誉和利益的问题踢给黄棠，让黄棠想办法解决。说话人用语言表达话语中的深意，听话人要从语言中听懂其深意。在中国，知识分子尚且如此，又能指望民众如何呢？

三、行为矛盾映照出的市民镜像

个体每时每刻都在影响他人，同时也受到他人的影响。随石头荡漾的波纹，有扩散、有消退、也有重叠，大圈套小圈，环环相扣。从小说中能够发掘出对中国式家庭与社会的"熟人社会"表层逻辑之下的深层结构进行反思与批判的主题，这种批判继承传统文化的态度是作家对中国传统社会文化结构深刻体认的结果，对转型时期的文化秩序建构具有重要价值与意义。仅因一场饭局就搭上了区卫生局的医疗设备协调办公室的卢冰，孔威廉爆出上海各医院院长从医疗器械公司拿大额回扣，层层回扣背后涉及巨大的交易链。只有满足了个人的利益需求，才能过五关斩六将拿到最终合同。然而在这个过程中得利的是个人，而受到不公平对待的是普通民众。"一次小小的家宴，一不小心就撞上了如此之大的一个商机。"国人并不提倡"世人皆醉我独醒"，"难得糊涂"才是大家所共同信奉的处世之道。在"熟人效应"的运作下，每个人都是这个链条中的棋子，各自在自己的位置上谋取利益。

中国的人情观念根深蒂固。情感性关系形成的关系网络相对比较单一、固定，而混合性关系所形成的网络则错综复杂。在人情社会中，相互为利、为名彼此协助，成为维护人际关系网的重要展现，也是人情社会的重要组成部分。洪锦江出交通事故后，洪开元被列为嫌疑对象，刘大队在背后助力，给洪锦江私下透露风声、出谋划策，只因曾经对他有知遇之恩。黄棠一个发烧就受到医院的高规格接待住进 VIP 病房，堂堂的人民医院高干病房主任亲自接待，其中不乏恭维之语，让人感受到钱的气息和权力的气味。这与医院大厅治不起病的患者遭受冷落形成了巨大的反差，使人感受到人心的冷漠与淡泊。

无论身处多高的位置都难以摆脱圈子的束缚。血缘、姻亲、地缘等形成了严密的人情关系网络，众人在关系网中被压迫和裹挟，不得不进行违背原则和道德的权力游戏。黄棠曾说过这样一句经典的话："人原本就生活在各种各样的规矩之中，人只能自己去适应外部的限制，适应了才能继续生存之道。戴着镣铐跳人生之舞。"是啊，戴着镣铐拼命挣扎，无法挣脱。黄棠一家谁能摆脱束缚，为所欲为呢？洪锦江在自己丈母娘生病之时也不能过多探望，不能住让其高级病房，怕牵扯到自己引人非议；洪静萍为避免牵涉家人，即在鲁国庆误杀城管的现场，也未能替他说一句公道话。

小说多次提到现代网络的重要作用。在信息传媒的渲染、直播之下，一切事情都可能夸大和曝光。信息流通之快，让事情更难以控制。洪锦江一个小型交通事故在短短的一天里被点击了两万零八百七十五次，有九十四人人肉搜索公布他的名字和职务。贺秋被毛贼抢走布袋，带倒在地，不省人事后，作为新媒体的网络似乎蕴藏着无穷无尽的力量，不停地制造公众关注的热点，警方的懈怠成了公众发泄愤怒的焦点、破案警员被当作了替罪羊。身处网络笼罩之下，网络成了监督工具，也成了公众发泄的武器。在逐渐走向透明化的今天，谁都无法为所欲为，只能尽力避免外界对自身的伤害。社会中的人与社会之间的关系愈发复杂，大家在这种"恶性循环系统"挣扎。在小说的最后一章，用黄棠的失忆与恢复记忆再一次温故这似一场梦的荒唐现实。那比鸡蛋还大的冰雹、那莫名其妙的地陷连同苍鹭河上的地质空洞，不是天塌就是地陷，眼前一切的现实令人恶心透顶。这世界也荒唐透顶。故事的结尾如梦初醒，作者借黄棠之口发出内心的声音。这世界变了，真的变了，变得荒唐，令人恐惧。故事戛然而止，而生活仍在继续。

三十年的时间让人仿佛经历了一场梦。有的人在梦中游离，随波逐流，享受着大变革下的"硕果"。而有的人却在叹息为何我们眼前生活步伐如此之快，大变化下人如此急迫、荒唐。我们生活的现实世界，几乎所有的路几年就要翻修一次，所有的桥说塌就塌，楼说倒就倒……这太不可思议了。在我们原来的概念里，桥几乎就像日月一样，是永恒的，它是不会塌的。作家童年建立的世界观，60 岁时也像桥一样坍塌了。鲜明的对比折射出了步伐的急躁。突然塌陷的暗河、黄棠的失忆与恢复，无不展现着作家对现实社会的思考与态度。变化的背后也意味着失去了很多，"今天我们虚构，再怎么虚构都虚构不过现实，再怎么虚构，文学的虚构、想象力都赶不上现实"。现实是最好的教科书，黄棠一家代表了这个时代、这个阶层的典型特色和内心世界，将当代中国的碰撞和变化交织在一起，表达了对于社会发展的深切关注。

第八章　灵魂的升华

文学的伟大在于，它构建了一个特定情境的理想状态，或为青春的心灵家园，或为漂泊的远途旅行，或为生活一隅的启发顿悟。也就是说，文学的着重点是在场，失去了场景，它就不再是文学，从这个意义上说，文学与宗教的纯澈截然不同，文学以故事、形象、意境等方式虚构了诸多活色生香的世界，让灵魂在不同的世俗空间里升华。这些特定的理想状态没有发生在高端的象牙塔和肃穆的庙堂，而是发生在一个个普通的场景，以及无以复加的苦难生活中。阎连科《日光流年》展示了长久集聚的苦难、封闭落后的环境、如期而至的天灾，既是时代的悲哀，更是不屈的人性之光与命运悲剧的抗争。这种抗争是传统中国的隐喻，一代又一代人前赴后继，看着死神毫不留情地夺走活力、希望和梦想，足以吸走生命中不多的热量，击溃脆弱的安全防线。但是作家展示了文学的高贵，苦难的大山开始松动，人们突破藩篱的束缚，用飞蛾扑火一样的精神拥抱微弱的希望和绚丽的火花。

文学还是一场精神的远征，与其他社会科学不同的是，它更关注弱势的逻辑。在强势逻辑的现实中，个人与时代博弈，智慧与天时博弈，强者深谙现实逻辑，却从不屈服于既定的逻辑，他们在膜拜规律的同时，也在顺应规律。对于《日光流年》中三姓村的人而言，他们无疑是弱势群体，时代的进化在他们这里似乎停滞，一代又一代人在无谓的抗争中倒下，一次一次的尝试，一次又一次的毁灭，传统固有的生态固若金汤，找不到任何的突破口，他们始终无法穿过时间留给他们的坚质壁垒，无法摆脱魔咒拘囿之困。于是，三姓村人始终是命运的困顿者与天网的被囚者。

生存环境无疑是文学风貌形成的重要塑造力量。无论是三姓村人被怪病折磨，始终生活在恐惧和焦虑中，还是青春的校园、静穆的寺庙、漂泊的旅途，都是灵魂升华的载体。他们或者在青春的校园里沐浴，或者在漂泊的旅途上神游，或者在无法逾越的壁垒里挣扎。他们总是在物质覆盖的皮层下，为精神找到绝处逢生的希望，从物质的囚笼中给予审美一个方向，从层层困境中为灵魂留出一块自由驰骋的天地，对此，他们毫不吝啬！作家们让灵魂从琐碎的鸡毛堆中摘出来，屹立于万千苦难的大山之上，丝毫不是理性和冷静，而是以极强的精神介入作品，洋溢着博大的良知担当。

这是一场思想意识震荡的盛宴，悲悯情怀、赤子之心、参悟佛性、为民代言、向死而生，他们剥离了附着在人性上的功与名、利与禄，去除了负重和包裹，让自然真实的灵魂从重重障壁中显现出来，给本真的性灵释放空间，让底层的民众重拾尊严，为真知敞开通道，思想的活力、精神的自由、灵魂的升华肆意驰骋，构成了文学特有的理想时空。

悲悯情怀：重塑文学的审美趣味

当下诗坛，写诗填词的人太多，看上去十分繁荣，这是好事还是坏事呢？我以为，这并不是好事。虽然写诗填词并不是少数人的特权，但人人提笔就写，而且把写下来、然后分行就看成是诗词，至少丧失了诗词创作的严肃性与庄重性，也丧失了对文字的敬畏之心。这样的写作，自娱自乐尚可。可怕的是，不少人还自以为是，写了几首鸡毛蒜皮的诗词，通过关系发表了，立马变成了著名诗词家。很长时间以来，中国的诗人们不是缺乏文化自信，而是超级自信，早已变得自负得不行。记得把中国新时期文学说成"垃圾"的德国汉学家顾彬曾经说过，21世纪中国文学面临着许多内在的问题。他举例说，在中国文坛，你如果问谁最配得诺贝尔文学奖，好几百中国作家都宣称自己最该得。人数这么多，这不仅表明他们自大过火了，也表明文学缺少了规范。他还特别说道："当你和一个中国作家谈话的时候，你就能得到下面这个令人震惊的发现：他接二连三地批评当代中国作家，直到只剩下一个作家没遭到批评，那就是他自己！"

近年来，诗坛有了一些变化，诗人们不仅喜欢批评别人，同时喜欢结成小圈子，吃吃喝喝，互相吹捧。而与此相关联的是，中国诗歌批评家顾忌太多，很少能够发出独立的、中肯而尖锐的批评声音。当诗词创作变成庸俗而机械的键盘行为时，这是当代诗词创作者的堕落，更是当代诗歌批评家的堕落。

那么，当代文学视野下的诗词观应该是什么？

一、坚持"文以载道"的诗歌精神和多样化的审美趣味

"文以载道"的诗歌精神历来是文人墨客创作的内在动力，曹丕所说的"经国之大业，不朽之盛事"将诗歌提到了前所未有的高度，这也是为什么许多作家在成名之前最初写的都是诗歌。王蒙如此，张贤亮如此，贾平凹、何立伟等人都是这样子。即便写小说成名后，内心的诗歌情结还十分浓烈，比方，池莉2016年还由湖南文艺出版社出版过《池莉诗集·69》，2016年阿来也出版过诗集，叫《阿来的诗》。为什么这些作家在成名之前写诗、成名之后继续写诗？原因在于，他们不是"为赋新词强说愁"，而是"文以载道"的另外一种"载道"方式。同时，是多样性的诗歌审美趣味不仅使诗歌具有讽谏、寄怨、遣兴、寓教于乐等外在功能，而且还有自娱自乐、修身养性等内在效用。特别是近现代以来，较之小说等其他文体的创作者，诗人对国家、民族等"巨型语言"投注更多，政治触角更为敏锐，内心冲动更为执着，广大人民对诗人的期待也更高。许多诗人本身就是政治家、甚至是"帝王将相"。毛泽东自不必说，胡志明和铁托则被杰姆逊称为"诗人的榜样"，连写过《女神》的郭沫若在日本人眼里都更像政治家而非诗人。

换言之，诗歌更容易与世界、民主、人权和国家、民族前途等"政治话语"联系起来，而诗歌的"战斗性"也确为风云变幻的政治形势提供了更快、更便利的话语承受载体。这种话语既可以表现得很委婉、曲折或"朦胧"，如历史上屈原的诗、宋玉的赋和晚唐以李商隐为代表的"西昆体"诗词等；也可以表现得直露、直白、直接，如"文革"时期郭沫若、臧克家和贺敬之等人的"口号诗"等，此时的诗歌就成了"喉舌"和"利剑"，成了国家的"宣传机器"。

比方，毛泽东就坦率地承认他写的《七律二首·送瘟神》是"宣传诗"和"招贴画"。这样的诗词作品虽然审美趣味差一些，但在"文以载道"方面则与自古以来的"不平则鸣"的血脉是联系在一起的。

二、坚持诗歌创作的透彻性与思想的前瞻性

艾略特十分推崇"透彻"的、"跃出诗外"的诗。他说，"要写诗，要写一种本质是诗而不是徒具诗貌的诗……诗要透彻到我们看之不见的意义，而见着诗欲呈现的东西；诗要透彻到，在我们阅读时，心不在诗，而在诗之'指向'。'跃出诗外'一如贝多芬晚年的作品'跃出音乐之外'一样。"这段诗论与司空图所说的"弦外之音"相类似。不过，司空图在诗论中所说的"弦外之音"其实来自中国传统文化中的道家和禅宗。中国道家语言符号特别重视语言的空白，讲究虚实结合。写下的语言是实，未写下的语言是虚。所以庄子有言："筌者所以在鱼，得鱼而忘筌……言者所以在意，得意而忘形。"

东西方不同时期的诗评家在思想的交汇点上引起"共振"并非偶然。如果说，艾略特所谓的"跃出诗外"追求的是贝多芬晚年那种愤怒不屈、扼住《命运》"咽喉"式的"人生诉求"的话，那么，中国"朦胧诗"创作者的"弦外之音"追求的则是北岛"我不相信"式的决裂般的呐喊——表述的是话语之外、觉醒后的"灼热的仇恨"（顾城）。艾青早年在《诗论》中所写的："叫一个生活在这年代的忠实的灵魂不忧郁，这如叫一个辗转在泥色的梦里的农夫不忧郁，是一样的属于天真的一种奢望。"当下的诗词创作最大的问题是只有文字，没有思想；只有喧嚣，没有忧愁。可能我们能够读到一些诗歌作品描写农民工或者下岗女工的悲惨生活，但这类作品更多的展示生活现象，而没有深入生活本质的闪光的内核，看不到沉重生活带来的深刻忧郁，更不用说认知上或思想上的前瞻意识了。真正的优秀诗人应该是报春鸟，就像雪莱在《西风颂》里喊出的那样："如果冬天来了，春天还会远吗？"

三、坚持诗歌创作的悲悯情怀与文本丰富的可阐释性

诗歌的悲悯情怀是诗人的良知和诗歌创作自主性的集中反映。谁最有资格代表中国文学或中国诗歌的声音？苏联的帕斯杰尔纳克、陀思妥耶夫斯

基、索尔仁尼琴、阿赫玛托娃等人，他们在沉重的苦难和专制的压迫面前敢于发出悲愤的声音，代表这个国家的良知对时代的施暴者进行强烈谴责。在德国海因里希·伯尔和君特·格拉斯等人，他们能够代表德国人民的道德自觉，能够从曾经犯下的罪行中重新站立起来，发现一条全新的道路，以便和全人类重新打成一片。

在中国很难找到一种公共的声音，虽然从报刊或学术文章中不时见到诗人具有悲悯情怀，但这种表达仅仅是诗人或者诗评家的一厢情愿。有海外汉学家发问：为什么中国作家、诗人不为在过去遭受如此苦难的人们呼喊？难道中国作家、诗人真是胆小如鼠吗？正因为悲悯情怀的缺乏，中国作家、诗人喜欢回避当下，转而去重写历史。

中国作家、诗人有时不知道自己真正想要的是什么。对他们来说，文学或者说诗歌仅仅是生活里的一项选择，文学或者说诗歌自身没有价值，直接导致中国作家、诗人的作品境界太窄，格局太小。此外应该坚持诗歌文本的可阐释性。这些年诗坛流行的所谓梨花诗、口语诗、白云诗或废话诗等，说到底，这样的作品没有意义，因为文本没有可阐释性，每个人读，感觉几乎是一样的。当代诗词创作如果沦为完全的口语或废话，那是对真正的诗词创作者的侮辱。诗人杨炼在评价"朦胧诗"时说，朦胧诗的写作，重建了一个当代中文诗的传统，其根本意义就在于把"非诗"（就是宣传口号）和诗划清了界限。也就是说，诗歌的朦胧本身就是歧义纷呈，它给文本的阐释带来了无限的可能性。

中华人民共和国成立前的"九叶派"诗人的作品就颇为"朦胧"。当时，袁可嘉曾代表这个群体在语言策略上做了这样的美学考虑："这九位作者忠诚于他们对时代的观察和感受，也忠诚于他们心目中的诗艺。""他们的作品比较蕴藉含蓄，重视内心的开掘，而又与人民的感情息息相通，因而避免了空洞抽象的议论和标语口号式的叫喊。"他们的诗追求"抽象思维形象化""思想知觉化"，使得"说理时不陷于枯燥，抒情时不陷于直露，写景时不陷于静态"。这种对语言艺术化的追求是对一批口号诗、政治宣传诗所造成的"语言危机"之反叛，当时激烈的"白话文"运动使得语言无法承担诗境的重负。在特定的形势下，"九叶派"诗人坚持自己的创作理想和审美追求，他们的"作品往往能把思想感情寄寓在活泼的想象和新颖的意象中……显示出一种厚度和密度，一种韧性和弹性。他们在古典诗词和优秀新诗的熏陶下，吸收了西方后期象征派和现代派……的某些表现手段，丰富了新诗的表现能力"。譬如，卞之琳在《距离的组织》一诗中有"寄来的风景也暮色苍茫了"，最后一句："友人带来了雪意和五点钟。"这样的诗比起那些受指责的"朦胧诗"之"朦胧"不是有过之而无不及吗？

在"井底生活"太久了的人既然对自己的历史一无所知，那么，对一水之隔的台湾 20 世纪 60 年代轰轰烈烈开展的现代派诗歌运动，他们就更加"不知魏晋"了。这里讲述一个故事吧：有一年痖弦陪朋友去一个湖边玩，他们看到上面有一块牌子，上面写着"禁止的鱼"。痖弦说，"这是现代诗的语言啊。"但走近一看，原来是"禁止钓鱼"。后者当然不是诗了。

现代诗是由偶然的"错误"产生的。它的特色是把语言的"媒介性"上升成为"发明性"。好诗的语言都要"推敲"它的"发明性"。但这种发明性必须以"境"和"意"为旨归，也就是古人所说的"以境造语"。这样的作品就具备了丰富的可阐释性。华国锋的《先进》："先进更先进，后进赶先进，革命加拼命，无往而不胜。"叶剑英的《攻关》："攻城不怕坚，攻书莫畏难，科学有险阻，苦战能过关。"这样的诗词，其实就是毛泽东曾经批评过的"宣传诗"，可能会有政治意义和时代特色，但缺乏文学性和艺术最起码的可阐释性。

当代诗词创作应该高举"九叶派"诗歌审美中"含蓄内敛"的大旗，追求诗歌的"歧义性""丰富性"和"纯粹性"，除了吸取古典诗歌的精华以丰富中文母语所应有的深邃意境外，创作者要积极学习、模仿、借鉴西方现代派诗歌的某些表现手法，恢复诗歌文字之间的"厚度和密度""韧性和弹性"，拓展诗歌艺术的表现力。唯其如此，中国当代诗词创作才真正可能在世界文学的舞台下写下属于自己的一笔。

赤子之心：追寻青春的心灵家园

青春文学是文学大观园中的一支重要力量、一道亮丽风景。新时期的青春文学在情绪、主题、人格等方面有了新的特色，形成了缠绕性、独立性等特征，也开辟出了崭新的视角，以动物的视角作为观察事物的出发点，既有生命意识中夹杂着的不被理解的孤独，还有一些嘲弄自我的意味，却又不失积极向上的姿态与超越。

一、青春文学的缠绕情绪

徜徉在灵动而诗意的文字间，我有些伤感，但更多的是欣慰。这些没有什么雕琢的文字，亲切，真诚，如出水的芙蓉，流溢出一股天然的青春之美，令人回想起从历史中款款走来的身影，那是谢道韫"未若柳絮因风起"的浪漫遐想，那是李清照"帘卷西风，人比黄花瘦"的满纸柔情，那是林徽因"你是人间四月天"的独自呢喃，而暄婷正也和他们一样，走出美丽的时光岛，写下属于自己的"一帘幽梦"。暄婷是多才多艺的，在这片春风十里的时光岛屿上，这位"神态散朗，颇有林下之风"的美丽暄婷，因女孩子特有的细腻与细致，和丰富多彩的生存感受、阅读体验，在认识事物的时候能够发现别样的新奇，于平常的日子中给生命灌注新的感悟。例如在《那一刹那间，我懂得了自己》中，作者以"我是一只豪猪"开篇，和许多自视过高、远贱贵重者相比，暄婷有着不同于同龄人的自尊与清醒，委实难得。

《时光岛》体现了对自由的向往与渴求，这也是所有青春文学共同表达的主题。学习的压力、生活的琐碎和成长的烦恼随处可见，缠绕其中的还有对未来的种种憧憬与犹疑，间或生出些许迷茫，虽然有爱的陪伴，但是每个人终将面临孤零零的"时光孤岛"，这是无法回避的现实。事实上，人只有站在这座孤岛上独自眺望世界，时间不知不觉从指缝中悄然渗出手掌，这时的心灵才真正抛弃浮嚣的尘世，在方寸间找一座修炼自我的灵台。正如王蒙所说："这是一个心似平原走马，易放难收，驰骋万里，白日做梦，荒唐游戏的年代。"人如何才能像海德格尔所说"诗意地栖居在大地之上"？我以为，写作可以给人在迷津处找到驶向世界的渡口，给生命找到一个属于自我存在的理由，这也许正是暄婷写作此书的诉求和价值所在。

有了这样的心灵冲动，暄婷的写作才华得以绽放。时光就在她文字的构思和输出之中渐渐凝固，排列成一行行诗意，充盈着心灵的健康和饱满。《时光岛》这个书名起得极好，是独属于自我的个体化叙述，虽然也作为篇目之一列出，但是却十分适合概括出全书的主旨。一座座岛屿在海上星罗棋布，盛满回忆，又各得其所，都是大大小小事件的勾连与点缀，都是生命的片段与亮点，这些飘在风中、消失在黑夜中的片段与亮点因为文字而鲜活，因为回忆而温馨。时间总是无情，生活在时间轴承下的人，在个体生命的交织中品味着酸甜苦辣，又各不相同，我们注定不免要叹息爬满脸上的皱纹，也只能在个体的回忆中尽力拼凑着一点补丁，找回记忆中的芳华。如果把时间比喻成流水，却只能望着"抽刀断水水更流"而不知所措，迢迢不断地徒增伤悲。《时光岛》的意义正在于，暄婷用"一瞬的美"或"美的一瞬"的定格的方式把洋溢着理想、热血和对于未来无限想象的青春划分为一个个片段，浓缩成永恒的瞬间，刻在字里行间。这时青春就不再是人生洪流中的分支，反而因为被建成一片又一片流光溢彩的岛屿，当她再度回首这段时光的刹那，她用文字对抗了必然流逝的时间，正是作者对于青春的挽留，一如她对于自由和未来美好之争取一样。

二、青春文学的父母主题

一首诗有诗眼，一本书有书魂。《时光岛》的书魂就是父母的爱。有了父母的爱，以及对父母之爱的感恩、铭记和书写，《时光岛》才如此明亮，如此温暖。书中提到爸爸的地方有 10 篇文章，分别是：

1. 在《爸爸的脚步》中，作者写自己"可以分辨出爸爸的脚步声"。

2. 在《父爱的方式》中，作者讲爸爸喜欢对作为女儿的自己喊"儿子"。

3. 在《因为他是爸爸，所以他塑造我》中说父亲教导她独立。

4. 在《我改变了独行的色彩》中，"爸爸说是你改变了独行的色彩"。

5. 在《生活如诗》中写自己陪父亲在大马路上跑步，自己和他暗暗较劲："你和父亲在角逐中踏出了诗，那是他为了你在百忙之中的放松和自由。"

6. 在《小脚与西服》中写作者见到了父亲和母亲年轻时拍的照片所发出的感叹："这即是我的家。透过小脚和西服，我会骄傲地告诉时间：爱即天命，恒久恩慈。"并由此意识到："只要小脚和西服还在，家的香火就不会断，爱的陪伴就会一直相约下去。"

7. 在《凤凰小城的味道》中作者回忆起那一年，与父母家人一起游凤凰的情景。

8.在《故乡清韵》中作者写父亲给她讲述自己的童年生活。"我经常随父亲回到这个父亲降生的地方休闲。""只要回到这里，爸爸就会变得童真，这里藏着他的童年趣事。"

9.在《皮囊之下》中，作者写自己每次都悄悄把父亲的眼镜放回原位以免他又找不到。把妈妈喜欢吃的菜为她留多些。这些生活细节令人真切地感受到：爱不要口口声声冠冕堂皇的口号，要能默默付诸行动去爱，这才是包裹我们真心的"皮囊"。

10.在《回眸生命》中，作者的思维跳跃很大：五岁觉得"我爸最神气"，十五岁时觉得"我爸真刻板"，三十五岁会觉得"还是我爸最厉害"。特别是文中一句："猛然发现爸爸年轻时的照片，眉眼和自己有多么像，再然后发现，爸爸慢慢地越来越变成你记忆中的爷爷的模样了。"这句话令我动容和揪心："站在影子里守望，前方是过去，身后是未来。"小小年纪，一个看似天真烂漫、无忧无愁的孩子居然有如此成熟而哲理的思考。

书中提到妈妈的地方更是有11篇文章之多，它们分别是：

1.《我在奔跑》：妈妈对女儿的鼓励催她奋进考中学。

2.《看见》：妈妈和我心灵相通，妈妈的眼光伴随我的脚步。

3.《少女病》：妈妈看电影患上"少女病"，"她在用清纯陪伴我的青春"。

4.《月的性子》：爸妈难得空闲，一家人说笑吃月饼。

5.《牛奶事件与妈妈》：市场发现假牛奶，但是妈妈的爱一定不掺半点假。

6.《小金库的四位客人》：自己办报刊，赚零钱。"这可比我向妈妈伸手拿到零花钱要有成就感得多。"

7.《年的味道》：我在零点溜出来放烟幕弹，爸爸妈妈奶奶一家人开心极了。

8.《这也是一种美》："你用最简单的黑色签字笔，戴着自以为永不过时的妈妈用过后淘汰的旧式名表，你素面朝天。自得其乐。"

9.《眼镜记》：自己总是找不到眼镜，突然妈妈的喊声冲破楼道："你的眼镜在你的包里，崽崽！"

10.《不停》：自己的小说被妈妈发现。"我们在写作这条路上，不停地走下去。"

11.《快乐阅读，滋润我心》："小学时，妈妈强迫我阅读，外国名著到古典小说，从杂志到经典，统统不限。"此外还描述了家里父亲的书房，那是自己知识的海洋。

之所以在此以考古般的细致把这些温暖的文字一一排列出来，是想告诉大家：许多人以为00后不懂得感恩，不懂得珍惜，以为作为独生子女的这一代人把父母对自己的爱看成理所当然、天经地义的事情，实际上，这些年轻人以自己独特的方式铭记父母的爱，他们既可以尽情地撒娇，可以没大没小地打闹，也可以把涌动于心底的一份感动藏在小小的内心世界，让伪装的成熟写在脸上，却无法掩饰在眼睛里的泪光和柔情。正如暄婷在书的前言中所说："我在用我的行动撕掉所有贴在我身上的标签，以一种无声的方式向所有人宣言——'这个站在你面前的大眼睛女孩，并不仅仅只是你以为的那样。'"暄婷代表着00后的这代人，正在走一条打破人们惯常思维的旧路，他们冒着不被理解的风险设置自己。王小波说："对生活做种种设置是人特有的品性。不光是设置动物，也设置自己。"我能发现暄婷在文字中以一种行走的姿态，不卑不亢地展示自己的独特，解除陈规陋习对生命设置的种种障碍。例如，在《高贵的反抗》中，暄婷抨击"填鸭式"教育的弊端，这是她作为高中生而解放自我的意识，有着主体精神觉醒和人格独立的可贵。她在《皮囊之下》中要极力拥抱表层行动背后的"人间真情"，字里行间，感人至深。暄婷有着超出同龄人的成熟与沉稳，更有着女孩子的细腻与敏感，她极力想要维护自尊与自爱，但她既没有"黛玉式"自尊而又脆弱的心肠，也没有"宝钗式"式的冷艳与圆滑，她所追逐的是"介于冰冷理性和炙热感性中的平衡"。于是，在她笔下我们看到了她人格的平衡，既有含情脉脉的家庭生活，还有待人接物的种种见解；既有她浪漫的国际之旅，更有她日常的社会足迹，包括去记录残疾歌手或是环卫工人的街谈巷语。

三、青春文学的独立人格

自由在暄婷笔下也有一种平衡感，即自觉地将文字还给生活的方方面面，使她在五彩斑斓的生活中找到自己的一方天地，所以她笔下的自由感建立在她独立多思的人格之上。虽然她也曾矛盾，在规矩和自由的领地发生心灵冲突，但是她自己往往可以找到平衡的切口，让所有不可调和的矛盾在她的笔下都变成对生活圆满的爱的观照。但这种爱并不会成为她人生中飞翔的负累。正如歌德所说："一个人只要宣称自己是自由的，就会同时感到他是受限制的。如果你敢于宣称自己是受限制的，你就会感到自己是自由的。"暄婷极其欣赏"奥黛丽·赫本"："她就是她自己"，做真实的自己也正是她的渴望。但是暄婷同时又能够对周围的人，无论是父母老师还是同学朋友，都能保持一份尊重与理解，乃至必要时的隐忍与退让，而非为了个人自由挑战规则，或用反抗的手段去咄咄逼人，或为了穿上华丽的伪装去做凌驾他人之上的女王。某种意义上，高考与学习的重压，让多少学生都在无形中失去自我，或是处于手足无措的迷惘，我多么害怕学生的心灵在这其中被扭曲与压制，走向精致利己的圆滑或者浑浑噩噩的逃避与麻木。但暄婷没有在压抑中失去自我，她一直以理性而清醒的方式面对这个纷扰的世界。尽管以她的年龄，要充分理解这个世界，看起来是那么遥远和艰难，但可贵的是，她心态平和，不疾不徐，坚定地走在自己选择的道路上。

从更大的视野上说，《时光岛》不仅仅是写给自己的，还是献给处在风华正茂的同学们。暄婷用一种找回心灵家园的方式，用文字或者绘画，截断时间河流的片段，垒出记忆的岛屿，把一路走来的"一瞬的美"勾连起来，做一次放飞自我又回归自我的旅程。

纪伯伦说："你不可能同时拥有青春和青春的知识。"但我以为，暄婷把"一瞬的美"收集起来之后，她不仅拥有了青春，也拥有了青春的知识。因为，我们不必等候青春的经验，在生命的黄昏才得以总结，青春的美好与不足，快乐与烦恼，经过之后必将留痕。暄婷及时地聚焦并记录这些印痕，也许某些书写还有些许生涩，但笔端里有了一份对文字的珍重和敬畏就足矣。这样的书写，虽谈不上"激扬文字"或家国情怀，但暄婷拥有一颗赤子之心，她努力尝试用记忆打捞青春、用艺术获取自由、用感恩铭记爱，这就是对"恰同学少年"的最好注脚，这也是我阅读此书的最大收获。

隐行遁世：参悟孤独的佛性空间

禅悟与诗心、禅境与意境、禅趣与意趣构成了诗与禅的不同侧面。自唐以降，出现了众多充满禅趣的诗歌、禅境的散文和禅心的小说，成为文学发展史上的一道亮丽景观。这些作品在"有我之境"与"无我之境"的交相辉映中，抵达了众多读者的内心和无数孤独的灵魂。

一、孤独而热情的"小我"

李青淞是 20 世纪 90 年代就已经成名的诗人。后因种种变故，他选择远离闹市，到寺堂庙宇、灵山胜水去做一个隐者，成为俗家弟子。多年来，他一直放不下的是那颗诗心，这也是他抵挡世俗诱惑的利器。令人欣慰的是，在尝遍世间冷暖、感受到生活的酸甜苦辣后，李青淞的诗作变得更加淡然、从容与洁净。在皇皇大著《隐行者》（作家出版社，2017 年版）中，李青淞进行情感还原，他融"大我"于"小我"，以"小我"表现"大我"，二者相互交融，相互渗透，共同构成隐行者这一抒情主人公形象。其中，《我之歌》是一篇"在诞生与涅槃之间的精神史"，《盛世微言》道出了"一个当今隐者"的微言大义，《悟道与逍遥》则弹奏出"一个当代陶渊明"的"山水清音"。谢冕老师认为"这个现代隐者，他为自己选择的生活方式，既是对现实保持距离的静观，也是体现自身强大的对于大千世界遥远的凝视。他把诗人的孤独设定为一种诗学的高度，但他也不乏庄重的省思。他对于孤独的表述，不只是远志大略，也有郑重的内省，而这些发自内心的自我省视因为他的坦然而动人"。无疑，这样的评价是十分中肯的。而已故评论家陈超认为李青淞的诗歌，"禅是诗家切玉刀"。他的诗与禅化若无痕的融汇，可视为华夏民族自然含蓄凝练的审美性格的现代承继与变通。本节从诗人孤独而热情的"小我"和具有佛性和大爱的"大我"两个方面，分析李青淞作为参悟者的诗歌中所彰显出来的"隐行者"的形象。

《隐行者》中的自我抒情主人公首先是真实的自我——追求孤独却又内心火热的活生生的人，也有着普通人的真挚情感和经历。这个"我"是凡尘俗世中的一员，经历过挣扎和涅槃，从彷徨过渡到了悟，展现出尘世之我的心路历程，亦有芸芸众生之投影。

孤独既是一种生活状态，也是一种发自内心的自我审视。首先是处境的孤独。"世人皆下海，我独上山来"，诗人放弃丰富多彩诱人的红尘俗世，独自在山上隐居，在"清庐"里参禅悟道，过着"一箪食，一瓢饮"的朴素生活。独居生活在他人看来也许有些单调和苦涩，但"我"却怡然自得："晴日攀山崖，夜月品啼鸟，诗来即展书，把酒自当垆"，颇有陶渊明"采菊东篱下，悠然见南山"之范。其次，处境的孤独造就心灵的孤独，这种孤独是不被理解的苦闷："我的话别人听不清，我的字别人认不得，我的诗别人读不懂，我的思别人想不通。"实际上，人与人之间精神上的隔阂往往比现实的距离更加遥远，更加难以打破。这一点在远离尘世、内心敏感的诗人身上体现得更加明显。诗人的内心总是孤独的，甚至可以说，孤独几乎是所有诗人的宿命。但是面对孤独和寂寞，"我"坦言珍爱这种与生俱来的品质，并祈求它们永远占据"我"的心灵，与"我"相伴终生。因为往往是这样，"我"才能与自我对话，与自然对话，与世间万物对话，穿越古今，创造诗情："我的诗歌和思想，永远是灵魂中奏出的孤独之声、寂寞之音。"在日复一日的自省中，"我"自我解剖，认识到自己"听自己的话也听不清，认自己的字也认不得，读自己的诗也读不懂，想自己的思也想不通"，因此不能怪罪别人；也认识到自己是一个"非常自尊自强的人，甚至孤傲的人"，从而修炼自身，谦逊待人。这样的自我审视，显得真诚而动人。正是在孤独中，"我"的肉体和精神都得到了升华。

崇尚孤独的背后是一颗真诚热情的心，诗人的内心燃烧着壮志豪情，"蕴藏着一种不可妄测的潜力"。一方面"我"崇拜自己的本质，热烈地追求精神自由和超脱，在《我之歌》中，爆发出"世俗皆不妨，我是我的王"这样大胆且热烈的呼声。"我是预言中幻象的婴儿，时刻与万物和众神对话，在上天面前滔滔不倦，在众生面前咿咿呀呀，对魔鬼发号施令，对人民永做牛马"，"我"提出"人是自由的产儿"，人必须有一个"自由而宽松的气氛，尤其不能扼杀自由的天性"，"我"肯定人的价值和尊严，热烈追求人的自由和解放，并愿为此奉献自己，表现出英勇的大无畏精神。

　　与同样崇拜自我、追求精神自由和解放的狂飙突进的郭沫若不一样的是，诗人在热情喷薄而出之后，又回归平静，达到领悟和超脱，尝试以另一种方式来服务社会："把拳头缩回来"，静心修炼，养得大气，以质朴稚拙的真实面目"召回尚待回炉淬火的面目全非的人们"，以粗粝纯正的诗文"唤醒尚待开窍还原的失去神性的心灵"。"我"的宁静致远背后隐藏着灼热的血性，"我"既是维护传统的创造者，也是反叛世俗的保守者。"我"作为芸芸众生中的一员，是一个有血有肉的个体，也有着普通人的情感和认知，却又有着顽固的"参悟"。"我"有着"比八国联军更顽抗"的乡音和"比大北方更覆盖大北方"的乡愁，里面包含着对母亲的牵挂和对先父的怀念，并在乡愁笼罩的忧伤中"流出诗歌的清泉"；"我"也有不善言辞的困扰，面临"思之于心"与"形之于口"的矛盾，时常感觉无法与人交流，"几乎是不会说人话了"。然而将语言诉诸文字时，却往往妙语连珠，在诗歌的领土上驰骋飞扬；"我"也与现代人一样，面临过生活的困境，经历过苦难的岁月和现实的磨砺，熬过内心的挣扎与彷徨，"与世多忤，与己多伤"，才最终找到适合的生存方式，与世隔绝，悟道逍遥。

　　在关于女性与情爱的问题上，"我"也有着根深蒂固的传统思想。在"我"眼中，女人如罂粟般美丽却有毒，女人是上帝创造出"流利的线条"后得意忘形的产物——"忘加了内在的东西"。女人是欲望之根和罪恶之源，并且"在一定意义上，除了传宗接代相夫教子并守住大后方以外，不能过多地干预世界、国家与家庭的大事"。这些观点物化女性，没有真正站在男女平等的角度，而把女人视为罪恶之源，更是有些偏激和错谬。

　　"小我"并不是十全十美的，但正是这些世俗的情感和真诚的袒露，打破了诗人与世人的界线，构成了一个可触可感，鲜活生动的世俗的"我"。

二、大爱无疆与佛性的"大我"

　　《隐行者》中的自我抒情主人公表面上看是"参悟"，即不为世俗者认同的价值追求，其实他所做的是"人神合一"的大我——以慈悲为怀，具有人间大爱的佛性的人。这个"我"以普度众生为己任，已经和世间万物融为一体，是"天地人神的化身"。"我"将小爱化为大爱，将大爱向宇宙众生辐射。正所谓"去小情小我，立大情大我"，诗人不执迷于小情小爱，放下"亲人和自己"，关爱花草树木与普罗众生，宣言"我爱的是芸芸众生，我造福的是浩渺大千"。这个"我"有一颗慈悲、智慧、圆通的心，崇尚真情大义乃至舍生取义，愿为天地立心，为生民立命，为时代立法，引渡一切众生出离生死烦恼无明之苦海。这个"我"心怀天下，以传播真理，普度众生为己任，引导人类思想和行动前进的方向，庇护人类荒芜的心灵，劝人向善，"为众生开辟天路，在众生回归天真走向圆满中完成自己的使命"。

"我"不仅是人类，而且还是世界万物的代称，是天地人神的化身。"人神合一"的诗歌宗教观与泛神论哲学相通，泛神论的核心思想——"神即自然，自然即神"，是说神在万物之中，又超然于万物之上，既是不可言传、难以捉摸的，又是可以与人、宇宙、自然相互感应的。人到无我的时候，与神合体，超绝时空，而等齐生死。郭沫若曾将其概括为"泛神便是无神。一切的自然只是神的表现"，"我即是神，一切自然都是我的表现"。从这样的哲学思想出发，"我"的诞生和存在都是神的表现。"我"由天地孕育，"我的生命隐逸在白阳的心窝，一个被遗忘的黑子上，如太阳和月亮般升起、沉落、升起、沉落"，"孕育太阳、月亮和星星也不能发出的光，创造照射一切的喷薄"；由自然滋养，经历"北方的风霜"的洗礼和佛陀的指引；最终将走向澄明之境，"天地人神把我推举成高峰之上的虚空"，"在灵魂无须呼吸的天国"叩问"妙香和祥光的圣殿"，"抵达最终的澄明"。"我"可以是一切实体，是一条道路，一束光芒，一滴水珠，是"雨露霜雪"，是"慧日禅月"，是"鸟语花香"；"我"也可以是一切虚体，是"潜伏在风浪中的卧龙"，是"爱神的瓦特"，是"天地间神秘的气团"，是"不生不灭的虚空"是"不增不减的时间"。

正如李青淞所言，"它什么都是，什么都不是；无所不知，无所不包"。这里面就包含着中国哲学上的许多智慧。所谓"青青翠竹，尽是法身；郁郁黄花，无非般若"，"法身本无象，般若亦无知"，人人皆有佛性，众生本来是佛，宇宙万象，都是佛性的显现。而这些，忙忙碌碌的都市人哪里能够感受得到？

三、"小我"与"大我"的高度契合

李青淞的书写与别人不同：在郭沫若的《女神》中，"小我"是大时代下诗人自我灵魂、个性的真实写照，而"大我"则是"五四"时期觉醒的中华民族的自我形象，"大我"与"小我"精神相通；惠特曼的《自我之歌》则是以"小我"的感触来体悟"大我"，以小见大；李青淞的《隐行者》更加体现了"小我"与"大我"的相互交织。一方面，从"小我"到"大我"的转变需要一定的过程。"我"原是世俗中普普通通的人，有着世俗之人的情感和烦恼，经过佛理的浸润后，才修炼出大慈悲、大圆融的佛性。另一方面，用"大我"的情怀去感化"小我"，并不仅仅是感化"我"自己，更是感化千千万万个如"我"一般的个体。"大我"与"小我"相互交融，交相辉映，共同构成一个鲜活生动的统一体。

李青淞的《隐行者》既是一幅隐逸者的自画像，又是一曲悠扬的生命颂歌，是诗人内在生命精神的充分体现。诗中的"我"无处不在，无所不包，他既是肉体的自我，又是灵魂的自我，既是孤独而真实的诗人自己，也是宇宙佛理的象征。诗人以"小我"见"大我"，又寓"大我"于"小我"，二者交映成趣，浑然一体，令人回味悠长。在当今社会越来越物化，人的情感越来越干涸，内心越来越焦虑时，多读一下这样的文字，能够提精聚神，能够洗去胸中的尘埃，能够提升思想境界，真正获得大自然赋予我们每个人的平等、自由、宁静、快乐的生命价值。

为民代言：映照作家的良知担当

文学的本质是什么？文学究竟能够给我们带来什么？

一个作了心脏搭桥手术的文友，术后第十天，她躺在病床上挥笔写了一首打油诗："老娘还在，不敢死去/小孩还在，不能死去/爱人还在，不忍死去/文学还在，不愿死去。"这是一个文学爱好者对于文学的认识，在她看来，文学跟她的老娘、跟她的小孩、跟她的爱人一样，让她牵念，让她变得有力量。

英国著名作家毛姆(代表作《月亮和六便士》等)在 90 岁生日时，前来道贺的人问他此刻最开心的事情是什么，他笑着说：经过这么长时间，还有人在读他的书。这是他最开心的事情。对毛姆而言，文学就是他的第二种生命。与毛姆相类似，我的同事阎真，他最大的野心就是：他死去后 50 年内还有人在读他的书。文学的本质在阎真这里就是满足对他生命价值的超越和对个人未来的期许。乔治·奥威尔在回答为什么要创作时说了四条理由，其中第一个理由是，满足作家个人虚荣心，证明自己的文学才华。文学的本质在奥威尔这里变得非常实在，却又是那样的真实。2013 年，阎连科获得世界华文文学奖，他在发表获奖感言时说："我来自一个偏远的山村，年轻时为追逐金钱和名利不停地低头哈腰，是文学让我找回了自我，让我昂首挺胸，现在我只有在思索写作内容时才低头，那是在向文学致敬。"文学的本质在阎连科这里就是让他变得自信，并且赢得自尊。在刘震云看来，文学的本质是包容时间。他说，人类最大的苦恼是人到一定年龄就必须死。这一中国皇帝和全世界科学家都没能解决的问题，但文学解决了。比方说《红楼梦》，你可以随时打开阅读，黛玉宝玉可以随时就与你相遇。他们不但不死，而且永葆青春。这是作家对世界最大的贡献。

一、为民代言的替代性满足

对于湖南祁东的矿工作家邹学君而言，文学对他意味着什么呢？显然，既不是为名，更不是为利。因为两部小说不会给他带来多大的名气，至于利则更少，这两部小说可能还要自己掏钱出版。那为什么他还如此坚持要把文学当成一种事业来追求呢？在我看来，这是一种替代性满足，是一种对生命价值的追问，一种文化精神的传承。

中国作家一直以来都有一个文化传统：三十而立，立什么？当然是立德、立功、立言。德指的是内在的修为，是每个人都要做的；功指的是奔赴疆场，上马杀敌，这在和平年代做不到。只有言，是直接承载着"学而优而仕，仕而写者显"的精神血脉而来的。北宋张载提出"为天地立心，为生民立命，为往圣继绝学，为万世开太平"。张载的立与曹丕所推崇的作家有"经天纬地之志，安国定邦之才"相提并论，都说出了作家对于国家与民族的神圣职责，说到底，就是一份良知，一份担当。

十年磨一剑，令人敬畏。丁玲有一个观点，叫作一本书主义。她说，一个作家，一生中只要写出一部好书就足以告慰人生了。我想，邹学君在极其艰苦的条件下，创作并出版两部小说《湘妹子》(中国文联出版社 2016 年 12 月版)和《博弈女》(中国文联出版社 2016 年 12 月版)，不仅殊为难得，而且令人动容。《湘妹子》主要讲述了"文革"年代(1967 年起)孙叶及其家人的生活演变。《博弈女》主要讲述了红色年代之后(1978 年起)孙叶及其家人的生活。

《湘妹子》具有文化意义上的文本特质。主人公孙叶继承了母亲孙喜英的容貌，还未成年就出落得美丽动人，但她心上人只有汪乔梓。然而汪乔梓已与尹芳定下婚约，心高气傲的孙叶为了报复汪乔梓，一怒之下嫁给了尹芳的表弟陈南生。怎料陈南生意外去世，留下孙叶和两个尚在襁褓中的幼儿。为了改变孙叶精神恍惚的状态，母亲孙喜英决定将三人送到衡阳的邹月云舅妈家，同丈夫外出当兵的尹芳住一块。在这里，孙叶遇到了投机商人贺天栋，在他的影响下，孙叶逐步摆脱了"寡妇"这个身份带给她的自卑，获得了新生。时局动荡不安，让孙叶格外思念父母，但汪乔梓归队前将妻子尹芳托付于她，迫使她不得不等到尹芳生育完，再一起回到家乡。

回到故乡祁东，物是人非。孙叶母亲因感染风寒加上受惊而过世，父亲也变得精神恍惚，只剩陈皮姉照顾卧病在床的两位姐姐，以报答孙喜英曾经的救命之恩。无奈之下，孙叶挑起了照顾一家人的重担，从一个受尽宠爱的娇小姐变成了勇往直前，敢于向命运发起正面出击的湘妹子，生活的磨砺使得她变得粗糙，也让她变得坚不可摧。

二、文以载道的民族寓言

按照第一世界文学理论批评家杰姆逊提出的所谓民族寓言说：即"第三世界的经典文本，总是以民族寓言的方式来投射作家的政治抱负，关于个人命运的故事也包含着第三世界的大众生活和整个社会所受到冲击的定位指涉"，我们可以清楚地看出，邹学君创作的这两部小说其实是具有中国特色、中国个性和中国经验的民族寓言。

对绝大多数中国作家而言，他们的创作诉求有两个路径：一是"文以载道"；一是"为民代言"。"文以载道"中的"道"是指大道，关乎国计民生的生存之道，而绝非小道。在《湘妹子》中，孙叶的母亲孙喜英是一个近乎完美的存在。她不仅长得好，而且乐善好施。家道中落，依然能把家里收拾得井井有条。当孙叶不得不直面生活的困境时，她想起来她的母亲孙喜英，想起了她的先辈们，没有哀号与埋怨，他们只知道坚持战斗。他们"战到力竭而死，死时仍不丧失斗志"。感知到祖先们在血液里的召唤，如今面临的困境，亦是她的战场。这不仅仅是流淌在孙家血液里的韧劲，更是存在于整个中华民族生命里的精神支柱。老祖母同孙叶说起过她在抗战时期的艰难岁月，每个人都会经历苦难的岁月，没有熬不过去的坎儿。中华民族血液里的自强不息、勤劳勇敢、艰苦奋斗的精神，指引着炎黄子孙奋勇前行。

中华民族文化大道的核心之一是知恩图报。汪妈子、陈皮婶都受了孙喜英的恩惠，两人也都报了恩。汪妈子愿意为孙氏一家端茶送水，做牛做马。而陈皮婶也冒着被批斗的风险为孙喜英采摘药材，最后顶着生命危险替去世的孙喜英照看生病的子女。十年浩劫之后，孙叶往镇上买谷种，而几户曾受孙喜英救助的人家坚持不肯收下她的钱财，只道是报恩。除了孙喜英，尹芳也同样善良与勇敢。当她面对上门讨吃借宿的人时，她总是会善良地将本来就不多的粮食分享于他人。对他人总是报以感恩之心，就算是再讨厌的人，她也能看到常人所看不到的闪光点。这也让原本讨厌她的孙叶，慢慢对她产生了不一样的看法。她善良但不懦弱，当她听到枪声响起时，不顾自己的伤病，毅然决然地拿起枪支，准备拯救孙叶。正如《湘妹子》自序所言，孙叶和她的家人们是"华夏大地炎黄子孙的见证并与之相融合的缩影"。这是作家的神圣职责，也是这部作品宏大叙事的闪光之处和文学价值的关键所在。

向死而生：死亡的边界与苦难的力量

20世纪末，中国文化与西方文化继续碰撞，人文精神与人性出现了滑坡趋势。对于长期扎根于乡土、以乡土为题材的作家而言，回望乡土、回忆过去生存的苦难是实现对自我精神上救赎的方式。《日光流年》以集体面对死亡为背景，写出几代人为了实现活过四十岁的愿望，不择手段甚至使用卑下的手段将自己的苦难推向极致，体现作者对生存现状和人文精神的深沉思考。

《日光流年》展现了一个独特的耙耧山世界，作者运用丰富的想象设定这里的一切，环境极其闭塞，土地极其贫瘠，生产力水平原始低下，人们靠天吃饭，灾荒不断。三姓村的人都活不过四十岁，临近四十岁的时候都会得喉咙病而死去，为了摆脱死亡的梦魇，三姓村的百姓在几任村长的带领下，与死亡的宿命展开了一场惨烈的较量，诸如多生孩子增添村里的人口，听信吃油菜可以长寿的传闻而种油菜，翻新广袤田地为农作物注入新生命，修筑沟渠引来新的水源……作者总在试图创造一个又一个新的希望，又总在村民付出巨大的代价之后突然带来绝望。"日光流年"是对时光无情流逝的描写，同时也是对死亡残酷的折射。阎连科把死亡作为一个直接叙事体来进行审视，同时又把死亡的惨烈描写得触手可及。正如他在书的扉页这样写道："谨以此献给给我以存活的人类、世界和土地，并以此作为我终将离开人类、世界和土地的一部遗言。"①这是一部真正的民族精神史，给我们展示了民族生命存在的最原始形态，那些不为时间、政治及文明进程所左右，深埋于地理、气候、时间之下的内核存在，作者把深厚与天真糅成了至纯和辛酸，从而写出了中国农民的一部心灵宗教史、生命救赎史。

一、向死而生

给三姓村带来不幸的是无法治疗的神秘的喉堵症，三姓村落后、与世隔绝，孤独而不幸，它偏僻到县领导无法在地图上找到它的位置，也无法让人明确规划到哪个行政区域。三姓村与外界的交流除了出去卖皮卖肉，就是在镇政府当办事员的杜柏了。在这个像疫区一样与世隔绝的村庄，死亡就像日落一样寻常。长此以来，人们习惯了这种死亡方式。"出门本月或者一个月，倘若没人死去，便会痴惊半晌，抬头望望西天，看看日头是否从那儿出来了，是否成了蓝色或绛紫色。"对别人而言，一生可以追求的东西很多，而对于三

① 阎连科：《日光流年》，春风文艺出版社，2004年版，第1页，本节所引文本均为此版本。

姓村而言，他们最大的追求就是能活过四十岁。在村里即将引来灵隐水源的时候，村民的反应就足以体现他们对生的期待："水来了，我能活过四十岁了呀，我能活过四十岁了呀！笑着笑着又忽然哭起来，哭着说'我也能活到五十、六十、七老八十了，要看看谁比谁的日子好。'哭哭笑笑，又笑笑哭哭，红呵呵的声音冷冰冰地向四处飞。"全村人惊喜而又惊恐，不敢相信他们的愿望就这样降临，但不久之后，他们知道引来的水已经不是原来的清澈的水源，这只是一场噩梦。三姓村人在短暂的四十年里，活在一场又一场梦中。生命的短暂让他们奋不顾身地延续自己的生命，死对他们如此平常，但他们却没有放弃生的眷恋。当村里遭遇蝗灾时，村民听信吃油菜可以长寿的言论，用生命保卫他们的油菜，舍弃了赖以生存的蜀黍。"村长说了，各家各户饿死都不能离开油菜地——这唤声就一块一块田地传下去，转眼间梁地、沟地、林边、河下、凡有油菜的地方都一声一声地响起了热黏稠稠的叫。"村民顾不上粮食，却要捍卫据说可以让他们活过四十岁的油菜，后来证明这些举动不仅徒劳，还使他们在面临三年的自然灾害时没有充饥的食物而死了大量人。对他们而说，生命就像开篇所言："我们走来时，仅仅是因为我们不能不走来，我们走去的时候，仅仅是因为我们不得不走去。"小说通篇充满了沉重的死亡气息，三姓村人死得惨烈，疾病的死、饥饿的死、自杀的死、面临太多不甘的死给集体意志带来太多的变数，他们既可以为了村民的愿望牺牲自我，也可以在度日如年的自然灾害中选择忘记苦难，自得其乐，他们坚强而野蛮地活着。

苦难不仅是个人的，还是集体的。三姓村人为了能实现活过四十岁的愿望，男的愿意去教火院割腿皮子卖皮为家里补贴家用，女人愿意为了爱情到外面卖肉，直到所有的孩子都懂得了上几代人为了能活过四十岁与命运进行了多场搏斗，知道生有多么不易，死亡是多么常见。他们亲眼见尸骨被掰断，只为穿上寿衣，冻僵的尸身即使鬼故事都不灵也做不得怪。三姓村人也许比世界上的其他人都要早熟，因为生命太短，还没过热乎的日子，可能转眼就坍塌成一堆，再也拾不起。所以这个村子的人不被外村人所接受，就算迁徙到其他地方，最终也是会回到耙耧山，苦难降临到这个偏僻的小山村，死亡在这里悄悄进行。他们会为了留住翻地的外来劳动力而集体向卢主任下跪，他们也会为了筹集物资修沟渠集体去教火院卖皮。为了解决粮食问题，村长司马笑笑把女人们带到村外捡野菜，男人们趁机把残疾孩子背到山谷中。那个上午是一个凝固的沉重的上午，女人们哭喊着寻找丢失的孩子，男人们集体沉默，孩子们噤若寒蝉。当少年时候的司马蓝带领小伙伴们终于找到被抛弃在山谷河中的孩子们时，已经是尸骸遍地了。残存着一口气的孩子手握树枝尽自己最后一份气力赶着天上的乌鸦，死去的不在少数，多是面目全非。乌鸦嘶哑的叫声和着人野兽般的嚎叫，令人毛骨悚然。通过放大感官突出命运的残酷："这儿的死尸横七竖八，每一具的身上都没有一片好肉，每一张脸都破破烂烂，白骨像剥了皮的树枝裸露着。嘴和鼻子丢失得无影无踪。他们的衣服全被乌鸦啄破了，肠子在肚外流着，心肺脾胃如坏核桃烂枣样在地上搁滚。"为了保住部分人的命运，他们就这样对待残疾的孩子，让他们的生命交给同样饿极了的乌鸦；为了取得生存的机会，他们牺牲掉太多不该牺牲的东西。他们在高歌人们面对苦难的顽强意志时，也将底层百姓的愚昧展露在读者面前，让读者看到他们与命运抵抗无望的残酷事实，同时也对上一代人为了生存时人性的缺失提出了质疑。

二、徒劳抗争

小说中悲剧套着悲剧，苦难连着苦难，因为可以预知死亡的期限，所以在面对活不过四十岁这样的生存苦难时，他们的反抗就更无所畏惧。小说采用复原的形式先写司马蓝患喉堵症及死亡的经历，司马蓝为了当上村长付出诸多努力，最后司马蓝回到童年，甚至回到了娘胎里，穿插了几任村长前赴后继与命运抗争的故事，尽管他们没有改变活过四十岁的结局，但是都尽了最大努力。第一任村长杜桑，人称杜拐子，他的方法是"多生"，只要生的比死的多，就不怕三姓村人活不过四十岁，就不怕三姓村人会灭绝。于是，一到闲暇，村里的女人就沦为造娃的工具。只要有人死了就要带着孩子去守灵，孩子见的死人多了就不怕死了。但杜桑并没有逃离死于喉堵症的命运，他也死于四十岁之前。第二任村长是司马笑笑，他在任时，一个八十四岁的老头路过他们村找水喝，老头说他们过去吃过很多油菜叶，吃了很多菜油，司马笑笑因此让大家全部种油菜，玉米和小麦都少种，最后村子面临巨大的考验——蝗灾和三年饥荒，没有粮食，村民只能吃草根、吃泥土、吃乌鸦甚至吃人肉。面临巨大的生存难题，司马笑笑也设法保留油菜的种子，使油菜苗再次出现在人们的眼前，而作为村长的司马笑笑也以喉堵症消失在人们的视线。第三任村长蓝百岁坚信只要把田间的土换掉，吃种出的粮食就能活过四十岁。为了买农具，司马蓝带领村里的同龄人到县上的教火院卖人皮，为了借助外界人的集体力量帮村里翻地，全村人给卢主任下跪，还不惜牺牲自己的女儿蓝四十去侍奉卢主任。经过浩大的翻地工程，新粮食长出来了，但活不过四十岁似乎是一个魔咒，笼罩在三姓村这个小村庄。最后一位村长就是贯穿全文的司马蓝，他发现六十公里以外灵隐水旁的人很长寿，于是动了修渠引水的念头，他主张大伙去教火院卖人皮，但村民将部分的钱用来做生意，修渠被搁置了，几费周折，渠修通了，却给村民带来了悲剧：付出沉重代价引来的不再是之前的灵隐水，而是现代工业污染过的废水。这种苦难的承受者并非只是这几任村长，但是他们身上有如军人般的坚韧，认定了目标之后就义无反顾，在被疾病包围的冷峻的村庄，村民却对生存怀着巨大的热情，悲怆而痛苦。

女性是男人的附属，为了生存不断挣扎。蓝四十是一个耐人寻味的角色，她的一生都是在忍耐和奉献中度过的。她父亲绞尽脑汁想留住卢主任，为了不想让其他人为难主动去侍奉卢主任；她与司马蓝青梅竹马，司马蓝为了树立村长的威严、巩固村长的位置违背了当初的约定；司马蓝患喉堵症之后，以强烈的求生欲望与三个女儿在她面前跪下，她又一次牺牲自己，外出做人肉生意为司马蓝挣手术费。作为三姓村的一员，她没有自己的所有权，她的身体不属于自己的，卖肉之后，不但贞洁没有了，也没有得到应得的爱情或犒劳，反被贴上了"肉王"的标签。她可以留住卢主任，换来众多的劳动力，也可以让司马蓝续命，进而让司马蓝带领全村人修渠引水。作家一方面塑造她的英雄的形象，一方面又在精神上让她备受折磨。对蓝四十而言，身体只是一种物质的存在，因性病而亡的结局不仅是她为了爱情而忍让的悲剧，也是男性文化下的卑微身份的烙印。蓝四十一生奉献和牺牲、承受和忍耐，被悲悯的、高尚的光环笼罩。杜竹翠则是另外一种女人，她的倔强、叛逆和她竹竿式的身板，形成了另一种瘦弱却不屈的形象。她不像蓝四十自己咀嚼悲剧，相反地，她一直在积极地争取，努力为自己谋求一些东西。从小，她一直就要和蓝四十争，一定要嫁给司马蓝，萝卜炖排骨就是她们的筹码。后来，她一心想往村外嫁，遭到刚当上村长的司马蓝的反对，她以司马蓝为条件，逼他与她成亲、生娃。而当司马蓝患上喉堵症了，蓝四十以与司马蓝合铺为由出去做人肉生意，她对司马蓝的态度极为恶劣，最后回娘家长住。灵水渠将修成，她也为自己即将长寿而欢欣；自己同意司马蓝和蓝四十合铺。杜竹翠是三姓村人斗争精神的另一种缩影，是命运徒劳的象征。直至最后，她还是什么都没有得到，爱与恨、生与死她都在边缘地带。由于命运的捉弄，蓝四十和司马蓝一生的遗憾已经无法挽回，她自己无聊凄清的命运也未好转。她是反抗斗争的典型，也是三姓村女人悲剧命运的缩影。

　　小说把苦难写得淋漓尽致，死亡、天灾、人祸、饥馑构成了村民的苦难。对三姓村而言，他们的生命最多只有短暂的四十年，个人为了生存而生存，他们的抗争却一代持续一代，始终面对无法逃离的现状。他们只能试图让自己跨过一道又一道坎，这种顽强的反抗，失败的结局更让人扼腕叹息。"逃避日常生活是不负责任的行为，而一味沉溺于日常生活只能使人沉沦、异化，只有从日常生活中发现意义和价值，抵制精神世界被琐碎平庸的日常生活湮没，才有可能达到人生的理想状态。"[1]他们的反抗既是幸运的，也是不幸的，幸运的是他们并没有让自己沉沦在"活不过四十岁"的沉重阴影里，不幸的是他们的反抗都是徒劳。他们有反抗命运、改变现状的信念，但是他们赖以摆脱死亡的方法却没有根据，大多是某位村长的一个念头，没人质疑，没人对村长的决定说不，全村人甚至通过多次去教火院卖人皮筹款，他们的抵抗犹如西绪弗斯悲壮而荒谬。在开篇作者就点到了结局，他们的渠修通了，引来了外界的水，本以为外界会带给他们新生却没想到他们得到的只是工业文明的渣滓，这个好不容易与外界打通的渠道，让他们陷入了新一轮的绝望。司马蓝死了之后，三姓村的百姓是否会依旧听信某一位村长的言论又陷入下一场徒劳战呢？读者不禁为他们的徒劳感到痛苦，也正是这种难以忍

---

① 董文桃：《日常生活中的人性之光——论王安忆小说世界的艺术内涵》，《广东技术师范学院学报》，2007 年第 8 期。

受的痛苦，带给读者的是一种无以名状的震撼，犹如赤手撕下血痂，裸露着丑陋的伤口，用这种赤裸裸的痛苦直接叙事，其感染力可想而知。

三、生死思索

闭塞小村子的生活真实残酷，同时平凡和顽强，仿佛古老中国的缩影，一样的人性，一样的生命，只是通过一个山村和村民四十年寿命的期限，从空间和时间上进行了压缩。在密集的时空里，矛盾更激烈真实地展现出来，自然人性的侧面也更清晰地得到反映。残酷地活着是贫困中国农民的一场巨大的噩梦。作者没有感叹，没有抒怀，只有朴素地、赤裸裸地用真相和文字表现出来。死亡摆在面前，怎么摆脱死亡的命运是当务之急。蓝四十为了心爱的男人一步步妥协，不但没有得到自己期盼的爱情，还为了自己心爱的男人答应去九都卖淫，最后染上了治不好的妇女病，结局却是什么也没有得到，孤零零地死于自家的床上；司马笑笑，在村里粮食匮乏时，自己走向西梁山下，仰躺在一面斜坡上给乌鸦做诱饵，为村民换来饥荒年代的最后一点食物。他们用卑微的生命书写出生命的伟大，他们看似无知的行为却以一种震慑人心的高贵刺痛了读者的双眼，他们在关键时候表现出不怕死亡的决心，但一方面又表现出对活不过四十岁的恐惧，这样的矛盾让他们的死亡更具悲剧意味。

小说序言写道："我不是要说终极的什么话儿，而是要寻找人生原处的意义。一座房子住得太久了，会忘了它的根基到底埋有多深，埋在哪儿。现代都市的生活，房主甚至连房子的根基是什么样儿都不用关心。"在世纪末流浪感的浪潮下，人们灵魂的深处深刻感受到时代的发展与人文精神的丧失。在这种流浪感的驱使下，以家族或以乡土为题材的作家迅速转向对人类自身的审视，通过回望乡土重建精神家园，实现对自我或他人的救赎。作者从乡土中去寻求生命的意义，诉说的却是民间的苦难史。在小说中，村民只有回溯到最初的年代才能实现他们的愿望，在死亡幻化的梦境中，世界又回到了最初的模样儿，司马蓝又回到了母亲的子宫里，"银针落地样微脆微亮地笑了笑，然后便把头脸挤送到这个世界上"。作家用特定的场景描述三姓村发生的故事，特定的地域文化内涵，其实就是作者内心的揭示，乡土是作者的根，土地延续了他的血脉，他将现实描写得如此残忍，同时对农民为了生存所采取的残酷手段予以理解。他把自己当成农民去写小说，将底层百姓描写得如此绝望却又如此坚韧。他的心在滴血，为人类难以战胜命运的循环而滴血；他的笔在歌唱，为人类在对抗命运的过程中体现出来的人性的光辉而歌唱。情节的倒流，为死亡而挣扎的面孔回放在倒流的时光中，在纸张上凝固下来，字里行间却飘荡着灵魂归向的不安。作家在古朴的道德情操和艰难的生存方式中挖掘生命的本源，表现对乡土的回归与守望。交稿的时候他说："把《日光流年》交出手时，无人可以体会我那种完全被掏空的感觉，那种心灵被悬浮的感觉，如果不认为是一种矫情，那时候能回到山脉上的天地上去种种地，和我少年、青年时期一样的劳作一些日子，真的会比读书更充实一些。"①

无轨旅程：漂泊的灵魂与虚无的墓志铭

在漫无止境的无轨旅程中，背负空空的行囊和难以卸下的疲惫，体验了人生冷暖，感受人间真情。通过执着的行走，让灵魂始终在路上。《无轨旅程》(湖南人民出版社，2007 年 11 月版)就是这样一本充满诗情和奇趣的书。作者的身份十分普通，既非权高位重，更无家财万贯。他所拥有的只是一颗漂泊的灵魂。他紧握的也只有这颗不屈的灵魂。他要旅行，这种旅行不是一次性消费，不是去看一座城市或某个景点，而是他毕生的追求。换句话说，这是一个没有终点的旅行，也是一个没有明确方向的旅行。唯一的目标就是远方。远方有多远？远方在哪里？他不知道。因为不知道，他就要去探寻。在他生命的字典里，远方的天空、远方的人们、远方的风景高于一切。

一、无所羁绊的漂泊灵魂

"也许有一天，我要告诉人们，我一生中一无所有，只是用一腔澎湃的热血游历过远方，那是一个虚幻缥缈而又生动神奇的远方。"就这样自言自语，

---

① 阎连科：《寻找支持：我所想到的文体》，《当代作家评论》，2001 年第 6 期。

带着梦游般的轻淡，却又是那样的令人心颤："我活着，不会有无上的荣誉；我死了，也不会留下墓志铭。"这种自省式的独白，这种经历沧桑却又不把沧桑当作教训他人谈资的淡泊者，他用执着的行为语言诠释出生命的深刻认知。"我愿将我的灵魂放逐在旅行中，让生命化作自由的野风，在哪里飘散，就在哪里把我最后的一口气吐向茫茫的天空！"如此的洒脱、豪气、锐利和激情，与竹林七贤之一的刘伶发出"死便埋我"的练达有何区别！这样纯粹透明的文字沁人心脾，触及着人的私敏处，叩击着人内心深处最柔软的部位。

孙心圣，这个湖南伢子！19岁的一天，他去当刑警的哥哥家，拿枪玩时不慎走火，一颗子弹钻入他的小腿。刹那间，他被死亡的阴影罩住了。也就是从那时起，他感觉到生命的可贵，并下定决心，走一条属于自己的路。他出发了，朝着朦胧的远方。他每走一步都是那么坚定。这是自己选择的人生，是自己选择的生存方式。这条路别人没有走过。他不惧怕，更不后悔。他一生只做一件事，那就是旅行。是对世界的丈量。是对灵魂的追寻。是对意志的拷问。是对传统的叛逆。他似乎从未登过人生的舞台，可他又是在一个无垠的天空演绎着自己的生命。无论精彩与落寞，都无所谓。无论有无掌声，也没有关系。他的行动原本就不是为了精彩，不是为了掌声，不是为了鲜花，更不是为了不属于灵魂的虚荣。他用孤独对抗孤独，对抗世俗加在他身上的羁绊。他放飞思绪，放飞梦想。他用放飞的方式获得心灵的自由。他要让人们知道，生命是有意义的。活着是有理由的。行走就是活下去的理由，就是支持他努力走下去的动因所在。

这本书不是用手"写"出来的，而是用脚"走"出来，用一颗永不言败、永不放弃、永不退却的勇敢的心，滴着汗、滴着泪、甚至滴着血一笔一画地"磨"出来的。这是一本奇怪的书。比起那些风花雪月的游记，这里有棘刺，有骨头，有疼痛。失望与希望都由自己承担。他告诉人们，世界究竟有多大，远方究竟有多远。他没有赢得金钱，但他体验到许多有钱人都没有体验过的艰难、惊险和苦难。似乎一出发，他就老了。但似乎老了的时候，他仍旧像刚出发的时候对世界充满好奇。

二、漫无止境的无轨旅程

他不是要征服名山大川，他要探寻那些被无数人赞美过的名山大川幕后的故事。每一天，他都离天堂很近。每一次行走，他都在向天堂靠近。这是一个有信仰的人。这是一个有着童话和荒诞、真实与虚幻相结合的生命体。这是一个探险者的零乱足迹。随着旅途的一次次延伸，他的生命逐渐饱满。流浪者对于未来持久的热情，对于生命极限的开拓，对于人类命运的关怀，都跃然纸上。他不是专业作者，甚至没有经过必要的写作训练，这就注定他的写作是即兴式的，随吟式的，毫无拘束式的。正如作者自己所说：这本书是"乱写的"。这种"乱"是一种无序状态，与他选择的生命方式极度契合。这样，他的一生就是一部行为艺术的大书。所有经历过的人和事、月与星、巫与鬼乃至潮起潮落、山山水水都成为这部大书的文本内容。

他感悟到一种哲理："一个人最可怕的并不是痛苦，而是痛苦的时候非常清醒。"以及哲理的深化："世界上只有热闹产生寂寞，拥挤导致孤独。"当吃、住成为生命中的第一件大事的时候，生存成为当务之急。他到哪里都要想着，今天吃什么、住什么地方。这是每天考虑的大事。远离了喧嚣的市声，远离了拥挤的楼群，却不能将人与人之间的心远离："人啊人！应当怎样才能学会把胸腔里的那颗心，铸造得火热透明而拂去防人或害人之心的阴影？"这种反思是发人深省的。特别是当他邂逅深山里的风妹，并对她占有后，却不能给她一个家，他自责，内疚。但这种自责和内疚的心情很快被"风妹没有文化"所稀释。难道文化这个东西就足以扑灭爱情的火焰？这种细节彰显出作者并非圣者，他仍然是一个平凡、甚至是平庸的人。

一个原本平凡、甚至平庸的人做出了不平凡的事。这是该书的价值及其作者生命价值之所在。书中有许多轶闻趣事，有淘金者的苦恼，有不同个体的情感挣扎和心灵创伤，有帐篷、草地、野狼和破败的残阳。笛声渐远，鼓角已逝。时间的碎片一缕缕地掉下来，令人浑然不觉。因为生活的人们都在忙碌，为生存本身而忙碌。灯红酒绿的闪烁消失殆尽，生活变得如此艰险而又厚实。他经历了许多事情，看到了许多东西，包括丑陋与黑暗，但他并不炫耀自己的经历。他不是消闲的看客，他是苦难生命的经历者。这种苦难是自己选择的。大人，小孩，卡车司机，古老的灯语，雪山，佛像，牦牛，峡谷，青稞酒，盘旋在空中的鸳鹰，陌生而痴情的"殉情花"，近乎原始的傈僳族，荒凉的死人沟，奔放的藏民弦子舞，昌都街头的朝圣者……奇奇怪怪的人和事交织在一起。在这个被一次性消费品充斥的现代世界上，那些永恒的东西越来越少，但毕竟还是存在的。幸运的是，他触摸到了这种珍贵的存在。

这不是一部游记——如果是游记，路线不会如此模糊；这也不是一部传奇——如果是传奇，情节不会如此平淡。应当说，这是一部弹奏灵魂的绝唱，是一部敲打精神的奇书，更是一部离天堂最近的生命献辞。

参考文献

经典著作

[1] 路易. 波拿巴的雾月十八日[M]. 江苏：江苏人民出版社，2011.

[2] 老子·第八章[M]. 上海：上海古籍出版社，2007.

中译著作

[1] 海德格尔. 荷尔德林诗的阐释[M]. 孙周兴，译. 北京：商务印书馆，2000.

[2] 哈罗德·布鲁姆. 西方正典[M]. 江康宁，译. 南京：译林出版社，2011.

[3] 荣格. 原型和集体无意识[M]. 王艾，译. 北京：商务印书馆，1986.

[4] 荣格. 荣格选集（第9卷）[M]. 王艾，译. 北京：商务印书馆，1986.

[5] 斯维特兰娜·阿列克谢耶维奇，娜塔莉亚·伊格鲁诺娃. 阿列克谢耶维奇小辑：一个时代结束[M]. 董树丛，译. 北京：商务印书馆，2016.

[6] 酒井直树. 现代性与其批判：普遍主义与特殊主义的问题[M]. 白培德，译. 台北：台湾社会研究季刊，1998(6).

[7] 让·弗朗索斯8 利奥塔A后现代的条件[M]. 武波，译. 天涯，1997(1).

[8] 勒内·韦勒克，奥斯汀·沃伦. 文学理论[M]. 刘象愚，译. 杭州：浙江人民出版社，2017.

[9] 罗素. 西方哲学史（上）[M]. 北京：商务印书馆，1963.

[10] 奈保尔. 抵达之谜[M]. 海口：南海出版公司，2016.

295

中文著作

[1] 申丹. 叙述学与小说文体学研究[M]. 北京：北京大学出版社，1998.

[2] 鲁迅. 彷徨[M]. 北京：人民文学出版社，1973.

[3] 鲁迅. 野草[M]. 北京：北京联合出版公司，2014.

[4] 鲁迅. 华盖集. 北京通信[M]. 北京：人民文学出版社，1973.

[5] 鲁迅. 许广平忆鲁迅[M]. 北京：人民文学出版社，2005.

[6] 鲁迅. 娜拉走后怎样[M]. 北京：人民文学出版社，2005.

[7] 鲁迅. 华盖集续编. 记谈话[M]. 北京：人民文学出版社，1973.

[8] 鲁迅. 鲁迅自编文集第五卷[M]. 北京：北京联合出版公司，2014.

[9] 李怀荪. 湘西秘史[M]. 北京：作家出版社，2011.

[10] 孙玉石.《野草》二十四讲样[M]. 北京：中信出版社，2014.

[11] 孙玉石.《野草》研[M]. 北京：北京大学出版社，2007.

[12] 格非. 望春风[M]. 北京：译林出版社，2016.

[13] 马尔克斯. 百年孤独[M]. 北京：南海出版社，2011.

[14] 苏童. 死无葬身之地[M]. 江苏：江苏文艺出版社，1994.

[15] 苏童. 苏童文集·末代爱情[M]. 江苏：江苏文艺出版社，1994.

[16] 张莹. 颓废的诗意[M]. 河北师范大学学位论文，2013.

[17] 朱日复. 伍子胥[M]. 北京：中国书籍出版社，2016.

[18] 王家新. "对中国对执迷"与"世界文学"的视野——试析顾彬对20世纪中国文学对阐释和批评[M]. 北京：中国人民大学学报，2009.

[19] 阿诺德. 浩泽尔. 艺术史哲学[M]. 北京：中国社会科学出版社，1992.

[20] 彭学明. 娘[M]. 长沙：湖南文艺出版社，2012.

[21] 残雪. 我心目中的伟大作品[M]. 南宁：广西师范大学出版社，2007.

[22] 杜维明. 现代精神与儒家传统[M]. 北京：三联书店，1997.

[23] 罗杰·M·基辛. 当代文化人类学概要[M]. 杭州：浙江人民出版社，1996页.

[24] 钱穆. 国史新论[M]. 上海：三联书店，2004.

[25] 霍拉勃. 接受美学与接受理论[M]. 辽宁：辽宁人民出版社，1987.

[26] 王国维. 人间词话[M]. 上海：三联书店，2013.

[27] 聂振斌. 中国艺术精神的现代转化[M]. 北京：北京大学出版社，2013.

[28] 李宗刚. 中国当代文学史论[M]. 济南：山东人民出版社，2014.

[29] 李扬. 拯救与逍遥：新时期文学发展的精神向度[M]. 上海：上海交通大学出版社, 2013.

[30] 李西安. 走出大峡谷[M]. 安徽：安徽文艺出版社, 2002.

[31] 宗白华. 美学散步[M]. 上海：上海人民出版社, 2015.

[32] 何顿. 幸福街[M]. 长沙：湖南文艺出版社, 2018.

[33] 聂茂. 家国情怀：个人言说与集体记忆[M]. 长沙：中南大学出版社, 2018.

[34] 聂茂. 政治叙事：灵魂拷问与精神重建[M]. 长沙：中南大学出版社, 2018.

[35] 杰姆逊. 晚期资本主义的文化逻辑[M]. 北京：三联书店, 1997.

[36] 何顿. 青山绿水[M]. 湖南：湖南文艺出版社, 2013.

[37] 梁鸿. 梁光正的光[M]. 北京：人民文学出版社, 2017.

[38] 王岳川. 后现代主义文化研究[M]. 北京：北京大学出版社, 1992.

[39] 马原. 黄棠一家[M]. 北京：人民文学出版社, 2017.

[40] 苏童. 苏童王宏图对话录[M]. 苏州：苏州大学出版社, 2003.

中文期刊

[1] 邹赞. 叙事迷局、隐喻星丛与象征秩序——解读《匿名》[J]. 艺术评论, 2016(6).

[2] 刘杨. 空间结构中文明与生命的可能——读王安忆新作《匿名》[J]. 中国文学批评, 2016(9).

[3] 王炳钧. 空间、现代性与文化记忆[J]. 外国文学, 2006(4).

[4] 钟媛. 时间在空间里流淌——论王安忆小说《匿名》中的时空隐喻[J]. 扬子江评论, 2016(6).

[5] 潘丹丹. 个体的找寻文明的试炼——论小说《匿名》的叙事策略[J]. 2016(11).

[6] 姬志海. 格非长篇小说《望春风》的叙事手法探析[J]. 中南大学学报, 2017(2).

[7] 王娟. 先锋与传统的融合——论格非的《望春风》的叙事策略[J]. 安徽文学, 2017(2).

[8] 索南才让. 佛塔的起源及其演变[J]. 西藏艺术研究, 2005(1).

[9] 谌如, 丁薇. 印度早期佛教的佛塔信仰形态[J]. 世界宗教研究, 2003(4).

[10] 梁思成. 中国的佛教建筑[J]. 清华大学学报, 1961(2).

[11] 葛红兵. 中国文学中的水文化蕴涵[J]. 中国三峡, 2010(2)

[12] 吴京一. 慌乱的野心——评苏童的长篇新作《黄雀记》[J]. 中国现代文学研究丛刊, 2014(6).

[13] 王干. 一种空间, 几度回首——评《黄雀记》[J]. 湖南文学, 2015(1).

[14] 王宏图. 转型后的回归——从《黄雀记》想起的[J]. 南方文坛, 2013(6).

[15] 葛红兵. 苏童的意象主义写作[J]. 社会科学, 2003(2).

[16] 程桂婷. 苏童研究综述[J]. 扬子江评论, 2008(6).

[17] 洪治纲. 内心的张力与魅力——2017年短篇小说创作述评[J]. 小说评论, 2018(1).

[18] 张学昕, 苏童. 感受自己在小说世界里的目光——关于短篇小说的对话[J]. 当代作家评论, 2008(5).

[19] 张学昕, 苏童: 感受自己在小说世界里的目光——关于短篇小说的对话[J]. 当代作家评论, 2008(6).

[20] 邓晓雨. 当代中国"非虚构"写作研究[J]. 吉林大学学报, 2017(4).

[21] 苏童. 短篇小说, 一些元素[J]. 当代作家评论, 2005(1).

[22] 张颐武. 九十年代文坛的反思与回顾[J]. 大家, 1996(2).

[23] 梁鸿, 张丽军, 梁庄. 乡土中国的现在与未来——梁鸿访谈录[J]. 百家评论, 2015(2).

[24] 王岳川. 海登·怀特的新历史主义理论[J]. 天津社会科学, 1997(6).

[25] 李欧梵. 当代中国文化的现代性和后现代性[J]. 文学评论, 1999(5).

[26] 林伟平. 文学和人格——访作家韩少功[J]. 上海文学, 1986(11).

[27] 彭文逸. 儒家——一个无头文化[J]. 九十年代, 1994(8).

[28] 刘康. 后冷战时代的"冷思维"[J]. 中国与世界, 1998(3).

[29] 刘康. 对话的喧声[J]. 读书, 1995(7).

[30] 杨建平. 文化误读与审美[J]. 文艺评论, 1996(1).

[31] 刘淮南. 文论建设与"中国经验"[J]. 湘潭大学学报, 2016(11).

[32] 范学新. 论中华民族精神在西域诗歌中的表现[J]. 求索, 2010(8).

[33] 刘扬. 意境之雅 无言之美——谈当代电影艺术表现手段的传统美学影响[J]. 宁夏社会科学, 2011(6).

[34] 闫彩蝶. 疏影横斜暗香浮动——解读费穆《小城之春》的文化意义[J]. 世界华文文学论坛, 2005(3).

[35] 李庆西. 寻根: 回到事物本身[J]. 文学评论, 1998(4).

[36] 曲宁. 中国传统艺术的现代转换价值初探[J]. 天津市社会科学界第八届学术年会优秀论文集, 2012(12).

[37] 魏泓. 系统哲学观下中国文学"走出去"战略工程建构——以莫言作品为例[J]. 中华文化论坛, 201(7).

[38] 郭群. 从莫言获奖谈中国当代文学"走出去"[J]. 出版广角, 2011(16).

［39］罗平冠. 谭盾音乐及其对中国音乐创作的启示［J］. 江汉大学学报，2005（05）.

［40］何家益. 从谭盾的《地图》看中西音乐融合［J］. 大众文艺，2013（01）.

［41］金丹元，张咏絮. 从"意象"及其艺术形态的演绎看传统艺术论的现代性转化——兼涉中西"意象"论之比较［J］. 艺术百家，2016（5）.

［42］杨艳秋. 〈刺客聂隐娘〉的纠葛与空灵美学［J］. 电影文学，2016（4）.

［43］葛春颖. 侯孝贤电影的诗意美学品格［J］. 青年文学家，2013（4）.

［44］汪继红. 电影〈十面埋伏〉中古典舞蹈的魅力［J］. 电影文学，2011（7）.

［45］万莲姣，黄宗喜. 20世纪中国文学市场化中"文化审美过滤"［J］. 湘潭大学（哲学社会科会版），2016（6）.

［46］焦琼. 何以如此泛爱多情——以弗洛伊德精神分析学说谈贾宝玉与源氏公子形象［J］. 文学界（理论版），2010（12）.

［47］宋杰. "窃书"缘何"不算偷"？——鲁迅小说《孔乙己》中的"呓语"解读［J］. 名作欣赏，2015（5）.

［48］徐山. 胎儿期记忆与穆迪《死亡记忆》濒死体验［J］. 黑龙江科学，2016（7）.

［49］冯文全. 关于当代中国知识分子犬儒化的反思与矫正［J］. 理论前沿，2014（6）.

［50］阎连科. 寻找支持：我所想到的文体［J］. 当代作家评论，2001（6）.

中文报纸

［1］习近平. 习近平在中央政治局第十五次集体学习时的讲话［N］. 人民日报，2019-6-25.

［2］许旸. 什么样的故事是好看的文学的［N］. 文汇报，2017-08-10（9）.

［3］蒋肖斌. 何建明：中国非虚构文学应该问鼎诺贝尔奖［N］. 中国青年报，2015-10-28.

［4］李炳银. 以文学笔触展现四十年巨变［N］. 中国新闻出版广电报，2019-01-11.

［5］梁鸿. 文学如何重返现实［N］. 名作欣赏，2015-12-01.

［6］康慨. 斯韦特兰娜·阿列克谢耶维奇. 十个关键词［N］. 中华读书报，2015-10-14.

［7］信春鹰. 后现代法学的几个问题［N］. 载北大法律信息网，2002-12-28.

［8］杨庆祥. 梁鸿长篇小说《梁光正的光》：追逐历史的背影［N］. 文艺报，2017-11-29.

总跋　新文科时代的教学相长与学术自觉

聂茂

一

人的一生充满许多偶然性。我做梦也没想到，我的职业最终会定格在大学里。我做过农民，搞过"双抢"。跳出"农门"的第一份工作，是在一个乡下医院做检验士，抽血、化验、看显微镜、写检验报告单，每天重复着同样的工作。我压抑的内心被强大的"作家梦"驱使，毅然决然奔赴鲁迅文学院深造，幸运地与文坛大家莫言、余华、迟子建、严歌苓等人同堂听课。在汹涌澎湃的时代大潮中，个人的命运犹如浮萍，一阵飓风将我吹进了复旦大学。在那里，我进行了一场"黑+白"、"智力+毅力"的大比拼，最终考上了湘潭大学古典文学研究生，毕业后顺利地进入湖南日报社，成为一名编辑、记者。五年之后，我不安的心再次被大洋彼岸的世界所诱惑，果断辞掉了令人羡慕的工作，远赴新西兰留学。四年后，我学成归来，进入中南大学，教学、科研、写作，每天忙忙碌碌，一晃就是 17 年。

回顾这一路走来的辛苦与不易，我又想，所谓人生的偶然，难道不是生命历程的一种必然吗？如果没有农民性格的蛮劲和韧性，我又怎会成为一名乡下医院的检验士？如果不是因为强烈地爱好文学，我又怎会义无反顾地奔赴鲁迅文学院求学？如果不是北京和上海的人生苦旅，我又怎会成为一名古典文学的研究生，进而成为一名编辑、记者？如果不是古典文学的熏陶和编辑、记者工作的锻炼，我又怎会出国留学、然后被中南大学引进，直接破格晋升为教授和新闻系的学科带头人？更为重要的是，在中南大学新闻系工作五年后，根据个人兴趣和学院学科建设的需要，我再次转身，进入中文系现当代文学教研室。在大学工作的 17 年里，由我指导毕业的研究生达 50 多名，其中一半以上是新闻传播学、文化产业和文化传播学的学生，一小半是现当代文学、世界文学与比较文学的学生。这些年，我在文化产业学、哲学、审美文化学和现当代文学四个方向招收博士生，还包括三名国际留学生（其中两名博士、一名硕士）。所有这些，看似偶然，其实都有其必然的逻辑。这些看似偶然性的因素却为我眼前的这套书埋下了伏笔。

换言之，当新文科时代来临的时候，我顿时意识到，这完全也是偶然中的必然。因为，时代大潮的潮起潮落，有其内在的规律：潮起，有潮起的动因；潮落，有潮落的缘由。无论你是伫立岸边，还是身处潮中，重要的是你要关注洋流的方向，把握大潮的脉动。对高校广大教职员工而言，新文科既是新的挑战，更是新的机遇。

二

经常听人说，这是最坏的时代，也是最好的时代。可很少有人去深思：所谓"最坏"，"坏"在何处？你做好了应对"最坏"的准备吗？所谓"最好"，又"好"在哪里？你有过应对"最好"的措施吗？或者换一个角度，作为普通大众，你究竟是处在转型社会的夹缝中自暴自弃，顾影自怜，还是积极拥抱时代大潮，做勇敢的冲浪者，做灯塔的守护人？

像 99% 的普罗大众一样，我所取得的任何一点成绩都凝结着个人的智慧、汗水和心血，都十分不易，弥足珍贵。2018 年我一次性推出 7 大卷、300 多万字的《中国经验与文学湘军发展书系》，这是个人意义上的湖南文学史，别人看到的是这个浩大工程的巨型体量，而对创作者背后的孤独、寂寞、无助以及探索中的苦痛与跋涉中的艰辛并没有多少人去关注。实际上，这个书系是我进入大学后，特别是从事现当代文学 10 余年的集中思考和总结，牺牲了绝大部分的节假日、寒暑假和几乎所有的闲暇时光换来的，如果算上自 20

世纪 80 年代起从事文学创作以来我一直置身于文学现场持续不断的观察、研究与书写，时间跨度长达 30 余年，如此看来，300 余万字书系的出版就容易理解多了。

同样地，今天摆在我们面前的这套"21 世纪都市文化跨学科研究书系"也并非一挥而就，轻松完成的。作为从农村进入城市并有过漂洋过海经历的一线科研人员，我试图站在全球化语境下，用自己的方式审视城市，聚焦城市文化，全面阐释迅速崛起的中国和转型社会的阵痛对城市原居民与异乡者产生的种种影响。作为研究者，我要重视和分析这些影响，客观、真实、全面地了解产生影响的深层原因。从目前的学科分类来看，这些影响涉及文学、哲学、政治学、经济学、历史学、民俗学、心理学、传播学、媒介经营以及管理学、工程学、建筑学等等，这样一个庞大体系，一个人很难独立完成，团队合作是最佳选择，也是最现实和最有效的选择。

之所以强调团队合作，是因为每个人都有自己的知识盲点，每个人都有自己擅长的领域和短板。新文科重视跨学科研究，这种研究就是要进行学科交叉，就是要将学科壁垒打通，就是要将团队的智慧和活力发挥出来，在保"质"的基础上，提高"量"的饱有度。单打独斗的个人英雄主义时代越来越远离学术中心，新文科强调跨界重组后产生的强大力量。打个不一定恰当的比喻，学科建设如同手术室中的外科大夫，一个手术的成功与否，不是靠外科大夫个人的努力，还要靠麻醉师、药剂师和护士等一个团队的通力合作才行。学科建设一定要把握好"学术与现实的关系"。很长时间以来，学界对"现实"采取一种回避态度，好像介入现实，特别是介入带有意识形态的现实，学术就会大打折扣，学术就显得"动机不纯"，学术"高人"尽可能远离"现实"、回避"政治"，仿佛只有在"象牙塔"和"故纸堆"里做出来的学问才是所谓的"纯学问"、"真学问"，才是学术的高地，是学人最高的追求，结果便是：学术研究的路越走越窄，学人对时代的关切越来越漠视、对现实的回应越来越乏力，所有这些，正是新文科要着力打通和解决以及跨学科建设要努力突破的关键所在。

三

一个学问大家不只是专家，而且是杂家。西方三位百科全书式的学问大家苏格拉底、柏拉图与亚里士多德都是杂家，他们都有广博的知识、"冒犯"的兴趣和挑战的自觉。亚里士多德的著作涉及哲学、逻辑学、伦理学、政治学、生物学、自然科学等。他的老师柏拉图的著作同样涉及哲学、政治学、教育学、心理学、经济学、法学和自然学说等。柏拉图的老师苏格拉底不仅是哲学家、教育家，也是伦理学家、法学家、修辞学家等。

与此相类似，中国百科全书式的学问大家孔子也是一位杂家，他的著作涉及文学、文献学、典章制度、管理学、司法、礼仪、音乐和自然科学等。另一位百科全书式的学问大家老子，他的《道德经》涉及政治学、哲学、伦理学、自然学、人学、养生学、军事学、辩证法等。之所以如此，从溯源上讲，我们的知识，原本就是一个整体，在古代，像今天这样的学科分类并不存在。

新文科时代让我感受到教学相长的全新的意义。古人云："学然后知不足；教然后知困。知不足然后能自反也。知困然后能自强也；故曰教学相长也。"（《礼记·学记》）教学相长是中国优秀文化传统。人民教育家陶行知曾经指出："先生创造学生，学生也创造先生，学生先生合作而创造出值得彼此崇拜之活人。"这是对教学相长的最生动的诠释。新一代学人对新生事物有着天然的兴趣和探知欲，他们对老一辈学者颇有畏难情绪的新媒体语境，诸如数字仓储、云文本储存、数据可视化、虚拟现实和媒体出版等高科技带来的"数字人文"十分熟悉，他们着眼的问题意识、形成的书写形式、聚焦的研究兴趣与彰显的学术追求，与老一辈学者也有了明显的不同。他们心目中的"学术堡垒"、"同行相轻"或"门户之见"等传统观念也少了许多。他们更擅长将新科技融入到文学、哲学、历史等传统文科之中，不仅带来研究方法的变化，更大大拓宽他们的学术视野。

新文科建设既要把人文社科内部系统打通，又要把人文科学与社会科学之间的隔膜打通，还要将文科与理科、文科与工科、文科与医科以及文科与其他学科之间的"肠梗阻"打通，让工科、理科、医科等知识融入新文科教学和研究视野。对教者而言，只有不断地更新自己的知识，吸纳与时俱进的教学方法和研究理论，使自己始终处于"新"的精神状态，才能得心应手地工作。从这个意义上说，这是时代倒逼"传道"、"授业"、"解惑"的师者去努力适应社会，在学术探索中推陈出新，因为"道"是在不断变化之中，"业"也在不断变化之中，由此产生的"惑"也是不断变化的。因此，作为师者，如果不积极走出书斋，不愿置身于沸腾的生活现场，疏于与学生打成一片，不想倾听他们的呼声，完全漠视时代的需要，就很难做好自己的工作。

诚然，新文科对学生的要求也越来越高，他们不仅要掌握诸如新媒体技术、非线性编辑、数据挖掘等技术，还要懂得技术分析、GIS 建模和各类理论前沿的方法，将"要我学"变成"我要学"的自觉转变，让科学、新型的混合学习、智能学习、网络学习在"学习的革命"中发挥更大作用。新文科强调跨学科，所谓跨学科其实就是将学科进行"交叉"，取长补短，互相观照。这里的"交叉"至少包含三层意思：一是知识交叉，二是思想交叉，三是方法交叉。在带着弟子进行"21 世纪都市文化跨学科研究书系"的实践中，我对"交叉"二字感受很深，这里既有方法的挑战，又有观念的冲击，还有跨越黑暗的鸿沟后见到曙光的欣喜。

四

新文科时代要秉持学术良知和学术自觉，要追求学术的"博大精深"。这里的"博"指的是渊博，即把知识当成一个整体，广泛涉猎，采撷精华，融会贯通。"大"指知识的广度，追求应有的体量，包容并蓄，海纳百川，成就自我。"精"指知识的精度，这个"精"字好比知识的金字塔之塔尖，这样的塔尖必须建立在博大的地基之上才能牢不可破。"深"指知识的深度，从专业上讲，要有自己的专业深度和专业特色。跨学科不是混淆各学科的分界，而是要打通一切阻阂，要有丰富的人文情怀。例如"两弹一星"中的许多杰出科学家，他们都有很高的文学造诣，以及很高的诗词歌赋的写作能力和鉴赏水平。

与此同时，我们强调学术自觉。所谓学术自觉，首先指的就是在服务国家、服务社会、服务大众的进程中，学术研究要把创造性转化、创新性发展作为应尽之责。学术自觉，应该体现学人的生命自觉。生命自觉就是要弄清人的生命价值和意义。人既有自然生命/物质生命，又有文化生命/精神生命。人不是生来就具有"人"的本质，一个人没有经过文明的洗礼就有可能成为"野人"。梁漱溟先生指出："人之所以为人在其心；而今则当说：心之所以为心在其自觉。"梁漱溟强调的"心的自觉"，其实就是指生命的自觉。有了生命的自觉，学术自觉才有可能实现。

其次，学术自觉要有强烈的问题意识，要自觉地把学术研究立足于国情和民情，既要有国际视野，更要有民族精神，要努力做出中国风格、中国气派、中国味道的学术成果来。

第三，学术自觉要有自己鲜明的立场。自然科学可以没有国界，但社会科学一定是有国界的。我们倾听他人不是鄙视自己而是为了更好地审视自己，我们向西方学习不是忘却自己而是更好地建构自己。因此，我们追求的"中国特色"就是带有中国烙印、中国底蕴和中国文化 DNA 的学术成果。

第四，学术自觉应当建立在学术情怀之上。所谓学术情怀，是指学人对于学术研究的敬畏之心，对学术成果的价值判断，对学术使命的自觉意识，主要体现为"虚心做人"和"潜心治学"两个向度。学人，首先是"人"。人应当有人的诚信、人的尊严、人的个性、人的追求，等等。"板凳敢坐十年冷，文章不写半句空"，这种精神仍然是新一代学人的最高追求。这种学术情怀要求师者和学者均锤炼品德，自觉树立和践行健康的人生观、价值观，自觉用中华优秀传统文化培根铸魂、启智润心。这是我们的学术追求，也是我们的人生目标。

总之，城市在发展，城市文化在嬗变，我和我的团队爬过了一座小山，前面矗立着新的更高的山。我们没有停下，而是迎风而上，携手前行。

所有的关爱都是我披荆斩棘的精神支柱，我默默记住；

所有的支持都是我风雨兼程的力量源泉，我深深铭恩。

2021 年 5 月 16 日于岳麓山下抱虚斋

图书在版编目(CIP)数据

文学之光：多维视野下的精神命途／聂茂，袁帅著.
—长沙：中南大学出版社，2021.8
(21世纪都市文化跨学科研究书系)
ISBN 978-7-5487-1552-8

Ⅰ.①文… Ⅱ.①聂… ②袁… Ⅲ.①中国文学—
文学研究—21世纪 Ⅳ.①I206.7

中国版本图书馆CIP数据核字(2021)第093887号

文学之光：多维视野下的精神命途
WENXUE ZHIGUANG：DUOWEI SHIYE XIA DE JINGSHEN MINGTU

聂 茂 袁 帅 著

□责任编辑	浦　石	
□责任印制	唐　曦	
□出版发行	中南大学出版社	
	社址：长沙市麓山南路	邮编：410083
	发行科电话：0731-88876770	传真：0731-88710482
□印　　装	湖南省众鑫印务有限公司	

□开　　本	710 mm×1000 mm 1/16	□印张 20 □字数 323 千字
□版　　次	2021年8月第1版	□印次 2021年8月第1次印刷
□书　　号	ISBN 978-7-5487-1552-8	
□定　　价	119.00元	